戦争を〈読む〉

Reading War

石川巧・川口隆行 編

ひつじ書房

はじめに

石川巧・川口隆行

一九四五年八月一五日にポツダム宣言を受諾して無条件降伏するまで、日本人の多くはその戦争を「大東亜戦争」と呼んでいた。占領と同時にＧＨＱの指令によって皇国史観にもとづくイデオロギーが一掃され、「大東亜戦争」という呼称が禁じられたあとは、「第二次世界大戦」の一部に組み込まれたり、日中戦争との連続性において「十五年戦争」と括られたりした。「太平洋戦争」という呼称も広く使われているが、この言葉は戦場となった地域を限定的に扱ってしまう危険性があるため、八〇年代以降、学術的用語としては「アジア・太平洋戦争」という表記が定着している。政府が公の場で発話する際には、「先の大戦」という極めて曖昧な表現が用いられることが多いようである。

当然、「先の大戦」などというもの言いに対しては、「客観的な歴史認識の欠如」、「戦争責任を明確にしない態度」といった批判が方々から浴びせられている。たしかにそれはそうなのだが、現在においてより重要なのは、それをどう呼ぶべきかという議論に早急に決着をつけるまえに、なぜ私たちはそれを的確に定義する言葉を持ちえないのか？　という問いを立てることではないだろうか。戦争の体験をようやく記憶にとどめている世代の人々がすでに老齢となり、これからは残された記録を拠りどころとして過去と向き合っていかなければならない私たちは、いまだそれを何と呼べばよいのかということさえ分からずにいるという事実を、正しく受け止めることではないだろうか。

同じことは表現としての戦争にもいえる。戦争を体験していない世代の人間が戦争をよく知ろうとするとき、アプローチの方法として選択されるのは、体験者が残した証言や記録、メディアの報道、後世の研究・調査に基

図1　岡崎京子『I wanna be your dog 私は貴兄のオモチャなの』（祥伝社）

づく歴史的記述、文学・映画・マンガなどのフィクション、戦争という問題系そのものをメタ的に考察した論述などであろうが、これらの表現を前にした私たちは、しばしば戦争の迫力にうちのめされて言葉を失う。与えられたもの以上のことを考えられなくなっているにもかかわらず、何かが分かったつもりになって〈大きな物語〉のなかに安住する。戦争という圧倒的なリアリティは、高い障壁となって立ちはだかり、私たちがそれを追体験しようとする試みを退けるのである。

岡崎京子『I wanna be your dog 私は貴兄のオモチャなの』（祥伝社、一九九五年）には、古本屋の店員が客の青年に向って図1のように囁く場面があるが、そこには、いま現在を生きている私たちが戦争を学びなおすための重要な視座が示されているように思う。この世界は、喪失、欠如、不在、消失、そして暴力に満ちている。そして、エクリチュールを通して思考し続けることによってしか、そうしたアポリアから抜けだす術はないのである。

本書は、大学における授業教材として編んだものであるが、同時に、一般の読者に戦争をとり扱った文学を読んでもらえる構成にもなっている。本書が第一のコンセプトとして重視したのは、〈大きな物語〉としての戦争を多様な局面から捉え直し、私たちが戦争に対して漠然と抱くイメージを細分化していくことだった。そのために本書では全体の構成を、第1部／兵士たちの戦争、第2部／戦争の日常、第3部／記憶としての戦争、に分け、支配と殺戮の現場を生々しく描いたテキストを経たうえで、戦争は人々に何を強いたのか、戦争を語るということはどういうことなのか、といった問題に迫ることにした。具体的には、第1部で傷痍軍人、従軍、軍隊生活、特攻、引揚げを、第2部で銃後、空襲、敗戦、占領、沖縄を、そして第3部で強制収容、疎開、原爆、慰安婦、難民といったテーマを扱い、大学における1セメスターを15回の講義と想定した章立てにした。また、内容についても、戦争を題材とした定番テキストを網羅的に紹介するのではなく、それぞれの局面を考えるうえで最もふさわしいと思われるテキストを各章の執筆担当者が独自の判断で選定している。

全体のコンセプトとしてもうひとつ重視したのが問題編成を試みることである。戦争というテーマに限定されるとはいえ、文学教材としてテキストを選定する場合、何よりも大切なのは、文学としての魅力である。その言葉に接した読者が、昨日までの自分とは違う何かが蠢き始めるような体験をすることである。そのために、本書では文学テキストとしての「面白さ」を選定の基準に加え、そのテキストがいまこの時代を生きている私たちにどのような問題を投げかけているか、という観点から考察を加えてもらった。

テキストは長短いろいろだが、本書は戦争を教えるための教科書ではなく、戦争の様々な局面を〈読む〉ことを通して人間や社会を学びなおすことを目的としたテキストである。このような目的を前景化するために、ひとつのSCENEをまとまったかたちで切り取り、出来る限り途中に中略などを入れない方針をとった。執筆担当者には、小説以外の詩歌、評論、随筆、戯曲など、どのようなジャンルでもよいという条件でテキストの選定をお願いするとともに、時代についても日清、日露戦争から朝鮮戦争、ベトナム戦争など特に限定しない方針をとったが、結果的には一九四五年を分節点とする諸問題を扱ったテキストが多くなった。

各章の構成としては、（1）本章の要点、（2）〈本文〉の引用、（3）作者紹介、（4）問題編成、（5）研究の手びき、（6）参考文献とし、時系列的に内容を把握してもらうために各章ごとの関連年表を付すとともに、注、図版、グラフなどを適宜挿入し読解の補助としている。また、各章のあいだにコラムを入れた。内容はもちろんだが、テキストの舞台、時代背景、登場人物たちの思考や認識などについても適宜、説明を加えている。表記については原則として旧漢字を新漢字に改め、ルビは適宜、補足、削除している。

目次

コラム

第1部

兵士たちの戦争

第1章　傷痍軍人——小川未明「汽車奇談」「村へ帰った傷兵」

鳥羽耕史

本章の要点

戦闘などで負傷した軍人は、古くは廃兵、一九三一年以降には傷痍軍人と呼ばれた。もちろん一八九四～九五年の日清戦争をはじめ、戦争のたびに負傷者が出るのは当然のことだった。しかし、とりわけ多くの死傷者を出した一九〇四～〇五年の日露戦争後にこの問題は顕在化し、二年後の一九〇七年には彼らを収容する廃兵院が開設されるに至った。さらに、戦場で負傷した兵士たちの処遇の問題は、一九一四～一八年の第一次大戦、一九一八～二二年のシベリア出兵を経て、一九三一年の満洲事変にはじまるアジア・太平洋戦争下において、ますます大きな問題となっていった。使えなくなった兵隊としての「廃兵」から、やがて癒える傷を負った軍人としての「傷痍軍人」への名称変更に象徴されるように、増加する傷痍軍人を治療して戦場に送り、あるいは社会復帰をさせること、そうでなくても手厚く保護することが、国力を下げず、厭戦気分を高めないために必要だったのである。戦後には、一転して保護を失い、募金を求める彼らの白衣姿が街頭にあふれることともなった。

一方、『赤い蠟燭と人魚』などの童話で有名な小川未明は、その初期には社会主義思想に近づいて労働者に同情的な短編小説なども書いていた。しかし、反戦童話として名高い「野薔薇」が発禁処分される世相の中で、徐々に社会主義やアナーキズムの運動から遠ざかり、童話界の重鎮として、戦争協力への道を進んでいくことになる。戦後にも高い地位を保ちつづけた未明の戦争責任の問題は、他の多くの文学者と同様に曖昧なまま今に至っている。ここでは日本の短い戦間期における未明の作品として「汽車奇談」、戦時下の作品として「村へ帰った傷兵」を取り上げ、それぞれの時代の傷痍軍人の表象が担った役割について考察する。社会の中での傷痍軍人の位置、そしてそれを描きだす未明のスタンスには、どのような変化が見られるだろうか。

「汽車奇談」――SCENE 1

汽車の中で、知り合になつた人達は、これから先、まだ長い間乗つてゐなければならぬやうな人々でありましたから、その間を怠屈しないやうに、めい〳〵が、いろいろな話をしたのであります。

「よく仕合《しあはせ》といふことを言ひますが、なにが仕合になるか分らんものです」と、かう頭の禿げた、白の襟巻をした老人が前置をして、「その男といふのは、乱暴者で、手がつけられませんでした。酒は飲むし、喧嘩はするし、そして、力が強いので、その男があばれだすと、誰も怖ろしがつて押へる者がありませんでした。

それだけの力を出して、真面目《まめ》に働いたら、貧乏もしなからうし親兄弟がどんなに喜ぶか知れないのに、仕事の方はなまけて、悪いことをするのが商売のやうになつてゐましたから、相手にするものもなく、家は、困る一方でありました。

そこへ、ちやうど戦争がはじまつたのです。その男は、徴集されて、軍《いくさ》に行かなければならなくなりました。

「あんな男は、どこかへ行つてしまふか、病気で死んでくれゝばいい」と、平常《ふだん》から、口に出して言はなかつたけれど、みんな、思つてゐた時ですから「あゝ、いゝあんばいだ。戦争にでも行つて国家のお役に立てば仕合せなことだ」と、村の人々は喜びました。

いよ〳〵行くとなると、送別会もしてやれば、見送つてもやりました。

「こんどは、天下晴れての喧嘩だ、うんと敵をとつちめてやれ」

「お前の力は、こんな時でもなけれや、出す時はないだらう」

みんなは、褒めるやら、おだてるやらしますと、男は本気になつて、「あゝ、うんとやつて来る」と、元気を出して行きました。

それがどうでせう。右腕を一本無くして、勲章をもらつて帰つて来ました。

村の者は、二度びつくりした。あんなやつが、勲章をもらつて、帰つて来たら、どれ程威張つてあばれ廻るか知れん。ほんたうに困つたことだと言ひました。しかし暴れるにも、あばれやうがありません。大事な右腕がないんですからね。……」

汽車の中で、この話を聞いてゐる人達は、

「成程、それにちげえねい。ハヽハ」と、言つて、大きな声で笑ひました。

「村の者は、もう、暴れようたつて、右腕がないのだから、なんにもできないと知ると、安心しました。

だが、男は、全く、生れかはつたやうにおとなしくなりました。勲章の前にたいしても、さう大酒は飲めないといつて、謹みますし、それで年金は下賜《かし》されるし、生活は、いくらか好くなつたので、両親も、倅の不具になつたのを悲しむよりは、むしろ喜ぶといふ風でした。

また、村では、名誉の負傷者だといつて、いまゝでとは、うつて変つて、何かの事があるたびに、その不具を見せるやうに、上座に坐らせたので、男はいよ〳〵真面目になるといつた訳で、昔の噂はどこへやら消えて、全く信用されるやうになり、この頃では、村に消費組合が出来まして、その幹事をしてゐますが、この男などは、力が邪魔になつたんですね。力自慢が、男には悪かつたので、かうして、大事な右腕をなくしましてから、すつかり、好い人間になりました。何が、人間の仕合になるか、分るものではありません――」と、老人は、言ひ終りました。

「いや、力といふより、腕がいけなかつたんですよ」と、旅客の一人が口をいれると、

「それを見ましても、世界中の国が、軍艦なんかなくしてしまつた方が、ほんたうに、戦争がされなくなり平和になるか知れませんね」と、また他の旅客が笑ひながら、言ひました。

汽車は、桃の花のさく、平野の中を走つてゐました。空は霞んであたゝかな風は眠気を誘ふやうに、窓の中へはひつて来ました。

こんどは、黒い眼鏡をかけてゐる男が、煙草をふかしながら
「これから、北国《ほくこく》は、鯛の季節になりますが、昔のやうに値は安くありません。あの青い海から上る、赤い色は、たまらなくいゝものです。人によつては、南の海でとれる鯛の方

がうまいとも言ひますが、私達には、子供の時分から食べつけてゐるせゐか、やはり荒い波でもまれて、身のしまつたのがうまいやうに思ひます。鯛程、奇麗な魚はありませんね」と、言ひました。

「腐つても、鯛の骨と言ひますからな」と、一人が口をいれました。黒眼鏡は、話をつゞけました。

「だが、こんなことがあります。――この間新聞に、どこか外国で鵞鳥を殺して、料理をすると、砂嚢の中から大粒な砂金が、二つも三つも出て来たといふので、他の鳥にも、ありはしないかといつて、いつしよに飼つてゐた鳥をみんな殺して見たがなかつたといふやうなことが書いてありました」

「なんでそんなことをしたんでせう?」

「その家へ来る前に、どこかでその鳥が食べたと見えます。もし、他の鳥にあつたら、飼主は、砂金の出る場所を発見して、大金持にならうと思つたのでせう……」

「成程、さうでせう。鳥から、思はぬ宝が近傍で発見される訳ですからね」

「しかし、他の鳥になかつたので、飼主は、大損したことになりますな」

人々は、口々にこんなことを言ひました。黒い眼鏡は、自分は、そのことを言はうとしてゐるのでない、これは、前置きだつたと思ひましたから、すぐに、自分の話の後をつゞけて、

「それがです。鵞鳥ばかりでありません。鯛にも、これに似たことがありました。それは砂金でないが、私の子供の時分のことです。桜の花が咲いてちやうど鯛の沢山とれる季節でして、浜の方から、女の魚売が、朝早く、とれた鯛を籠にいれて、村々へ売りに来ました。

こんな時でもなければ、平常は食べられないといふので、どこの家でも、鯛を買つたものです、ある日、一軒で買つた鯛の腹から光つたものが出て来ました。見ると、女の指にはまつてゐた金の指輪であります。家の人は、びつくりしました。多分、冬の暴れる時分、難船した者か、また、身を投げて死んだ者の指にはまつてゐたのを、ぴかぴか光るので、鯛がぱくりとやつたと見えます」

「これは、砂金と異ふから、いゝ気持はしなかつたでせう」

「しかし、それも、その当座だけでした……」と、黒眼鏡は、語りました。白襟巻の老人は、居眠りをしてゐます。汽車は、やはり、長閑な野を走つてゐました。圃には菜の花が咲いて、ひつきりなしに春の風は吹いてゐます。

※「汽車奇談」(「国民新聞」一九三〇年三月二日、『定本小川未明童話全集7』講談社、一九七七年所収、底本は初出)

「村へ帰つた傷兵」——SCENE 2

　清作上等兵は、陸軍病院の手厚い治療で、腕の傷口もすつかり癒《なほ》れば、この頃は義手を用ひて何不自由なく仕事がされるやうになりました。ちやうどその頃、兵役免除の通知が来たので、一先づ知合の家に落付いて、いよ〳〵故郷へ帰ることになりました。

　右の胸に、燦然として輝く軍人傷痍記章は、名誉をあらはすと共に、健全な人々はこの国家のために傷ついた勇士をいたはれといふ温かい心のこもつた貴いものでした。どこへ出るにもつけることになつてゐたのであるが、何事にも遠慮勝な清作さんは、同じ軍隊にゐて、朝晩辛苦を共にした戦友で死んだものがあり、また、いまも前線にあつて戦ひつゝあるもの丶ことを考へると、自分は武運拙なく帰還しながら、戦傷の名誉を人に誇るやうな気は少しもなかつたのです。たとへ自分にはそんな気がなくても、つけてゐれば、或はさう取られはしないかといふ取越苦労から、なるたけ記章をつけぬやうにしてゐました。

　しかし、今日は、靖国神社（注1）へお詣りをして、国へ帰るお別れをするので、軍服の威儀をたゞして、金色の記章をつけて出たのであります。清作さんは、立派な軍人でしただから町を通ると、男も女も振向いて、その姿をながめました。けれど中には、ぽかんとした顔付をして見送るやうな、子供を負《おぶ》つた女もありました。

「あの人達は、くんしやうとでも思つてゐるのかな。」

なぜ清作さんは、そんなことを思つたでせう。それは、この人達の顔に何の哀しみの影も見えなかつたからです。こんどは、若い紳士と、頭髪をカールした女の人が、すれちがひました。その人達は学問がありさうに見えたが、やはり気のつかぬやうな様子で通り過ぎてしまひました。

「私は、この記章をつけるのを、いまゝであまり大事に考へ過ぎたやうだ。」と、清作さんは思ひました。なぜなら、世間は軍人が戦争に行つて負傷をすることを、あたりまへと考へてゐるらしいからです。けれどあの人達は、同胞がこんな姿となつたのを見ても、何とも心に感じないのだらうかと考へると、腹立しい気がしないでもありません。

　靖国神社の前へひざまづいて、清作さんは、低く頭を垂れた時は、すでに死して護国の神となつた戦友の気高い面影がありありと眼に浮んで来て、熱い涙があふれて砂の上へ落ちるのでした。この瞬間こそ、悲しみもなく、憤りもなく、自分の心までが明るく貴く感ぜられて、神の世界に通じてゐたのであります。

お詣りを終ると、九段の坂を下りました。そして、停留所の処で電車を待つてゐました。突然、口髭のある角顔の男の人が、彼の前へ来て丁寧に頭を下げました。

清作さんは、あまりだしぬけであつたので、びつくりして、その人の顔をながめました。

「あなたは、どこをお怪我なさいました？。」と、その人は、静かな調子でたづねました。

「あゝ、私の傷ですか、こちらの腕をやられたのです」と清作さんは、心にこの人だけはよく傷痍記章に目をとめてくれたと感謝して、左の方の義手を出して見せました。

「おゝ、これは、これは。この寒さに、傷口がお痛みになりませんか？　私はシベリヤ戦役に行つてきたものですが、死んだ戦友のことや、負傷した友達のことを片時も忘れはいたしません。」

その言葉には、しみ〴〵と真情があらはれてゐました。これをきくと、清作さんは、このはじめて会つた、年をとつた人の前におのづと頭が下りました。

すぐ、電車が来たので、乗つてしまつたけれど、老人の顔は頭に残つてゐました。電車の中は満員でした。清作さんは、右手でしつかりと釣革にぶら下りながら、あちらへ押され、こちらへ押されてゐました。胸の記章も、これらの人達には何の注意も与へなかつたやうです。するとこの時、そばから、

「兵隊さん、こゝへおかけなさい。」と、いふ子供の声がしました。見ると人を分けて立上つたのは、八九歳ばかりのランドセルを負つた二人の小学生でありました。

「やあ、ありがたうございます。」と、はじめて救はれる気がして腰を下しながら、二人の子供を見ると、子供はなつかしげに混み合う間から、清らかな瞳をこちらへ向けてゐました。

「あゝ、子供はいゝな。」と、清作さんは、真に思ひました。

その晩には、もう清作さんは、故郷へ帰る汽車の中にあつたのです。そして、昼間のことなど思ひ出してゐました。

「村の源吉さんも、シベリヤ戦役に行つて、片腕をもがれたのだ。その時分、自分はまだ子供だつたが、源吉さんが不具《かたわ》になつて帰ると、どの子供も怖しがつて、傍へ行かなかつたものだ。それにくらべて、この頃の子供はなんといふ利巧で、やさしいことだらう。源吉さんは、その後病気で死んだが、帰つたらお墓へお詣りをして、昔のお詫びをしよう。」

夜中頃、汽車が山間にかゝると、寒気が一そう募つて、傷口がづき〴〵と痛み出しました。

「あの老人は、親切に傷口が痛みませんかと聞いてくれたが……」

清作さんは、自分よりもつと大きな手術を受けた傷兵のことを思つたのでした。あの人達は、今頃どこにどうしてゐるだらうか、この寒さに傷口が引きつつて、痛みはしなからうかと案じたのでした。

村へ帰ると、流石《さすが》にみんなが温い心をもつて待つてゐてくれました。喜びは、それだけでありません、みんなは、今度の事変は東洋永遠の平和のためであるから、戦線と銃後を問はず、心を一つにして相助け合ひ、最後の勝利者たらなければならぬといふことをよく知つてゐました。

清作さんは、どんな仕事でも自分の力でされるものなら喜んでする決心でゐましたが、幸ひ、村の産業組合に勤め口があつて、こんどは銃後でお国のためにつくすことになりました。

やがて三月となり、春がこの村にも来たのであります。ある日、清作さんは、村の子供たちをつれて、源吉さんのお墓へおまゐりに行きました。

「さあ、これが話をした源吉さんのお墓だ。みんなよく拝みなさい。」

子供たちは、お墓の前にならんで、手を合せて頭を下げました。南へゆるやかに傾斜した日の当る丘の中程に、大きな椿の木があつて、赤い花を咲いてゐました。その麓の方には藁葺の家があつて、三四本の梅の蕾が白くなりかけてゐました。

徐州、徐州と人馬は進む
徐州ゐよいか、住みよいか

と、孝ちやんが、不意にうたひ出しました。これをきくと、清作さんは、思ひ出したやうに、きつと顔を上げて、

「さうだ、ちやうど二年前になるな、私はその列に入つて

徐州へ進軍してゐたのだ。さあみんなここへお座り、その時の話をして上げよう。」

「をぢさん、戦争の話、どんな話?」

孝ちゃん、三ちゃん、勇ちゃん達が、清作さんを取巻いて、枯草の上へ座りました。

「徐州へ進軍の時は、大雨の後だつたが、多分先に出発した馬だらう。崖下の泥田の中へ落ちて、半分埋《うも》りながらこちらを向いて鳴いてゐた。助けるにも、助けやうがない。先を急いでゐるので、たゞ頭を下げて通り過ぎてしまつた。」

「かはいさうに、その馬どうなつたらうね。」

「ほんたうに国を出てから、幾山河の間をいつしよにこゝまで来た馬だもの、みんなが泣いて見送りながら行つたよ。」

「僕たち、こんど慰問袋へ、馬にやるものを入れて送らない?」と、孝ちゃんが、いふと、

「お馬には、図画や、綴方は分らないだらう。」と、勇ちゃんがいつたので、みんなで大笑ひとなりました。

この時、どこか遠くの方から鶏の鳴く声が、長閑にきこえて来ました。

※「村へ帰つた傷兵」(「日本の子供」一九四〇年四月号、童話作家協会『銃後童話読本』金の星社、一九四〇年、『定本小川未明童話全集12』講談社、一九七七年所収、底本は初版)

注1 靖国神社……靖国神社の起源は、明治天皇の詔勅によって一八六九(明治二)年六月二九日、東京九段に創建された東京招魂社に遡る。幕末維新期における官軍犠牲者を祀る官祭招魂社の代表という位置づけであった。一八七九年六月四日「靖国神社」と社号を改めて別格官幣社に列せられる。以後、幕末維新の戦没者のみならず、佐賀の乱、西南戦争、台湾出兵、日清戦争、日露戦争、第一次世界大戦、シベリヤ出兵、満洲事変、日中戦争、第二次世界大戦など国内外の戦役における戦没者を国家の英霊として合祀、顕彰してきた。赤澤史朗『靖国神社 せめぎあう〈戦没者追悼〉の行くえ』岩波書店、二〇〇五年)によれば、「靖国神社の存在の国民への浸透が、それ以前と比べものにならないほど意識的に追及され」「出征兵士が戦死を覚悟して戦友に、「靖国神社で逢おう」といったことが盛んに喧伝される」ようになるのは、日中戦争全面化、総力戦体制構築が進む一九三〇年代後半とされる。

作者紹介　小川未明（おがわ・みめい）

一八八二（明治一五）年四月七日、新潟県高田市生まれ。本名は健作。高田中学で三度落第するが、学友の相馬御風らの示唆で一九〇一年四月に中学中退して上京、東京専門学校予備校に入った。在学中に早稲田大学となった同校英文科にラフカディオ・ハーン論の卒論を出して一九〇五年に卒業。前年に坪内逍遥の命名を受けた雅号「未明（びめい）」を用いるが、「みめい」と読まれるのも容認したためそちらが通用している。一九〇六年に結婚、明治年間には『愁人』（隆文館、一九〇七年）から『魯鈍な猫』（春陽堂、一九一二年）に至る七つの中短編集を刊行しつつ、最初の童話集『赤い船』（京文堂書店、一九一〇年）に収める童話も書いた。一九一三年に大杉栄に予兆を指摘された通り、大正デモクラシーの中で社会主義思想に近づき、短編集『底の社会へ』（岡村書店、一九一四年）などで労働者や民衆に同情的な作品を発表した。一九一四年には長男哲文を六歳で、一九一八年には長女晴代を一二歳で失い、深く悲しんだ。一九一八年に鈴木三重吉が「赤い鳥」を創刊すると主要執筆者の一人となり、翌年創刊された「おとぎの世界」の主宰も引き受け、一九二一年には代表作となる童話集『赤い蝋燭と人魚』（天佑社）を刊行した。一九二五年には日本プロレタリア文芸連盟に参加するが、翌年には童話作家協会の幹事となり、『未明選集』（未明選集刊行会）完結を機に、童話に専念する決意を表明した。一九二八年には日本左翼文芸家連合創立に参加、同連合の作品集『戦争に対する戦争』に童話「野薔薇」を収録したが同書は発禁となった。同年、新興童話作家連盟結成にも加わるが、翌年脱退し、アナーキズム系の自由芸術家連盟に加わった。一九三六年の「赤い鳥」廃刊の翌年に創刊された「お話の木」の主宰を引き受けた。一九四〇年には童話集『夜の進軍喇叭』（アルス）を刊行、童話作家協会が解散されて日本児童文化協会に吸収され、二年後には日本少国民文化協会となった。一九四二年、感想集『新しき児童文学の道』（フタバ書院成光館）刊行、二年後には第一回少国民文化功労賞を受け、敗戦まで疎開せず東京にとどまった。一九四六年創立の児童文学者協会の初代会長となり、九月の機関誌「日本児童文学」創刊号に「子供たちへの責任」を発表するが、自らの戦争責任を問うものではなかった。同年野間文芸賞を受賞、二年後には芸術院賞を受け、一九五三年には児童文学者として最初の芸術院会員となり、文化功労者としても表彰された。一九五八年には未明文学賞が設立され、石森延男『コタンの口笛』が第一回の賞を受けた。一九六一年五月六日脳出血で倒れ、一一日死去。戒名は智光院未明文耀居士。

問題編成

SCENE 0　傷痍軍人とは？

戦闘その他の公務によって負傷した軍人・軍属（軍人以外で軍に所属する者）のことである。古くは廃兵と呼ばれたが、一九三一年一一月に改称された。日露戦争で三万六千人余りの傷病者が出てから社会問題となり、アジア太平洋戦争下においてさらに大規模な対策がとられた。医療の便宜、職業訓練、就職斡旋などの他、鉄道運賃免除をはじめとして手厚く保護された。戦後の占領下には特権を奪われ、入院したまま白衣の募金者となる者が急増して問題となったが、独立後は再び保護されることとなった。しかし「日本人」として軍人・軍属となり、独立後に「外国人」となった韓国・朝鮮人傷痍軍人はその保護の外に置かれている。なお、パラリンピックの起源も、一九四八年七月にロンドン近郊のストーク・マンデビル病院で開かれた傷痍軍人のための競技大会であり、リハビリのためのものだった。東京都千代田区のしょうけい館（戦傷病者史料館）では、傷痍軍人についての展示や図書の公開が行われている。これを運営してきた日本傷痍軍人会は二〇一三年一一月三〇日に解散したが、その後も厚生労働省が民間会社に委託する形で運営を続けている。

〈傷痍軍人〉関連年表

1905年9月5日／日露戦争終結、傷病兵36,000人余り。**1906年**4月7日／廃兵院法公布。9月／廃兵院、東京・渋谷に設置。**1917年**7月20日／傷病兵や戦死者遺族の困窮を救う軍事救護法公布。**1936年**12月2日／内務省、陸軍省、海軍省により個別の傷痍軍人団体が解散させられ、大日本傷痍軍人会として再組織。**1937年**3月31日／軍事救護法改正され軍事扶助法となる。**1938年**8月3日／軍人傷痍記章令、甲乙二種の記章を定める。**1939年**7月／厚生省外局に軍事保護院設置。**1945年**8月21日／陸軍省、財団法人遺族及び傷痍軍人保護並びに退職軍人職業補導会を設置するが、占領軍からの解散命令で実現せず。11月24日／占領軍、軍人恩給を廃止する覚書通達。**1946年**2月／重度の傷病者以外の軍人恩給廃止。9月／生活保護法制定に伴い、軍事扶助法廃止。**1948年**2月／占領軍の指令により大日本傷痍軍人会解散。**1949年**12月／身体障害者福祉法制定。**1952年**4月30日／戦傷病者戦没者遺族等援護法制定。11月、日本傷痍軍人会結成、会員18万人。**1953年**8月1日／恩給法改正公布、即日施行で旧軍人恩給復活支給開始。**1955年**2月／日本傷痍軍人会、財団法人に。会員35万人。翌年、白衣募金者一掃運動を全国で実施。**1963年**8月3日／戦傷病者特別援護法制定。**2006年**3月／しょうけい館（戦傷病者史料館）開館。**2012年**9月／日本傷痍軍人会、翌年11月の解散を決定。**2013年**10月3日／日本傷痍軍人会最後の式典、会員5,000人。

SCENE 1・1　「名誉の負傷」ということ

一九三〇年の時点で言及された「戦争」は、一九〇四～〇五年の日露戦争か、あるいは一九一八～二二年のシベリア出兵のことであろうか。いずれにせよ、本人の意思にかかわらず「召集」された男は、「右腕を一本無くして、勲章をもらつて」帰ってくることになる。おそらくこの勲章は一八九〇年に制定され、武功抜群の軍人に与えられた金鵄《きんし》勲章で、功一級九〇〇円～功七級六五円の年金がつけられたものであった。

勲章をもらった場合に「威張つてあばれ廻る」こともあり得たわけだが、男は「勲章の手前」態度を改め、まじめな生活をするようになる。勲章と「名誉の負傷者」という称号が他の国民に対して権威を誇示するものであると同時に、内面から挙動を拘束する装置と化していく機構がうかがえる。男があばれなくなったのは「大事な右腕をなくし」たためではないのだ。男は本当に「仕合《しあはせ》」だったのだろうか。

SCENE 1・2　平時の「奇談」としての並列

ふつうに考えればとても等価ではありえないような「奇談」の、奇妙な並列がなされている。戦争へ行って右腕をなくした乱暴者がまじめになった話、鵞鳥の砂嚢から砂金が出てきたので他の鳥も殺したが砂金はなかった話、鯛の腹から金の指輪が出てきた話である。金の卵の寓話のような二つ目の話を除き、かなりグロテスクな内容であるはずだが、最初の話には腕《アーム》を軍備《アーム》になぞらえた反戦平和のような感想が述べられ、最後の話では死体への想像力よりも指輪から得られる実利を重んじたという結果が語られる。そしてこれらの話は、汽車の中で知り合いになった人たちが、「その間を怠屈しないやうに」したという枠の中で語られており、合間には汽車が走るのどかな春の野の風景がはさまれている。一九三一年の満洲事変を翌年に控えた戦間期において、戦争の記憶は遠ざかり、皮肉な「人間の仕合」を生じた奇談として、金を損したり儲けたりしたことと同じ水準で並列されるものになっていたわけである。

SCENE 2・1　勲章から軍人傷痍記章へ

長谷川潮『児童文学のなかの障害者』（ぶどう社、二〇〇五年）は、日中戦争の本格化とともに、日清・日露戦争とは比較にならない損害を出していった日本軍への対策として、一九三八年四月に厚生省によって傷兵保護院が設置され、翌年七月に軍事保護院と改称された頃の状況に注目している。「統治者にとっては、傷痍軍人たちへの実際的な保護政策と併せて、戦死者や傷痍軍人を美化するとか、そういう犠牲者たちを悼んだり保護したりする強い国民感情を喚起するとかいったことが、絶対に必要になった」ためにキャンペーンが打たれたという。それは雑誌「少年倶楽部」一九三八年一一月号で厚生大臣木戸幸一が出題した「傷病の勇士へ」や、翌年九月号で軍事保護院総裁の本庄繁が出題した「私はかうして、出征軍人の家族のためにつくします、戦没軍人の遺族のためにつくします」といった作文募集などの形で表れた。そして長谷川が、「児童文学の分野におけるこのキャンペーンの仕上げとでも言うべき本」とするのが、「村へ帰つた傷兵」を収録した『銃後童話読本』なのである。長谷川は、清作が胸に付けた軍人傷痍記章（全集版では戦傷徽章）を勲章と間違われることを嘆くところに注意を喚起し、このテクストが軍事保護院と、軍人傷痍記章のPRキャンペーンの一環であったことを明かしている。SCENE 1で見た金鵄勲章が武功によって与えられたのに対し、軍人傷痍記章（図1）は身体の障害が軍人の公務によるものであることを示し、それによって傷痍軍人が優遇されることを目指したものである。ただし、記章にも甲種（戦闘又は戦闘に準ずべき公務の為）と乙種（普通公務の為）という差別が設けられていたことに象徴される通り、その優遇は当時の社会において一般的に障害者が受けていた差別の裏返しである。未明も「酒屋のワン公」（「童話文学」一九二八年七月号、全集六巻、本章での「全集」は、『定本小川未明童話全集』講談社、一九七六～七八年を指す）、「街の幸福」（「童話文学」一九二九年七月号、全集六巻）、「負けじ魂の吉松」（『青空の下の原つぱ』六文館、一九三二年、全集八巻）などの童話において、障害によって差別を受けながら生きる人のことを書いている。

図1　軍人傷痍記章（しょうけい館所蔵）

SCENE 2・2　語られたことと語られなかったこと

清作は電車で席を譲られて「子供はいゝな」と思い、SCENE 1のように「シベリヤ戦役に行つて、片腕をもがれた」源吉さんを子供の頃に怖しがったことを反省する。そして帰郷した清作は村の子供たちをつれて源吉さんの墓参りをし、子供の一人が一九三八年のヒット曲である東海林太郎「麦と兵隊」を歌いだしたのをきっかけに、徐州進軍の経験を語りはじめる。泣く泣く馬を見殺しにした経験についての問答が笑い話で終わり、長閑に鶏の声がきこえる結末は、子供たちの素朴さや平和さを強調するものになっている。

しかし当時の状況は長閑さや平和さにはほど遠く、この子供たちにも、一九四四年の学徒動員令により学校から軍需工場などへ動員されて働かされたり、少年兵として、さらには特攻隊員として「志願」させられたりする未来が待ち受けていたかもしれない。一九三八年に全国の小学生から募集した傷痍軍人標語の入選作にも、「をぢさんありがと今度はぼくらだ」という尋常二年生のものが入っている（橘覚勝『教育パンフレット 傷痍軍人の保護と指導』社会教育協会、一九三八年）。実際、一九四〇年には一九歳だった未明の三男英二は五年後に軍に徴用され、一四歳だった四男の優も五年後に出征することになった。また、「陸軍病院の手厚い治療」によって清作の傷が治ったことは語られても、彼がどのように負傷したのかは一切語られない。戦時下のテクストにおける戦争の問題は、書かれなかった余白を読むことによってしか見えてこないところがあるだろう。

研究の手びき

小川未明は「赤い蝋燭と人魚」で知られる童話作家の大御所として、一九二〇年代から一九五〇年代にかけて大きな影響力を持っていた。そのため、その作品論や作家論においても、近代日本の童話を確立した作家としての「名作」を鑑賞して功績を称えるものが数多く書かれてきた。また、古田足日「さよなら未明」（『現代児童文学論』くろしお出版、一九五九年）やいぬい・とみこ「小川未明」（『子どもと文学』中央公論社、一九六〇年）などは未明の思想と方法を否定しつつ、新しい児童文学の確立へ向かったため、「日本の現代児童文学は未明童話を否定的媒介として成立したのであり、否定的媒介たりうるものを持っていたという意味からも、未明という存在は巨大だったとしなくてはならない」（上笙一郎「小川未明」『児童文学事典』東京書籍、一九八八年）とも評価されている。

「野薔薇」（『小さな草と太陽』赤い鳥社、一九一八年、全集二巻）については続橋達雄『未明童話の研究』（明治書院、一九七七年）などの留保はあるものの、一般には反戦童話と評価されている。他に反戦をテーマとして読めるものとして、小説としては「戦争」（「科学と文芸」一九一八年一月号）と「血の車輪」（「文章世界」一九二二年一〇月号）があり、童話としては、「酒倉」（『金の輪』南北社、一九一九年、全集一巻）、「強い大将の話」（『赤い蝋燭と人魚』天佑社、一九二一年、全集一巻）、「死と自由」（「黒色戦線」一九二九年五月号、全集八巻）、「餌のない針」（「童話新潮」一九三二年三月号、全集九巻）といったものがあるが、全て戦前、社会主義やアナーキズムに傾斜していた時期の作品である。

未明の戦時下の童話についての研究は多くない。根本正義「小川未明の戦争と児童文学」（「立正大学国語国文」一九七〇年三月号）、上野瞭「戦時下の児童文学あるいはそれを「問い直す」ための覚書」（「日本児童文学」一九七一年一二月号）などが先鞭をつけたが続かず、近年になって山中恒『戦時児童文学論——小川未明、浜田広介、坪田譲治に沿って』（大月書店、二〇一〇年）が刊行された程度である。これらで問題とされた戦争協力の童話として、「僕も戦争に行くんだ」（「お話の木」一九三七年一〇月号、『日本児童文学大系』五巻）、「戦地の兄さんへ」（『日本の子供』文昭社、一九三八年、『日本児童文学大系』五巻）、「夜の進軍喇叭」（『夜の進軍喇叭』アルス、一九四〇年、全集一二巻）、「世の中を見る目」（「少年少女生活教室」一九四〇年九月号、『日本児童文学大系』五巻）、「かねも　戦地へ　いきました（カネモセンチヘイキマシタ）」（「良い子の友」一九四三年四～八月号、全集一六巻）、「僕はこれからだ」（「新児童文化」第三冊、一九四一年、全集一三巻）、「戦友」（「新児童文化」第四冊、一九四二年、全集一三巻）などがあり、一九四一年六月三日の講演「現下に於ける童話の使命」（全集一三巻）を含む『新しき児童文学の道』（フタバ書院成光館、一九四二年）は当時の思想を表わす書物となっている。

戦後には自らの戦争責任を棚上げにした「子供たちへの責任」（「日本児童文学」創刊号、一九四六年九月）の他、「戦争はぼくをおとなにした」（「童話」一九四八年二・三月合併号、全集一三巻）、「たましいは生きている」（『たましいは生きている』桜井書店、一九四八年、全集一三巻）、「子供は悲しみを知らず」（『心の芽』文寿堂出版、一九四八年、全集一三巻）といった戦争を経た子供についての童話を書いているが、戦争協力からの転回は曖昧なままである。

一方、傷痍軍人についての小説も数多く書かれているが、ほとんど論じられていない。二〇〇七年に曾根博義によって発掘された小林多喜二「老いた体操教師」（「小説倶楽部」一九二一年一〇月号）なども話題になったが、もっとも有名なのは江戸川乱歩「芋虫」（「新青年」一九二九年一月号に「悪夢」として掲載。一九三九年、短編集『鏡地獄』に当初のタイトル通り「芋虫」として収録されるが発禁）だろうか。百瀬久「江戸川乱歩「芋虫」論――「悪夢」の原因」（「文学論藻」二〇〇五年二月）などでマゾヒズムや子宮回帰願望などが読まれているが、傷痍軍人の設定については乱歩のグロテスク趣味に帰されている。これを含む『鏡地獄』が警視庁検閲課によって「風俗壊乱」と「安寧秩序紊乱」の二重の理由によって全編削除を命じられた経緯については谷口基『戦前戦後異端文学論――奇想と反骨』（新典社、二〇〇九年）に詳しい。

戦時下には、軍事保護院編『軍人援護文芸作品集 第一輯』（軍事保護院、一九四二年）が同年のうちに第二輯まで刊行され、傷痍軍人称揚キャンペーンの一環としての役割を果たした。また、戦後に原爆文学で有名になる大田洋子が、戦争末期の「白雁」（「新青年」一九四五年二月号）で傷痍軍人の問題を扱っているのに注目した論文として、滝口浩「大田洋子の「追憶の苦悶」――癈兵の魂としての文学について」（「新日本文学」一九九四年一月号）がある。小川未明が傷痍軍人をテーマとしたものとして、本書で取り上げた他に「少女と老兵士」（「中央公論」一九三九年八月号、全集一二巻）があるが、山中恒（前掲書）が「未明はいったい何を言いたかったのだろうかと、首をひねってしまった」と評した通り、あまり出来の良いものとは言えない。

戦後に傷痍軍人自身によって書かれたものとしては、『清流』（小山書店、一九四六年）から『一縷の川』（新潮社、一九七七年）に至る直井潔による一連の作品が代表的であろう。志賀直哉に私淑した直井とは対照的な強烈な記録文学として、板東公次『廃兵はいやだ――祖国に叫ぶ傷痍軍人』（富士書房、一九五三年）がある。文学ではないが、大島渚のテレビ・ドキュメンタリー「忘れられた皇軍」（日本テレビ、一九六三年八月一六日、川崎市民ミュージアム所蔵）は、朝鮮人軍属として働いて傷を負いながら、日本人の軍人・軍属と異なり、戦後に何の保障も年金も与えられなかった在日朝鮮人の問題を扱った必見のものである。この問題にその後も解決が与えられなかったことは、金成寿『傷痍軍人金成寿の「戦争」――戦後補償を求める韓国人元日本兵』（社会評論社、一九九五年）などに明らかであり、従軍慰安婦問題とも似た様相を呈している。

参考文献

山田明「わが国傷痍軍人問題と職業保護の歴史」（牧村進・辻村泰男『戦前期社会事業基本文献集58　傷痍軍人労務輔導』日本図書センター、一九九七年）

植野真澄「傷痍軍人・戦争未亡人・戦災孤児」（『岩波講座　アジア・太平洋戦争6　日常生活の中の総力戦』岩波書店、二〇〇六年）

大川内夏樹「傷痍軍人詩論――兵士の記憶」（丹尾安典編『記憶の痕跡――WIJLC報告』早稲田大学国際日本文学・文化研究所、二〇一一年）

✤ 村上龍『半島を出よ』

村上龍の『半島を出よ』（二〇〇五年・幻冬舎）に描かれる日本は、深刻な財政破綻によってアメリカからも見棄てられ、国際的な孤立を深めつつある。円の暴落にともなって食糧自給率が低下しエネルギーも不足するなか、マスコミは餓死者や凍死者が出るのではないかと騒ぎはじめる。そんなとき、自らを北朝鮮の「反乱軍」と名乗る特殊戦部隊が来襲し、福岡の街そのものを占拠するとともに、資本家や悪徳人たちを逮捕・拘禁し、九州独立を促すテロリズムが起こる。

この物語は、かつて魯迅が描いた「賢人と愚者と奴隷」という寓話と同じ構造をもっている。――ある日、自分の家には「四方とも窓がありません」と愚痴をこぼす「奴隷」のもとを訪れた「愚者」は、「おまえに窓をあけてやるのさ」といって家を壊しはじめる。あわてた「奴隷」は「愚者」を追い払う。「主人」から「よくやった」といわれた「奴隷」は、自分の生活が豊かになったわけでもないのに、有頂天になって「賢人」の前に走り寄り、希望に溢れた表情で「主人」から褒められましたと報告する。「賢人」は、そんな「奴隷」に目を細めながら黙ってうなずく……。

『半島を出よ』を読んだ読者は、北朝鮮兵士、および、彼らひとりひとりの記憶を回路として、日本にとって最も遠い国家のひとつである北朝鮮と対峙するとともに、私たちが忘却していた過去をまざまざと見せつけられる。この小説が突きつけるのは、他国を侵略・支配した記憶であると同時に、強大な力に依存したまま平和と繁栄を貪るなかで、私たちは何を忘却させられてきたのかという問題である。それは、平和を希求する民衆を独裁者や盗賊から解放するために戦うという詭弁で自らの罪を免れようとした「愚者」の自画像と、自分たちが侵略・支配の危機にさらされたときに侵略者の言葉として語られる他画像を同時に浮かびあがらせるのである。

「愚者」と「奴隷」がいがみ合い、抗争を続け、それぞれが体力を消耗していくような緊張関係が生じたとき、そこで誰よりも大きな力を有することができるのは、彼らと直接的に交渉する「主人」ではなく、そうした枠組みの外側に立って怒りを宥めすかす「賢人」である。自分ではなにひとつ手を下さず、非当事者を装いながら「愚者」と「奴隷」の諍いを見守る「賢人」である。本質的な侵略・支配は、ときとして、実際の戦禍と関わりのないところで無言のまま進行するのである。

第2章　従軍——木原孝一『戦争の中の建設』

大橋毅彦

本章の要点

新思潮が盛り込まれた海外の文学や、都会の映画館で次々と上映されるトーキーに人一倍の興味を抱き、年嵩の詩人たちとも盛んに交流、その結果ハイブラウな精神圏にいち早く参入していた少年が戦争の中に巻き込まれていくとはどのようなことか。「学校の帰り、やたらと映画を見て歩いた。『ミモザ館』のフランソワーズ・ロゼエ。『地の果てを行く』のジャン・ギャバンとアナ・ベラ。ぼくも未開の中国大陸で、ギャバンのように死ぬのかも知れない。『女だけの都』のルイ・ジューヴェ。『禁男の家』のダニエル・ダリュウ。ダリュウのように美しいアミにもめぐり逢わずにぼくらは死ぬんだ」——盧溝橋事件の起きた年の自分の心の動きを、自伝風の年譜「世界非生界」（現代詩文庫47『木原孝一詩集』思潮社、一九六九年）でこのように記した木原孝一という詩人が、自身の技術戦士としての従軍体験を一八歳の折にまとめた手記『戦争の中の建設』（第一書房、一九四一年）の一部を引用する。手記中に登場する「僕」の瑞々しい心が、それまでの生活環境から引き剝がされてどのような現実を引き受けていくのかを考察する。

『戦争の中の建設』――SCENE 1

其所には桃畠が一面に花を咲かせていて六軒の支那瓦の民家がもう荒廃し盡しながらそれでも家族達の異様な匂いを浸み込ませて残っていた。僕等が玉蜀黍の畑を越えて濁ったクリイクの岸に差し掛る頃までは青い支那服の少女や黒衣の年老いた男達が白い髭の間から支那煙草の煙を吐き出しながら異常な好奇心と恐怖との入り混った眼で此方を見つめていたのだが僕等がトマトとキャベツとに囲まれた小径の中に一歩踏み入れると彼等は黙ったまま走り出した。僕は僅かに小高くなっている土地の一角に立った。雑草に蔽われた家々の瓦はもう殆ど割れていて煉瓦の壁が蝕ばまれた樹木のように傷ましかった。僕は煤けた白壁の家で一人の姑娘が半ばゆがんだ扉を一生懸命に閉めようとしているのに気づいた。僕は改めて自分の長靴と短袴《ズボン》と上衣とを次々に眺めた。国防色の戦闘帽と軍服とそれが大きな圧力となって彼等を蔽うのだろうか。或いはまた彼等の危険を暗示しているのだろうか。遠い城壁の上を羊のような雲が流れて行って周囲の民家は追い詰められた小犬のように息をこらしているらしかった。僕は此の言い知れぬ静寂の中で茫然と雲を眺めていた。

微風の中で桃の匂いが僕の頬にじんと浸み通って来るのだった。

通訳が

「先生。全部集りました。」

と低い声で言った。最前扉を閉めていた姑娘も煙草を喫っていた老人も黒い色褪せた支那服の少年や額の頭髪の生え際を綺麗に抜き取った女や呆然と虚ろな眼で僕等を見つめている中年の男と共に全部で三十人位の農夫が僕の眼を覗き込んでいた。

「此の土地には今度新しく日本軍の建物が設けられる。それで此の中に住んでいる者は全部二十五日の正午迄に此の土地を離れなければならない。その時に建物の窓及び出入口の建具其の他建物に附いているものを持ち出す事は出来ない。畠に作ってある野菜は二十五日に全部取って行って宜しいが樹木を伐ったり運び出したりする事は許されない。移転に要る費用其の他の金銭は特別市政府特務機関（注1）に於いて支払う筈である。分ったか。」

僕の言葉が終って通訳が支那語で喋り始めると彼等は口口に〈アイヤ〉と叫んだ。それは次第に多くなって何やら訳の分らない騒音になった。僕は

「各自。二十五日に移転の手配をするように。」

と叫ぶような大声で言った。

僕は自動車を待つためにクリイクの岸の或る民家へはいって行った。長い煙管を唇から離して銅の彫刻のように深い皺のある男が頭を下げた。恐らく彼はもう少し早く僕の姿を発見すればその扉を軋ませながら閉めてしまったに違いない。然しそれにはあまり不意だったのであろう。あ。と短かく声を出した後で身体の置き所に困ったらしく卑屈な微笑を向けながら一本の支那煙草を差し出すのだった。それは支那での挨拶の一種である。〈長城牌香煙〉と書かれた異様な臭気のする煙草をとにかく喫い込まねばならない。それが彼等への理解の第一歩でありまた僕等を理解させる口火でもあるのだ。僕は木製の粗末な椅子に腰を掛けた。すると入口の煉瓦壁にもたれて十二三歳の少女がオカッパ頭をかしげて僕を見つめているのだった。黒い頭髪と円い頬と少し尖った顎とそして素直に伸び切った足。僕はふと何かをねだる時の妹の半ば傾いた額を思い出した。僕にはその少女が微かに笑い出しそうに思われた。妹はそうした時に白い歯を大切そうに一寸のぞかせるのが癖であった。思わず僕はその少女を見つめながら笑い掛けた。一瞬の後僕は云い知れぬ強烈なもので胸を突かれてしまった。少女の眼は微笑を含んではいなかったのである。其所にあるものは計り知れない哀愁と畏怖との入りまじった困惑の色を湛えた瞳ばかりであった。僕は固く瞼を閉じた。其所にはピンク色のヂレを着て微笑んでいる妹の顔が浮んでいた。

注1　特別市政府特務機関……ここでの「特別市政府」は、木原が最初に着任した南京の「南京特別市政府」のこと。第二次上海事変以降、日本軍の占領地域が広がりを見せる中にあって、一九三八年三月、南京では対日協力政権（いわゆる傀儡政権）である「中華民国維新政府」が樹立、四月にはその管轄下に「南京市政督弁公署」が成立するが、この督弁公署が一九三九年二月にさらに改編されて成ったのが「南京特別市政府」である。一方「特務機関」とは、日本軍が設けた特殊軍事組織を指し、その任務は情報の収集（諜報）、宣撫活動、対反乱作戦など多岐に亘ったが、この一節からは、中国人の農民や日本軍が雇用する中国人苦力に対する措置にも同機関が関わっていたことがわかる。

『戦争の中の建設』——SCENE 2

僕は此の酷熱に焼けた荒涼たる草原の中でしきりにメリメの書物を読みたかった。冷酷な季節の中では人は温順なものを求めるのかも知れない。僕はメリメの手紙が読みたかったのだ。僕は赤い罫線の入っているレタア・ペエパアを取り出して従姉のEに手紙を書き始めた。

〈Bonjour. お元気でしょうか。僕はアラビアとトルキスタンの中間のような酷熱の中で比較的元気なのかも知れません。最近無性にメリメの手紙を読みたくて困っています。大急ぎで送って下さる事を希望します……〉

僕は書き終ってから軽い失望を感じなければならなかった。此の手紙が内地に着くのは少くとも二週間はかかるのである。そして此の手紙の返事は玉蜀黍がもうすっかり色づいた頃でなければ来そうにもないのだ。一冊の書物をそして一個の知性の糧を得るために僕は失望の日日の中に暮さなければならない。そしてその間僕は共に語るべき仲間もない。熱い夜のアモック（注1）と戦わなければならないのだ。新しい詩の一行を。読むべき書物の一ペエヂをもう一箇月半も見ていないのだ。僕は一冊のノオトを常に図嚢の中に入れてある。それには詩の一節がところどころに散らばって書かれている。僕はそうした詩の一行を読み返しながらふと限り無い不安を感ずることがある。内地では次次に新しい詩のコオスが開拓されているに違いない。僕の進んでいる詩のコオスは果して正確なのだろうか。僕の詩のコオスをそしてエスプリを判断して行くものは一体何なのだ。それは僕自身なのだ。常に僕自身の教養とエスプリとによって判断するの外はない。そして僕自身の教養とエスプリとを進ませるものは何なのだ。それは支那の砂なのか。酷熱の太陽なのか。それを進ませるものは何も無いのだ。ただ残された最後の方法がある。それは僕自身の思考に依って進ませることだ。現在までの教養とエスプリとを新しい環境の中で新しく整理する事より外はない。そうした決意が僕を暑熱の苦痛から解放して呉れた。僕は軽い歩調で詰所の外へ出た。

カンカンと材木を叩く音が幾重にも重なって響く。小屋組の一部が完成したのである。三角形に組合された木材。それを構成している方杖。両方にスムウズな傾斜で流れている合掌の線。数日の後にはそれは柱の上に載せられ建物の主要な部分になる。

その右側では柱が刻まれている。鈍い光沢の杉丸太。その一本一本には僕等の血と汗とが流れている。それは内地の何所かの山で育って来た一本の杉の木である。内地の空気の中で伸びて来た杉の木の中の一本である。それが今暑熱に焼けた支那の土地の上に建てられるのだ。城壁の上を白いタオルのような雲が流れて行った。太陽は僕の頬を焼き苦力達の固い背中を光らせる。微風さえも吹かない空はセロファンのように晴れている。

工事場の右側は小高い丘が城壁に沿って続いていて〈広東墓地〉と朱色の文字の刻まれた門が見える。僕は午後になってふと其の墓地を見たくなって城壁伝いに丘の上へ登って行った。丘の上から見ると思わぬ所にクリイクが光っていて藁葺きの農家がところどころに散らばっていた。

墓地は古い城趾のようにいちめんの雑草に蔽われていて半ば欠け落ちた墓石や家の模型のような墓石や刻まれた文字がもう薄れかかって読み難くなっている墓石やらがその間に点点と並んでいた。不意に二三羽鳥に似た見知らぬ鳥が叢の一角から飛び立った。ふと見ると其所にはまだ真新しい長方形の棺桶が雨晒しになって置いてあった。その前にたんぽぽや菫や名も知らぬ花花が供えてあった。

太陽が雲の間に入ったらしく此の丘から城壁にかけて一帯に陰になった。此所からは何も聞くことが出来ない。雑草も怠惰そうに身動きしないのだ、計り知れない真昼の静寂である。黒い鳥が二三羽音も立てずに墓地の上を飛び廻っている。僕は名状し難い不気味さを感じてガサガサと叢を鳴らしながら歩き始めた。

その先きには玉蜀黍の畑が続いていた。僕は頬に葉先が当るのを感じながら歩いて行った。畑を出るとキャベツや大根の畑であった。一面の緑色の中で四五人の姑娘が野菜を摘んでいた。ふと僕は立止って青い支那服の彼女達を眺めていた。すると彼女達の中の誰かが僕に気附いたらしい。皆が一せいに僕の方を振り向くと突然摘んだ野菜を抱えて走り出した。僕は苦笑しながら一番近くにある民家に向かって歩き出した。

その家の中は薄暗かった。煉瓦で積まれた四囲の壁には小さな窓が二箇所開いているだけである。そうした土間の中に古風な机が置いてあってその周囲で四人の農民がマアヂャンをやっていた。僕が入って行くと主婦らしい女が急いで椅子を持って来た。僕はしばらく休ませて欲しいと言った。中年の農夫が愛想よく一本の煙草を差し出した。それには〈長城牌〉と書いてあった。僕は唇にあてて火をつけた。安物の支那煙草の匂いが流れた。彼等は今日の食糧さえあれば働こうとしないのだ。晴れた日でも午睡かマアヂャンをして一日を終る。そして食糧さえあれば五日でも六日でもそうした日日を続けているのだ。

僕は煙草の煙りを吐きながらガチャガチャするマアヂャンの音を聞いて淡い焦燥を覚えた。彼等を働かせるものは食糧の不足だけだ。彼等に文化を与え生活を与えるのは一体如何なものなのか。彼等は何によって動くのだろう。彼等の生活を建設するものは何なのだろうか。それはすべて不可解のまま薄暗い煉瓦の室の中に沈んでいる。僕はふと僕等の建設戦の前途を思った。それはあの高い城壁の中に塗り込められているように僕の眼の前には見えなかった。彼等の生活を開く鍵は何所にあるのだろう。先ずその鍵を発見することによって其所から建設戦は始まらなければならないのだ。

　僕はまた城壁に沿って工事場の方へ帰り始めた。丘の上から見ると工事場の中には無数の苦力が蟻のように動いていた。煉瓦の基礎が整然と建物のアウトラインを示すように光っている。暑熱の中で建設は着着と進行して行った。

注1　アモック……amok（英語）。人が突然の狂乱状態で暴れ狂うさまを"run amok"と表現する。東南アジアのマレー地方に住む人々の間で「アモック」と呼ばれていた、彼らが時に見舞われる精神の一時的な錯乱や熱狂状態を、一九世紀後半以降にこの地に進出したヨーロッパ人が植民地主義的な思考の枠組みで解釈していった歴史が反映されている言葉であり、アンリ・フォコニエ作、金子光晴訳の『小説 馬来』（昭和書房、一九四一年）には、この「アモック」に憑かれた人物が登場している。『戦争の中の建設』でのこの言葉の使われ方はそうした位相と直結してはいないが、「僕」の中でのある種の感情の昂まりを伝える文芸用語としては機能している。そして、この後に続く一連の文章と「SCENE 3」（後出）で繰り返される「焼けたアモック」という表現を参観すれば、この抑えがたい感情は、自らの詩人としてのエスプリを持ち得るかどうかの不安や焦慮と混ざり合って、新しい詩がいまも誰かによって書かれ、詩人仲間との思い出も多く詰まっている「内地」に向けて発せられる、狂気や熱病にも似た「ノスタルギア」と置き換えることができる。

『戦争の中の建設』――SCENE 3

（ここまでのあらすじ：建築工作に従事して半年が経過する間に、勤務地の移動、仲間の死、自らの発病と、「僕」の戦場での生活にもさまざまな変化が生じた。ここでは野戦病院に収容された「僕」がそれまでの生活に精神的な区切りをつけようという思いの下に書いて、この手記中に挿入した「香水壜」と名づけたコントの一節を引く。）

　淡いノスタルギアを呼び醒ますかのように黄昏の微風が胸を吹きプラタナスの葉かげで葡萄の実に似た街燈が光った。熱いシイラスが夜の影になって一枚の木版画のようにその翼を拡げると僕等のノスタルギアも暑熱の余燼を受けて燃え上る。僕はそうした熱い夜の煉瓦路をドラムのように鳴り響かせながら馬車を走らせるのが堪らなく好きだ。

　僕は此の夜のアイ・シャドウを化粧した支那の街にふと遠い東京の匂いを見出す事がある。あのオオボエのように汽笛の鳴る霧に満ちた河岸。ロココ風の古城を真似た映画館。白い階段とテラスを持つ茶房など。それはピントの狂った写真のように時折空っぽな僕の眼に映るのだった。

　そうした或る水曜日の夜。僕は柏木と共に支那煙草と支那香水の匂いが入り混って言い知れぬ哀愁に満ちた煉瓦の小路を馬車に乗って走っていた。衣裳店や小さな飯店や雑貨屋などが無雑作に並び続いている支那街の外れに〈キャフェ・ボレロ〉は忘れられた緑のアルバムの如く扉を開いていた。暑熱の日日。僕等を其所へ招くのは焼けたアモックであるのかも知れない。

　其所は狂気に似た僕等のノスタルヂアを沈めて乾燥した日日に落される一滴のスコオルなのだった。

　数本のビイルを噴き上げている室の片隅に僕等は淡い電燈の光りを浴びながら向き合っていた。星がエピグラムの一行のように窓枠の中に浮き微風が棕梠の葉を微動させて行った。

　テエブルの上に黒いシアツの袖が器用に動いて二本のビイルが置かれた。新しいウエイトレスなのだ。僕等の眼が頷き合った。コップが僅かな金属音をたてて置かれると柏木が口を切った。

「君。ロリガンをつけてるのかい。確かロリガンのように思うけれど。」

「ええ。ロリガンですのよ。よく御存じなのね。東京から持って来たのがほんの少しあるものですから。」

「え。君は東京から来たの。」

　東京という言葉が僕の頭の中で飛び花模様の如く連想を生んだり消えさせたりして行った。ウイルズの煙草を深く吸い込むと長い間失われていた古いアムウルの匂いがした。今ではアムウルの貝殻と言った方がよいのかも知れない。

　僕等は微風に吹かれている彼女の髪を気にしながら《(ママ)》。改造された十字路のビア・ホオルや《(ママ)》。新しく開かれたテイ・ハウスや《(ママ)》。変らない舗道の雑踏を話す彼女の声をロリガンの匂いを愉しむように聴いていた。

　馬車の軽い音が街中のガラス窓に響いてまた盲目の夜の翼の中に落ちて行った。僕は純白の頸を巻いている黒のカッタアの線とネクタイの細い斜縞とのスマアトネスに見惚れながら何時か此の女も狂気に似た此のノスタルヂアに焼き盡されてしまうのかも知れないと考え始めていた。不意に柏木は最早すっかり強烈なノスタルヂアに焼かれた唇をゆがめて不器用に言った。

「紹介します。此方は木下周一。僕は柏木浩。共に若くして派遣された技術官です。」

言葉の終るのを待っていたかのように女は微かにまあと言ってポケットの中から小型の名刺を無雑作に取り出した。〈氷河禮子〉真新しい四個のイタリックが僕の眼に浸みた。

其の夜。僕等は馬車の音が途絶え勝ちになるのを気にしながら何回目かの〈ボレロ〉や〈マリネラ〉を耳にするまで数杯のビイルの中に果しないデザイアの影を落して飲み乾していた。黄昏の遅い此の街では街燈の少いためか夜の更けるのが早い。僕は帰路に着く馬車の上で微かに肋骨の軋むのを覚えた。それはきっと飲み過ぎたビイルのためかもしれないと独り決めにしながら。


其の頃から柏木の周囲の季節の中に微かな渦のような変調が見え始めた。僕は或る重要な調査のために殆ど街へは出なかったのだが彼のさりげない微笑や言葉の中に今までのノスタルヂアのためばかりでない寂寥の影を感じるのだった。そうした事から来る僕自身の季節にも少しの動揺はあったかも知れないのだが使い古しのネクタイやハンカチイフや薄い雑誌などと一緒に僕は無雑作にそれ等をトランクの中に投げ込んで置いた。


或る晴れた土曜日の午後。僕等はパンとミルクとの簡単な昼食を終って純白なアパアトの見えるクリイクの岸に並んで腰を下した。所所屋根や壁の打抜かれたアパアトの姿はサルヴァドル・ダリの残忍とも見える一枚の絵画を想い出させるのだった。

「柏木。君は最近やけにパセティックになってるみたいじゃないか。〈ボレロ〉のロリガンのためと違うのか。」

彼はあの予期した苦痛が迫って来る時のように微笑を光らせて答えるのだった。

「あ。君の予言は適中しているかも知れないが。また違っているかも知れないよ。何故なら彼女は確かに今の僕等に取って現実のベアトリッチェには違いない。然しそれはまた若しかしたら模造品のようなものなのかも知れない。」

此所では舗道の敷石の上での習慣的なアムウルの倫理やエチケットは通用しない。総べてが明日を或いは明後日を中心にして瞬間的な鋭いエスプリに満たされている。そして総べてが巧妙なモンタアジュ写真のように交錯し生活の線は常に見えない影に捲かれているのだった。

「僕はね。此方へ来てから女の総べてを知り盡くそうとして真実の女と言うものを忘れて行く事に今気が附いたのさ。もう少し遅れていたら僕はきっとアムウルの真実をまで忘れてしまったかも知れないんだ。」
それらの言葉は一つ一つ切離されて尖鋭なバイトのように
僕の肋骨に喰い込んで行った。
灼けた夏の微風が合歓の樹を撫で僕の頭の上を赤い数匹の
トンボが輪を描いて飛んでいた。
※『戦争の中の建設』(第一書房、一九四一年)

作者紹介　木原孝一(きはら・こういち)

一九二二(大正一一)年二月一三日、東京府下南多摩郡八王子市に生まれる。本名、太田忠。東京府立実科工業学校建築本科への進学前後から多くの文学書に親しむとともに詩作も開始、在学中に北園克衛の主宰するモダニズム系の詩誌「VOU」の同人となり、同誌に作品を発表し始めた。一九三八年、学校を卒業して近衛師団司令部付になり、野戦建築の講習を受けた後、一九三九年四月に中支派遣軍司令部に転属して中国に渡る。以後、肺浸潤のため上海から内地送還される一九四〇年五月まで、南京及び蘇州で陣地構築工事と設計に従事する。一九四一年七月、この折の体験を記した従軍記録『戦争の中の建設』を第一書房から刊行した。また、「VOU」を改題した「新技術」に、後年の散文詩集『星の肖像』(昭森社、一九五四年)に収録される作品も多数発表。一九四四年七月、第一〇九師団の建築技師として硫黄島に上陸したが、病気のため硫黄島玉砕直前の一九四五年二月に帰還した。戦後は一九四七年に岩谷書店発行の「詩学」の編集に携わるようになり、新人の発掘に努めるとともに詩学研究会を開催するなどして、一九六六年にその任から退くまで同誌を詩壇の公器とすべく活動した。これと並行して「荒地」のグループにもその初期から参加、「無名戦士」(『荒地詩集』荒地出版社、一九五二年)をはじめとする数々の詩を年刊アンソロジー『荒地詩集』に発表した。一九五六年九月に『木原孝一詩集 一九四六―一九五六』(荒地出版社)、一九五八年七月に『ある時ある場所』(飯塚書店)をそれぞれ刊行。詩劇の分野でも、放送詩劇「いちばん高い場所」（一九五七年、芸術祭文部大臣賞）、音楽詩劇「パエトーン」（一九六五年、放送イタリア賞グランプリ）などの作品を制作した。一九七九年九月七日、腎不全のため死去。ライフ・ワークとして予定していた硫黄島の戦闘を題材とする散文作品「無名戦士」は完成を見ずして終わった。その一部は『木原孝一全詩集』（永田書房、一九八二年）に収録されていたが、山下洪文編『血のいろの降る雪　木原孝一アンソロジー』（未知谷、二〇一七年）では、ほぼその全容が紹介された。

問題編成

SCENE 1　僕の胸を突く云い知れぬ強烈なもの

自動車を待つために入った民家の中にいた妹に似た少女に、「僕」は笑いかけようとする。自分が差し向ける親愛感に対して彼女もまた応えてくれることを期待して。しかし彼女が示したものは哀愁と畏怖との入り混じった困惑の表情であった。それは「僕」の予想もしなかったものであり、自分との交わりを拒むものがこんなあどけない少女からも発信されることを知って「僕」の心は一瞬たじろぐ。「僕」が受け取るこうした〈違和〉感を示す「云い知れぬ」という言葉は、これより前の村の情景を語ったところでも漢字表記は違うが、「僕は此の言い知れぬ静寂の中で茫然と雲を眺めていた」のようにして使われている。つまり、ここで「僕」が感じる静寂も、慰藉や憩いに通じるものではなく、征服者によって立ち退きを命じられる農民の不安や怨嗟がその底に蟠っている体のものなのである。

SCENE 2・1　僕のエスプリと陣地工作との前進

これまで知らなかった大陸の酷薄な現実の中で、「僕」は自らの詩人としてのエスプリの前進を図ろうとしている。共に語るべき仲間もなく、熱い夜のアモックと戦わなければならない環境が逆に「僕」の情熱を駆り立てていくわけだが、そういう「僕」のエスプリの進行と並行して、暑熱に焼けた土地の上に姿を現す建物のことが語られていることに注意したい。つまり「僕」にとっては、詩人としての建設戦と陣地構築という建設戦とが等価なものとして意識されている。そしてその点をもう少し詳しく見るならば、技術家としての自恃や良心をもって一部完成した小屋組の構造を精確に伝える思考スタイルが、自身の詩的技術の方途を問うそれと重なってくることも指摘できるのである。すなわち、この後で「僕」は「一聯のエッセイ」を書き始めるが、それは「最大の効果のための発見。最小の単純への努力。あらゆる障碍に対する抵抗」「事物的フエノメノンへの精確。技術の材料となる既知の技術の把握の精確。其等を巡ぐる分析法の精確」のような表現で充塡された評論「詩的技術に関するパンセ」となって「VOU」第28号（一九三九年一二月）に掲載される運びとなるのである。

〈従軍〉関連年表

1937年 7月7日／北平（北京）近郊盧溝橋で日中両軍衝突（＝日中戦争の発端）。8月13日／上海で日中両軍交戦開始（第二次上海事変）。同月／吉川英治・尾崎士郎・林房雄、各社特派員として中国に渡る。11月／日本軍、上海占領。12月13日／日本軍、南京占領。大虐殺事件を起す。**1938年** 8月／芥川賞受賞作家火野葦平「麦と兵隊」を「改造」に発表。9月11日／久米正雄・丹羽文雄・岸田国士・林芙美子ら従軍作家陸軍部隊として漢口へ出発。14日／菊池寛・佐藤春夫・吉屋信子ら従軍作家海軍部隊として南京へ出発。（前者と併せてペン部隊と称される）。10月27日／日本軍、武漢三鎮を占領。11月3日／近衛首相、東亜新秩序建設を声明。4日／南支派遣従軍ペン部隊、広東へ出発。**1939年** 2月10日／日本軍、海南島上陸。4月25日／田村泰次郎・伊藤整ら大陸開拓国策ペン部隊として満洲へ出発。7月8日／国民徴用令公布、15日施行。**1940年** 7月／第二次近衛内閣成立。大東亜共栄圏の構想を打ち出す。**1941年** 11月／陸軍報道班員（宣伝部隊）として井伏鱒二・高見順・火野葦平らが徴用され、マレー、ビルマ、ジャワ、フィリピン方面へ出発。以後も海軍省派遣の石川達三・丹羽文雄ら多数の文学者が徴用。12月8日／日本軍、マレー半島上陸開始。ハワイ真珠湾攻撃開始。米英両国に宣戦の詔書。12日／閣議、戦争の名称を大東亜戦争とすることを決定。

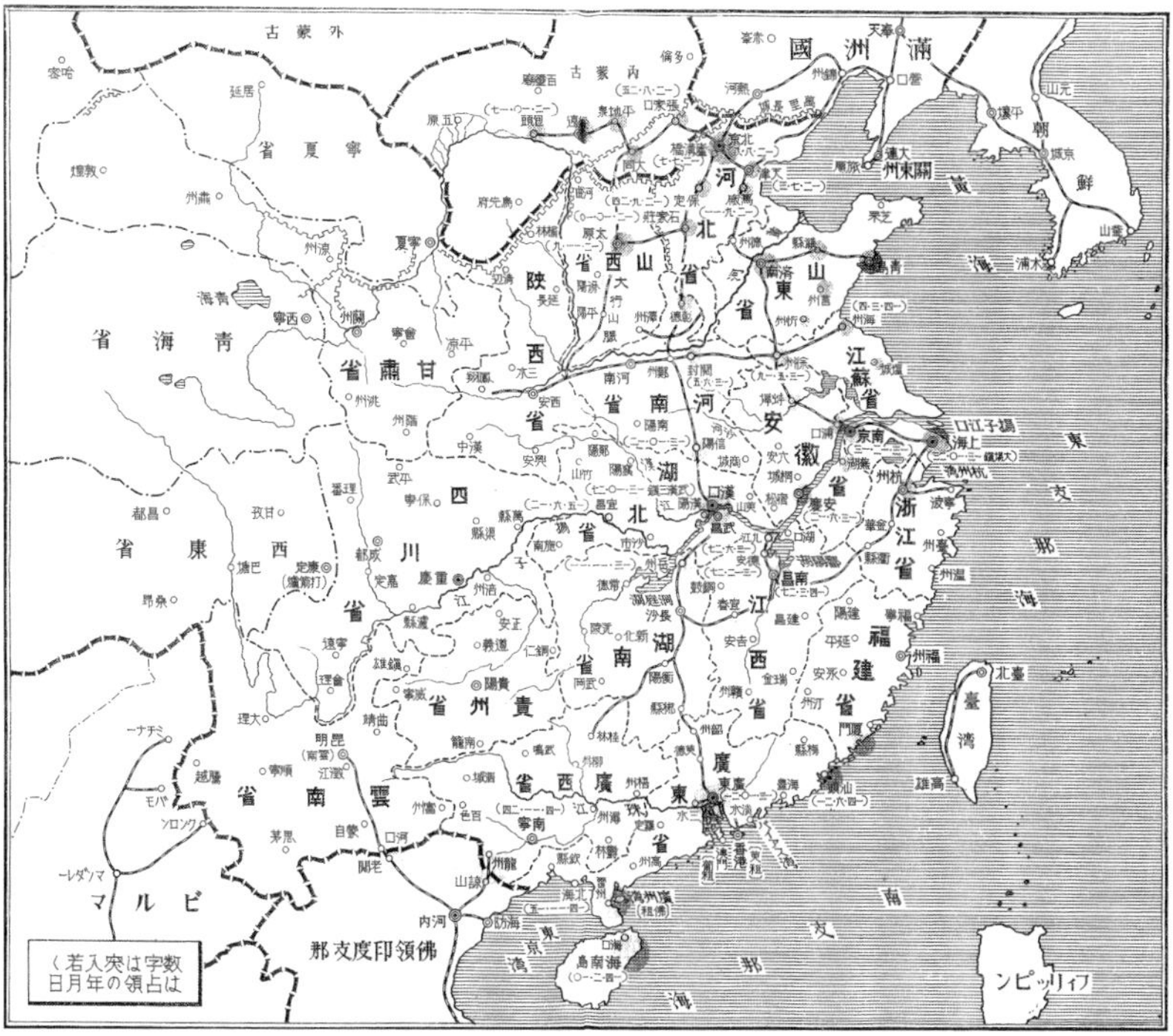

図１　「支那全図」（支那派遣軍報道部監修『中支を征く』中支従軍記念写真帖刊行会、1940 年）
＊地図左下に「数字は突入若くは占領の年月日」の説明あり

SCENE 2・2　「支那」の農民や苦力の生活を前にしての僕の焦燥

「僕」の自身のエスプリと建築工事との前進を願う心は、「一個の商品」として扱われる姑娘たちの眼にそれでもなお宿っている「純粋さ」を発条として、「支那」及び「支那人」の生活そのものの建設志向にも結びついていく。だが、建設現場で「僕」が目にするものは、汚いクリイクに無雑作に飛び込む苦力や、今日の食糧さえあれば働こうともしない農民の姿だった。建設の精神に逆行するこうした混迷や怠惰の相を見せつけられたとき、「僕」は「彼等の秘密を見る事が出来るやうに思った」というように、それらを宿命論的な発想によって処理しようとしており、かつまたその解消の方途に関しても「それはすべて不可解のまま薄暗い煉瓦の室の中に沈んでいる」と述

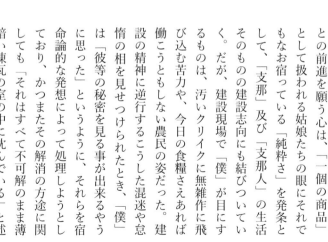

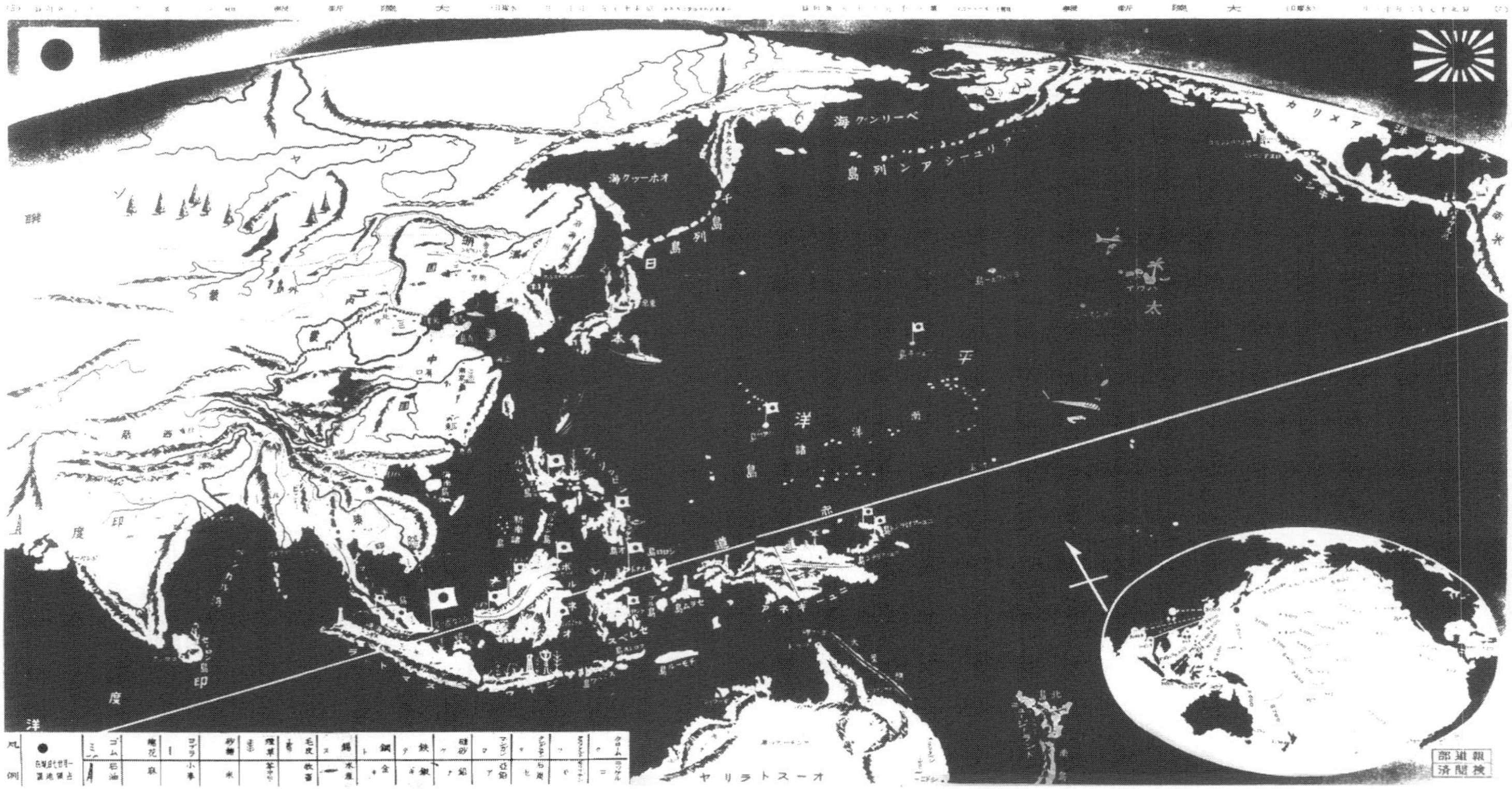

図2　日本軍のシンガポール占領の直前の 1942 年 2 月 11 日（紀元節）、上海で刊行されていた邦字新聞「大陸新報」第一千百二五号附録に掲載された地図（の一部）
＊地図左下に凡例があり、日章旗は 1 月 27 日現在の占領地域を、略号は各地域で産出される天然資源・農産物を表すことを伝えている。

べて見通しをもった解答を引き出し得てはいない。にもかかわらず、この場面の結末に建設が着々と進行しているさまが再び記されていること、そこには戦の現実が強いる精神的なアポリアを前にしての棚上げの論理が無意識のうちに働いていてはいはしまいか。

SCENE 3・1　エピグラムの一行のような星

『戦争の中の建設』には、この箇所以外にも「一行のアフォリズムのように光る星」、「カリグラムの一行のように光る星」というように、〈星〉の描写に独特のアクセントを打った表現がよく出てくる。これらの〈星〉は、夏至の夜空に灼けたまま光ったり、冷え始めた空で冴えた光を放つ自然の星でもあれば、凛とした決意に満たされたり、堪えがたい悲哀に覆われたりする「僕」の心象が投影された星でもある。あるいは、「僕」の運命を司る超絶的な光を湛えた星が出てくる場面もある。そして木原の表現活動の上で、こうした星にまつわる詩的イマアジュとの連続性の裡に見直されていっていいのが、「新技術」(「VOU」改題)の第34号(一九四一年一月)以降に掲載されていく散文作品群なのであり、それらを元とする散文詩集『星の肖像』なのである。たとえば「新技術」第37号(一九四二年九月)掲載の「炎える翼」中には、「僕」の「比類なき不運の暗示と幸運の暗示さえも見出」すことのできる、「楡の大木の上のあたりにたったひとつあかあかと炎えている星」が出現しているのである。

SCENE 3・2　鋭いアムウルの兆候

狂気に似たノスタルヂアを沈めるために入った〈キャフェ・ボレロ〉で氷河禮子と出会ったことによって、「僕」は微かに「肋骨の軋む」のを覚え、柏木の周囲の「季節」にも微かな変調が見え始める。それは都会地で繰り返される「習慣的なアムウルの倫理」を超えた、「瞬間的に鋭いエスプリ」に満たされた「アムウルの真実」がもたらす精神的な苦痛であった。その苦痛と付き合うことによってこそ「アムウル」の純粋さは育っていく、そういう宿題を己の戦場での体験によって木原が自身に課したことは、これ以外の場面でも、あるいは「新技術」第31号（一九四〇年一二月）に載った「手紙」の中で、アムウルの言葉を小型の手帖に書きつけたまま死んで行った若い友人のことに言及しているところからも読み取れる。それとともに、この「香水壜」と名づけられたコント全体の鍵語や話の進め方が、それを執筆する前に「僕」が読んで感銘を受けた、堀辰雄の小説「聖家族」の風合いを感じさせてくる点にも留意したい。

研究の手びき

一九三七年七月の盧溝橋事件を発端として日中戦争の戦線が拡大の一途を辿る中、大陸の戦場に取材した文学作品もその数を一気に増していったが、それら戦線物の一翼を占めるものとして、〈建設戦〉もしくは〈建設戦士〉をモチーフとする一連の作品群がある。銃を手にして敵を倒す代わりに、戦況を自軍にとって優位に導くための建築工作や道路・鉄道の敷設工事に携わるのが〈建設戦〉であり、その任に身を賭してあたるのが〈建設戦士〉である。上田廣の小説『建設戦記』（改造社、一九三九年）がその代表格だし、この『戦争の中の建設』も軍と行動をともにする〈僕〉の設計技師としての活動が記録されている点において、そうした範疇の一つであるとまずは言える。

だが、同時代評に目を向けると、『戦争の中の建設』を「単なる建設の記録」ではなく、「赤裸な人間建設の日記帳」（無署名「新刊巡礼」、「三田文学」一九四一年一〇月）だと評したり、「真に卓越した賦性創造的な詩的精神」（荘生春樹「戦争の中の建設に就いて」、「新技術」34号、一九四一年一一月）の流露を感得していくものの多いことに気づかされる。その後現在に至るまでこの作品に重きをおいた論考はほとんど見られず、そのためこれ以降の文章は研究史の整理というより研究の手引きの体裁をとることとなるが、いま見たような評価を可能にさせたのは、同書の巻末にある「覚書」中の言葉を借りれば「僕は此の記録を書きながら。《ママ》僕のポエジイへのシンセリテだけは失わないように願っ」た姿勢にあるといえよう。そして、こういう使命感に支えられた文章が与えてくる感動に対しては、書き手の歴史認識の未熟さを問うこととは別にして、留意しておく必要があろう。

だが、問題はさらにその先にある。それはポエジイのシンセリテを求めた結果、そこに見出される純粋性の内実に、「僕」が戦場に身を置くまでに育ててきたものからの別れが生じていることである。木原は、後年「地球」同人による現代詩研究会で行った講演「アバンギャルドの終焉」（「地球」34号 別冊一九六二年二月）で、自らが加わった「ＶＯＵ」同人たちが合言葉のように「純粋、純粋」と唱えることにやがて疑問を抱き始めたこと、そしてその疑問は酷薄な大陸の現実に触れると一層深まったことを語っているが、そうした精神の葛藤や彷徨の位相と対応するものを作中に求めるなら、「ＶＯＵ」の仲間との友情は保ちつつも、「僕」がそこから脱却しようとする「舗道の敷石」の上から始まるアムウルは、「ＶＯＵ」ひいてはアバンギャルドの精神圏における「純粋性」を表しており、他方「瞬間的な鋭いエスプリ」と「苦痛」とに満たされたアムウルは、現実から遊離したロマンティックな夢をもってしては捉えることのできない「純粋性」を表しているといえよう。

このようにして、これまで知り得なかった厳しさと直面することが自らの詩を前進させていくことになるという確信や期待が伝わってくるのだが、それはそうたやすくは達成されない。「ＶＯＵ」を牽引してきた北園克衛がモダニズムからの変節を示す作品を発表したのと符節を合わせるかのように、木原もまた妙に静謐な古典的諧調をもった作品や、「われら国土」の伝統と「われら民族」のいのちとを言祝ぐ「噴火」と題した詩を〈愛国詩特輯〉と銘打った雑誌（「三田文学」一九四三年一〇月）に発表したりして、一種の迂回路にはまっていく。

だが、その一方で戦場での苛酷な体験に裏打ちされた詩の言葉は、現実の負荷を抱え込んだ詩人の肉体の内側から発せられるような重量感を、純粋なエスプリは保ったままで持ち始める。いまはその証しを、かつては

「僕」とアミとの風変りな交際術を伝えるために、「懸崖の上で明日のテニスの約束をして僕達は最後の約束を投げ交します GOOD EVENING! GOOD NIGHT!」のようにして持ち出された〈懸崖〉のイメージが、その後の作品「炎える翼」(「新技術」第37号、一九四二年九月)では「純粋な生の発する協和音」の前方に「巨大」な姿を現して、「それを乗り超えるため」の情熱に「僕」を駆り立てるものへと変貌している点に求めておこう。

そして、この手記の刊行から三年後の硫黄島での体験は、木原の詩作にさらなる展開をもたらしていく。戦後発表した詩の中にその折の体験を刻み込んでいくとき、詩人の心はその身が切り苛まれるような痛みの感覚を覚えはしなかったか。それは一八歳の折の彼がおそらくは予期していなかったものだ。けれども、現実の苛酷さをその身をもって知ることがポエジイの深化につながることにその時点での彼が気づいていたとすれば、そうした事態の招来も必然だったといえる。そのように考えれば、『戦争の中の建設』は、木原孝一の詩人としての全生涯を照らし出す光源としての役割も持ち始めるのである。

参考文献

和田博文監修・西村将洋編集『コレクション・都市モダニズム詩誌 第一四巻 VOUクラブの実験』(ゆまに書房、二〇一一年)

和田博文監修・澤正宏編集『コレクション・都市モダニズム詩誌 第一五巻 VOUクラブと十五年戦争』(ゆまに書房、二〇一一年)

「架橋 木原孝一追悼号」終刊号(架橋の会、一九八〇年七月)

山下洪文編『血のいろの降る雪 木原孝一アンソロジー』(未知谷、二〇一七年五月)

✤ カストリ雑誌の原爆表象

カストリ雑誌（クズ紙を再生した「仙花紙」を用いた粗製乱造の雑誌。質の悪い粕取り焼酎を飲むと三合（三号）で潰れるという洒落からその名がついた）から同時代の原爆言説を拾っていくと、戦後の混乱期から朝鮮戦争の特需によって経済発展の足がかりを獲得しつつあった時代の日本人のなかにあった被爆者への凶暴な視線が見えてくる。GHQ の検閲をすり抜けるように目まぐるしく誌名や出版社名を変え、ときに発禁処分さえ雑誌販売の有力な宣伝効果につなげることができたカストリ雑誌は、読者が見たいもの、知りたいことを煽情的に伝えるところに特徴があったが、こと原爆に関しては、広島・長崎の惨劇を SF 的に描いた読物や、米ソの核開発競争や冷戦構造と関わらせながら原爆の破壊力を科学的に説明しようとする記事がほとんどで、原爆の当事者は、すでに死んでいる人間と幸運にも助かった人間に二元化されている。逆にいえば、原爆を体験し、原爆症を患いながら生き延びている人間のいまはどこにも存在していないのである。

また、稀に登場した場合も、「怪物」のイメージと接続したり、性的な不能者として笑いの対象にされたりすることが多く、被爆者を非人間化しようとする欲望が強く伝わってくる。戦後日本を生きつつあった人々にとって、原爆症に苦しみ続ける被爆者は忌避したい話題であり、ひとりひとりの被爆者がいまそこに生きているという現実の重さに耐えられないからこそ、彼らは、ときにその存在を黙殺し、ときにゴシップや笑いに置き換えて消費しようとしたのである。

それは、占領期における雑誌メディアの問題であると同時に、その真実を知りたいとも思わず、むしろ回避するかたちで笑いとエロスにうつつをぬかしていた日本人の心性そのものの問題でもある。

戦後日本は、自分たちが背負わなければならない呵責をあっさり棄て、敗戦国＝抑圧される主体としてのアイデンティティを愛撫した。被爆者を抹消しようとする欲望は、原爆の威力を誇示し、その圧倒的な科学技術力をもって世界を制圧しようとするアメリカの思惑とも簡単に一致した。原爆を人類の脅威と位置づけることで世界をひとつにまとめあげ、恒久平和につなげようとする論理が幅を利かせる時代にあって、原爆および被爆者を直視したくないという認識は誰からも咎められることがなかった。原爆の被爆者を主体として屹立させることへの抵抗という点において、戦後日本人の認識と GHQ の占領政策は奇妙な共犯関係を築いているのである。

第3章　軍隊生活――大西巨人『神聖喜劇』

山口直孝

本章の要点

戦争の遂行には、武器を持ち、訓練を施された戦闘員の集団、軍隊が欠かせない。暴力を独占的に行使しうる国家が権益のために他国と争う際、まず軍隊が投入されるのが近代戦の常道である。軍隊は、少数の職業軍人と多数の非職業軍人とから構成されていた。東アジア・太平洋戦争に敗れるまで、日本では徴兵制が敷かれ、男性には一定期間軍隊教育を受け、兵役に就く義務があった。集められた者たちは、序列化された組織の底辺に組み入れられ、訓練を施されたのち、戦場に送り込まれていった。本人が望んでいないにもかかわらず、身体を拘束し、他国の人間を殺し、自分も命を落とすかもしれない場所へと追いやっていく制度・組織。多くの人間にとって、軍隊は、そのように絶対服従を求められる、日常生活と隔絶した空間として受け止められていた。しかし、軍隊は、本当に一般社会と異なる特殊な世界であろうか。世間に流布する通俗的なイメージに惑わされず、実相をきちんと把握しておく必要があろう。軍隊生活の実情を知る上で、大西巨人『神聖喜劇』は、恰好の作品である。この大長編小説は、軍隊が独自の性格を持ちつつ、諸規程に基づいて運営されている組織であり、社会の縮図であることを説得的に示してくれる。同時に本作は、制約が多い中でも人が主体的に行動しうること、相手の言葉を利用して抵抗することができることをも教えてくれる。東堂の思考と発言とを手がかりにして、日本軍隊の特徴を立体的にとらえつつ、個の尊厳をいかにして守るかについて考えてみたい。

『神聖喜劇』——SCENE 1

「チェッ。わからん奴じゃなぁ。お前は、『忘れました』が言われんのか。」

しかしここで仁多は、私の答えを待たずに、鋒先《ほこさき》を他の一人に転じて、「お前は、どうだ?」と詰問した。相手はただちに「はい、谷村二等兵、忘れました。」と公認の嘘を叫んだ。仁多軍曹は、他の三人にも次ぎ次ぎにおなじ詰問を突きつけ、真赤な嘘を大声で吐《つ》かせておいて、ふたたび私にむかって、「どうだ? お前は。」とそれまでの問いの主部と述部との位置を逆さまにした言い方で迫った。

つめたい恐怖が初めて私の胸を走った。軍隊の常道として、今度こそ仁多は「忘れました」以外の答えを断じて予想も予定もしていないのであろう。それが私にもさすがにわかった。四人の証人を手近に設けた彼の理詰めのやり口は、私を、そしてまた彼自身をも、どたん場に追い詰めたということになろう。もし私が私の以前に変わらぬ返答を繰り返すならば、彼は、立つ瀬を失い、暴力に訴えるよりほかに、この場の収《しゅう》拾策《しゅうさく》を持ち得ないのではないのか。

巻脚絆（注1）をつかんだ第一班員三人が駆け出て来て、われわれの背面をまわり、新砲廠（注2）の西向こうに向かった。兵は、舎内および舎前では巻脚絆を着けることもぬぐことも、してはならないのである。仁多は、彼らを眼で追って「早くしろ。」と浴びせたが、そのようやくけわしさを濃くした顔を私にもどし、「おい、返事をせんか。」とうながした。

……私が「忘れました」を言いさえすれば、これはまずそれで済むにちがいなかろう。これもまた、ここでの、現にあり、将来にも予想せられる、数数の愚劣、非合理の一つにすぎない事柄ではないか。これに限ってこだわらねばならぬ、なんの理由が、どんな必要が私にあろうか。一匹の犬、犬になれ、この虚無主義者め。それではここは無事に済む。無事に。……だが、違う、これは、無条件に不条理ではないか。……虚無主義者に、犬に、条理と不条理との区別があろうか。バカげた、無意味なもがきを止めて、一声吠えろ。それがいい。——私は、「忘れました」と口に出すのを私自身に許すことができなかった。顔中の皮膚が白壁色に乾《ひ》上がるような気持ちで、しかし私は相手の目元をまっすぐに見つめ、一語一語を、明瞭に、落着いて、発音した。

「東堂は、それを、知らないのであります。東堂たちは、そのことを、まだ教えられていません。」

（——それが当日私が思ったより以上の事故であり、そのような言明は現場の誰しもの想像を超えていたろうことを、のちのち私は知ったのであるが、その朝も）、言い終わった私は、私の躰《からだ》が俎板《まないた》に載ったと感じた。四人の偽証者を、私は、必ずしも憎みもさげすみもしなかった。午前半ばの光の中で進行しているこの瑣事《さじ》が、あるいは私の人生の一つの象徴なのではあるまいか。

大股《おおまた》で仁多軍曹が私に近づく、彼の両こぶしが代わる代わる私の両頬の肉に食い入ってにぶい音を聞かせる、――そういう情景を私は思い描いてもいた。が、仁多は動かなかった。彼は、彼がまだ知らなかった奇態な代物《しろもの》に出会いでもしたかのような当惑の情を浮かべて、両眼を細めた。数秒の沈黙の間に、それが険悪な忿怒《ふんぬ》の色に急変してゆく、と私は見た。

「班長殿。」意外にも、私の右側から一つの底力のある声が起こった、「冬木《ふゆき》二等兵は、まちがえて、嘘を言いました。冬木も東堂二等兵とおなじであります。朝の呼集時間のことを、冬木二等兵も、忘れたとじゃなかったとで、知らんじゃったとであります。」

芸術作品以外の場では私が久しく経験しなかった程度の感動が、その瞬間の私に生まれた。声の主は、先ほど走りながら私に三度手招きをした男である。過去十日間に、この男は特定の印象を私に残している。何よりの特徴は、彼の私に似て白皙《はくせき》なる顔の中の、青い光を宿せる双眼であった。それを私は渡海船（注3）の甲板の上で最初に見た。もちろん生理的には日本人の黒い瞳、茶褐色の虹彩《こうさい》を持てるその眼が、しかしあたかも深いみずうみの色を湛《たた》えているようにみえた。そして私がそこに主として見たと思ったのは、悟性《ごせい》の光とは別な何かのようであった。内務班（注4）の起居で、彼は、私と同様に、口数が多くなく、めったに笑わなかった。右から二人目に立っている彼の現在の表情、その眼の光をうかがう自由は、私にない。何がこの男を駆って、あの肉薄する気魄《きはく》もあらわな発言に赴《おもむ》かせたのであろうか。なにしろいま、俎板の上には、紛《まぎ》れもなく二人の新兵が五体をならべたのである。

ふたたび数秒の息苦しいような沈黙が、われわれの上を覆っていた（――それは、新砲廠前における将兵百数十人の心と眼とがひとしく仁多軍曹と二人の二等兵とに凝結した時間であった。冬の午前の太陽の下で繰り広げられていた一つの笑止の沙汰。しかし時間・空間の条件は、それを何物かと何物かとの息づまる「対決」の場ともしていたのである）。

言い切った冬木をしばし睨《にら》み据えていた仁多軍曹が、やがてその眼を私に転じ、さらに冬木に返した。押し包む静寂の中で、私は、仁多の面から四、五秒間眼を逸《そ》らし、冬陽の大扉下半分とコンクリート舗装面とに照る青ざめた色を、意識して眺めた。と、二十代の私を何かの場合におりおり襲う習いになっている（ちょうど脳貧血の発作のような）半透明の空虚感覚が、このとき私に来た。この場の全体に行き渡っている緊迫を、私は、この上なく白白しい無意味に感じた。……どうでもいい、どう片づいてもいい、ともかくも早く幕を下ろしてしまえ、道化芝居には。だが、ただ誰も決してこの口に「忘れました」を言わせることはできはしない。――「忘れました」を私は必ず言わないであろう。しかも私は、ここにしてようやくそう確信していた。

私は、視線を仁多軍曹に上げた。彼の形相《ぎょうそう》は、明らかに決断を焦《あせ》って悪化しつつあった。私は、「東堂は『忘れました』を言うつもりはありません。時間が無駄になります。」とでも最後的に断言してやりたかった。そんな衝迫《しょうはく》が激しく私に動いた。「貴様らは……。」と仁多が吐き出し、一歩を、冬木と私とのどちらにむかってともつかず、踏み込んだ。不敵なあざけりの影を、私は、露骨に私の表に出したような気がした。何か最後の言葉を放とうとして、私は、息を引いた。白石少尉の甲《かん》高い声がここの空気を切り破ったのは、この微妙な瞬間であった。

「そのまま聞け。――新砲廠の教育班には、まだ呼集時間を知らないというような、のんびりした連中がおる。呼集を知らないような者は、帝国軍人でも国軍の兵士でもない。冬期平日午前の兵業開始は八時三十分、午後の開始は十三時、呼集は各兵業開始時限の約五分前だ。皆よく覚えておけ。――そこの五名、わかったか。」軍刀の柄《つか》がしらを左手におさえ左肩を聳《そび》やかした彼は、われわれの「はい」を求めて続けた、「ようし、よかろう。仁多軍曹、その五名に、急いで練兵の準備をさせよ。」

「はい、教官殿。五名に、急いで練兵の準備をさせます。」と仁多軍曹は復誦《ふくしょう》した。それまでここにいなかった神山上等兵が、医務室の方角から歩んで来ていた。白石少尉の臨機の介入で、事態は、がらりと変わって、かなり呆気なく収拾せられた。仁多軍曹から放免せられて、われわれは、内務班に走り入った。

※『神聖喜劇』「第一部　絶海の章／第二　風／二」（「新日本文学」一九六〇年一〇月。『神聖喜劇　第一巻』光文社文庫、二〇〇二年所収）

注1　巻脚絆……ズボンの裾がほかの物とからまないために、また、脚の鬱血を防ぐ目的ですねに巻く布や皮でできた被服。

注2　新砲廠……砲廠は、本来は火器類を収納する倉庫。東堂たち新兵は、場所がなかったため、新砲廠に内務班が設置された。

注3　渡海船……博多・釜山間定期連絡船珠《たま》丸のこと。一九四二

年一月九日、東堂たち教育兵ほかは、この船で対馬に向かった。
注4　内務班……陸軍において平時に置かれた、兵舎で生活する下士官兵の最小の組織。東堂たちの場合、班長大前田軍曹、班附神山上等兵、教育掛村崎一等兵、新兵四二名の計四五名で第三内務班が構成されていた。

『神聖喜劇』――SCENE 2・1

（食堂。第三班用食卓三脚連接の周辺。夕食後解散前のひととき。
主に班長班附三人の間で、無駄話が取り交わされている。
……その談笑が一段落に来て、――短い間。）

東堂　古兵殿。質問があります。

村崎　おぉ、何か。

東堂　軍人が睾丸を袴下の左側に入れるというのは、なぜでありますか。

村崎　う？　あぁ、あのことか。うん、ありゃ、ナシ〔なぜ〕じゃろうかねぇ？　おれたちゃ、初年兵のころ、そうせろ、とただそれだけ言われて、そげんしてきたとじゃが、……そん訳は、教えられた覚えもなし問うたこともなし、おれにゃわからん。神山上等兵は、わかっとるじゃろう。ありゃ、ナシかなぁ、神山上等兵。何か訳があることはあるとじゃろうか。

神山　うぅう、あるとも。あれには、ちゃんと理由がある。あれは、たしか……、ええ、ちょっといまド忘れをしとって、――思い出されないが、……班長殿。あの理由は、どういうことでありましたか。

大前田　いんにゃ、おれもわからん。理由ちゅうて、別にないとじゃないか。なんでんかんでん一律に決めてしもうて命令したがるとが軍隊じゃけん、中ぶらりんじゃ恰好がつかん、とにかくどっちかに決めにゃなるめぇ、そんなら、まぁ、左側通行の世の中のことじゃ、金玉にもそうさせとけ、――おおかたそこらあたりの話じゃろう。

神山　班長殿。そりゃ、あんまり――、いや、それでも、何か理由が、――もっと明白な理由が、……そうだ、衛生上の理由ではなかったか。どうも左側通行には関係がなかったように――。

神山　はい。しかし、……睾丸を袴下の左側に入れよ、という規定が何かの書物にある、といつか誰かから神山は聞いたような気もしますから、そうすると、そこにその理由も書いてあるのではありますまいか。『内務規定』か……『体操教範』か……あぁ、『衛生法及救急法』か……。

大前田　神山ぁ。いくら規定だらけの軍隊でも、そげな規定はあるめえ。あの金玉のことは、紙の上に字で書いてある規定ちゅうもんじゃなかろうぜ。始まりはむかし将官か左官か誰様かが何かの弾《はず》みに思いついて命令したろうが、それからこっちだんだんそれが決まりのごたぁるふうになってきてしもうたちゅうことじゃないのか。のう、村崎。

村崎　さぁ？　なんせ村崎は、そげな規定が何かに書いてあるとは、聞いたこともありまっせん。

東堂　古兵殿。睾丸は袴下の左側に入れるほうがよい、という規則は、『被服手入保存法』(注1)にあります。第三章「著装」第二節「著方」二「袴下」、「(二)睾丸ハ左方ニ容《イ》ルルヲ可トス。」――しかしそこには、理由説明は全然ありません。

村崎　書いてあるとか、やっぱり、そげな規定が。へぇぇ。

大前田　東堂にどげな考えがあってのことか、おれは知らんが、東堂は、理由が書いてないちゅうことは重重承知の上で、質問したとじゃ。東堂は、まだ満足も納得もしちゃおるめえ。違うか、東堂。

東堂　はい、それは――、東堂の質問は、まだ答えられてはいません。

大前田　お前も、よっぽど根性のようない男じゃな。それならそうと最初から、その「金玉規定」の在り場所をあっさり言うてしもうて質問しちゃ、何か都合の悪いことでもあったとか。……そりゃそれとして、その『被服手入保存法』か、その中に、こうせろ、とか、そうするな、とか書いてあるとは、やっぱり軍の命令じゃあるめえかねぇ、東堂。

東堂　はい。それも、命令――一種の命令でありましょう。

大前田　おれは、その文句も場所も、よう覚えとらんが、『軍隊内務書』(注2)のどこかに、軍人が命令を受けたときの心得のことが書いてあるな。もちろん東堂は、覚えとるじゃろう。ちょっと言うてみんか。

東堂　はい。第二章「服従」にあります。「命令ハ謹《ツツシン》デ之《コレ》ヲ守リ直ニ之ヲ行フベシ。決シテ其ノ当不当ヲ論ジ其ノ……原因理由ヲ質問スルヲ……許サズ。」——ははぁ。……いえ、そのあとは——。

大前田　そこまででよし。そのあとは要《い》らんぞ。

東堂　はい。

大前田　お前は、おれなんかより、だいぶん軍隊の規定にくわしゅうもありゃ、やかましゅうもある男のごたぁるが、金玉を袴下の左側に入れるちゅうとが命令で、命令を受けたときの軍人の心得が『軍隊内務書』にそげなふうに書いてあるちゅうことになると、お前の質問は、どげなことになるかねぇ。

東堂　はい。それは——。

『神聖喜劇』——SCENE 2・4

大前田　どうじゃ？　命令に二つがあるか。そげなことが、何かに書いてあるか。

東堂　それは——、うぅ、……。

大前田　ざまを見ろ。……日ごろから、上官にむかって何かにつけ隙《すき》を狙うちゃ理屈を捏《こ》ねくりたがっとったお前が、ここじゃまた、軍隊のどげな粗捜《あらさが》しをしょうと思うて「金玉規定」の理由を質問したとじゃったか、「人を呪わば穴二つ」よ。その曲がった根性を、今日は班長が一つ——。

（食卓に両手を突いて椅子から腰をゆるりと上げた大前田が、そこから急速に動いて私に迫るなり、左右の平手で私の左右の頬べたを一つずつ存分にぶったたく。

紛《まぎ》れもなく私の双眼から火が出るのを、私は確認する。）

大前田　どうせ、このぐらいじゃ、まだ「知りません」、「忘れました」の質問を取り下げる気にゃなられんか。おぉ？

東堂　東堂は、あの質問は取り下げません。

大前田　よう言うた。きっと取り下げるなよ。お前が、あの質問を取り下げるか、それとも、命令は二とおりあるちゅうことの証拠を出すか、するまでは、班長も、めったに——。

生源寺　班長殿。生源寺二等兵は、申し上げたいことがあります。

大前田　何か。要らん口出しをしよると、ろくなことはないぞ。それでもまだ言いたいなら、言え。

生源寺　はい。皆が暗記するように命ぜられました「兵ノ本分」――『軍隊内務書』の「綱領」十は、「兵ハ一意専心上官ノ教訓ニ遵《シタガ》ヒ思想正順ニシテ克《ヨ》ク其ノ本文ヲ自覚シ命令規則ヲ厳守シ演習、勤務ニ勉励シ……」であります。そこに「命令規則ヲ厳守シ」というように、「命令」と「規則」とは、別の事柄として、ならべて書かれております。軍の諸規則も、広い意味での命令ではあるかもしれませんが、東堂二等兵が申しましたとおり、『軍隊内務書』で言われておる「命令」は、「規則」とは別物でありまして、諸規則の「原因理由等」をたずねることは、兵の勉学上必要かつ有益であります。終わり。

村崎《生源寺の言下に、》ほんにそうじゃった。あそこにゃ、「命令」と「規則」が、二つかさねて書いてあったねぇ。

※『神聖喜劇』「第四部 伝承の章／第二 道／(2)二月五日 木曜日 夕食時」(『新日本文学』一九六六年一一～一二月。『神聖喜劇 第二巻』光文社文庫、二〇〇二年所収)

注1 被服手入保存法……被服保存に関する必要事項を蒐集した参考書。一九一七年一〇月に陸軍一般に通牒された。

注2 軍隊内務書……内務班における行動規範を定めた書。一九三四年九月二七日施行。「綱領」や「総則」については、暗記することが求められ、三百を超える規定は、兵士の行動を細かに制限した。

作者紹介　大西巨人（おおにし・きょじん）

一九一八(大正七)年八月二〇日、福岡県福岡市鍛冶町(現天神町)生まれ。一九三六年福岡高校を卒業。一九三七年九州帝国大学法文学部に入学。一九三八年、マルクス主義文献の講読会に参加していたことから治安維持法違反容疑で逮捕され、長期の勾留を受ける。不起訴扱いとなるが、大学からは退学処分となり、毎日新聞社に傭員として就職する。一九四一年太平洋戦争の開始直後に教育兵として召集され、対馬の重砲兵連隊で訓練を受ける。教育期間終了後、引き続き臨時召集され、敗戦までの期間を対馬で過ごす。復員後、福岡で総合雑誌

「文化展望」の編集に携わり、文芸思潮の浮薄な変化を鋭く指摘する時評類で注目を集める。一九四八年、ファシズム体制における青年知識人の内面の荒廃を剔出した『精神の氷点』を発表。同年に日本共産党に入党、また相前後して新日本文学会の会員になる。一九五二年、新日本文学会中央委員に選ばれたことをきっかけに上京、事務局の専従となる。大勢順応的な商業文壇の動向を批判する一方で、民主主義文学運動内部における政治への隷属傾向にも厳しい目を注ぎ、野間宏や宮本顕治らと論争を繰り広げる。並行して小説の制作も進め、単独講和反対の学生運動に取材した「たたかいの犠牲」(「新日本文学」一九五三年四月)や被差別部落民に対する差別事件への取り組みを描いた「黄金伝説」(「新日本文学」一九五四年一月)を発表する。一九五五年に起稿し、一九八〇年に完成した『神聖喜劇』は、日本社会の縮図として軍隊をとらえると同時に、兵営生活におけるさまざまな体験と他者との交流から主人公東堂が虚無主義からの回生を描いた大長編小説である。一九六一年、第八回党大会における非民主主義的運営を批判してから、日本共産党を離れる。一九七二年には新日本文学会を退会、近年は特定の組織に所属せず、創作活動に専念しているが、マルクス主義の立場を堅持し続け、活動家集団思想運動など、共鳴する運動体への協力は惜しまない姿勢を見せている。幅広い読書によって培われた教養を自在に引用しながら、個人の道義の可能性を論理的に追究する批評・小説の様式は、ほかに例を見ない。戦時下に思春期を過ごし、精神的に不自由を強いられた原体験を忘却せず、絶えずそこに立ち戻って現代社会のあり方を問う姿勢も、特徴的である。長編小説に『天路の奈落』(講談社、一九八四年)、『三位一体の神話』(光文社、一九九二年)、『深淵』(光文社、二〇〇四年)、批評の集成に『大西巨人文選 全四巻』(みすず書房、一九九六年)がある。

問題編成

SCENE 1・1　徴兵制の下での兵たち

『神聖喜劇』の主人公東堂太郎は、二三歳。九州帝国大学法文学部に入学するが、治安維持法容疑で逮捕・拘留された（のち、不起訴処分となった）ために、退学処分を受け、大東日日新聞社の雇員として勤務していた。大学進学率の低い当時にあって、東堂はまぎれもない学歴エリートであった。高校生の時分よりマルクス主義に接近していた東堂は、現実が自分の理想とは正反対の方向に進んでいくのを容認できず、しかも自身がまったくの無力であることからニヒリスティックな心情に陥る。「我流虚無主義」に憑かれた彼は、「私はこの戦争に死す

〈軍隊生活〉関連年表

1873年1月10日徴兵令が公布。**1927年**4月1日徴兵令を改定した兵役法が公布。**1937年**7月7日盧溝橋事件。日中間の戦争が全面化する。**1939年**3月9日改定兵役法が公布、兵役期間が延長される。**1941年**10月文部省令によって、大学・専門学校の修業年限が3か月短縮。12月8日真珠湾攻撃。アメリカ・イギリスに宣戦布告。**1942年**4月18日東京・名古屋・神戸などが初空襲。6月5日ミッドウェー海戦で大敗。**1943年**2月1日ガダルカナル島撤退開始。5月29日アッツ島の守備隊全滅。10月2日在学徴集延期臨時特例公布により、文系の高等教育期間の在学生の徴兵延期措置が撤廃。21日明治神宮外苑競技場で出陣学徒壮行会が開催。12月24日勅令により、徴兵適齢が20歳から19歳へ引き下げられる。**1944年**7月7日サイパン島守備隊全滅。10月18日兵役法施行規則が改定され、17歳以上が兵役に編入されることになる。10月25日海軍神風特別攻撃隊が初めて出撃。**1945年**6月23日沖縄守備隊全滅。8月15日「終戦の詔書」を放送。9月2日降伏文書に調印。9月5日文部省、学徒動員局を廃止。9月26日復員第1船高砂丸、メレヨン島から別府に帰港。11月17日兵役法廃止。12月1日陸軍省・海軍省が廃止され、第1復員省・第2復員省に改組される。

べきである。」と考え、身体検査の際に軍医が即日帰郷処分にしようとした好意も謝絶し、一九四二年一月に教育召集兵として、対馬に赴く。

東堂のような意識を抱えて入営した者は珍しいであろうが、太平洋戦争の開始に伴い、多くの人間が召集されることになる。一九二七年に施行された兵役法に基づき、成人男子は満二〇歳になると徴兵検査を受けなければならず、体格・健康状態に応じて甲・乙・丙・丁と区分される。当初は甲種合格者のみが採られていたが、戦局の拡大・激化によって身体能力の劣った者も含まれるようになり、また一度兵役を務めた予備役も再度召集された。対象の拡大は、さまざまな階級・職種の人間を一つの場所に集わせることになった。東堂が所属した対馬重砲兵連隊部隊本部拘置部隊新砲廠第三内務班には四二名の新兵がおり、彼らの職業は、例えば会社員・農夫・漁師・神主・火葬業・鍛冶屋・鉱夫・印判屋・印刷工・力士など、実に多様であった。新兵たちは、三か月の教育期間の中で軍隊の規律に慣れ、野砲の操作に習熟することが求められていた。

SCENE　1は、入営後八日目の朝のできごとを描いている。すでに学科教育や練兵は始まっており、新兵たちは、軍隊方式を身につけつつあった。官姓名の名のり方・「あります」言葉・復誦・敬礼などは、真っ先に覚えなければいけないことであった。召集前から「軍隊は地方（一般社会）とは違う」という評判を聞かされ、上官からの叱責や体罰に怯えた彼らは、絶対服従を心がけていた。東堂もまた、軍隊は特殊の世界であると想像し、理不尽な抑圧によって個性が奪われることを自虐的に望んでいたのであった。そこに一つの事件が起きる。

SCENE 1・2　慣習法「忘れました」強制の圧力

一月一九日（月）、午前中の練兵が行われる。八時三〇分に兵業開始、その五分前に呼集というのが定例であるが、入営以来、午前中はすべて内務実施（学校の自習時間に相当。兵隊は、勉強、兵器の手入れ、洗濯、針仕事などを行う）であり、しかも、予定の告知がなかったため、新兵たちは突然の呼集に途惑う。たまたま洗濯に出かけていた東堂たち五名は、整列に遅れ、第一班の班長仁多軍曹に咎められる。朝の呼集時間を知らなかったと主張する東堂に対して、仁多は、「忘れました」という返事を要求する。

下級者が上級者に「知りません」と答えることが許されず、常に「忘れました」と言わなければならないというのは、日本の軍隊に広く見られた慣習であった。仁多は、他の四人に問いかけ「忘れました」と繰り返させた上で、東堂に改めて回答を求める。日本の師団・連隊は、出身地別に編成されるのが基本であり、知人が周囲にいることも多かった。仁多のやり口は、空気を読み、同調することを期待するもので、いかにも日本的である。しかし、東堂は、自分の身にふりかかる不利益を考え、葛藤をしながらも、理不尽さを受け入れることができず、「東堂は、それを、知らないのであります」と返答する。圧力を払いのけ、当然の申し立てをすることは、不可能ではないにしても、困難さを伴うものである。東堂の発言は、軍隊では非常識なものであり、それだけに他者に訴えかける力を持っていた。同じ教育召集兵の冬木が東堂の勇気に触発され、前言を訂正する展開は、東堂が感じているように、感動的である。

「忘れました」と言えなかったことは、東堂の軍隊での生き方を決定づけることとなった。彼は、軍隊の典範礼を精査し、「知りません」禁止・「忘れました」強制がどこにも記されていないことを確認する。明文化されていないにもかかわらず、不合理な取り決めが根づいているのはなぜか。思いをめぐらせた東堂は、やがて「責任阻却《そきゃく》」という推定にたどりつく（「第二部　混沌の章／第二　責任阻却の論理」）。「忘れました」の場合には、責任は忘れた本人に帰し、上級者は責められない。下級者の「知りません」を封じることは、上級者および組織を守るための布石となる。天皇を頂点とする日本軍隊が「累々《るいるい》たる無責任の体系、厖大《ぼうだい》な責任不存在の機構」であることに想到した東堂は慄然とする。企業や官庁での不祥事の多くが、責任の所在を曖昧にしたまま決着をつけられてしまうことを思うと、東堂が洞察した軍隊の病理は、現代社会でも根強く巣食っているものであることがわかる。

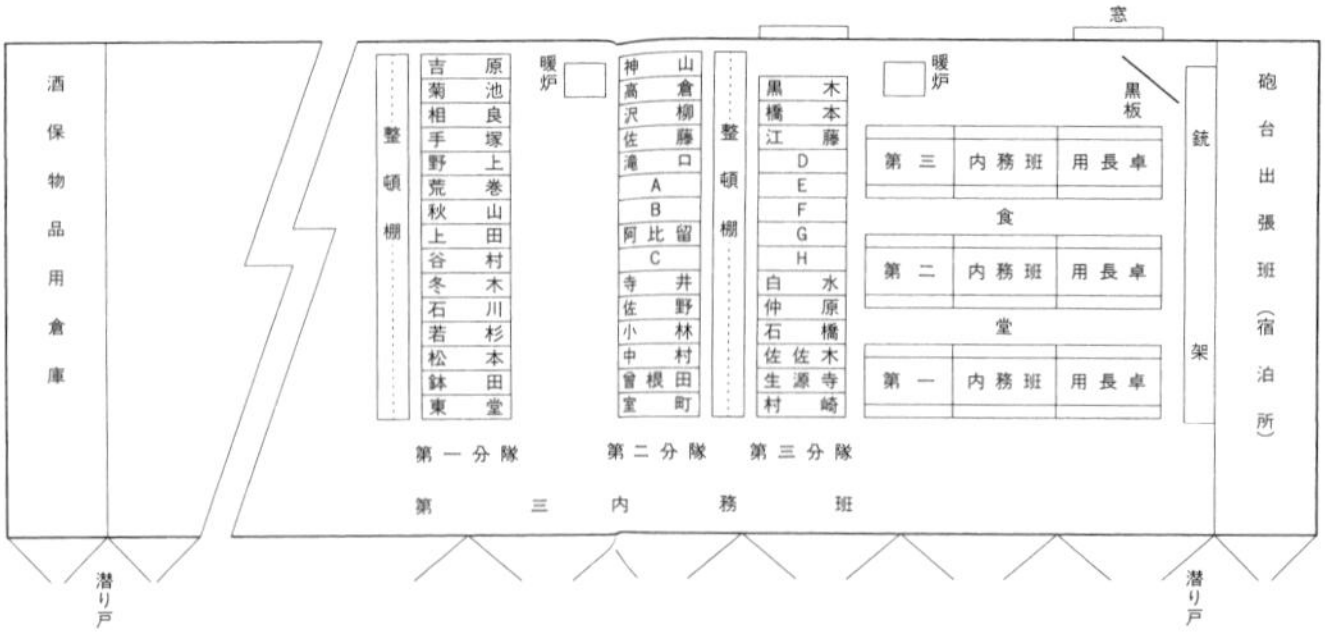

※　本図は『神聖喜劇』の記載事項をもとに、新砲厰の内部の主要部分を図化したものである。なお、第三内務班の寝台位置について、A～Cのいずれかに富田が、D～Hのいずれかに村田・井上が入り、阿部・中島・清水・小泉・市丸のは特定できない。

図1　新砲厩見取り図（『『神聖喜劇』の読み方』晩聲社より）

SCENE 2　親密さと危うさとが同居する空間

軍隊生活では、行動が極端に制限される。東堂たちが教育期間を過ごしたのは、対馬の中央部鶏知《けち》町にあった連隊本部。彼らは、演習以外で外に出ることはできない。木造建ての粗末な新砲廠で新兵は、寝起きをし、また、食事を摂った。厠・洗顔場・浴場・物干場などは別の場所にあり、新砲廠を離れる際は、行き先を申告する必要があった。一列一五脚の寝台が並べられ、班附の神山上等兵や教育掛の村崎一等兵も同じところで眠る。寝台近くに置かれた整頓棚の一角には、わずかに私物を置くことのできる空間がある。三度の食事は、一斉に行われ、全員がアルミニウム製の食器に盛られた麦飯や大根の味噌汁を食した。集団行動を基軸とし、さまざまな課業をこなすことが求められる毎日において、私的領域は、ほとんどない。逆に言えば、狭い場所で長い時間を共に過ごすことによって、擬似家族的な意識が形成されることになる。

教える者と教えられる者とが同じ場にいることは、親密な感情を生み出す一つの条件である。しかし、近い距離で接していることは、ふとしたことで上官の不興を買い、恣意的な仕打ちを受ける危険性をはらんでいた。SCENE 2には、兵営の両義的な性格が描き出されている。

朝の呼集に遅れた一件以来、東堂は軍隊関係の『軍隊内務書』、『砲兵操典』を始めとする軍関係の典範令を集め、精読する。その結果、彼は、軍隊が一面で驚くほど法治主義的な性格を備えていることを知る。「睾丸ハ左方ニ容《イ》ルルヲ可トス。」という『被服手入保存法』の一項に驚嘆した東堂は、その規定がどれぐらい実定法として意識されているかを見計らうために、夕食後話題に取り上げる。しかし、規定の理由を尋ねる質問は、班長の大前田軍曹によって兵にあるまじき行為と見なされ、東堂は窮地に陥ってしまう。大前田は、中国戦線での実戦経験もある「歴戦の勇者」で、上官の物言いに簡単に服さない東堂が気に入らず、制裁を加える好機を探っていたのであった。

『神聖喜劇』は、主人公が語る一人称小説であるが、時に独白体や戯曲体が用いられる。当事者の言葉づかいを再現する実験的な手法によって、夕食後のくつろいだ雰囲気の下、笑いを誘っていたやりとりが趣きを変え、緊迫の度を強めていく過程が浮き彫りにされている。東堂は、上官たちの無知によって下級者が不利益を被るのを防ぐために、諸規程を逆手にとった順法闘争を試みる。ここでは思わくが裏目に出て、東堂は窮地に追い込まれるが、同じ教育召集兵の生源寺が間に割って入る。ＳＣＥＮＥ　１と同じく、予期せぬ応援の出現は、『神聖喜劇』で反復される展開の一つである。むろん、それは偶然というものではなく、東堂個人の努力が呼び水となってもたらされたものであった。無法がまかりとおる軍隊という世間の見方に寄りかからず、ある地点で踏みとどまることの意義は大きい。

研究の手びき

『神聖喜劇』は、「新日本文学」一九六〇年一〇月号から連載が始まり、同誌上での反応はいくつか見られるものの、まとまった批評の出現は、カッパ・ノベルス版（現行の第二巻までにあたる全四冊を刊行して中絶）が刊行される一九六八年以降のことになる。当初は、主人公東堂太郎の人並み外れた記憶力に注目が集まり、軍隊における抵抗も英雄譚として理解される傾向が強かった。「主人公はその新兵の中の一種の「超人」だ」と言う松本清張の見方（「現代社会をみごとに象徴」、『神聖喜劇 第一部 混沌の章（上）』光文社、一九六八年所収）は、代表的なものであろう。その中で、大前田や橋本との関わりを通じて、東堂太郎が自己の非合理的な感情を剔抉し、「現代における人民ないし労働者階級の革命的連帯を支えるべき論理」の追究に向かう方向を予見した湯地朝雄『『神聖喜劇』の思想的意義』（「思想運動」一九七〇年二月）は、いちはやく適切な主題理解を示したものとして注目される。東堂の抵抗を「フィクション」と見なしながら、武士道や保田與重郎に共鳴する主人公の思想形成や自在な引用の方法に注目し、「全体小説」的性格を分析した寺田透『神聖喜劇』（第一部・第二部）をめぐつて」（「新日本文学」一九七一年四月）も、本格的な論考として見逃せない。

全五巻の刊行が終わった一九八〇年以降、全体を見すえた批評が現われてくる。亀井秀雄「ことばの奪還──『神聖喜劇』論」（「群像」一九八〇年八月）は、ことばの徹底的な描写によって、主人公の観念性の克服と冬木・橋本らの権利回復とが果たされた作品の文芸史的意義を強調する。「新日本文学」一九八〇年九月は、「特集『神聖喜劇』の世界」を組み、模擬死刑における東堂と冬木との抗議の共鳴に、部落差別に対する文学の取り組みの到達点があると評価する山岸嵩「一説『神聖喜劇』論──部落問題文学の視点より」ほか四編を収める。大高知児編『『神聖喜劇』の読み方』（晩聲社、一九九二年）は、梗概・主要登場人物一覧・作中年表などに加え、成立史や論評史をまとめており、必携の一冊である（前掲の寺田・亀井論も収録）。立野正裕「兵士の論理を超えて──『レイテ戦記』と『神聖喜劇』」（「社会評論」一九九六年一月）は、鉄砲を「天に向けて撃つ」という冬木の表明に、「殺さなければ殺される」という思考を克服する強度を認める。

「群像」一九九六年一〇月号で行われた五一氏によるアンケート「私の選ぶ戦後文学ベスト三」において、『神聖喜劇』は、埴谷雄高『死霊』の六票に次ぐ五票を集めた。保坂和志や奥泉光など下の世代の作家にも、『神聖喜劇』に積極的な関心を見せる者が現われる。「日本文学史上の最高傑作の一つ」と絶賛し、第一作『アメリカの夜』への決定的な影響を認める阿部和重（「解説」、『神聖喜劇 第二巻』光文社文庫、二〇〇二年）は、その代表であろう。武田信明「野砲の水平・銃の垂直──『神聖喜劇』論」(「早稲田文学」二〇〇二年五月)は、複雑な時間構造を持つ『神聖喜劇』が言葉の喚起するイメージや空間の類似性を原動力として展開する一面を指摘する。石橋正孝『大西巨人 闘争する秘密』(左右社、二〇一〇年)は、自在な連想の運動に主人公自身が耐えることで笑いが生まれ、また、「我流虚無主義」を脱する契機が生まれてくることを説く。作品の読み取りは、より深く、多角的なものになってきていると言えるであろう。

『未完結の問い』(作品社、二〇〇七年)には、村崎一等兵の役割や田能村竹田への言及の意義などの論点をめぐって、作者と聞き手の鎌田哲哉とのやりとりがあり、参考になる。二〇〇八年に福岡市文学館で開かれた企画展「大西巨人 走り続ける作家」にあわせて発行された図録(福岡市文学館、二〇〇八年)には、大西巨人の履歴と主要作品の紹介とが要領よくまとめられており、便利である。

参考文献

「新日本文学」(「特集『神聖喜劇』の世界」一九八〇年九月)
大高知児編『『神聖喜劇』の読み方』(晩聲社、一九九二年)
大西巨人・鎌田哲哉『未完結の問い』(作品社、二〇〇七年)
『大西巨人 走り続ける作家』(福岡市文学館、二〇〇八年)
石橋正孝『大西巨人 闘争する秘密』(左右社、二〇一〇年)

第4章　特攻――島尾敏雄『魚雷艇学生』

押野武志

本章の要点

一九四五年八月一三日に特攻戦が発動され、震洋特攻隊隊長であった島尾敏雄は、任地奄美群島加計呂麻島で出撃命令を受けたが、発進の号令を受けぬまま即時待機のうちに、八月一五日の終戦を迎える。終戦後、島尾はこの特攻隊長時代を含む戦争体験の意味をさまざまな形で問い続け、作品化している。「出孤島記」(「文藝」一九四九年一一月)では、一九四五年八月一三日夜からの特攻出撃の待機から出撃命令が出ないまま一四日の朝を迎えるまでの出来事が、「出発は遂に訪れず」(「群像」一九六二年九月)では、一四日から終戦を迎えた一五日の出来事が、「その夏の今は」(「群像」一九六七年八月)では、一六日から一八日までの出来事がそれぞれ綴られる。本章で取り上げる『魚雷艇学生』は全七章からなる連作長編小説で、時間をさかのぼり、一九四三年九月三〇日、海軍兵科予備学生として採用されて呉海兵団に入隊し、中国旅順、横須賀、長崎県大村湾川棚で訓練を受け、わずか一年ほどしか経っていないのに、いきなり一八〇余名の部下を持つ特攻隊長に昇進するまでの一連のプロセスを描いている。

本文引用する「湾内の入江で」はその第四章にあたる。一九四四年四月末に川棚の臨時魚雷艇訓練所に移ることが決まり、数日の休暇が与えられて神戸の実家に立ち寄って過ごし、二カ月の訓練の後、特攻の志願募集に応じるまでを切ない自然の風景とともに淡々とした文体で描いたものである。そのような文体的な特徴に加え、細部の詳細な記憶の再現と同時に忘却も含む語りの視点とその効果や、海軍の身体訓育による主人公の内面の変容や軍服の呪力など、ファシズムが要請する身体と美学を島尾がどのように対象化したのかを考察する。

『魚雷艇学生』――SCENE 1

戦局の逼迫《ひっぱく》は魚雷艇の一日も早い戦列参加が待たれていたにちがいなく、日本の海軍艦艇はアメリカ海軍の魚雷艇の奇襲攻撃になやまされつづけていた。それに対抗するための大量な魚雷艇要員の士官養成が、ようやくわれわれ第一期魚雷艇学生の結成となってあらわれていた。しかし昭和十九年の春になってもまだその養成は完了してはいなかったのだ。前年十一月にマキン、タラワ両島の、又十九年にはいってクエゼリン島などのそれぞれの海軍陸戦部隊の全滅が伝えられていたし、六月後半のマリアナ沖海戦での敗北はわれわれの訓練期間とかさなるだけでなく、なお又日本海軍が潰滅《かいめつ》的な打撃を受け、連合艦隊の組織的戦闘能力を喪失したレイテ沖海戦は目前の十月末に迫っていようという困難な時期に直面していたのである。当然の結果として軍需生産力の低下に伴う早急の軍艦の補充など叶《かな》うわけがなかったのだから、木造の艇体で間に合う小型舟艇の魚雷艇に藁《わら》をもつかむような望みが託されたのも致し方のない成り行きだったのかも知れない。勿論《もちろん》それらの情勢を当時の私たちが知る由《よし》はなく、ただ当面の訓練に耐えようとつとめつつ、来たるべき配置の状況などは想像もつかぬままに、怖《おそ》れながらもなお一刻も早くその時の到来を待ち望む矛盾した気持を抱いて、単調な訓練の毎日を送っていたと言えようか。この私が果たして魚雷戦が戦えるか、という疑いはいつも脳裡《のうり》を離れることはなかったが。

そのような状況の中で横須賀の海軍水雷学校を私があとにしたのは四月下旬のことであったが、途中に与えられた数日に及ぶ休暇を神戸の家に立ち寄って父と妹のそばで費し、無事川棚臨時魚雷艇訓練所に参着したのはその月の最後の日であった。家で過ごした日々はその時の私にはいささか切な過ぎるものがあった。まず父と妹にはじめて見せる自分の軍服姿がなぜあれ程誇らしかったものか。つい半年前にはからだのひ弱な大学生だった私が、今や軍服に身を固め、短剣を腰に吊《つ》って、父と妹に敬礼による挨拶《あいさつ》などして見せることができたからか。そこにはちょっと信じられない程の変貌《へんぼう》が横たわっていた。その間勿論旅順での厳しい基礎訓練と横須賀での魚雷艇実科訓練を通過した体験はあったが、それは自分だけの感じにとどめておいて、その労苦は決して口にはすまい、と考えていたのだった。もう大学生のときのような惰弱な身体《からだ》ではないと胸を張ることもできた。学生舎の居住区で疲労の果てにうつぶして酔ったようにうつらうつらしていたことなど忘れてしまっていた。私にとってからだの状態が生涯《しょうがい》で最も健《すこ》やかであった時期にはいっていたのだろう。そのせいか背筋を伸ばした自分の姿勢を殊更《ことさら》に父や妹に見せたい気分が起こっていた。先行きは全く未知数であったにしても、巨大な海軍の組織の中に抱え取られている感触のために、日々の舵取《かじと》りの不安は感じないですんだのだった。かえって父や妹のがわに、この先の戦時下の日々をその裁量だけで処理しなければならぬだろう頼りなさが感じられて、寂しい憐《れん》憫《びん》が湧くようであった。

ところで軍服を脱ぎ、ふだんの着物に着替えて自分の勉強室にこもると、頼りないことに私はすっかりもとのままの大学生であった自分に返ってしまっていた。私は猫背《ねこぜ》に戻《もど》って書棚《しょだな》の本を並べ替え、或いは取り出しては中の幾ページかを拾い読みし、机の引き出しの中を片づけてみたり、切り抜きを貼《は》ったスクラップブックのし残した整理をつづけるなど大学生の頃に繰り返した些事《さじ》に手をつけていたのだった。しかしそんなことをして何になるだろう。いつかもう一度見直す機会が期待できればこそそれらの整理は生きてもこようが、私はそれ程遠くない将来に、魚雷艇に搭乗《とうじょう》しての戦闘に参加しなければならぬ身の上ではないか。その結果はたぶん死につながる確率が圧倒的に多いことは否定できないことだ。たとえ戦争が終結したとしても（どんな状態でか見当はつかないが、永劫《えいごう》に戦争がつづくなどとは考えられないから）、この勉強部屋にはいり、私が整理した物を眺めることのできる者は一体誰なのかと思うと、言いようのない空《むな》しさに襲われてきたのであった。しかし決定的な時が来るまでは、過去に馴《な》れ親しんだ無駄《むだ》のように見える些事をかさねるほかはなかった。自分は何をやっているのだろうとあやしみつつも、私は空しい積みかさねを中止する気にはなれなかった。忽《たちま》ちにして与えられた休暇は過ぎ去り、再び軍服に身を固めた私は、川棚の新訓練地に向かわなければならなかった。

『魚雷艇学生』――SCENE 2

彼は先《ま》ずわれわれ魚雷艇学生の海軍兵科将校たらんとして努力した成果を認めた。訓練途上ではその山船頭振りを遠慮なしに指摘していた彼が、短期間内の達成にしてはよくやったと称揚したのだ。その評価の上に立って、魚雷艇学生が特攻隊に志願することが認められたと言った。或いは許可すると言ったのだったか。はじめ私はS少佐の言う意味がよく飲みこめなかった。しかしやがてそれは染《し》みが広がるふうに理解できた。要するに海軍は魚雷艇学生の中から特攻の志願者衣《きぬ》を纂っているのだ。口調はいつもと変わりはなく、言葉に衣をかぶせない言い方もそのままだったが、S少佐の表情の中に、いつもにない切なげなやさしさが感じられた。それはふだんにふと漂わす虚無的なかげりはすっかり影をひそめ、どことなく官僚的な事務処理の説明の調子の勝ったものになっていたのではあったが。私の耳には、彼がわれわれに向かってよく口にした、バーカ、という少しおどけた、しかしいくらかは本音でもあるざっくばらんでしかもあたたかな間投詞が今もなお生き生きと残っている。しかしその時彼の口調から私が感じたのは、苦しげな表情とでも言えるものであった。勿論あからさまに口に出せぬ分だけ、彼のぶこつな容貌はやさしさにあふれていた。マリアナ沖海戦はまだ戦われていなかったが、大方の趨勢《すうせい》の見通しはついていたにちがいない。今にして考えると、建造の容易である筈の魚雷艇ですら予定のようには作ることができず、まずは破格なとしか言いようのない特攻戦法に望みを託すやり方に海軍が急速に傾いて行った時期が来ていたことになろう。しかしわれわれがその情勢をどれだけ理解できていたかは疑わしい。戦争は時の経過と共に過激にならないわけに行かず、特攻戦法は殊《こと》に日本人には似合ったやり方として認められる素地が既に準備されつつあったように思う。同期の予備学生の中では最も危険配置と言われた魚雷艇学生の、行きつく先が特攻であることはいくらかは予感されていたと言えなくもない。S少佐は特殊潜航艇（注1）のほかにも新しい特攻兵器が既に開発されていることも伝えた。それにはにんげんが操縦する魚雷や羽根のように軽い高速艇などが含まれていた。言葉だけで与えられた物体のイメージは私の想像の中でかえってふくれあがったようだ。ミズスマシのかたちをした鋼鉄でよろわれた平たい特攻艇が海面を裂くように疾走する姿が私のまぶたの中で飛び交うようであった。

長い一日の不意の休暇はそのようにして与えられた。終日よく考えて、その夜就寝前に志願するか否《いな》かの決意を紙に書きしるして出すようにと言われた。しかし実のところ考えるといっても何をどう考えていいかわからなかったと言えよう。のんびりした口調で話すS少佐の声を聞き、やがてその意味を悟った当初、私は自分のからだが宙に浮く感じを持った。なんだか世界がぐらりと傾き、それまで見えていたのとはまるでちがった顔付となっていた。特攻隊などはるかな他人事《ひとごと》であったのに、まさかまともに自分の頭上にふりかかってくるなど思ってもみないことであった。急に入江の海や周囲の山の姿、そして雑草や迷彩を施した学生舎の粗造りの木造の建物にまでへんないとしさを覚えた。実はS少佐の言葉を聞き終わったときに既に、私は結局は志願してしまうにちがいない気がしていた。するとたちまちのうちにも出撃命令がかかってきそうなせわしない気分になった。もうこの世を捨ててしまったのだから、早く整理しなければいけないとせきたてる声が聞こえていた。なにをどう整理していいか、わかったわけではないのに。

とにかく長い長い一日であった。空はおだやかに晴れあがりからだが汗ばむ程であった。その一日をどのように過ごしたかについて余りはっきりした覚えがないのは、たぶん何もしないでぶらぶらしていたからだろう。仲間たちも大方はそうにちがいなかった。特攻志願の問題を語り合う者など殆《ほと》んど居なかった。学生舎にはいってベッドに横たわったり、思い出したように外に出ては、舎外のまわりや岡《おか》の台地、そしていつもは全くおりてみたこともない崖下《がけした》の磯辺《いそべ》を、目的もなく歩き廻るだけであった。だからお互いに訓練所の構内の到《いた》る処《ところ》で事業服姿の仲間がぶらぶら歩いているのを目にすることになった。ちょっとピクニックにやって来た集団の自由解散中といった風情《ふぜい》があった。時折ふと突きあげるようなあせりに襲われることはあった。もっとよく吟味検討して志願するかどうかを決めておかなければ取りかえしのつかぬことになるのではないか。しかし思考をどこからときほぐしていいかはわからなかった。どうせいずれは危険な魚雷艇の配置につくことがわかっているのに、なにも早まって確実に死を免《まぬが》れることの叶《かな》わぬ特攻にはいることはないではないか、という声はいつも低く胸の底に流れていた。目をつぶって境界をまたいでしまえば、その固縛からしばらくは遠のいていられることなのに。私は誰《だれ》とも顔を合わせたくないと思った。そしてふらふら構内を歩いてばかりいた。どこに行っても学生の姿があってひとりにはなれなかった。そうだ、ひとりぼっちになろうとして一度は崖下の磯の岩のあたりに行ったのだった。しかしそこにも先におりて遊んでいる学生が二人居た。仲良く岩間の海底からうにを取って食べていた。それを見て私はそんなふうな仲間は居ないのだなと省《かえりみ》たのだったか。しかし実際は仲間を避けて一日中ひとりで居たかった。もっとも限られた区域内での集団生活でそんなことのできるわけはなく、ふと湧《わ》きあがる嫌悪《けんお》の感情があった。仲間からの話しかけも頑《かたく》なにはずしていたのだ。みんな寂しそうに見えてやりきれなかった。それから私は学生舎裏の谷あいの井戸わきに設けられた洗濯場《せんたくば》に行って、下着を一枚だけ洗った。同じような考えの学生も二、三名居たが、お互いに語り合うこともなく、それぞれうつむいたまま洗濯物を洗っていた。これが整理しなければならないことだったのかと私はふと自分があわれに思えた。しかし何かが思考できたというのではなかった。とらえようのない思念がうつむいた頭の中でから廻りするだけであった。私は結局一日中追いたてられるようにうろうろ歩き廻って過ごしてしまった。誰もがふらふらして気が抜けて見えた。ただ申し合わせたように顔を上気させ熱を含んだ目付をしていた。長い一日が暮れ、なお心は揺れていた。夕食の食卓でも特攻の件を話題にする者は居なかった。就寝前に伍長《ごちょう》が紙を集めて廻った。私は「志願致シマス」と書いて出した。

注1　特殊潜航艇……正式名称は甲標的。太平洋戦争の緒戦となった真珠湾奇襲に出撃した二人乗りの五隻の潜航艇。攻撃法は魚雷発射で、艇そのものを体当たりさせるものではなかったが、九名の戦死者を「生還を期さない攻撃隊」「九軍神」として賞賛する一大キャンペーンが行われた。

『魚雷艇学生』——SCENE 3

揺れ動く気持の果てに志願を決意した理由の一つに、その兵器の操作が単純にちがいないと予想されたことがあった。魚雷艇による魚雷戦を効果的に戦うには一応は数理がこなせる頭脳が必要なのに、その点で私は全くあやしく、勘にたよるだけの拙劣な戦いしか戦えそうにない不安を抱きだしていたのだ。特攻は自分自身が兵器自体を操縦して敵艦まで持って行くのだから、錯覚やまちがいが起こるわけもなく、距離の目測や射角がどうのこうのという心配などの一切が不要と考えられた。それにひとの命と引き換えなのだから、おそらく海軍はその兵器に可能なかぎりの爆発力と防備を準備してくれるにちがいあるまい。いわば特等席に坐《すわ》ったままで戦死できるわけだ。だからすぐにでもそちらの方へ事態がどんどん進むことを期待していた。それなのに全く音沙汰《おとさた》なしの何日かがつづいた。魚雷艇訓練そのものまでどことなく張りがなくなってしまった。ふと、戦況が好転してもう特攻など必要でなくなったのではないかと考えることもあった。単調な訓練の繰り返しがいつまでもつづきそうに思えて、かえっていらだたしい気持になった。何やらだらだらと日が流れて、一刻もないがしろにできぬ時間を無駄《むだ》にしていると思えて仕方がなかった。

しかし事態は確実に進んでいたのだ。まず最初に五十名の者が魚雷艇訓練から抜けて退所して行った。P基地に行くということであった。訓練場所の表記にPという字を宛《あ》てるなど如何《いか》にもあやしい響きが感じられた。誰にも知られることのないPというその秘密の場所でとてつもない効果的兵器がその五十名を待っているにちがいあるまい。彼らを送り出したあとは急に櫛《くし》の歯が欠けたような寂しさが残った。なんとなくハンモック・ナンバー（成績席次）の上位の学生が居なくなったふうで、一層その思いが強かった。彼らの兵器は甲標的だということであった。その名称もどことなく優秀な兵器である気配を漂わせていた。もっとも甲標的が緒戦の際真珠湾に侵入して遂《つい》に帰還しなかった特殊潜航艇であることはわかっていた。その前後に私もまた先の特攻志願は許可され、配置が確定した。マルヨンと呼ぶ高速小舟艇で数字の四を○で囲んであらわされるということであった。つまり㊃（注1）なのだ。いかにもそっけなく、そこにごろっと無気味な物体の転がっている感じがあった。同じ特攻兵器にしても海中に潜航するのではなく、海面を疾駆するだけという条件に或る軽さも感じられた。目的に到達するまでに敵機にやられてしまうのではあるまいか。特攻はなぜか海にもぐって突っ込んで行くというイメージが先にあった。子供の頃から海底に沈んだ第六潜水艇の佐久間艇長（注2）への畏敬《いけい》と恐怖の感じが尾をひいていたのかもしれない。それだけに海底を潜行する暗い情景が特攻にふさわしいと思えた。第一次世界大戦のときのドイツのUボート（注3）にかかわる映画の印象も影響していたろうか。ところが自分の配置が甲標的ではなく、又人間魚雷（もっとも当時はそんな呼び方はなく、㊃と似た発想の呼称の㊅が使われていた）ともちがって、こっぱのように海面を飛び跳ねて行く㊃兵器であることは、それだけの軽さの自分とかさなったかと思えたのだった。

しかし遂に特攻と決まった事態に、私は興奮しないわけには行かなかった。夕食のあと暗くなった学生舎の岡の、構域の外がわにある崖の上から、向かいの岬《みさき》の起伏にはさまれてにぶく光る細長い入江の海や、その手前の森のあいだに散見する漁村の家々のたたずまいを見おろしながら、胸は淡い痛みにしめつけられるようであった。炊煙がたなびき、子供と母親の呼応する声や犬の鳴き声などが聞こえてくると、日常が私の心中にむせかえるようにたちのぼり、もう戻ることはできないという断絶の思いにせつなさがこみあげてきた。めっきりその数を増した蛙《かえる》たちの鳴き音にいくらかはなぐさめられながら、その冥想《めいそう》的な響きが、自分がえらんだふしぎな立場を神秘的に包みこんでくれるのだと感じたかった。

季節は真夏に向かおうとしていたのに、学生舎の中は何やらあわただしく秋風が吹きはじめた感じになった。新しい配置に応じて、それぞれに赴任する学生たちの退所がなしくずしに行なわれだしたからである。そして私も含めた㊃配置の三十名が、再び横須賀田浦の海軍水雷学校行きを命ぜられて臨時魚雷艇訓練所を出たのは、昭和十九年七月の十日のことであった。

※「湾内の入江で」(「新潮」一九八二年三月、のち『魚雷艇学生』新潮社、一九八五年、新潮文庫、一九八九年所収)

注1　㊃……特攻艇「震洋」のこと。一人乗りないしは二人乗りのモーターボートの艇首に二千三〇キロの爆弾を装備して、敵艦に体当たりをする。エンジンは自動車のものを使い外装などはベニヤ製で、お粗末な造りだった。一九四四年五月に量産が開始される。㊃といわれていたのは、海軍が九種類の特攻兵器を開発しようとした際、震洋がその四番目にあたっていたときの名残である。震洋は六千二〇〇隻が建造され、部隊としての震洋隊は一一四六隊編成された。特攻隊員としては七千三〇〇人がいた。一隊は五〇人が原則で、ほかに背後支援の基地要員も含めると一隊の要員は一九〇人前後となる。震洋部隊は総兵力二万七千七〇〇人前後の特攻部隊だった。

注2　佐久間艇長……一九一〇年(明治四三年)四月一五日、第六潜水艇は広島湾で潜航訓練中に沈没、佐久間艇長以下一四名が配置についたまま殉職した。発見された佐久間の遺書には、事故原因や潜水艦の将来、乗員遺族への配慮がしたためられており、大きな反響を呼び、修身の教科書や軍歌として広く取り上げられたのみならず、海外でも大いに喧伝された。

注3　Uボート……第一次世界大戦から第二次世界大戦期のドイツの潜水艦の総称。ジョン・フォード監督映画『海の底』(一九三一年、アメリカ)は、第一次世界大戦終結間近の大西洋を舞台に、Uボートと、それを誘き寄せるアメリカ海軍の偽装船との攻防を描く。

作者紹介　島尾敏雄(しまお・としお)

一九一七(大正6)年四月一八日、神奈川県横浜市生まれ。第一神戸商業学校、長崎高等商業学校を経て、

一九四〇年、九州帝国大学法文学部経済科に入学。翌年に同大学法文学部文科を受験し直して再入学し、東洋史を専攻する。一九四三年、半年繰り上げ卒業後、陸軍での内務班生活を嫌って海軍予備学生に志願し、入隊の直前に私家版『幼年記』を発行。旅順での基礎教育期間を終了後、第一期魚雷艇学生として一九四四年二月から横須賀市の海軍水雷学校で訓練を受ける。同年四月から長崎県川棚の臨時訓練所で水雷学校特修学生として過ごし、特攻の志願が認められた。同年一〇月には第一八震洋特攻隊指揮官として、一八三人の部隊を率いて奄美加計呂麻島呑之浦へ赴く。そこで後に妻となる大平ミホと出会う。一九四五年八月一三日の夕方に特攻戦が発動され出撃命令を受けたが、即時待機状態のまま敗戦を知る。復員後は実家のある神戸に戻り、一九四六年、ミホと結婚。一九五〇年、『出孤島記』で第一回戦後文学賞受賞。一九七七年、『日の移ろい』(中央公論社、一九七六年)で谷崎潤一郎賞受賞。心因性反応に苦しんだミホとの日々を描いた『死の棘』(新潮社、一九七七年)で日本文学大賞、読売文学賞受賞。一九五五年から奄美に移住し、翌年にカトリックの洗礼を受ける。一九八三年、短編「湾内の入江で」(「新潮」一九八二年三月)で川端康成文学賞受賞、一九八五年、同短編所収の『魚雷艇学生』(新潮社、一九八五年)で野間文芸賞受賞。作品は夢を素材にした超現実主義的な『夢の中での日常』(現代社、一九五六年)などの系列、戦争中の体験を描いた『出発は遂に訪れず』(新潮社、一九六四年)などの系列、さらにミホとの恋愛、結婚、夫婦生活の葛藤など、『死の棘』を頂点とする系列に大別される。また日記や紀行文など記録性の高い作品や、『琉球弧の視点から』(講談社、一九六九年)、『ヤポネシア序説』(創樹社、一九七七年)など、日本列島をポリネシアやミクロネシアと同じ群島ととらえる南島文化論なども高い比重を占める。一九八六年一一月一二日、鹿児島市にて脳梗塞のため六九歳で死去。

問題編成

SCENE 1　文体の特徴と身体の訓育

いち早く「湾内の入江で」を評価したのは、河野多恵子「文芸時評〈上〉」(「朝日新聞」夕刊、一九八二年二月二二日)である。河野は、「会話のない、改行も極端に少ない、叙事体を主調とした文体に、不思議な奥行きと風通しがあって、この作者のものとしても、一きわ見事な名文である」と「湾内の入江で」の文体的特徴を述べ、「出発は遂に訪れず」をしのぐ秀作とみなす。

次に、川端康成賞選考委員の「湾内の入江で」選評(「新潮」一九八三年六月)をみてみよう。吉行淳之介は、

〈特攻〉関連年表

1944年 2月26日／海軍が、人間魚雷・回天の試作を命じる。7月11日／陸軍の体当たり特攻艇・㋹の採用決定。8月1日／人間魚雷・回天、兵器として採用。16日／海軍が、人間爆弾・桜花の試作を命じる。28日／海軍特攻艇・震洋を兵器として採用。9月1日／第1震洋隊編成(以後、146個隊編成)。10月17日／米軍、レイテ島上陸作戦開始。19日／大西瀧治郎中将が体当たり特攻隊の編成を命令。21日／神風特別攻撃隊初出撃。25日／神風特攻隊敷島隊が米護衛空母に初めて体当たりして撃沈。11月7日／陸軍、特別攻撃隊嶽隊が初出撃。8日／海軍、回天特攻隊菊水隊が初出撃。**1945年** 3月10日／B29編隊、東京を大空襲。17日／硫黄島の日本守備隊が玉砕。4月1日／米軍、沖縄本島へ上陸。6日／菊水1号作戦。沖縄特攻開始。7日／水上特攻出撃の大和が撃沈。6月23日／沖縄守備隊の組織的戦闘終了。8月11日／海軍第2神雷爆戦隊が沖縄の連合軍艦船に突入。沖縄航空特攻終了。15日／木更津から流星艦上攻撃機、百里原から彗星爆撃機が最後の特攻出撃。玉音放送後、沖縄特攻の指揮官・宇垣纒海軍中将、彗星爆撃機を指揮して大分基地から沖縄に出撃。16日／海軍の航空特攻を最初に命じた大西瀧治郎中将が割腹自決。

「人間魚雷よりもっとお粗末な兵器の特攻隊々長として、出撃直前に終戦をむかえた事柄は、すでに作者はくわしく書いている。ここでは、大きな力に押し流されるように、そういう特攻部隊に志願配属されて、しだいに死に近づいていく部分を、作者ははじめて書いた。しかも、四十年のちに書いたということによって、作品が正確冷静になると同時に、気遠い哀感が立ちこめている」と評価する。中村光夫も「氏の海軍を扱つた連作のひとつで、素材が面白いだけでなく、文章も立派で、崩壊にむかつて傾いて行く海軍の実状を、抑制のきいた主人公の感情を通じて描きだし、戦後文学の一典型と思はれます」と述べる。出来事から四〇年近く経つのに、その隔たりを感じさせない精確な記憶の再現と、あるいは隔たりがあるゆえの客観性を選者たちはまず評価している。

軍隊の空気がじかに伝わってくるような精確な記憶の記録が、一頁全体が活字で埋め尽くされている緊張と内省に満ちた冷徹な文体で綴られる一方、当時知ることのできなかった情報や他の隊員たちとの決定的な記憶違いなどを交えながら回想するという語りの二重の時間性が、記憶と忘却、語りえることと語りえぬことの拮抗関係を生じさせる。

『魚雷艇学生』は、「私」が海軍予備学生として入隊したとき、初めて着る海軍士官服がなかなか体になじまなかったところから始まる。このなじまなかった軍隊の制服が、軍隊の厳しい身体訓練や「修正」という名の暴力を通して、次第にその制服にふさわしい身体を獲得していく過程が描かれている。予備学生はまず旅順の教育部というところに送られて、基礎訓練に従事させられる。第一章の章題になっている「誘導振」というのは、腕振りを繰り返す海軍体操の型のひとつである。苦痛であるその運動が繰り返されるうちに、快い律動の中に入り込んでいる自分を発見する。身体の反復運動、身体の機械化によって、内面もいつのまにか馴致されていく。

また、他の同期生に比べ自分が体格的に劣っていたこと、最年長に近い年齢だったことなどから、「私」は同期生たちと深く打ち解けることができずにいて、第二章「擦過傷」、第三章「踵の腫れ」では、そういった疎外感をいつまでも腫れ疼く足の傷に象徴させている。

第四章前半の実家に帰省した時の様子が回想されている引用箇所においても、いつのまにか、軍服が身体に馴染み、家族の前で軍服姿を誇らしげに誇示する「私」がいる一方、軍服を脱いだとたん、かつての頼りない大学生の「私」に戻ってしまう。「来たるべき配置の状況などは想像もつかぬままに、怖《おそ》れながらもなお一刻も早くその時の到来を待ち望む矛盾した気持」や「この私が果たして魚雷戦が戦えるか、という疑い」の念、あるいは軍隊になじめない居心地の悪さや葛藤を、軍服や傷をめぐる身体表象を通して描いている。

SCENE 2　特攻の歴史と特攻志願までのプロセス

戦局を打開するために太平洋戦争末期、日本の陸海軍は、戦死を前提とする特攻（特別攻撃）を行った。一九四四年一〇月のレイテ沖海戦において、海軍は初めて、「神風《しんぷう》特別攻撃隊」による、戦闘機ごと敵の軍艦に体当たりするという特攻を行い、戦死者は軍神として畏敬された。硫黄島やウルシー・サイパンへの作戦を経て、沖縄戦において頂点に達した。沖縄周辺に侵攻した連合軍の艦隊に対し、日本軍は菊水作戦を発動して特攻隊を編成し、九州・台湾から航空特攻を行った。これと連動して戦艦大和以下の艦艇による水上特攻や各種特攻兵器が大量に投入された。

陸軍はもっぱら航空機を特攻用に改造して使おうとしたが、海軍では、特攻兵器として、人間魚雷の回天、人間操縦爆弾の桜花、そして震洋が開発された。島尾の震洋隊が組織された時、まだ神風特攻隊は生まれていなかったが、航空特攻の開始に先立ち、震洋隊も早々と特攻部隊の編成に入っていた様子が、本作品からうかがえる。

単調な軍隊生活が綴られる中、後半部に描かれるのは、「私」の特攻への志願という大きな出来事であった。S少佐から一日の休暇をやるから特攻隊に志願するかどうか考えるようにと言われるも、その言葉を聞き終わった時にすでに「私」は志願するだろうことを予感する。その時、入り江の風景や粗末な学生舎まで「へんないとおしさ」を覚える。

お粗末な特攻兵器であったにもかかわらず、「私」は、「ミズスマシのかたちをした鋼鉄でよろわれた平たい特攻艇が海面を裂くように疾走する姿」を空想する。「今にして考えると、建造の容易である筈の魚雷艇ですら予定のようには作ることができず、まずは破格なとしか言いようのない特攻戦法に望みを託すやり方に海軍が急速に傾いて行った時期が来ていたことになろう」といった理性的な判断や思考は中断、忘却され、美的な想像力が「私」を魅了する。

奥野健男「解説」（『島尾敏雄作品集 第一巻』晶文社、一九六一年。のち『島尾敏雄』泰流社、一九七七年所収）は、「島の果て」「ロング・ロング・アゴウ」「徳之島航海記」などの戦争ものに、戦争批判の弱さを感じながらも、自己の死を祖国の宿命と受け取り、死に行くものの美しさの中に文芸を見ようとした「日本浪曼派」のデカダンスと紙一重のロマンティシズムの影響を指摘しているが、本引用箇所においても同様の死の美化が行われている。

SCENE 3　死の美化の否認と文体の変遷

葛藤はあったものの、特攻と決まった「私」の末期の眼に映った風景は美しく、「もう戻ることはできないという断絶の思いにせつなさがこみあげて」くるのだった。

だが、特攻への高揚感や感傷は一時的なもので、軍内部の特攻に対する複雑な感情や反感のエピソードや、出撃命令がないまま間延びした単調な軍隊生活の中で訓練はボート遊びのように感じられ、怠惰になっていく主人公の様子などが、第五章「奔湍の中の淀み」、第六章「変様」では描かれることになる。最終章の第七章「基地へ」では、四〇年後の同期の戦友会の様子が挿入される。「私」の手元には、死にゆく形見として撮影された隊員たちの記念写真があるのだが、その写真の所持はおろか、写した記憶さえ元隊員たちにはなかったことに「私」は衝撃を受ける。しかも、そこに写っているのは、突撃死する特攻隊員とはとても思えない、作業服と地下足袋姿の今から土方作業に出かけようとでもしている若者の集団だったのである。白鉢巻きをして訣別の盃を酌み交わしたり、短刀授与式が展開されたりする儀式に代わる出撃の儀式であるはずの記念撮影の忘却と場違いな被写体のエピソードには、もはや特攻のロマンティシズムのかけらもない。

最後に、他作品との語り方の違いについても留意したい。復員して最初に書いた「島の果て」(「VIKING」一九四八年一月)は、「むかし、世界中が戦争をしていた頃のお話なのですが——」という書き出しで始まる。戦時下を舞台に童話的手法で書かれた作品で、朔中尉とトエの交流が抒情的に描かれる。戦後まもなくの時期では、そのような語り方でしか語ることができなかったのである。戦争体験を別の形で問うためには、時間の蓄積と記憶の濾過が必要だった。本作品よりかなり前に執筆された「出孤島記」「出発は遂に訪れず」「その夏の今は」も、内容的には続編にあたるが、文体も違っており、別作品のような印象を与える。

研究の手びき

島尾研究は、島尾の特異な特攻隊体験に基づいた作品をどのように評価するかをめぐって展開してきた。島尾と同じ第一期魚雷艇学生であった松岡俊吉「島尾敏雄と特攻体験」(「国文学 解釈と教材の研究」一九七三年一〇月。のち『島尾敏雄論』泰流社、一九七七年所収)は、「出孤島記」「徳之島航海記」「出発は遂に訪れず」などの戦記ものの中では、「〈特攻〉についてほとんど定義やら分析やらをすることなく、状況のみを独特のリズムでとらえ」、他の作家と比較して「「思想的図式」めいたものはなぜか注意深く避けられて」いると述べる。また、野間宏、梅崎春生、大岡昇平らの第一次戦後派は、程度の差はあれ〈戦争悪〉、〈軍隊悪〉の暴露といった一面を小説の中にもっていたのに比べ、島尾作品にはそれがないと指摘する。

島尾の戦争小説の中でも、特に研究の対象となるのが、特攻三部作(「出孤島記」、「出発は遂に訪れず」、「その夏の今は」）である。その続編が「（復員）国破れて」（「群像」一九八七年一月）であるが、島尾の死によって完成されず、断片のみが遺稿として発表された。西尾宣明「島尾敏雄の「戦記」小説研究の基本的問題――『出孤島記』考――」（「プール学院大学研究紀要」第三七巻、一九九七年一二月）は、島尾の戦記小説の原点として、「出孤島記」を位置づけ、死が消滅した後に残る虚無的な日常性の発見が島尾の特攻隊体験の意義であると述べる。石田忠彦「島尾敏雄論――特攻三部作の二つの時間」（「国語国文薩摩路」第三五号、一九九一年三月）は、多くの論者が指摘する死から生への転回を語りの方法から説明する。つまり、特攻三部作には終戦を境としての四、五日間の連続した「小説の時間」（死から生への転換）とは別の「作者の時間」（執筆時の認識における生の困難さや倦怠）が混在していることを指摘し、私小説といわれている作品における虚構性の追求を試みている。

このような語りの現在と過去との混在という重層化は、特攻三部作においては潜在的であったのだが、顕在化するのが、『魚雷艇学生』以降である。山中秀樹「島尾敏雄における敗戦と復員」（「日本文学誌要」第五二号、一九九五年七月）は、『魚雷艇学生』や戦中震洋艇を隠していた「横穴」巡りの記録『震洋発進』（一九八七年）、遺作「（復員）国破れて」において、「自身の特攻隊体験とそれに固執しすぎた自分の資質を客観的に見得る域に到達」し、「過去と向き合うことによって現在の自分を問い直すために書く」という視座を手に入れたという。

島尾の戦争ものとミホものとの共通性をいち早く指摘したのは、吉本隆明『島尾敏雄』（勁草書房、一九七五年）である。『死の棘』に描かれる妻の精神異常も極限まで行きながら死に至らず、また自身は狂うこともできずにやむなく生の方に引き返してくるという意味で、戦争小説と家族小説は同じ構造を持っているという。奥野健男（「解説」『出孤島記』冬樹社、一九七四年。のち『島尾敏雄』泰流社、一九七七年所収）もまた、「出孤島記」で垣間見た島の娘Nの生活は、後の『死の棘』などの一連の病妻ものを予兆していると指摘し、二人の南島での出会いを本土から渡ってきた荒ぶる神と島の長の乙女との神話的な悲恋とみなす。

佐藤泉「夢のリアリズム――島尾敏雄と脱植民地化の文体――」（「文学」二〇〇五年一一・一二月）は、島尾作品においては、リアリズムの文法は異なるものの、特攻・狂気・夢といったモチーフには内的な連関関係があり、いずれも戦争や植民地主義の傷跡を隠蔽するのではなく、明るみに出すものとして評価している。九〇年代以降の最新の島尾研究の傾向については、鈴木直子「研究動向 島尾敏雄」(「昭和文学研究」第四八集、二〇〇四年三月)が参考になる。

参考文献

島尾敏雄『島尾敏雄による島尾敏雄』(青銅社、一九八一年)
島尾ミホ・志村有弘編『島尾敏雄事典』(勉誠出版、二〇〇〇年)
高阪薫・西尾宣明編『南島へ南島から――島尾敏雄研究』(和泉書院、二〇〇五年)
森山康平『特攻』(河出書房、二〇〇七年)

第５章　引揚げ——松本清張「赤いくじ」

石川巧

本章の要点

引揚げについて考えるためには、そのテキストが引揚げのどのような側面を問題化し、どのような立場から書かれているかを考えることが重要になる。成田龍一が「『引揚げ』に関する序章」（「思想」二〇〇三年一一月）で指摘したように、引揚げ体験は「本人の位置と立場、階層、性別、年齢、出かけた地域と引揚げの時期、そして（植民先の引揚げを担当した）管理国」によって、まったく違うものになるからである。だが、戦後日本における引揚げは、背後から迫る敵から逃亡、避難する弱者（女性や子ども）の記憶として語られることが多く、不安と恐怖に怯える被害者としての自画像を構築することに力点が置かれてきた。大東亜共栄圏という独善的な妄想を膨らませ、アジア各地での植民地支配を続けた日本の政略、その妄想を真に受けて他人の領土に土足で踏み込んだ人々の欲望などを問題化する言説は極端に少なかった。

松本清張の「赤いくじ」（「オール読物」一九六〇年六月、原題「赤い籤」）は、敗戦にまつわる皇国軍人の醜態と、彼らの浅知恵によって米兵の慰安婦になりかける婦人たちを描いている点において、あまたの引揚げ言説を相対化し、私たちがひき受けなければならない問題の所在を明らかにしたテキストである。——舞台は一九四四年秋、南朝鮮の高敞《コチャン》に置かれた備朝兵団。米軍の空爆もない「無風帯」の町に駐留する日本軍の楠田参謀長と末森高級軍医は、出征した夫（道庁出張所長）を待つ夫人の歓心を得ようと画策したあげく、彼女の美貌、気品、教養を前に「自慰」的な妄想に耽る。——テキストは、軍属であるその二人の醜態を明きらかにすべく展開していく。

「赤いくじ」――SCENE 1

一九四五年八月十五日の正午の天皇放送（注1）は、雑音のためさっぱり聞きとれなかった。拡声機に向って抜刀の敬礼をしていた兵団長は、広場に集合している将兵に、どう訓示すべきかに惑った。／「雑音が激しくて、玉音が拝聴できずに残念である。戦局容易ならざる段階であるから、一段の士気を激励されたご主旨と拝する。いずれ、ご勅語は後ほど文書にして皆に拝読させることにする」／こう述べて、兵団長が自室に還って、五分とたたずに、暗号係の将校が顔色変えてとびこんできた。手には、京城の軍司令官からの電報が握られていた。／兵団長が泣き、将校が泣いた。慟哭《どうこく》と歔欷《すすりなき》とが、ある者は本心から、ある者は芝居がかりに、兵団長を取りまいて起った。むろん楠田参謀長も末森高級軍医もその渦の中にはいっていた。／南朝鮮の片田舎での日本敗戦の混乱は、その夜から起った。方々の警察官の駐屯所が朝鮮人によって襲撃されはじめ、遁《に》げおくれた巡査は殺された。／警察官は、軍隊の保護を求めてきた。／かねて、〝軍は警察の後ろ楯である〟と云っていた楠田参謀長は、トラックに兵を積んで出動させた。／内地人からは、しきりと、「朝鮮人が不穏な様子を示してきた。窓や雨戸に投石をはじめた」／と訴えてきた。昂奮した朝鮮人が高敞《コチャン》の町を練り歩いているというのである。／楠田は、真っ先に、塚西夫人のことが心配になった。万一のことがあってはならない。／下士官一、兵六を遣って、その夜の夫人の家の周囲を警戒させた。この時とばかりの楠田の忠義立てであった。／一夜が明けた。朝鮮人の民家という民家に国旗がいっせいに揚がった。日本人の眼には見なれない彼ら自身の新しい国旗である。いつのまにそんな用意までしていたのか、日本人は呆れるばかりであった。

注1　天皇族送……小森陽一は『天皇の玉音放送』（五月書房、二〇〇三年）において、「「終戦」と言っても、ここでは「米英二国ニ宣戦セル」戦争しか問題にされていない。しかし、ポツダム宣言の受諾は「米英支蘇四国ニ対」して行われているのだから、当然、「支」すなわち中国との戦争について、まずふれなければならないはずだ。ここでは中国とソ連とが除外されることによって明らかに、戦争の期間を一九四一年以後の戦争にのみ限定しようとする作意が表れている。／なぜ「終戦の詔書」は、「米英二国」との戦争にしか言及していないのか。千本秀樹が正しく指摘しているとおり、この「終戦の詔書」には、「敗戦の認識がない」のであり、「中国に対する侵略については、一切ふれられていな

い」、実のところは「天皇継続宣言」なのである(『天皇制の侵略戦争と戦後責任』青木書店、一九九〇)と論じている。

「赤いくじ」——SCENE 2

(ここまでのあらすじ:状況は敗戦とともに一変する。長年、中国大陸の戦場をめぐり、「勝者の欲望」がどのようなものであるかを知り尽くしている(と思っている)楠田は、米軍の進駐に備え「一般婦女子の被害を防止する」名目で〝慰安婦〟を募るよう指示する。)

——仁川《インチョン》にアメリカ軍艦が入港し、つづいて、アメリカ軍が京城にはいった。その一部が、南朝鮮地区の日本軍の武装解除と武器接収を視るため、近く高敞《コチャン》に派遣されるという京城の軍司令部からの通知をうけとった備朝兵団司令部は、異常な緊張をした。/「兵器は帯剣一本でも員数に間違いがあってはならない、全部記載して引渡す用意をせよ」/「衛生材料は、包帯一本でも落してはならぬ、全部提出せよ」/という指令が各隊にとんだ。/それらを集めての予備検査は、いかなる今までの兵器検査、衛生査閲よりも厳重をきわめた。

一本の帯剣や包帯を書きもらしたために、隠匿の重罪に問われはしないか、と兵団長以下、楠田参謀長も末森高級軍医も必死であった。「武器接収ノタメ貴地派遣ノアメリカ軍要員ハ、将校十、兵三十名ノ編成ナリ」/という軍司令部からの通告をうけたとき、楠田参謀長の頭に、啓示のように或る事が閃いた。

楠田は日華事変さなかの昭和十四年に中国に渡って、華北、華中、華南の戦場をめぐった。その時、勝者の欲望(注1)がどんなものか、充分に見てきて知っている。/京城からアメリカ兵がくるときいた時、楠田が取り憑かれた思考は、どのようにして、この四十名の勝利者たちをもてなそうか、ということだった。いや、歓待の方法はわかっていた。かつて日本軍隊が中国で行ったのと同じやり方をアメリカ兵にやらせればよいのである。つまり日本の兵士が戦いの先々で求めた〝慰安婦〟をアメリカ軍に提供し、将校は戦犯を宥《ゆる》してもらおうというのが楠田参謀長の考えついた狙いであった。勝者の心理は中国の戦場で体験ずみであった。/楠田は兵団長に、「武装解除ならびに兵器受領に来るアメリカ兵四十名に対しては、慰安婦十名乃至《ないし》二十名を接せしめ、以て一般婦女子に及ぼす災難を防ぐ」/旨の意見を上申(注2)した。

注1　勝者の欲望……金富子・宋連玉責任編集『「慰安婦」戦時性暴力の実態［Ⅰ］日本・台湾・朝鮮編』（銀風出版、二〇〇〇年）には、「日本軍は、建前としては、戦地・占領地での住民に対する暴行・強姦を防止しようとしたが、現実には、それは徹底されなかった。陸軍は、作戦行動では、食糧の調達は住民からの徴発（事実上の掠奪＝略奪）で行なうことを基本としていたから、作戦行動中の略奪は日常化し、その延長線上で、炊事道具、燃料、物資、自転車などの運搬手段、運搬のための労働力としての住民の徴発が行なわれ、ついには女性に対する強姦まで頻繁に行なわれたのである（「性器の徴発」）。（中略）現地軍は、兵士の抑圧された感情・憤懣が上官にむけられることを防ぐために、その感情・憤懣が戦地・占領地に住む住民、とくに女性に向けられることを黙認し、ある場合にはそのように誘導した」とある。

注2　上申……小谷益次郎著／同編纂『仁川引揚誌〔非売品〕』（大起産業株式会社発行、一九五二年）には、「府尹の事務は仁川港が米軍上陸地と判つてから一層多忙を極めて来た。総督府から打合や指揮のため往復が繁しくなつた。それに添うて府庁からは毎日の如く町会長の招集がある。或る日米対婦人問題が出た、この問題のため敷島遊郭の充実が始められ朝鮮人業者は其拡張に大わらわであつた。府尹のこの勧告に対し同胞の批難攻撃の声が起り始めた。特に婦人にとつて深い杞憂を懐かしめた。府尹の腹は最小限度の犠牲でこの災難を喰いとめたいと考えた事が伺わるる。然るに愈々米軍上陸、其後の動静はこの問題を全く杞憂に終らしめたことは幸いであつた」とある。

「赤いくじ」——SCENE 3

（ここまでのあらすじ：兵団長は「公平」な方法で「犠牲者」を選ぶために塚西夫人を例外にするわけにはいかないと主張する。軍部の真意を知らされていない彼女は、「何のためらいもなく」くじ引きに臨む。）

気の毒な抽選がはじまった。／百二人の婦人は、司令部に呼ばれ、今は敗戦によって何の権威もないはずの兵団長の、いつにない丁重な挨拶をうけた。／「戦い終わればアメリカ兵といえども今日の友である。遠来の彼らを婦人の柔らかい雰囲気によって迎えたい。こういう事は誰彼とお願いするより、くじ引きで決めていただくことにした」（注1）／この挨拶は、あとで合点がいくように言葉が仕組んであった。／くじは、和紙の紙撚《こより》で作られ、当たりくじは先のほうが赤インクで染めてあった。紙撚りのくじは竹筒の箸入れにかためて入れてあった。／深い仔細を知らない婦人たちの顔には悲愁の表情は少しもなかった。くじ引きということはたとえ好ましくない場合でも、心に不思議な愉しみを持たせるものである。ことに、このくじは、アメリカ兵をもてなすという、未知の冒険と好奇心が籠《こ》めてあった。それ以上に悪辣《あくらつ》な企図があろうとは彼女たちは想像もしなかった。／女たちは司令部の庭に一列にならんで、次々に兵隊の持つ竹筒の中の紙撚を、引きぬいていった。既婚者ばかりの二十代の婦人、三十代の婦人、四十に近い婦人。美しい顔、醜い顔。肥えている身体つきや、痩せた女。／あら、当ったわと笑っている不運な婦人もあった。／この目的を知っているのは、さりげなく離れて見守っている兵団長と幹部将校数人だけであった。もちろん、楠田参謀長も末森軍医も事情を知っていた。／彼ら二人の眼は、先刻から行列にまじった塚西夫人の姿に惹きつけられていた。このような行列に彼女を立ちならばせることは忍びないことであった。誰がこのような冒瀆《ぼうとく》に追いこんだか。彼女を要せずとも、誰でもアメリカ兵を慰めることができるのだし、それによって日本将校はアメリカ軍に点数をかせぐ計算に間違いはないのに。／夫人は竹筒を両手で持った兵隊の前に押しだされた。百二本のくじは筒の中で半分以上も減っている。夫人は無造作に、指で一本をつまんだ。／固唾《かたず》をのんだのは、楠田と末森のほうだった。／夫人は、何のためらいもなく、みごとに、真っ赤な色に先のそまった紙撚を引いてしまった。／「ほう婦人防衛班の会長が引きあてたね」／と、兵団長は顔色を変えている楠田参謀長に微笑を投げた。

アメリカ兵は、それから三日ばかりして到着した。／旅館〝長州屋〟に彼らははいり、師団長以下は温突《オンドル》のある農学校の寄宿舎に移った。／日本軍側が、あれほど血眼《ちまなこ》になって作製した兵器の表《リスト》と、その実物との引合せを、アメリカ士官はろくろく見もしないくらい、しごくあっさり片づけてしまった。海岸陣地に引きすえていた旧式の砲の陳列など鼻で笑って通った。／アメリカ兵は旅館の表門に歩哨として一人立ち、一人が周囲を動哨していた。彼らは自動小銃を行儀悪く肩に引っ掛け、絶えずガムを噛んでいた。動哨の兵など、塀の上にとびあがって腰をかけ足をぶらぶらさせて屈託ない顔で口を動かしていた。／それを見物するのに、白衣の朝鮮人が群れた。〝歓迎美軍「Welcome U.s. Army」〟の横幟《のぼり》が、高敞の目抜きの通りに、いくつも張られた。／ところが、アメリカ士官は何日たっても〝慰安婦〟(注2)の要求を持ちださなかった。彼らは、温和で、日本人の婦人を見かけても、あまり関心を持たないふうであった。旅館の女中にも、「オジョサン」と云って、おどける格好はしても、悪戯《わるさ》はしないということだった。／日本軍将校に対しても報復的な仕方はしなかった。彼らは単なる連絡将校にすぎなかった。すべてが拍子抜けだった。／兵団長は、先走った楠田参謀長を呼びつけて云った。／「どうやら、貴官の思いすごしだったね、あの婦人接待の件は取り消しだな」／――しかし、どこから洩れたのか、あるいは女の特有な嗅ぎ方で探りあてたのであろうか、いつかくじ引きのほんとうの目的が皆に知れわたった。

内地引揚げの汽車は、貨車に兵隊と民間人との混合で、釜《プ》山《サン》に向って出発した。秋の気配の動く九月の末であった。／赤いくじを引きあてた二十名の婦人は、汽車の中で何となく、皆から変な目で見られていた。彼女たちの五名は夫を戦地に送り、六名は戦争未亡人であり、九名は夫と一緒であった。その夫は何となく妻に突慳貪《つっけんどん》であったり、白い眼を向けて口を利かなかったりした。／なぜ、いったいどうしたというのか。彼女たちは何もしなかったのだ。ただ訳を知らず、くじがあたったことだけで、彼女たちの肉体の上に不貞な特別な汚斑《しみ》が付いたというのだろうか。／だが（危うく、アメリカ兵の慰安婦をつとめるところだった）という事実は、（娼婦の資格者だった）という意地悪い意識を消すことはできなかった。見えない烙印だった。／二十名のその婦人こそ皆から感謝されてよいはずだった。もし、事実、彼女たちにその行為が行われたと仮定したら、身をもって数百の同胞婦女子の災難を救ったことになるのだった。／幸い、そのことがなかったのだから、皆から祝福されてよいのだ。／が、実際はそうではなかった。ある意味をもった特別な眼つきが、二十人の女たちの身体を、じろじろと撫でた。皆は、悪徳な連想で彼女たちを瀆《けが》すことに陶酔した。荷物と人間の雑多に詰めあった汽車の中に淫靡《いんび》な穢《けが》れた空気がこもっているようであった。／二十人の婦人たちは、周囲の冷たい眼に射すくめられて、何か、ほんとに自分たちが、不貞な悪いことをしたような錯覚に陥り、気後れしたり、反抗的に眼をあげたりした。／塚西夫人は、身も世もない様子で、自分の荷物の陰にかくれるようにしてすわっていた。／全く、夫人のように、上品な美貌の人の華奢《きゃしゃ》な身体を、意味ありげな視線でいじめることは、女同士にとっては、たまらない快感であった。こうなると夫人のような繊細な心をもった者は、打ちひしがれるばかりだった。恥と絶望が彼女の息を止めそうにしていた。

注1　今日の友……新城郁夫は「転移する「勝者の欲望」松本清張「赤いくじ」を読む」（「現代思想」二〇〇五年三月）のなかで、「この小説において、「アメリカ軍」が日本軍の「友」でないこと

など一度たりともない。むしろ、積極的にアメリカ軍をもてなすための画策に奔走する皇軍兵士たちは、日本人慰安婦を媒体とした輪姦仲間として、自らが戦中胚胎し続けてきた「勝者の欲望」を米軍兵士に投影し、この想像化された「友＝米軍」の欲望にこそ欲情しているのである。その意味で、帝国主義的身体に刻印される欲望は、敗戦を断絶することは決して無く、その同一化の欲望を束ねる権威を、天皇から米軍へとなだらかにずらし重ねていくだけなのである」と論じている。

注2　〝慰安婦〟……ジョン・ダワーは『増補版　敗北を抱きしめて　上』（岩波書店、二〇〇四年）に「征服者への接待」という項目を掲げ、「何万人もの占領軍兵士を受け入れなければならないということは、性的には何を意味するか。とりわけ、日本軍がほかの場所で行った強欲な行為と、「慰安婦」として皇軍への奉仕を強いられた非日本人の女性が膨大な数にのぼったことを知っている者にとっては、それは身震いするような恐ろしいことを意味した。天皇の敗戦放送のあと、「敵は上陸したら女を片端から凌辱するだろう」という噂が野火のように広まった。内務省の情報課は、この噂が日本軍の海外での行動と関係していることにただちに気がついた。警察の内部報告書は「掠奪強姦などの人心不安の言動をなすものは戦地帰りの人が多いようだ」と述べている」と指摘している。

「赤いくじ」——SCENE 4

（ここまでのあらすじ：塚西夫人を肉欲の対象として意識しはじめた末森は、汽車のなかで荷物の陰に身を潜める塚西夫人を連れだして逃走を図るが、塚西夫人を密かに欲していた楠田に察知され、追いつめられる。）

末森軍医は、軍服を脱ぎ、この家の者の寝巻きを借り着してすわっていた。彼は、放心している夫人の肩を抱き、彼女の指を弄《もてあそ》んでいた。彼は、この場慣れない娼婦の取扱いの順序を愉しげに頭の中で練っていた。／とつぜん、表から物音がまきおこって、旋風のように、こちらに突進してきた。／末森は、それが何かを直覚した。彼は素早く脱いだ軍服の下に手を入れた。それから、アメリカ軍に隠して持っていた黒光りのする拳銃を、すわったまま握って構えた。／動顚《どうてん》のあまり、彼の頭は真空になっていた。／襖《ふすま》が引き裂くように開いた。／楠田の狂った顔が現われた。／「末森軍医、見つけたぞ。恥を知れ、きさまは——」／参謀長の手にも光った長い物があった。が、軍医は落ちついて引き金にかけた指を動かした。あたりが急に動かない絵に見えた。轟音《ごうおん》と煙の中に、楠田参謀長の身体が揺らいで倒れた。／三人の兵の殺気立った顔が、のぞいた。末森は手をあげると、／「おまえたちは、そこからはいってはならん」／と命令した。／それから、立ちあがって、夫人の顔を見ると、微《かす》かに笑った。泣いているような、歪んだ笑い顔のようでもあるし、ひどく子供っぽい顔にも見えた。／末森は、夫人と兵の四人の恐怖の凝視の中で、緩慢な動作で自分の額に拳銃の筒先を当てた。

兵団長は、楠田参謀長と末森軍医の始末を聞くと、顔を歪め、／「馬鹿者が」／と、ひとりで罵《ののし》った。／そして、上司に差しだす報告書には、両人の死について、「皇軍敗戦ニ悲憤シ、帰還ノ途、自決セリ」／と書いた。／何度も書き直した末に、しぶしぶ理由をそれに落ちつけた。（注1）

※「赤いくじ」（「オール読物」一九五五年六月、『松本清張全集35』文藝春秋、一九七二年所収、原題は「赤い籤」）

注1　自決セリ……森田芳夫『朝鮮終戦の記録 米ソ両軍の進駐と日本人の引揚』（巌南堂書店、一九六四年）は、「血気にはやる青年将校の中には、終戦を痛憤して、自決するものもいた。平壌では、八月二十五日、第五空軍の飛行将校六名が重爆撃機にのり、思いきり飛んだのちに平壌飛行場内で自爆した。京城でも、八月二十日ごろ、少年航空兵の特攻隊要員が愛機にのり、京城府内本町の喜楽館（映画館）付近で自爆した。（中略）済州島でも、終戦後、第五八軍管下の砲兵隊の見習士官が割腹自殺したことが報ぜられている。羅南では、八月十八日に武装解除の準備を行なっている間に、下士官および上等兵一名が手榴弾で自殺を計った」と記している。

作者紹介　松本清張（まつもと・せいちょう）

一九〇九（明治四二）年一二月二一日、福岡県企救《きく》郡板櫃《いたびつ》村大字篠崎（現・北九州市小倉北区）に、松本峯太郎と岡田タニの長男として生まれる（父母は未入籍だったため私生児として届出。また、出生地についても諸説ある）。本名・清張《きよはる》。一九二四年、板櫃尋常高等小学校高等科を卒業。給仕、石版印刷工などを経て一九三七年、大阪朝日新聞九州支社の広告部嘱託となる（一九四二年から正社員）。一九四三年一〇月から三ヶ月間の教育応召を受け、翌年六月、再召集となり福岡の第二四連隊入隊（章末写真1）。衛生兵として出征し、旧朝鮮で敗戦を迎える。一九四五年一〇月末、仙崎港に引揚げ、復員したのち（章末写真2は一般的な復員兵士たちの様子）、朝日新聞西部本社に復職して広告部でデザインを担当するかたわら、四〇歳を過ぎてから本格的に小説を書きはじめ、一九五〇年、「週刊朝日」が募集した「百万人の小説」に短篇「西郷札」で入選。のち、「或る『小倉日記』伝」（「三田文学」一九五二年九月）で芥川賞受賞。一九九二（平成四）年八月四日、死去。

問題編成

SCENE 1・1　引揚げという問題系

日本がポツダム宣言を受諾し、アジア・太平洋戦争（当時は「大東亜戦争」と呼んでいた）が終結した一九四五（昭和二〇）年八月一五日当時、在外邦人生存者は「軍隊三百六十二万人、一般邦人三百二十八万人、計六百九十万人」（昭和二一年六月二七日付の公文書「在外邦人引揚状況」より）にのぼっていた（他の資料では「六百六十万以上」から「八百余万」まで大きな振幅があり、日本政府も正確な数字を把握できていなかった）。また、当時の日本には朝鮮人を中心に「二百五十万人」（「戦後五〇年　引揚げを憶う」、「引揚げ港・博多を考える集い」編集委員会編、一九九五年）もの「外国人」が在留していた。そのなかには本人の意志と関わりなく強制連行された労働者、慰安婦、一九四四年八月に朝鮮や台湾などの外地で適用された学徒動員令、及び学徒勤労令、女子挺身勤労令によって徴用された若者も多かった。満洲から朝鮮への引揚げなど、国民国家の対応関係が複雑に絡み合う局面もしばしばみられた。松岡英夫責任編集『昭和の戦争　ジャーナリストの証言7　引揚げ』（講談社、一九八六年）は、日本が経験した引揚げ問題について、「日本の陸軍は満洲を武力支配して、ソ連に対する要塞に築きあげる計画であった。満洲国というのは、日本手製のエセ国家であり、何よりここは今、中国東北地区となっているように、明白に中国の一部なのである。他国内に勝手に日本に隷属する第二国家を仕立てあげるという行為自体が間違いのもとであった。その間違いによって、満洲において日本人の悲劇が発生した。／ここで与えられた日本人への教訓は、「政府とか権力者の命ずるままに動かされるな」ということである。満洲国ができたとき、「五族協和の王道楽土」というようなキャッチフレーズが踊った。役人が妻子連れで満洲国に送られ、志願して出かけ、みんな引揚げの犠牲になった。開拓団人員の供出が各県に割り当てられ、県庁の役人が村々を走り回った。これまた悲劇の主人公になった。／権力というものは偉そうなことをいうけれども、決して将来について確たる見通しを持っているのではない。しばしば見通しを誤り、大失敗をする。その大失敗の犠牲になるのはいつも国民である。いや、むしろ権力者は、大の虫を生かすために小の虫を殺すというように、国

〈引揚げ〉関連年表

1945年8月15日「終戦の詔勅」録音放送。16日／大本営、全軍に即時戦闘行動停止を下令。19日／関東軍降伏。20日／ソ連、瀋陽、ハルビン、長春、樺太に進駐。22日／在日朝鮮人の送出が始まる。同9月4日からは徳寿丸、雲仙丸などが次々に帰国船として就航。炭坑労働者の70％が朝鮮人だったこともあり、博多港には帰国希望者が殺到した。28日／米軍、日本本土に進駐。GHQが釜山－仙崎－博多間輸送船運行を許可。30日／マッカーサー元帥、厚木飛行場に着陸。9月3日／朝鮮から最初の引揚船（軍属を優先）が博多港入港。10月15日／参謀本部・軍令部廃止。内地の陸海軍諸部隊、復員終了。25日／GHQ、日本の外交機能の全面的停止を指令。11月24日／舞鶴、下関、鹿児島、浦賀、博多、佐世保に引揚援護局を設置。**1946年**5月21日／満洲から引揚げの日本人、コロ島より乗船。12月8日／シベリアからの引揚げ第一船が舞鶴に入港。19日／日本人送還について米ソ協定が成立。**1948年**5月10日／李承晩が大韓民国（韓国）の建国宣言。**1950年**6月25日／朝鮮半島の主権をめぐり、北朝鮮が国境を越えて韓国に侵攻。朝鮮戦争勃発（**1953年**7月27日に休戦）。7月4日／日本政府、朝鮮における米国の軍事行動に行政措置の範囲内で協力する方針を了承。**1960年**4月19日／大統領選挙の不正を糾弾する大学生等のデモが拡大。警察の発砲で死者多数。27日／李承晩大統領退陣。

民の一部を犠牲にすることを前提にして計画を推し進めるものといってよい。国民はもはや国策なんてものを信用してはいけない。政府や権力者の意のままに流されていると、とんでもないことになるということを、引揚げ問題が後世に教えた」と説いている。

SCENE 1・2　解放記念日としての八・一五

若槻泰雄『戦後引揚げの記録』（時事通信社、一九九一年）は、森田芳夫『朝鮮終戦の記録 米ソ両軍の進駐と日本人の引揚』（前出）の記録をもとに、その日の状況を、「喚声と怒号におおわれ騒然とした状態を背景に、京城にはやがて、「治安隊」「保安隊」などという腕章を巻いた一群が警察署や派出所を襲い、警察官をそこから追い出しその武器を奪った。新聞社や会社・工場、大学などにも、接収を要求する正体不明の朝鮮人の一群が現れ、市内はその日のうちに秩序を失い始めたのである。そしてこのような混乱は一〜二日の時差をもって急速に地方へと伝播していった。八月十六日からの八日間、全朝鮮内で警察官署に対する襲撃や占拠、接収要求は一四九件、警察官をふくむ日本人に対する暴行、脅迫、略奪等は一四六件、殺害は六人となっている。日本人に対するものよりも、日本に協力していた朝鮮人に対する復讐行為の方が二倍余で、殺害だけとると四倍に達している」と伝えている。

また、金達寿《キムダルス》の小説『在日朝鮮人史 下』（創樹社、一九七五年）には、日本から朝鮮半島に引揚げる人々の様子が、「人々は立ち上つた。／長い年月を酬いられることなく、蔑まれ、虐められた底からえいえいと築いてきた生活はまるで夢のことのように投げ捨て、祖国へ、独立の朝鮮へと雪崩れを打った。人々は一夜のうちに数年、或は数十年の生活を一本の麻縄や、風呂敷にくるんでただわれを先にと急いだ。日本の駅頭はこれらの群衆、いまや希望にさざめき、叫喚する群衆で埋まり、下関、博多などの港は日夜これらの群衆によって占領された。（中略）船が来るとこれらの人々もそのまま店を後から到着した人々に譲って、万歳の声に送られて玄界灘を渡っていった。／万歳、万歳！／朝鮮独立万歳！」と記されている。

SCENE 2　引揚げと女性の身体

一九四六年七月一七日付の「西日本新聞」は、「各地引揚の御夫人方に告ぐ」という見出しで、厚生省博多引揚援護局保養所と在外同胞援護会救療部との連名広告を掲載する。その文面には、「……一朝にして産を異境に失い、生活のため否生存の為あらゆる苦難と戦われた同胞の中、殊にか弱き女性の身を以って、一旦の命をだに支える術もなく遂にはそのゆかしきほこりを捨てて果てはいまわしき病に罹り或は身の異状におぞましき翳をまといて家郷に帰り親兄弟にも明かされずまして夫に対しては余りにも憚り多く今は身も世もなく暗澹たる憂悶の日々を送っている御婦人も尠くないと思料されます」とあり、引揚げの途上で強姦され、妊娠したり性病に罹ったりした婦人を救護することを目的とした施設（厚生省博多引揚援護局保養所〈通称・二日市保養所〉）で密かに治療や堕胎手術を行なえることが記されている。一九四六年三月一五日に開所されたこの保養所は、福岡市近郊にあり、収容人員は八〇名。福岡県の便宜により無償で治療が受けられた。『在外同胞援護会事業史』（在外同胞援護会、一九四七年）は、それを「海外にあつて終戦後不法行為のために妊娠し、或ひは性病に犯された婦女子に対して適切な処置を講じ、完全な身体として更正を図らせる病院」とよんでいる。また上坪隆は『水子の譜――引揚孤児と犯された女たちの記録』（現代史出版会、一九七九年）のなかで、「女たちへの凌辱は外国兵ばかりではなかった。日本人どおし、みずから女を人身御供にした場合もあった。（中略）日本人が集団を組んで引揚げる途中、「集団の安全のために」、「みんなのために」というそれだけの理由で、その責任者の〝命令〟によって女性を外国兵や現地人にさしだし獣欲にまかせるケースが少なくなかった（章末表1）。それは、「お国のために」という理由で、死を強要された特攻兵の場合と変わるところがない。当の日本人が、日本の女性を凌辱したという事実を、われわれは決して忘れてはならないと思う」と記している。

成田龍一は『「引揚げ」に関する序章』（前出）において、「引揚げにかかわる問題系は膨大であるが、見逃せないことはセクシュアリティが女性の身体に特化され、同時に、そのことが引揚げの記述のなかで公けには語られない部分を形成していることである。他人に降りかかった災いとしてのみ、性的暴力が語られ、決して自らの体験として語られることはない」と述べるとともに、「共同体が要請する役割意識の遂行」が逆に女性たちの「使命感」となり、その実践によって困難な局面を乗り切ろうとする状況、すなわち、「ジェンダー」が問われる状況を、ジェンダーを強化することによって克服しようとする」物語が量産されたことを問題化している。

SCENE 3　権力は〝くじ引き〟を好む

「抽選」（＝くじ引き）というのは、いっけんすると、所与の目的を達成するうえで公平かつ客観的な方法のようにみえる。その結果には誰も異論を唱えることができないからである。また、一回の「抽選」で、あらかじめ想定した人数を確保できるという利点もある。だが、「赤いくじ」の世界が饒舌に語っているように、「抽選」には大きな欺瞞がある。それは、どのような経緯で「抽選」をすることになったのか、どのような人間が「抽選」の場に臨まなければならないのか、という根本的な問題を自明化する。人々に対して、まるで「抽選」が最良の方法であるかのような錯覚をもたらす。換言すれば、権力はつねに公平を謳いながら人々を駆り立て、自分たちに都合のよいかたちで「抽選」＝選抜を行なっていくということである。

SCENE 4　後付けされる大義

テキストの最後に記される報告書が「SCENE 1」の最後にある「武装解除ならびに兵器受領に来るアメリカ兵四十名に対しては、慰安婦十名乃至二十名を接せしめ、以て一般婦女子に及ぼす災難を防ぐ」という文面と対応関係にあることには注目が必要である。「慰安婦」の要請に「一般婦女子に及ぼす災難を防ぐ」という大義、があったように、ここでの報告書においても、最優先されているのは皇軍兵士の死に「悲憤」という大義、を与えることだからである。大義を説く言葉は、往々にして、美談というかたちで事実を歪曲し、人々を〈大きな物語〉のもとに結集させるということである。

研究の手びき

松本清張の「赤いくじ」に関する研究は、新城郁夫「転移する「勝者の欲望」松本清張「赤いくじ」を読む」（前出）が唯一の論文となっている。氏は、まず「赤いくじ」の「引揚げにまつわる物語に、明確な感情の輪郭がほとんど何一つ見出せない」と指摘し、「「解放」後朝鮮からの祖国日本への引揚げという歴史的経緯を、回想という水準において語ることを自らに厳しく禁じつつ、「祖国」への引揚げに失敗しつづけるしかない植民地支配者日本人のなかに、いかに奇態な「勝者の欲望」が回帰しようとしていたかという、その一点にのみ物語を賭していこうとする執拗な拘泥において、清張の「赤いくじ」は、朝鮮半島における日本支配の終了に伴う祖国への帰還という慰撫的物語を、自らの内で構成することを断固として拒絶しつつ、引揚げの物語を、完了することなく回帰し続ける戦時のなかに宙づりにしようとする企みに満ちた小説である」と説く。また、植民地支配者として権勢を振るっていた皇国軍人が、敗戦後、新たに「奇態な「勝利の欲望」」を持ち始めることを問題化する。そして、このような状況に陥った理由として、①彼らが、「可視的な敵との遭遇がはたせず、敵との闘いの機会を奪われているがゆえに、不可避的に軍隊内部や植民者日本人の内部に敵対する対象を見出さなくてはならないという強迫」に晒されていたこと、②「「玉音放送」を「さっぱり聞き取れなかった」皇軍兵士たちに、戦争の終結が決して訪れて来ることがなく」、彼らの身体のなかでは戦争状態が継続していたことをあげ、最終的に、「清張のこの小説において重要なのは、戦争の機会を奪われ、敵に見放された皇軍兵士が、敵対性を自らの内部

＝日本（軍）のなかに見出しこれを創造していく転倒したプロセスが書き込まれているということである。日本という国体、領土、文化的統合、それらとの同一性を得んがためにこそ、帝国の突端である植民地朝鮮を生きる皇軍兵士たちは、日本（人）の内部にむけて自らの身体を賭し、そして自らに刻印された攻撃性を日本（人）そのものに向けて発動していこうとするのである」と論じている。

その他、「赤いくじ」に言及した論文としては、南富鎭「松本衛生兵の朝鮮体験」（「松本清張研究」第5号、二〇〇四年三月）があり、清張が軍隊のなかに「官僚機構の縮図」をみていること、朝鮮での衛生兵体験が、権力に対する「批判精神」を育む原体験であったことなどを指摘している。

参考文献

雑誌特集「日本人の侵略と引揚げ体験＝集団自決と惨殺の記録」（「潮」一九七一年八月）

雑誌特集「松本清張の敗戦前後」（「松本清張研究」第5号、二〇〇四年三月）

雑誌特集「帝国崩壊とひとの移動――引揚げ、送還、そして残留」（「アジア遊学」二〇一一年九月）

（写真 2）博多駅前広場の復員兵
（1945 年 10 月 13 日、米国立公文書館資料）

（写真 1）松本清張
（写真提供・松本清張記念館）

引揚婦女子方面別病別一覧

月別	船数	方面別前住地	婦人・総数	相談者数	患者総数	妊娠	人工流産	性病 梅毒	性病 淋疾	性病 軟性下疳	性病 第四性病	其の他	現場治療	送院
五	22	満州	11,524	5,434	33	137	3	4	3			4		21
	5	朝鮮	1,300	667	9	17	1							3
	27	計	12,824	6,101	42	154	4	4	3			4		24
六	14	満	7,532	3,845	139	75	1	1	6			60		14
	9	朝	4,536	2,179	59	29	5	3	3			27		3
	23	計	12,068	6,024	198	104	6	4	9			87		17
七	72	満	27,358	8,091	1,149	265	13	52	109	18		730	309	52
	6	朝	1,266	483	68	14	1	1	7			38	30	12
	78	計	28,624	8,574	1,217	279	14	53	116	18		768	339	64
八	44	満	25458	15,818	3,056	529	23	242	70	1		2,200	712	43
	1	其の他	122	66										
	45	計	25,580	15,884	3,056	529	23	242	70	1		2,200	712	43
九	34	満	53,998	33,302	5,807	933	38	485	97	9		3,978	1,046	77
	5	鮮	5,282	3,472	719	79	2	26	16	2		591	212	12
	39	計	59,280	36,774	6,526	1,012	40	511	113	11		4,569	1,258	89
一〇	35	満	33,046	20,696	4,630	512	37	1,040	40	16		2,718	453	66
	3	鮮	1,231	649	154	30		42				82		
	38	計	34,278	21,345	4,784	542	37	1,082	40	16		2,800	453	66
一一	11	満	5,842	3,562	1,020	129	7	271	3			522	83	7
	10	鮮	2,801	2,704	597	82	1	154	1			253	33	3
	21	計	8,643	6,266	1,617	211	8	425	4			775	116	10
一二	2	満	1,692	677	155	18	1	28				108	30	1
	5	鮮	1,762	1,357	372	58	6	85				188	40	8
	1	其他	51	40	4	1		1				2		
	8	計	3,505	2,074	531	77	7	114				298	70	9
計			184,801	103,042	17,971	2,908	139	2,435	355	64		11,501	2,948	322

（表 1）　博多引揚援護局局史係編「局史」（厚生省引揚援護院　昭22·8）

第2部

戦争の日常

第6章　銃後――佐多稲子「香に匂ふ」

竹内栄美子

本章の要点

戦争は、前線で戦う男性兵士だけのものではない。総力戦の時代、銃後の女性たちも戦争に参加した。アジア・太平洋戦争時、とりわけ国家総動員法の制定された一九三八年以降は、武力だけでなく外交、経済、思想すべての面において国家の総力を結集する体制において戦争が戦われたため、女も子供も例外ではなくすべての国民が動員された。本章で取り上げる佐多稲子は、一九二〇年代後半から三〇年代にかけてプロレタリア文学運動に参加していたものの、戦時下には戦争を容認したとされて、敗戦直後「新日本文学会」発起人になれずその戦争責任を問われた作家である。戦時下、佐多はいくつもの小説を書いたが、戦後、それらはほとんど全集に収められなかった。そのなかの一篇「香に匂ふ」は、当時の佐多が考えた銃後の女性像が鮮やかに描かれた小説である。二度目の出征で不在の夫宗一郎のために、ひろ子は夫の写真のまえに花を飾り陰膳を据えている。一方、過去に、夫に裏切られて離婚したあと、引き取った子供を病気で亡くしたつらく悲しい経験を持つみち子は、宗一郎の友人である水澤に心を寄せているものの打ち明けることができない。水澤は、もうじき二度目の出征をするようだ。みち子の妹のまさ子が水澤に姉の気持ちを伝えて、ようやくふたりは結婚を決意することになる。陰膳を据えるひろ子の心情、ひろ子を仰ぎ見るみち子の思いなどを読み取りたい。そのうえで、この小説が提示する問題――戦いに向かう男たち、それを支える女たちという構図は何を意味するのか――を考えたい。

「香に匂ふ」——SCENE 1

濃い牡丹色や、薄い桃色、それにまつ白なものをまじへて、飛び立つ蝶のやうなスヰートピーの花のたくさん盛りいれてある花びんを、ひろ子は夫の写真の立てゝある本棚の上から抱へて来て、流しの水道の下へおいた。水道の栓をひねると、水は花びんにはねて、さわやかなしぶきをあげた。ひろ子は花の根元を洗ひ、花びんに新しい水をいつぱいにさして、花にもさか水をかけ、それを花びんに活けると、両手で形をとゝのへた。

さゝげるやうにして本棚の前へかへり、

「おゝ、きれい」

と、自分で言つて、ちよつと首をかしげて形を見、それから夫の写真に目をそゝぐと、ひろ子のまなざしは、感情にうるほうて深い色になつた。朝の化粧をすまして紅をさした彼女の唇は、すが〴〵しくきりつとしてゐた。夫の宗一郎は、女が身仕まひをしないでゐると、不精げに見える、と言つて厭がつてゐたが、夫がゐるときは、ひろ子もとき〴〵は身仕まひを忘れることがあつたのに、夫が留守になると、却つて日頃言つてゐた夫の言葉が胸に生きてゐて朝の化粧をするたびにそれを思ひ出すのであつた。自分の留守の家で、妻が不精げにしてゐると、もし夫が思ふならば侘びしい気がするかも知れない、と思ふとひろ子は、そのために一層身ぎれいにしてゐようといふやうな気になるのであつた。

ひろ子は再び夫の写真の前から離れると、毎日は勤めの時間に追はれて、お茶だけをするゐるのだけど、せめてお休みの日だけはお膳も供へることにしてゐるので、その仕度に台所へ立つた。留守の間兄の家からきて一緒に暮らしてゐる母親のお芳は朝のお膳を立てゝゐる。掃除のすんだ部屋に明るく朝の陽が射し、静かな中で、茶碗のかち〳〵と膳に当る音がしてゐた。

「けふはよつぽど暖いね。かうしてゐてもちつとも寒くない」

「やつぱり三月になるとちがふのね」

言ひながらひろ子は、宗一郎が好きだつた信州の味噌漬を香のものにそへてお膳をとゝのへた。

四五日前にとゞいた宗一郎の手紙が、写真のそばに立てかけてあつた。出かける時に友達の撮つて呉れた宗一郎の写真は、髪の毛を短くして、軍服を着てゐた。

心の中で挨拶をしてゐるひろ子に、お芳は自分もいつしよに加はらう、とでもするやうに、

「マレーの方も陽気が変るだらうね」

あはゝは、とひろ子はさわやかに笑つて、

「あつちは変はらないわよ」

「さうかしら」

と、お芳は、火鉢の上にかざした手をさすりながら、うなづけない顔で、ひろ子の立ち姿をうしろから眺めた。

南の方は大変な暑さなのだ、と何度聞かされても、やつぱり、こちらで雪でも降ると、海の上は寒からうなどといふ母親なのであつた。

「さ、御飯にしませう」

ひろ子は気のすんださつぱりした顔で火鉢のそばへもどつてきた。

「すつかりおそくなつちやつて」

「今日は誰かお客さまがあるつて言つたろう」

「え、みち子さん。この間来た人よ」

「あゝあの子どもさんを亡くした人かい」

「さう〳〵」

そのとき玄関に、ばさり、と手紙の投げ入れられる音がした。ひろ子はすぐ聞きつけ、はつとしたやうな期待で玄関へ飛んで行つたが、玄関の土間におちてゐるのは封書が一通だけ、ひろ子は、ふつとがつかりした顔をしたけれど、その封書が今日来る筈のみち子からなので、茶の間へもどりながら封を切つて読み始めた。

「宗一郎さんからかい」

「いゝえ」

母のついでくれたお茶をすゝりながら、目は手紙の行を追つてゐた。

半月ほど前にみち子に勤め口の世話をして、この頃給料のことが決まつた、と聞いてゐたので、そんな知らせかとおもつて読んでゐたが、みち子の手紙には、さういふことは何も書いてなくて、自分の心境のことばかりが書いてある。

一度結婚に破れて、それも男に裏切られるやうな破れ方だつたので、みち子の手紙はいつも幾らか自嘲的で、それに一人あつた子供を自分の方に引きとつて育てゝゐたのに、その子供が急に病死をしたといふ経験があつて、その悲しみはいつの手紙にもついてゐた。久しぶりに逢つて、その話を聞いてひろ子は、みち子がそんな心の状態で親の家にぶらぶらしてゐるのはいけないと思つて、職業につく世話をしたのであつた。ひろ子がさういふ考へ方をするのは、宗一郎が自分が出征する時にもうそのときは家庭にゐたひろ子に、ひとりで仕事もなく家にぶら〳〵してゐるのはいろ〳〵いけない、と言つて、再び職業につくことをすゝめて行つたからであつた。毎日会社で人の間にまじつて働いてゐると、おのづから活気が出て、戦地の夫を想ふ気持にも、もしもこれがひとりで家に閉ぢこもつてゐたら、と思はせるものがあつた。さういふとき夫の言葉も、しみぐ〳〵とうなづけ、留守中の妻の心境にまで思ひをめぐらせて、ちやんと処理していつた宗一郎の指図が、愛情に輝いて思ひ浮べられた。

みち子の話を聞いたとき、ひろ子はすぐ夫の言葉を思ひ出して、彼女もまた友達のために助力をする気になつたのである。

みち子は手紙で、仕事についたことは喜んでゐた。がそれとは矛盾するやうに、亡くした子供のことを言ひ、親の知れぬ私生児でも貰つて育てようか、と思ふ、などと書いてゐる。か、と思ふと、私はもう結婚のことなどは考へないやうにしてゐます、とも書いてあつたりして、ひろ子は何かとんちんかんな気がして、何を言つてゐるのだらう、と腹立たしい気さへした。貰ひ子をして育てたい、なんて、何を不可能なことを言つてゐるのだらう、と思つた。

が、結婚のことも考へないやうにしてゐる、といふやうなことを殊更に手紙に書く気持に、ひろ子はふと、思ひをひそめた。みち子を頼んだある建築会社には宗一郎の戦友の水澤が勤めてゐて、その関係でみち子を入れてもらつた。

誰もこちらからは結婚のことを聞いてゐないのに、自分の方から手紙に殊更のやうにそれについて書くのは何かあるのかしらと思つた。とにかく、今日の日曜には遊びにゆくと書き添へてあるので、ひろ子はゆつくりさせようと思ひつき、

「お母さん、小豆がまだあつたでせう。お汁粉でもつくらない？　先月増配になつたからお砂糖あるでせう」

「ほう、さうだね。女のお客さまなら、甘いものもよからうね。丁度寒餅もあるし」

「うちの旦那さんの送つて呉れた砂糖よ、つて威張つて出してやりませう」

ひろ子はまた、さわやかに笑つた。

「香に匂ふ」——SCENE 2

うちの旦那様の送つて呉れた砂糖よ、とひろ子に威張られながら、みち子は思ひがけないお汁粉の御馳走になつてゐた。

「ほんたうにおいしいわ」

学校時代から、どことなく近代風な美しさのあるみち子は、今もやつぱりそんな風で、いろ〳〵な苦労をしてきた、といふことが彼女を落ちつかせてはゐるけれど、往来などですれちがひに逢つたくらゐならば別に別れたり、子供を亡くした

りしてゐるとも見えないやうな美しさがあつた。が、ひろ子は、みち子がこの半月前に逢つたときと、今では、急に違つてきてゐるのを目敏とく気づいてゐた。何だかよけいにきれいになつてゐる。

「どう？　毎日」

「え、何だかうろ〳〵するところもあるけれど、でも、よかつたわ」

「水澤さん、親切にして呉れるでせう」

「えゝ、よくして下さるのよ」

さういふとき、みち子は伏目になつてゐた。やゝ早口にものを言ふひろ子に対してみち子はゆつくり言ふ方で、伏目にした瞼が薄く、まつ毛がゆれるやうに見えるのであつた。

ひろ子はわざと今朝の手紙のことにはふれないでゐた。みち子は、何だかひろ子がみち子の心の中まで見透してゐさうな気がして、まぶしいのだけど、そして出来ればひろ子に相談してみたいと思ふものもあるのだけど、逢つてゐるときには、手紙に書くときのやうに感情のことなどはあまり言へないで、つい、お母さんはおたつしやでいゝわねえ、といふやうなことを言つてしまふ。今もふと目を上げると宗一郎の写真の前にもお汁粉が供へてあるのを目につけ、

「まあ、旦那さまにかげ膳をするゑてゐるの」

と、感にたへたまなざしで見た。

ひろ子は笑つて、

「甘党でもないんだけど、珍らしくつくつたから」

「いゝわねえ」

「あら、さう」

また軽く笑ふと、みち子は、

「羨ましいわ」

と、写真をぢつと見て、

「旦那さまもお仕合せね、ひろ子さんみたいないゝ奥さまをお持ちになつて」

「あら、何もたいしたことないわ。誰だつてしてゐるわよ。戦争に行つてゐる人のことですもの」

「さうかしら」

みち子は言つたが、何げなく打ち消すひろ子の答へぶりには、みち子から見れば自信に満ちたものがあつて、それは反射的に彼女の心の底に淋しさを感じさせるのであつた。そして、すうつと自然に水澤のことが浮び出てゐる。

「水澤さんも、また戦争にいらつしやるのでせうね」

「いらつしやるかも知れないわ。一度行つた人で又出てゐる人もゐますものね。水澤さんもそのつもりでせう」

宗一郎が最初の出征のとき、一緒だつた水澤は、今度は未

だ残つてゐる。みち子はいつお召しがあるかも知れないと言つて、頭の毛も短くしてゐる水澤への想ひを、ふつと焦せるやうに激しく胸の中に沸き立たせた。が、それを押へる努力で、表情は妙に鋭く淋しいものになる。

ひろ子は、みち子のその顔を、何だらうとおもふのだつた。淋しい顔だけど、どこかに激しいもののひそんでゐる美しい顔だ。すると、はつきりとは分らないまゝ、今朝の手紙のことがそぐはなく思ひ出され、わざと軽く舌打ちをして、

「今朝の手紙、もらひ子でもしたい、なんて、変なこと言ふ人」

みち子は叱られでもしたやうにうつむいて、

「そんな気なの」

「およしなさいよ。そんな夢みたいな」

みち子はひろ子の言葉を、妙に頑くなな横顔で受けて、それには答へない。ひろ子はみち子のその気持が分つて真顔になり、

「そりや私には、あなたの気持、とことんのところは分らないでゐるかも知れないわ。子どもさんを亡くしたことだけでも、ひどいのに、あなたの場合、もつと辛いことがあつたんですもの。そこまでは分つてゐても、あなたの辛い気持を本当に察しることはできないでゐるかも知れないわ。それだけにまあ分り易く言へば、理性で考へられるのかも知れないわ。だけど、その方が間ちがつてゐないかも知れないわ」

「それはさうね」

今度は素直にうなづいて、顔を上げた。その目には、涙がたまつてゐた。ひろ子は何か自分も辛くなつて、余計におしやべりを続けなければゐられなくなつて、

「あなたが辛い気持の中で足ぶみをしてゐるのに、私も一緒に足ぶみしたつて始まらないもの。だから、私はあなたを引き出す役をするわ」

「それは分つてゐるの。あなたは本当に偉いわ、ちやんとしてゐて。それも旦那様がやつぱりちやんとしてゐらつしやる故ね。だから自信が持てるのね。はつきりしてゐられるんだわ」

「まあ、さう言へばさうね」

今度はひろ子が、ふつとつまらない顔をした。ちやんとしてゐると見えれば、その人間には泣くことなどはないと思はれるのかしらと、ひろ子は、何か言ひたい気がしたけれど黙つてゐた。ふつと目を上げたひろ子の前に、ちやうど、花をいつぱい前にした宗一郎の写真があつた。

みち子の言ふのは、本当かも知れない。と、ひろ子は、その写真にわが心の支へられるのを感じて、ちよつとの間黙つ

てゐたのち、また気軽に、

「お汁粉、もつと食べてよ、たくさん作つたの」

「えゝ、頂く」

と、赤塗りのお椀を差し出した。その手がこまかく慄へてゐる。ひろ子は、みち子はいつたいどうしたのであらう、と、心の内でまた思つた。

「香に匂ふ」――SCENE 3

まだ正午前なので、喫茶店は空いてゐたが、奥の方に席をとつて紅茶を二つ註文した。

「何です、お話つて」

「あのう」

と、言ひさして、はにかんだ微笑で頬を赤くし、ちよつとうつむいてゐたが、思ひ切つたやうに顔を上げると、

「あの、わたくし、今日、あなたにお逢ひしに来ましたの、姉には秘密なのですけど」

「ほう、どうして」

「あの、お願ひがあつてまゐりましたの」

横にして掛けた身体で首だけまさ子の方へ向けて、

「はあ、何です」

と、煙草を一本ぬきながら言つた。

「あのう、姉が出てまゐりましたら、一度姉に逢つてやつて頂けません？」

「逢ふ、つて？」

と言つたが、すぐそのあとで、まさ子の言ふ意味は分つた。

「えゝ」

と、自分の方から答へなほし、

「然し」

と、言つて、水澤は半ば照れた困つた顔をした。

「それは姉さんの意志なんですか」

「え、そりやさうですわ」

言つてしまつた安心で、まさ子はにつと柔かい微笑をして、

「でも、私がまゐりましたのは、本当に姉は何も知りませんの。でも、こんなお願ひして厚かましいかも知れませんわ。姉の過去、御存知でせう。ひろ子さんにお聞きになりましたでせう」

「えゝ、知つてゐます」

水澤は、そんなことよりも、白昼、おかしな話を聞くことになつたものだ、と、まさ子の思ひ切つた行為をおもしろく思ひながら、若い女らしい固い言葉なども思ひ合せて、自分

でおかしがりながら妙な気がしてゐた。

まさ子は、一所懸命らしくて、くり〱と視線を働かせながら、

「姉は、それでとても悩んでゐますの。自分の過去のことで。それでね、もうお勤めにゆくのも辛いし、さつぱり退いてしまふ決心もつかないし、くよ〱してゐますの。私たち仲よしだものですから、みんな姉に聞きましたの。一度、ひろ子さんのお宅へも相談に行つたんですつて。それでもやつぱり何も言へなかつたらしいんですの。ひろ子さんがあんまりちやんとしていらつしやるんで、羞づかしかつたんですつて」

「ふん」

と、水澤は、何か言はうとしたけれど、それはやめて、

「とにかく、みち子さんにはゆつくりお話してみますよ。風邪はどうなんです」

「大丈夫、すぐ快くなりますわ。一日お休みしても、とても会社のこと気にしてゐますもの」

そんな話のあとで、まさ子は、もう水澤を義兄と思つてゞもゐるやうな親しさで、

「水澤さんも、また御出征なさるんですつてね」

と言つた。それが、姉の気持を伝へに来たことと、何も関係はないとでも思ふやうな自然さで、さき程、水澤が、ふん、と言つて、あとを言はうとしてやめた事柄を指してゐるので、水澤は、不思議な気がした。

「さうですよ」

と、まさ子の顔を見て念を押すやうに言ひ、

「こんな頭で、いつでも征けるやうに用意してゐるんです」

「あゝ、さうね」

と、まさ子は感にたへた表情をした。

「でも、毎日ちやんとお仕事してらつしやるでせう。女だつて、その気持ですわ。あなたが御出征を待つていらつしやるからつて、姉はそれで自分の心を押へることはできないらしいんですの。それが本当だとおもひますの。だつて征くかただけが特別なんぢやないんですもの。もし、姉はあなたに何も言へずに、もし御出征にでもなつたら、きつと困つてしまふでせう」

と、まさ子は初めて今までのたゞ、はき〱として見えたものに、怜悧な闊達さを見せて、最後にもいちど、

「私、さうだとおもひますの」

とつけ加へて結んだ。

「香に匂ふ」――SCENE 4

「宗一郎さんは元気でせうね。先日僕も手紙を書いたけれど」

水澤は宗一郎の写真を見ながら、さう言つたが、やつぱり何かしら改まつてゐるのが、揃へて坐つた膝のあたりに感じられる。写真の前には今日はフリーヂヤと赤いチューリップがさしてある。

「手紙を書いて下すつて？　それはどうも。元気らしいんですの。おとゝひだつたかしら手紙が来ましたわ」

ひろ子はその手紙を見せようとして、自分のハンドバッグを取つて、その中から宗一郎の手紙を出した。いつでも宗一郎の手紙はひろ子のハンドバッグに入つてゐるのである。

水澤が手紙を受け取つて読み出すと、みち子がその肩のところから覗き込んだ。ひろ子は、みち子のさういふ仕草もちやんと分つて、わざとその方は見ないやうにして、お茶の支度をした。

二人で揃つて来た用件が話し出されたのはそれから暫く経つてからで、もうそれまでには改まつて話が持ち出される必要はないくらゐに、二人の雰囲気が語つてしまつてゐた。

みち子の美しさが初めて安心して眺められるやうなところがあつて、ひろ子はよかつたと、それは女同士の思ひやりで、

「とても、いゝわ」

と、言つた。

みち子は、さう言はれるとはにかみ笑ひで顔を伏せながら、そのとき視線をちらと水澤へ向けてゐた。

みち子の両親の家へこの結婚のことを話しにひろ子に行つて欲しいといふ頼みになり、

「どうも気の毒だけど。僕が直かに行つてもいゝんですがね」

「いゝえ、いゝわ。喜んでうかゞひますわ。私がお仲人の役だつて手紙で言つてやつたら宗一郎、きつと吹き出してよ」

「困つたな」

と、水澤は、正直に頭をかくのであつたが、そのありきたりの動作にも、感情は複雑に交錯してゐた。戦地で働いてゐる人に済まない報告のやうでもあり、照れるのであつた。然し、自分の覚悟に変りのあるわけではないのだから、それはやつぱり明るいものにはちがひなかつた。

「この人は」

と、水澤は、みち子をちよつと振りかへつて、

「ひろ子さんの旦那様に対する愛情の美しさに、とても感

心したらしいんですよ。どうもそれに影響されたらしいな」

「あらッ」

と、みち子はあわてゝ水澤の言葉を打ち消すやうに、

「そんなこと」

と、強く言つて、あとは笑ひをハンカチで押へて、ひろ子を見た。

「私が何をしたんですつて」

「あなたは、かげ膳をするゑてゐるさうですね」

「いやね、そんな話をなすつたの」

「いや、この頃、女の人も偉くなりましたね。この人の妹なんかも、今お話したやうになかなかはつきりしてゐましてね。今度なんか、われわれ二人完全にリードされた形です」

「でも、それはよかつたわ」

結婚のことなど思はずに、貰ひ子でもして育てたい、などと言つてゐたみち子の感情の揺れを思へば、それはほんたうによかつたのだ、と、ひろ子もまさ子の行為をおもしろく思ふのであつた。何かに揺れて鋭いやうにどこか不安でさへあつたみち子の美しさが、生きいきと艶を持つてきてゐるのを、寒さがとけてひらいてきた花を思はせた。みんな咲きつゝ、匂ひつゝ、生きてゆかなければ、とそんな風なことが、ひろ子に思ひ浮べられた。

やがて帰ってゆく二人を玄関に送り出して、ひろ子は、一人で微笑んだ。

戦地の夫へのたのしい知らせができた、と彼女は、早速ペンと紙を持ち出した。部屋の空気がゆれて、夫の写真の前の花瓶のフリーヂヤが、匂うてきた。窓を開けたいやうな暖かさで、ひろ子の頬も、匂ふやうに艶をもつてゐた。

肩を並べて歩いてゐる水澤とみち子の姿を想像しながら書く夫への手紙は、今日は初めから、弾んで言葉が躍るのであつた。

※「香に匂ふ」(「モダン日本」一九四二年四月、『香に匂ふ』昭森社、一九四二年所収)

作者紹介　佐多稲子（さた・いねこ）

一九〇四（明治37）年六月一日、長崎県生まれ。長崎市勝山尋常小学校中退。稲子が生まれたとき、父田島正文、母高柳ユキはともに若く学生で、当時はまだ結婚せず、のちに入籍した。母が結核で病死したあと、叔父の佐田秀実を頼って一家そろって上京、稲子は小学校を五年生で中退し女工としてキャラメル工場に勤める。中華そば屋の住み込み店員、上野清凌亭の女中、日本橋丸善の店員などをへて、資産家の息子小堀槐三と結婚したが、小堀の異常な性格のために離婚。一九二六年、本郷動坂のカフェー紅緑の女給をしていたときに「驢馬」の同人、中野重治、窪川鶴次郎、堀辰雄らと出会う。稲子自身が「驢馬」は「私の大学」と語っているほど大きな影響を受け、文学に目覚めた。「驢馬」には田島いね子の名で詩を発表する。同人のひとり窪川と結婚し、プロレタリア文学運動に参加、「キャラメル工場から」を最初はエッセイとして書いたのを、中野重治のすすめで小説に書き直した。一九三二年、日本共産党に入党。窪川とは窪川の女性問題などを原因として一九四五年五月に離婚し、筆名を叔父の佐田姓にちなみ佐多とする。戦後は、新日本文学会や婦人民主クラブで活動するが、新日本文学会発足のさいは、戦時下の戦地慰問を批判され戦争責任を問われた。一九四六年一〇月には日本共産党に再入党するも、いわゆる五〇年問題のさい除名処分を受け、一九五五年の六全協で党復帰。しかし、一九六四年、党の政治的思想的方針を批判し、再度除名された。代表作に『キャラメル工場から』『くれない』『私の東京地図』『歯車』『灰色の午後』『渓流』『塑像』『樹影』『時に佇つ』『夏の栞 中野重治を送る』などがある。みずみずしい感覚と深い余韻の残る文体で、社会の矛盾を鋭く突いた、社会意識の高い清冽な作品が多い。女性の立場に立ち、庶民の視線を失わず、文学運動および女性運動を生涯にわたって推進した、昭和文学を代表する女性作家のひとりである。一九九八（平成10）年一〇月一二日、死去。

問題編成

SCENE 1　陰膳を据えるひろ子

印象的な小説冒頭部では、休日の朝、化粧をすませたひろ子がマレーへ出征中の宗一郎の写真の前に色とりどりのスイトピーを飾る場面がある。そして最終場面では、フリージアとチューリップを飾っている。この春の花々は、冒頭部と最終部がみごとに呼応しつつ、タイトル「香に匂ふ」に通じる設定である。春の花を飾り、戦

〈銃後〉関連年表

1901年2月24日／奥村五百子の提唱で愛国婦人会設立。**1931年**3月6日／大日本連合婦人会発会式。理事長島津治子。9月26日／愛国婦人会、満州派遣軍への慰問運動を各支部に通達。このころ、全国的に各種女性団体による満蒙への慰問活動が活発化した。**1932年**3月18日／大阪国防婦人会が発足。白エプロン姿で出征兵士の見送りなどを行う。10月24日／大阪国防婦人会が、軍の指導により大日本国防婦人会に発展。東京で発会式。**1934年**10月1日／陸軍省がパンフレット「国防の本義と其強化の提唱」を刊行。総力戦構想を打ち出す。**1938年**4月1日／国家総動員法公布。**1940年**10月12日／大政翼賛会発会式。**1941年**11月22日／国民勤労報国協力令公布。14歳から25歳までの未婚女性に対して年間30日以内の勤労奉仕を課した。**1942年**2月2日／大日本婦人会が東京九段の軍人会館で発会式。会長は山内禎子。愛国婦人会、大日本国防婦人会、大日本連合婦人会などを統合して、20歳未満の未婚女性を除く二千万人の女性を組織した。12月4日／大日本婦人会、勤労報国隊の結成を全国支部に指令。**1943年**7月14日～16日／大政翼賛会第四回中央協力会議で、決戦精神・決戦生活の徹底が中心議題となり、山高しげりが「政府は女子徴用を断行されたい」と発言。9月22日／女子勤労動員促進に関する件の決定を政府発表。**1944年**8月23日／女子挺身勤労令公布、即日施行。学徒勤労令対象外の女子12歳以上40歳未満を市町村長などが選抜し、女子挺身隊として1年間の勤労を行わせることを法制化。**1945年**8月15日／ポツダム宣言受諾。戦争終結の詔書。8月18日／内務省は、地方長官あてに占領軍向け性的慰安施設設置を指令。8月26日／接客業者らがRAA（特殊慰安婦施設協会）を設立。

地にいる夫のために化粧をかかさず身ぎれいにするひろ子は、SCENE 1では夫のために陰膳を据えている。陰膳とは、不在の人のために家族がその無事を祈って供える食膳のことだが、戦地の夫を思って無事を祈ることは、夫への愛情とともに、ひろ子の銃後の暮らしぶりを伝えているだろう。ひろ子は銃後を守る模範的な女性なのである。現在、彼女は、会社勤めをしているが、それも宗一郎が出征するとき、ひとりで家にぶらぶらしているのはいけないと言われ、宗一郎の勧めによって勤め始めたのだった。自分の留守中の妻を心配する夫、不在の夫を気遣い陰膳を据えるひろ子。愛情深い夫婦という設定である。悩みをかかえるみち子は、そんなひろ子に対して「旦那さまもお仕合せね、ひろ子さんみたいないゝ奥さまをお持ちになつて」と言う。模範的な妻であるひろ子に対してみち子は仰ぎ見るような思いである。

SCENE 1〜SCENE 4　二種類のテキスト、「理想」としての女性たちの生き方

ところで、単行本『香に匂ふ』は、窪川稲子の筆名で昭森社より一九四二年九月二〇日に発行されたものが二種類ある。ひとつは全二三二ページで、装幀が森田沙夷、表紙絵は赤いケシの花のもの。収録作品は「縁談」「山茶花」「雪の夜」「女ひとり」「岐れ道」「母と子」「妻」「故郷の家」「香に匂ふ」の九編である。もうひとつは全三一三ページで、装幀が同じく森田沙夷、表紙絵は紫色のつゆくさである。収録作品は「縁談」「山茶花」「雪の夜」「女ひとり」「岐れ道」「母と子」「妻」「故郷の家」「みれん」「香に匂ふ」「一枚の絵葉書」「花壇」の一二編である。さらにこちらには「あとがき」や昭森社の刊行した本の広告が巻末に付されている。なぜ二種類の書籍があるのかはここでは問わない。注目されるのは、一二編収録本に付された「あとがき」である。佐多稲子はそこで「香に匂ふ」や「故郷の家」に触れて次のように述べている。

「これらの小説には、いさゝか私の理想が組み入れられてゐるかも知れない。また美しい面だけが描かれてゐるといへるかも知れない。「香に匂ふ」の女性たちの積極的な生き方は私の理想だと言へるだらう。が、今日若

い青年たちが明日は戦地に立つ前日まで、学生は本を読み、働く人は自分の職場にあることを考へれば、女性もまたそれを自分の生き方としなければならないであらうし、殊に愛情を胸に抱いては尚のこと、今日を最も激しく豊かに満たしてゆくのこそ当り前のことだらうと思ふ。生活の変化を打算して自分の愛情をごまかすなどといふことは恥づかしい。私の理想は決して現実から遠いものではないとおもふ。多くの女性たちの今日の生き方でもあらうと私はおもひたい。「故郷の家」の若い将校の我家の雰囲気も、あのやうなものであつたならば、やがて再び戦地へ帰る人は、愛情ある勇気を抱いて征かれるのではなからうか。」「「香に匂ふ」の女性の考へ方がどんなにこの「故郷の家」の場合にも、大きな力となることだらう。」

この「あとがき」によれば、「香に匂ふ」の女性たちの生き方は、佐多の「理想」であったらしい。SCENE 1での陰膳を据えるひろ子、SCENE 3に見られる積極的な妹まさ子、SCENE 4の幸福になろうとするみち子。まさ子とみち子が模範としているのは、言うまでもなく陰膳を据えるひろ子の生き方である。佐多が「理想」とするこの女性たちは、戦争という大きな枠組みのなかで、いまある生活を精一杯生きようとし、その枠組み自体を疑ったり壊したりしようとはしていない。戦争を前提としていて、それに対する批判精神はうかがえないのである。国家のために役立つことが正しいことであると信じ、むしろ当時の女性たちは、このような役割において社会参加が可能となり「市民」と認められたので

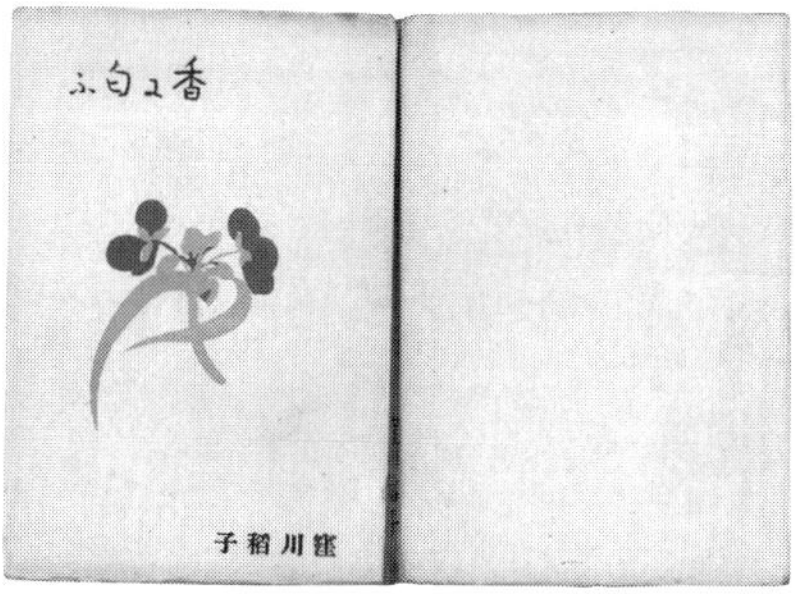

『香に匂ふ』十二編収録本

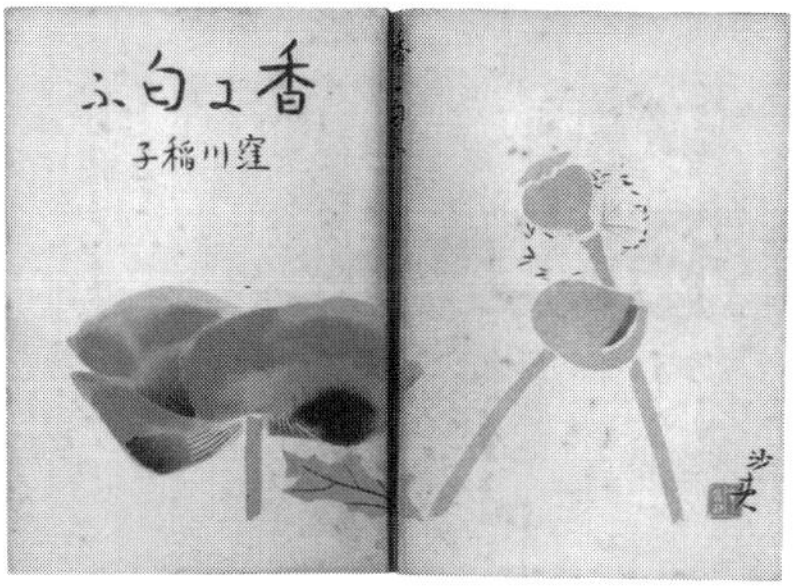

『香に匂ふ』九編収録本

あった。銃後の活躍は、いわば「女性解放」でもあったのである。ここに、戦後になって批判された佐多の戦争容認が指摘できるだろう。むろん、佐多にも言い分はあった。つねに庶民に寄り添い、庶民とともにあるという自負を彼女は持っていた。ただし、それは、マクロな視点から見ると戦争体制への補完になってしまっていたということだ。

SCENE 1+SCENE 2+「故郷の家」 戦う男／支える女のジェンダー表象

「あとがき」のなかで「香に匂ふ」と並んで扱われている小説「故郷の家」で描かれるのは、帰郷した若い将校が味わう、実家の心やすらぐ家庭的な雰囲気である。母は長男が出征しているあいだに、次男のほうが早く結婚し子供が生まれたことを心苦しく感じていて、長男の嫁候補を考えている。長男の若い将校は「近くまた、お召しにあづかる身体だ、と思ふと、今夜のある瞬間に、弟の生活を和やかな羨ましいものに思つたことをはづかしく思ひ返した」とある。この小説では、死を前提とした戦地での献身的な働きと銃後の守りとがセットになった麗しい美談として描かれている。「香に匂ふ」と併せて考えると、戦う男とそれを支えるけなげな女性という組み合わせであり、ここに典型的な男性表象と女性表象の強固なジェンダー規範を見ることができよう。ひろ子もみち子も「故郷の家」の若い将校も真面目で一途な人間であり、しかし、真面目に生きるということが当時の戦争という大きな枠組みを肯定し、はからずもその枠組みを支えることになってしまっている。そして、本人たちはそのことに気づいていない。

とりわけ「愛情」の問題が前景化されている「香に匂ふ」では、SCENE 3での「毎日ちやんとお仕事してらつしやるでせう。女だつて、その気持ですわ。あなたが御出征を待つていらつしやるからつて、姉はそれで自分の心を押へることはできないらしいんですの」という、まさ子の台詞が注目される。これはさきの「あとがき」の内容に響き合うものであろう。出征するからといって「自分の愛情をごまかす」ことは、不純なことであり絶対にできないというわけだ。最終的にはＳＣＥＮＥ　４にあるように、みち子と水澤は結婚を決意し、両人ともに幸福な様子である。ひろ子はそのことを喜んで「みんな咲きつゝ、匂ひつゝ、生きてゆかなければ」と思っている。このように「香に匂ふ」は、戦争肯定を前提とした銃後の美談が描かれた小説なのである。

ＳＣＥＮＥ４　歪んだ「愛情」

ＳＣＥＮＥ　４で水澤は、みち子がひろ子の陰膳を据えているのに影響されたのだと語っていた。水澤もじきに出征する身だが、ひとり残された妻としてみち子も陰膳を据えるのだろうか。むろん、そうするに違いない。しかし、そもそもみち子は、水澤が出征することによって命を落とすかもしれないという危機感や別れの悲哀を感じないのだろうか。戦争が愛する人を奪ってしまうという怒りは、みち子には湧いてこないのか。陰膳を据えることを美徳とすること自体、「愛情」は命と引き替えの歪んだかたちになってしまっているだろう。戦う男とそれを支える銃後の女性という戦時下の規範が、みち子やひろ子を無意識のうちに縛りつけている。

当時の多くの女性たちが、ひろ子のような生き方を模範として、佐多の言うように「理想」と考えていたかもしれない。それは、総力戦体制という特殊な言説空間のなかでの価値規範であって、現在から見れば歪んだ「愛情」のかたちにほかならない。この「香に匂ふ」だけでなく、佐多稲子の戦時下の小説は、そのような枠組みに従ったものが多かった。自分はあくまで庶民に寄り添っていると考えていた佐多は、戦後になってそのことを指摘されて愕然とする。しかし、自らの過ちを認め、戦争責任を引き受けて、そこからいかに立ち直っていくかが佐多稲子という作家の戦後の歩みとなった。

研究の手びき

小説「香に匂ふ」については、小林美恵子『「香に匂ふ」論――「かげ膳」を据えたがる〈女たち〉』(『昭和十年代の佐多稲子』所収)が詳しく作品分析し「戦時下の社会で自ら分裂や連帯を余儀なくされ、国への貢献を強いられていった過程を読み取ることができる」と論じている。また、それに先立ち、谷口絹枝「「女の生活」への視点――戦時下佐多作品の屈折の道程」(『方位』第一二号、二〇〇一年六月)では「香に匂ふ」は「戦時女性の覚悟」を描いた小説と位置づけられている。この「香に匂ふ」だけでなく、銃後の妻を美化する小説は数多くあった。そのような観点から宇野千代、横山美智子、中本たか子の作品を取り上げた小林裕子「美談としての銃後の妻――家庭小説のなかの良妻賢母像」(『女たちの戦争責任』所収)もあり、この論文では、これらの小説が戦意高揚の啓蒙的効果を発揮したことが論じられている。

銃後という言葉は、もともと一九一三(大正2)年三月に丁未出版社から刊行された桜井忠温の戦争小説『銃後』によるもので、大隈重信による序文に「かの旅順の堅塁を砕いたものは、実に銃後の人たる乃木将軍以下将卒の力であった」とあるように、もとは、現在理解されているような、戦闘に参加しない一般国民のことを意味するのではなかった。この日露戦争時の使用法から、現在のような意味合いに変化するのは、日中戦争のころからだと言われている。銃後の女性に関する研究には、加納実紀代を中心とした、女たちの現在《いま》を問う会編・発行「銃後史ノート」通巻一~一〇号(一九七七年一一月~一九八五年八月)がある。この雑誌は、戦争の被害者であった女性たちが、同時に戦争を支える銃後の女性たちであり、間接的に加害者の立場であったことを明らかにしようとしたものである。そして、過去の戦争の時代だけでなく現在を問うものとして、女性が常に体制を支える存在になり得ることを正面から突きつけた研究雑誌であった。さらに加納は、この「銃後史ノート」を受けて、

「銃後史ノート」復刊１号（通巻４号、1980年８月）

「銃後史ノート」復刊２号（通巻５号、1981年７月）

「銃後史ノート」復刊３号（通巻６号、1982年４月）

単行本『女たちの〈銃後〉』を刊行、銃後の組織化について国防婦人会や大日本婦人会を取り上げて分析、また奥村五百子や高群逸枝らのそれぞれの銃後の様相を論じた。銃後の研究において加納の果たした役割は大きい。さらに『銃後の社会史』（吉川弘文館、二〇〇五年）の著者、一ノ瀬俊也による編集で『編集復刻版　昭和期「銃後」関係資料集成』全九巻（六花出版）が二〇一二年一二月より刊行されている。国家による軍事援護政策がいかなるものであったかがうかがえる貴重な資料であり、今後の銃後研究はこの資料集によって大いに進展するであろう。

参考文献

加納実紀代『女たちの〈銃後〉』（筑摩書房、一九八七年、増補新版がインパクト出版会、一九九五年）
岡野幸江、長谷川啓、渡辺澄子、北田幸恵編『女たちの戦争責任』（東京堂出版、二〇〇四年）
長谷川啓『佐多稲子論』（オリジン出版センター、一九九二年）
小林裕子『佐多稲子　体験と時間』（翰林書房、一九九七年）
小林美恵子『昭和十年代の佐多稲子』（双文社出版、二〇〇五年）

第7章　空襲——吉行淳之介『焔の中』

土屋忍

本章の要点

連作小説『焔の中』は、男子学生である「僕」の「青春」を描いた青春小説である。そして、戦時下の東京を生きた男女を描いた空襲小説である。作中の空襲は、「僕」の生活の一部であり、単なる背景や風景ではない。「僕」のような若者にとって戦争は、持て余し気味の「青春」と格闘しながら死について考えさせる現実であり、空襲は死生観や人生観を決定づける日常である。一九四五年の東京大空襲を体験した吉行淳之介は、これらの小説を書くとき、同時期に刊行された内田百閒の『東京焼尽』（講談社、一九五五年）を読み、空襲の記憶を時系列に整理したという（ふたりは近隣に居住）。その意味でも記録小説的に書かれているのだが、「僕」の青春の表現を彼が生きた時間にのみ留めておく必要もない。表題作「焔の中」が最初に発表されたのは一九五五（昭和30）年四月である。その時点で振り返られているのは、学生時代には言葉で捉えきれなかった渦の中の個の在り様であり、戦後の知識や文脈から演繹的に導き出した思想的反省や道徳的教訓ではない。二〇歳前後の若者が限界状況においてとった人生の選択にこそ自己と他者の揺るがぬ本質が見極められるという確信が基底にあり、その確信が吉行の中で〝真理〟になるまでに一〇年を要したのである。青春小説を戦時下という時間から解放するとともに、空襲小説を東京／日本という空間からも解放してみたい。数多ある空襲言説と歴史化され得ない現在進行形の空襲の関連の中でこそ見定められることもあるはずだ。『焔の中』（新潮社、一九五六年）は、「昭和十九年九月一日」から「二十年八月十七日」までを描いた連作小説である。本章では、「昭和二十年晩春」という時間軸をもつ表題作より本文の一部を引用し、空襲の文学的表象とその意味、「僕」の個性の位相を考察する。

『焰の中』——SCENE 1

防空壕（注1）のある場所は、一週間ほど前までは小さな池で、汚れた水の中で金魚が泳いでいた。地方の都市に住んでいる母の弟が、商用で上京して僕の家に泊ったとき、一日がかりでその池を防空壕に作り直したのである。もっとも、その池は半年ほど前、その叔父が上京してきたとき、やはり一日がかりで泥だらけになって作り上げたものであった。

「叔父さんも、池を作ってくれたり、防空壕に直してくれたり大へんな骨折りですね。だけど、何をおもって、あのとき金魚を入れる池を掘ったのでしょうねえ。池の出来上ったほとんど翌日ぐらいから空襲がはじまったじゃありませんか」

そう言いながら、僕は笑い出した。母も笑いながら、そうそう叔父さんに手紙を書かなくちゃいけない、と言って部屋を出ていった。

防空壕の上に、臘梅が枝を差しのべていた。黒い土の上に、てんてんと臘梅の落花がちらばっている。花の蕚《がく》のような形の小さな花で、僕がこの花をはじめて知ったときは蕚の形のところから別に花弁が生えてくるのだろうと考えていた。しかし、花弁は生えてこなかった。その小さな花がそのままの形で土の上に落ち日の光を受けて、釉薬《うわぐすり》をかけたような薄クリーム色に光っていた。

空を見上げてみた。空はやはり青一色で、雲は一かけらも無く、いっぱい光を含んで拡がっていた。僕は、本当に眠たくなってきた。そのとき、サイレンが継ぎ目なく長々と鳴りはじめた。空襲警報解除と警戒警報解除とサイレンの鳴らし方が同じなので、僕にはそのときのサイレンがどちらの信号か分らなかった。さっきの空襲はどうなっていたのだったか、さっきの娘（注2）は空襲警報のあいだに帰って行ったのか、そんなことを考えていると、一層眠たくなってしまった。

布団のなかで目を覚ますと、あたりはすっかり夜になっていた。夕飯を食べると、また眠たくなってきた。どうして、こんなに眠たいのか、明瞭ではなかった。軀のなかにいっぱい生えて外界に向って延びている触手が、一斉にちぢこまって、内側にまくれこんでしまった。内側には、眠たそうなクリーム色をしたものがどろりと澱んでいて、たくさんの触手がそのどろりとしたものを抱きかかえる形に、縮んでしまっている。そんな空想を眠たい頭でかんがえているうち、また眠りに入ってしまった。

ふたたび目覚めたときには、あたりは真暗だった。僕の軀をゆすぶっている手があった。母の声が、耳もとで聞えた。

「空襲のサイレンが鳴ったのよ、起きなさい」

小学生のころ、毎朝起されたものだ。時間ですよ、起きなさい、学校に遅れますよ、そういう言葉をききながら、遅れたってかまうものか、と眠たい頭の中で返事をしてなかなか布団から出なかったものだ。そんな気分で、僕はいつまでも半醒半睡の状態のままでいた。そのうち、空間がさまざまの音響でみたされはじめた。地にこもるような重たい余韻をもった響は飛行機から投下された爆弾が爆発する音で、その音のあいだを縫って連続する軽い炸裂音は、高射砲や高射機関銃の弾丸が空中で爆ぜる音である。だんだん眼が覚めてきた。そのとき、周囲にひろがっている闇に、赤い色が滲んだような感じがした。

「ほんとに、起きた方がいいわよ」

という母の叫び声が、庭から聞えた。飛び起きて、手さぐりで洋服を身につけ、庭に出た。

東の空が真赤だった。炎上している地域は意外に近いらしく、焔といっしょに舞いあがる黒い燃え殻がはっきり見えた。空に噴き上げる火焔のために、強い風が起りはじめていた。焔が吹き上るたびに、いちめんの空の暗い赤色のなかに白い輝きが楔形《くさびがた》に打ちこまれて、黒い燃え殻の点々が縞模様をなして捲きあげられた。

赤い空の周辺には、その光を映して、牛の霜降り肉のような空が拡がっていた。母は庭に一人で立って、頭に座ぶとんを載せて空を見上げていた。僕も座ぶとんを載せて母の傍に立ち、空を見た。僕たちの真上の空を、四発の爆撃機が一機、銀色の機体を燦めかせてゆっくり通りすぎた。

座ぶとんを頭に載せるのは、空中で炸裂した高射砲の破片を避けるためである。高射砲の破片で怪我をしたら醜態だから、といって僕が発案したのであった。

「ここまで燃えてくるかしら、こんな具合では防空壕に入っているわけにもいかないわね、あの娘は一人で潜りこんでいるのだけど」

防空壕の四角い黒い穴の中へ、僕は大きな声を送りこんだ。

「おうい、蒸し焼きになっても、知らないぞ」

ビックリ箱の蓋を開けたように、その黒い四角い穴から、彩色された若い女中の顔がとび出した。僕ら三人は、縁側に腰掛けて、燃えている火の成行を見守ることにした。さっきから起りはじめた強い風は、つむじ風のように気紛れな吹き方をしているので、風むきによっては火はここまで燃えてこないで消えることも考えられた。

その瞬間、見えない大きな掌が、僕を頭上からぐっと圧《お》しつけた感じがした。腰が縁側から離れて、ストンと両膝が地面の上に落ちた。あたりを見まわすと、母も僕と同じような恰好で膝をついていた。若い女中は、地面に腹ばいになって、ワアワア大きな声で叫んでいた。

　家の軒や雨戸など数ヵ所が燃えはじめた。近くに落下した焼夷弾に詰められた油脂が飛び散って、付着した模様だ。僕と母が火たたきを振りまわして、その火を消しとめた。僕は靴のまま家の中を歩きまわって、ほかに燃えている場所がないか調べた。塀のそばに積まれた材木の二、三本が燃えはじめていた。その材木を抜き出して、地面に投げ捨てた。

　庭に戻ってみると、母が衣類を入れた金属製の箱を防空壕の中へ入れていた。そのとき、隣家の二階の窓から、真赤な焔が噴き出した。

「もうあきらめて、逃げた方がよさそうね」

とおろおろしている若い女中の手首をしっかり捉えたまま、母が言った。

「あと五分ほど、様子を見てみましょう」

　その五分のあいだに、隣家の火は屋根から噴き出しはじめた。母に手首を掴まれたまま、若い女中はばたばた足を踏みならしていた。

「これでは、もう駄目です。逃げましょう」

と母が言った。

「もう五分だけ、僕はここにいます。どうせ燃えるにしても、ちょっとそのときの様子を見ておきたいんだ」

「それなら、そうなさい。五分だけですよ、わたしたちは、坂の下のところで待っています」

　家の前に広い坂がある。火はその坂の上から燃えてきていた。母は女中の手をひっぱって、去っていった。

　僕は自分の部屋へ戻った。隣家の燃える火で室内は明るかった。煙は少しも無かった。柱の釘にレインコートがぶら下っているのが見えた。僕はそれを着て、押入れの戸を開けた。押入れの中に書架が入れてあり、書物が並んでいる。その書物の背文字が、隣家の燃えている火ではっきり読めた。小型の本のなかから三冊抜き出した。無人島へ行くときに三冊だけ本を持ってゆくとしたら、どんな本を選びますか。そんなアンケートの答が、雑誌に並んでいたのを思い出して、慎重に選択をした。僕は、自分の心が落着いていることを検《しら》べ、それを愉しんでいた。ところが、選び出した本をレインコートのポケットへ突っ込んだとき、ポケットの底が抜けていて、本は音をたてて畳の上に散乱した。本が畳の上に落ちた鈍い音、水を含んだような厚ぼったい音を聞き散乱した書物の形を見ると、自分の心は実際はひどく狼狽しているに違いないと考えはじめた。

逃げよう、とおもった。そして、ふたたび心を落ちつけて、何か持って逃げよう、と考えた。ポケットへ入れた書物が、ポケットの中を通り抜けてしまったので、反射的にもっと実用的なものに心を向けた。押入れの中の毛布を僕の手は掴みかけた。そのとき僕の耳にささやくものがあった。「おまえの生はすぐ眼の前で断ち切られている筈じゃないか。そんな人間が、毛布を持って逃げるとはどういうわけかね」

　毛布から手を引っこめて、乱雑に積み上げてあるレコードのアルバムに眼を向けた。僕の足は、はやくこの燃えかかっている家を去りたくて、足ぶみしはじめていた。しかし、僕の眼は慎重に選択して、ドビュッシイのピアノ曲をおさめた十二枚のレコードがはいっているアルバム（注3）を抱え込んだ。

　屋内では煙の気配はなかったのに、門から足を踏み出すと火の粉と煙が交錯しながら立ちこめていた。広い坂道の下まではわずか五十メートルほどの距離なのに、まったく見透しがきかず、むしろ坂の上の方が煙が薄かった。僕の脚はおもわず、坂の上へ向きかかった。しかし、坂の下では母が待っている筈だ。それに、火は坂の上から燃えてきているではないか。レインコートの襟を立て、レコードをしっかり抱えた僕は、まわりに隙間なく張りめぐらされている火の粉と煙の幕の中に飛びこんだ。

　煙の厚い層をつき抜けるには、ずいぶん苦しまなくてはなるまいと僕は予想し、両脚に力をこめて走りはじめた。焼死という考えが、さっと脳裏を掠めた。ところが、一瞬の間に、僕は坂の下に着いていて、そこに立っている黒い影にぶつかりそうになった。辛うじて身をかわして相手を見ると、それは母だった。あまりの呆気なさに、拍子抜けした気分だった。また、面映《おもはゆ》い気分でもあった。……そのときは、そう思ったのだが、あとで母の語るところによれば、やはり僕たちはかなり危険な状態に置かれていたらしかった。母が家から逃れたときには、すでに坂道には人影がなく、坂の下に立って煙の中から出てくる僕の姿を待ったが、いつまで経っても一つの人影もあらわれなかった。それは、ひどく長い時間におもえたそうだ。若い女中はすっかり怯えてしまい、発作的に走り出しかけたりするので、母は女中のモンペの腰紐をしっかり摑んだまま苛立ちながら待っていた。だから、ようやく僕の姿が煙の幕から飛び出してきたときには、母の方から僕の前に駆け寄ったのだそうである。

　家を焼かれた人々の群れは、すべて申し合せたように坂の下から右手に向い市街電車のレールに沿って動いていた。およそ千メートル離れた神社の境内に、避難しようとしているのだ。神域へは直撃弾を落すまいという考えも含まれている筈だ。しかし、その神社は焔が進んで行く方角に在る。それが僕をためらわせた。

左手の方角は、江戸城の外濠の名残りの水濠（注4）で、その向う側にひろがっている町並にはまだ火は燃え移っていない。かなり幅の広い水濠は火が飛び越すのを拒むかもしれぬと、僕は考えた。僕は母を促して、人々の流れに逆らい、水濠に架けられた橋を渡り、暗い街に歩み入った。

街路にはほとんど人影は見あたらず、家々はしずまりかえっていた。あまりに静かな町を歩きながら、僕は間違った不吉な方向に逃れて行っているのではないかという不安に襲われはじめた。

「あーっ」

不意に悲鳴に似た声が耳もとでおこったので、僕はぎくりとして、あたりを見まわした。叫んだのは若い女中で、走り出そうとしている彼女の腕を、母が片手で引きとどめている。

「離してください。貯金通帳を置き忘れて来ちまったんです」

「君は焼鳥になりたいのか、もう燃えてしまっているにきまっている」

僕は腹の底から怒りがこみ上げてきて、怒鳴った。

「三百円も蓄っていたのに」

僕の家の方角へ走り出すことをあきらめた若い女中は、繰りかえし繰りかえし呟きながら歩いていた。怒りが鎮まると、腕にかかえている十二枚のエボナイトのレコードの重さを、ずっしり感じはじめた。気がつくと、母は掛布団をかかえて歩いている。レコードを持ち出したときの気持のうちの一種のダンディズムは、僕の心からすでに消えていた。しかし、僕は依怙地になって、その荷物を捨てようとしなかった。この空襲で死なないにしたって、僕たちの生にはすぐ向うまでしか路はついておらず、断ち切られているのだ、という考えを捨てないためにその重い荷物を捨てなかったのだ。

僕たちは人の気配のない街を歩いて行った。焼け出された人々は、この方角には逃れて来ず、この町の人々は自分の家に潜んでいるのだ。僕たちは小高い土地を登っているうちにかなり広い空地に行き当った。どういう場所かはっきりしなかったが、あちこちに樹木が生えており、防空壕らしい素掘りの穴もあった。僕たちは、そこの土の上に腰をおろした。

僕たちの坐っている小高い土地は、水濠へ向って低くなっている斜面の途中にあり、街の展望が眼の前に拡がっていた。火は、すでに僕の家を通りすぎ、坂の下から水濠に沿って、対岸の家々を一つまた一つと焼き崩しながら進んでいた。黒いてんてんの鏤《ちりば》められた焔が天に冲《ちゅう》し、その焔は突風に煽られて水濠を渡りこちら側の町に燃え移ろうと試みていた。

焔は間歇的《かんけつてき》に高く噴き上り、僕たちのいる町の方へ襲いかかった。僕たちは黙ってそれを見ていた。どの位の時間が経ったのであろうか。火焔はついに水を渡って、こちら側の家並に燃え移った。焔が飛火した場所は、僕たちのいる場所からは、かなり右手に外れてはいたが、その方の空はたちまち赤く光りはじめた。

「困ったわ、困ったわ、燃えてきたわ、貯金通帳が燃えちまった、四百円も蓄っていたのに」

若い女中が呟きはじめた。その金額が先刻よりも百円増えていることに気がつくだけの余裕は、僕の心に残っていた。僕たちのいる空地に逃げてくる人影が、三々五々見えはじめた。風がしだいに強くなり、またその吹いてくる方向が目まぐるしく変るようになりはじめた。火焔の上の空気が膨脹して、対流による風をまき起すのである。樹木の枝があちこちの方角に音をたてて揺れた。

他の場所へ移動することを、僕たちが考えはじめたとき、だんだん風の勢が鎮まってきた。水濠の対岸の火は、家々を嘗《な》めつくして、すでにずっと左手の街に移動していた。

「もうここまでは燃えてこない様子だ。少し眠ることにしよう」

と僕が提案した。素掘りの防空壕に入ってみると、粗末な木のベンチが取付けられてあった。僕はその上に、レインコートのまま転がった。僕の神経は昂っていた。しかし、疲労がおもたく覆ってきて、やがて眠りに引込まれていった。

眼を開くと、あたりは光のない白い朝だった。曇り日である。母と若い女中は、すでに眼を覚まして土の上に座っていた。僕たちは、自分の家のあった方へ歩きはじめた。三百メートルほどは、歩いてゆく街路の両側に家が建ち並んでいた。しかし、それが尽きたあとは前方に拡がっている風景は、黒一色だった。人家の影は一つも見ることができなかった。ところどころ、焼け残った土蔵が立っているだけであった。水濠の橋を渡り、坂の下に立ってうしろを振返ってみた。おどろいたことに、水濠の向う側の斜面の街は、僕たちが夜を過した場所とおぼしきあたりを中心に狭い地域が楔形に焼け残っているだけであった。

神社の方角から、避難した人々がぞろぞろと戻ってきていた。それぞれ大きな風呂敷包や布団をかかえている姿だった。あたりが明るくなってしまったので、僕のかかえているレコードの四角いアルバムのオレンジ色の装幀が異様に目立つのである。僕の腕に抱かれているその無用の品物は、異端の旗印のように僕を脅かしはじめた。しかし、なるべくさりげない顔つきで、じっとその重さを我慢していた。それは、疲れた腕には、異常に重たくこたえてきた。

　僕たちは、自分の家の焼跡の上に立った。防空壕の蓋の上には、土がかけてあった。若い女中は、その場所に走り寄って、その土を取除《とりの》けて蓋を開けた。女中の姿が、穴の中へ消えた。間もなく、穴の外へ首が出てきた。僕ははじめて、その顔が丁寧に化粧してあるのを知って、いささかたじろいだ。若い女中の全身が穴の外へ出たとき、その両手には大きな風呂敷包がぶら下っていた。
※「焰の中」(「群像」一九五五・四、のち『焰の中』所収、本文引用は新潮社版全集より)

注1　防空壕……航空機による空爆、機銃掃射及びミサイル攻撃から避難するためにつくられた地下施設で、今なお日本各地に残存する。日本で大量につくられたのは、一九四四年頃、主にアメリカ軍の空襲に備えてであった。作中では個人の敷地内のものと共同体のものとが描かれており、どちらも極めて簡素なものであるが、昭和天皇のために各地(宮城内と行幸先)につくられた防護力のある本格的な防空壕の存在も確認されている。防空壕という場からは、太宰治『お伽草子』、江戸川乱歩「防空壕」、野坂昭如『ぼくの防空壕』といった幻想譚も生まれた。
注2　さっきの娘……「さっきの娘」とは、「僕」が親しくしていた娘の友人で、妻子ある男性とつきあっているらしい彼女が、知り合ったばかりの「僕」の家にふらっと立ち寄る場面が引用部の直前に描かれている。この娘と「僕」の関係は、次の章「廃墟と風」でさらに展開する。
注3　アルバム……誰の演奏によるものかは不明だが、吉行にはドビュッシーの曲名から題を採った「子供の領分」という小説もある。従来の機能的な和声法から脱して、音を重ねてつくる響き自体を重視するその方法は、イメージを重ねて作品世界をつくる吉行文学の方法にもつながる。
注4　江戸城の名残りの水濠……迂遠な表現をしているが、少なくとも同時代読者には具体的で鮮明なイメージをストレートに喚起する場所だと思われる。それにともない三行前の「神社」も特定される。人々が縋るような気持で靖国神社の境内に向う流れに逆らい、「僕」は「暗い街」に歩み入るのである。中心との距離の表象を読みとることができる。

作者紹介　吉行淳之介（よしゆき・じゅんのすけ）

一九二四（大正13）年、岡山県に生まれ、東京麴町に育つ。父・吉行栄助、母・安久利の長男。妹に和子、理恵（子）がいる。府立一中の受験に失敗し、麻布中学を経て旧制静岡高校文科丙類に進む。フランス語の教授だった岡田弘とそこで出会い、終生の付き合いとなる。一九四三年、高校二年生に進級すると同時に「心臓脚気」と偽り、休学。徴兵対象者が拡大され、高等教育機関に在籍する文科系学生が対象となった学徒出陣の年である。吉行は、翌一九四四年に復学し、徴兵検査を受けて甲種合格、陸軍二等兵として岡山の連隊に召集される。九月一日の入営直後に気管支喘息と診断されて四日目に帰郷（「即日帰郷」）。翌一九四五年四月、東京帝国大学文学部英文科に入学。五月二五日の東京大空襲で自宅を焼け出されて無一物になる。八月九日、高校時代の親友二名を長崎の原爆で喪う。ふたりは徴兵猶予を得るために長崎医大を選んでいた。吉行は再び徴兵検査を受け二度目の甲種合格となり招集を待つ身となるが、八月一五日に終戦を迎える。ただちに同人雑誌を計画。新太陽社で「カストリ雑誌」の編集のアルバイトをして生計をたてる。やがて大学を除籍となり、一九四七年、新太陽社に入社。働きながら「進歩的エリート同人雑誌」（奥野健男）と目される「世代」や「新思潮」などに小説を発表。一九五二年、結核が発見され、翌年には会社を退社。療養中の一九五四年に「驟雨」で第三一回芥川賞を受賞。受賞を機に作家生活に入る。一九九四年、肝臓癌のため死去。安岡章太郎、小島信夫らとともに「第三の新人」と呼ばれるが、「第一次戦後派文学の多くが空疎化し忘れ去られているのに比べて、いわゆる「第三の新人」文学の多くがまだしっかりと鮮やかに生き残っている」（村上春樹）という評価もある。作家作品研究よりもはるかに多くの人物論が発表されているが、詳しく語られていない事項としては、宮城まり子が設立した肢体不自由児療護施設ねむの木学園との関わりがある。吉行は、宮城と園児たちを、物心両面から支援した。

問題編成

SCENE 0 空襲とは何か

空襲とは、飛行機を開発した近代の文明国が、戦闘機や爆撃機から機関砲爆弾や焼夷弾などを用いて地上の目標を爆撃することを指す。文献上は「空爆（air bombing）」と呼ばれることも多いので、ここでも併用する。アメリカ空軍は、日米開戦前より、木造建築が密集する日本の都市部には（大火災が期待できる）焼夷弾の投下が有効だという戦略をもっていた。小説『焰の中』に描かれている「空襲」は、東京をはじめとする大都市を焼土と化した大空襲の一環である。それ以前は外地を含む日本全土の軍事施設を主な爆撃対象としていたが、

〈空襲〉関連年表

1889年／二宮忠八が従軍中に「飛行器」を考案。**1903年**／ライト兄弟が飛行機による有人動力飛行に成功。**1911年**10月26日／イタリア軍がリビアに手榴弾を投下（飛行機による最初の空襲）。**1914年**9月5日／中国青島市街の兵営や電信所に爆弾を投下（日本軍による最初の空襲）。**1917年**7月26日／日本軍が台湾山地の「蕃地威嚇飛行」で爆撃（〜8月15日）。**1923年**／ワシントン軍縮会議で「空戦に関する規則」が作成。**1931年**10月8日／日本軍による中国錦州市街地空襲（第一次大戦以来最初の都市空爆）。**1937年**4月26日／イタリア機とドイツ空軍コンドル部隊によるゲルニカ空爆（焼夷弾を大量に使用した最初の無差別爆撃）。**1938年**／日本軍による重慶一帯への大爆撃（〜**1943年**）。**1941年**11月／アメリカによる日本の都市に対する焼夷爆撃構想。**1942年**4月18日／アメリカ軍による日本本土初空襲。**1944年**6月／アメリカ・ボーイング社の爆撃機B29が、日本全域（南方占領地、台湾、朝鮮、満洲、南京、上海、那覇などの外地を含む）への爆撃開始。**1945年**3月10日未明／B29が東京の上空から焼夷弾を大量投下、大都市空襲が開始（〜6月15日）。／6月17日、B29による合計57中小都市への空襲開始（〜8月14日）。**1945年**8月6日・9日／B29はそれぞれ広島と長崎に原子力爆弾を投下。空襲が終わることはなく、21世紀に入ってもアメリカ軍はアフガニスタンとイラクを空爆、在日米軍基地も関与した。

一九四五年三月一〇日からは無差別爆撃に切り替り、武器をもたない一般住民が明らかな目標になった。引用部に描かれたのは、「五月二十五日真夜中」（「廃墟と風」）の東京空襲である。「焰の中」には「多くの人々が家財を安全な場所に『疎開』さすために、荷造りの材料に関して、困難な輸送に関してこころを砕いていたが、僕の家では全く疎開をしないことにしたので、そのわずらわしさを感じないで済んでいた」とあるが、絨毯爆撃の標的になったのは、作中の母子（「母」は美容師。美容室は政府により取り毀し）と「厄介な居候」と化した「若い女中」のように自分の意志で東京に残った者と、やむをえない事情により移動できない者たちであった。

吉田敏浩『反空爆の思想』（ＮＨＫブックス、二〇〇六年）では、無差別爆撃の目的を戦意を喪失させることだと一般化している。しかし、荒井新一『空爆の歴史——終わらない大量虐殺』（岩波新書、二〇〇八年）では、東京大空襲がアメリカ側が自ら重んじているはずのフェアプレイと人道主義に反する行為であることを当時の指導者たちが自覚していたことをアメリカ側の資料によって示し、「住民の戦意以上に戦略基盤としての住民の殺傷自体が目的であったといわざるをえない」としている。本土空襲での日本人被災者の数は戦地で闘った軍人軍属の総数よりも多い。空前の規模でおこなわれた非武装地域における民間人の大虐殺であり、体験者はそのことを実感したはずだが、作中の登場人物は、そうしたことに言及していない。

早くから田岡良一（嶺雲の息子）が『空爆と国際法』（巌松堂書店、一九三七年）で検討しているように、当時は「一般市民（civilian population）を威嚇し軍事的性質を備えていない私有財産を破壊もしくは毀損せしめること、あるいは非戦闘員に危害を与えることを目的とする空中爆撃はこれを禁ずる」（「空戦に関する規則」第二二条、一九二三年）という慣習国際法が共有されており、無差別爆撃は戦時においても禁じられていた。しかし、植民地を主な標的にしてきた空襲の歴史を鑑みると、対等ではない相手に対してであればそれは黙認されてきたことがわかる。対等な文明国からの同一の手段による報復の怖れがない限りにおいて有効な手段とみなされたのである（毒ガスの使用についても同様）。日本は、アメリカにとって心理的にも軍事的にも対等な相手ではなかったが、報復不可能な非文明国でもなかった。完膚無きまでに叩きのめす必要があったのである。一九四四年、一〇月一〇日の那覇無差別爆撃に対して日本政府はアメリカに抗議を申し入れるが沈黙で応答される。一九四五年三月にも再度抗議するが「非戦闘員に危害を与えることを目的とする空中爆撃」は増大する結果となった。『焔の中』を通してみられる受忍の姿勢を解明する鍵は、このあたりの事情にもあるだろう。

さらに日本の空襲文学を読み解く上で前提になるのは、空爆を被った客体である日本は、みずから空爆を行使した主体でもあり、その規模では同様の経験をしているドイツ以上（ただし陸戦ではドイツの被害の方が甚大）だという点である。東京大空襲・戦災資料センター『東京・ゲルニカ・重慶 空襲から平和を考える』（岩波書店、二〇〇九年）などがわかりやすく示すように、一般市民を巻き込む大規模な空爆の起源を遡ると、イタリア・ドイツのゲルニカ爆撃（一九三七年）、日本の重慶爆撃（一九三八年）などにいきあたる。確かに老舎は「五四之夜」（一九三九年）で重慶での空襲体験を書いているし、巴金の長編小説『寒夜』（一九四六年）の冒頭は、日本軍による空襲の場面から始まっている。ピカソの『ゲルニカ』（一九三七年）は、「反空爆の思想」の芸術的昇華であった。前田哲男『新訂版 戦略爆撃の思想――ゲルニカ、重慶、広島』（凱風社、二〇〇六年）などが論証するように、重慶爆撃は無差別爆撃ではないとした日本の回答が、抗議したアメリカ側の感情を刺激し、対日戦略爆撃に影響を与えたのは否めない。『焔の中』は、その翌年に発表された木原孝一の詩「鎮魂歌」のように、明らかに空爆の源流としての重慶やゲルニカを視野に入れて書かれているテクストではないが、吉行淳之介自身が空爆の主体としての日本を念頭に置いていたことは、戦後の発言からわかっている。

『焔の中』を注意深く読むと、「僕」とその友人たちが旧制高校から大学に進学するスーパーエリート（当時の進学率は5％程度）であり、戦後になってから一般に判明した「事実」を当時から「消息」として交換、共有していたことがうかがい知れる。「僕」の皮膚感覚が踏まえていたであろうことに少しでも接近するところから始めなければならない。

SCENE 1・1 命がけの「僕」のちぐはぐさ

小説「焰の中」の描く空襲には、無差別爆撃の圧倒的暴力を直接伝える表現はない。むしろ、大状況を受け入れながらも大勢に寄り添うことのない「僕」のズレや暢気さが描かれている。池を作りなおしてできた防空壕と防空壕の上に枝を差しのべている臘梅についての語りには緊迫した様子は見られないし、警報解除のサイレンを確認することもなく眠りこけ、夕飯を食べてまた眠る。空襲のサイレンが鳴っても爆発音や炸裂音がきこえてきてもぐずぐずしている「僕」の佇まいは、相当な音量であるはずの空襲音を打ち消すほどに静かである。炎上して真っ赤になっている空の周辺を「牛の霜降り肉のような」と形容する表現にもちぐはぐさがみられる。空襲で隣家が火事になり焼け出されたとき、「僕」は慎重に選択したレコードを抱えて逃げるが、その場面で「僕」が差し出しているのは、一個人によるささやかな抵抗である。現実との間に結ばれた関係性は回避できない絶対的なものだと認識されている。とっさに持ち出したときに身体を貫いていたはずの「一種のダンディズム」は「十二枚のエボナイトのレコードの重さ」となって消えることになるが、それでも、現実との関係性において生があらかじめ断ち切られているのだ、という考えを捨てないためにレコードを捨てない。それを美意識といっても自己満足といってもよいが、この自覚的な「依怙地」こそが「僕」の個性である。その個性とひきかえに、忌々しい状況を受忍しているには違いないのだが、そこに国民という意識は介在していない。戦後、日本政府も最高裁も、戦争による犠牲は「すべての国民がひとしく受忍しなければならない」ものとして民間人への損害賠償を回避しているが、ここでの「僕」はあくまでも個人として受忍している。

SCENE 1・2 「依怙地」な「僕」の語り

単行本『焰の中』において、「蘭草の匂い」「湖への旅」に続く「焰の中」で空襲が表象されるまでの間には、実に様々な男女が「僕」との関係において描かれている。手紙で近況を知らせ合う仲である出征前後の同級生たちの他にも、徴兵されて「即日帰郷」になるまでの三日間の入営生活で出会った隊長、班長、朝鮮出身のコミュニストである兵長（「蘭草の匂い」）、N湖へと一緒に旅に出かけた友人、途中まで同道した詩人T、宿泊先で出会ったK大生やその妹と称する女性、片眼が義眼の哲学青年風の反個人主義者、白系ロシア人、二人の若い娘を隣室に連れて入った憲兵、ボートに一緒に乗ることになったオフィスレディなど（「湖への旅」）である。その中で冷ややかに描かれているのが、班長と兵長と憲兵、そして個人主義を批判する青年である。隊長は職業軍人の中でも好ましい個人であるがあくまでもそれは例外であり、職業軍人の掲げる軍国主義的気風に対する「僕」の生理的嫌悪、敵意は、『焔の中』全体を通して示唆されている。日本の軍人の暴力はアメリカの軍人の暴力に先んじて存在し、空襲被害の前に軍国主義による被害があったという感受性がそこにはある。後に成立した「戦傷病者戦没者遺族等援護法」（一九五二年）は日本国籍の職業軍人を特権的に救済の対象とするが、そのような制度をはじめから否認する立場に「僕」はいたことになる。さらに「僕」は、仲間だと判断して接近してくるコミュニストに対しても心を許さない。その反軍国主義的気質によって「僕」がコミュニズムと軍国主義とを主にその画一主義の暴力性において同根とみるのである。

こうした「僕」の個性は空襲表象に期待される意味を希薄化するだろう。W・G・ゼーバルト『空襲と文学』（鈴木仁子訳、白水社、二〇〇八年、原著は一九九九年）は、空襲の破壊力やそれによる悲惨な経験を書くことは戦争の被害の面に目を向けさせることになるが、ナチスドイツの戦争犯罪を強調してきた戦後ドイツの戦争表象史においては加害のイメージがあまりに大きく、記憶の中の空襲被害の部分が抑圧されて語るべからざる事柄とされてきたと主張する。それに対して戦後日本の戦争表象史をふりかえると、文学的にも歴史的にも空襲は恐怖と自国の廃墟をもたらすものとして、繰り返し表現されてきた。戦争の被害の面を打ち出すのが空襲表象の意味だと考えるならば、「焔の中」の空襲表象は些か異色である。着の身着のまま焼け出された誰もが被害者意識を語らず、避難しながらも一見暢気で自由な人間関係を見せている。あったはずの苦労を苦労として言挙げせずに笑いに転換してしまうような「依怙地」な語りは、恐怖と廃墟をそれとなく描きながら被害の表象という空襲小説の機能を相対化しているのだ。「僕」「母」「女中」「娘」の選んだ道は、国民感情から導かれるはずの敵／味方、被害者／加害者という色分けの外側にある。国家が求める択一すべき二者のどちらかに正しさを求めて立脚するのではなく、二項対立的な図式自体を第三者的に眺めてそこに無意味を見出し死を覚悟したのである。

後に吉行淳之介自身、敗戦を軍国主義と画一主義の崩壊と見做し、自分たちの敵が負けたのだという錯覚をもったと語る。さらに、聖戦と信じ込み亡くなった幸福な人たちを除き、みな「犬死」をしたという認識をもつこと、それが慰霊であるとしている（『旧制静岡高等学校戦没者遺稿集『地のさざめごと』によせて』講談社、一九六八年）。戦前から一貫したこうした認識が、国民的規模でみればごく少数のものに過ぎないことを充分に自覚しつつも少数派の言葉を書かざるを得なかったのは、「犬死」をした友人たちの声を提示し、同じくエリートとして士官学校などに進学し軍人を職業に選んだ青年たちの自由意志と感性、さらには戦後においても多数派を味方につけて正当化されるその声の大きさに対して、物言いをつけておきたかったからだろう。戦争上の敵を敵視せず、暴力を愛好する（愛好した）同胞にこそ敵性を見出し、そこから戦争の本質を問いなおしているのである。

研究の手びき

一九四六年以降に刊行された戦争文学全集には、集英社版二種と毎日新聞社版一種がある。『焔の中』は、それらすべてに採録されている。吉行淳之介は、論理的な対決姿勢を見せない作家であり、また現代世界の思想的課題や社会問題を背負って書くタイプではないが、「戦中派」の言説に対しては強い反応を見せる。昭和三〇年代初め、座談会「戦中派は訴える」（『中央公論』一九五六年三月）がひきがねになり一種の「戦中派」ブームが起るが、すでに「焰の中」（「群像」一九五五年四月）、「湖への旅」（「文藝」一九五六年二月）、「蘭草の匂い」（「新潮」一九五六年三月）を書き終えていた吉行は、「華麗な夕暮」（「群像」一九五六年四月）と同時に発表された村上兵衛「戦中派はこう考える」（「中央公論」一九五六年四月）に「戦中少数派の発言」（「東京新聞」夕刊、一九五六年四月一〇日一一日）を書いて異論を唱える。「廃墟と風」（「文藝」一九五六年一〇月）の発表をまって「戦中少数派の発言」を除く五篇からなる連作小説を完結させ、手を入れて『焰の中』（新潮社、一九五六年）として纏める。丸谷才一は、『文章読本』（中央公論社、一九七七年）でこの「戦中少数派の発言」をとりあげて、右翼的な読者を諦めさせるイメージの力があると述べているが、その指摘は『焰の中』にも当てはまる。情景描写の断片にイメージによる主張が読み取れるのである。

吉行が垣間見せた戦争観にいち早く共感を示した清岡卓行は、「吉行淳之介の出発」（『吉行淳之介全集』一巻、講談社、一九七一年所収の「解説」）において、敗戦の二箇月ほど前に書かれた「遁走」から「餓鬼」へのつながりをみると「敗戦による断絶など、まるでないと言ってもよさそうである」と文学上の連続性を指摘している。その上で、「敗戦は彼の心を傷つけなかった」のは「厭戦を通じて、すでに防備ができていたから」だという見方を示した。「戦中は軍国主義であった青年が受けたショックとは非常に異っていた」と考えると、その点で「彼と同年生れの吉本隆明が、およそ対蹠的な立場において、しかし同じような、偶然に似た自由を示していることは、比較すればずいぶん興味深い問題であろう」とも問いかける。また『焰の中』における「感覚的な非政治性、頑な芸術至上性、冷い官能性、あるいは傷つきやすい孤独性などは、まったく独特の立場を形づくっているように見える」と評価し、あわせて『私の文学放浪』（一九六五年）の記述との相違（『私の文学放浪』では、レコードではなく「五十篇ほどの詩を記したノート」を持って逃げたとある）についても指摘している。

このレコードを持ち出す場面については、後に中島国彦「作品論「焰の中（連作）」」（「国文学」一九七二年四月）が余裕のある「僕」の態度に疑問を呈し、布野栄一の「焰の中」（「解釈と鑑賞」一九七五年一〇月）が「その時代への反逆」を読み取り「なんとなく底ぬけの反抗であったが、諧謔味はない」とし、久保田芳太郎「『焰の中』」(『国文学　解釈と鑑賞』一九八五年六月)が芸術の美のみが「僕」の支えになっているとして積極的意義を見出すなど、ほとんどの作品評で言及されている。また岡田弘は、中公文庫版『焰の中』の「解説」(一九七四年)において作中の「地方の高等学校」が旧制静岡高校のことであることを、当時そこでフランス語教師を勤めていた者の立場から証言している。作品に書かれている内容が教師の眼からみた事実と照合して合致する部分のあることを示しながらも、経験しているはずだが書かれていないことを織り込んでいる点が興味深い。

なお、空襲文学としての研究は皆無である。豊田正子、三島由紀夫、高井有一、有馬頼義、立原正秋、井上ひさしらが『焰の中』以降に描いた空襲、そして太宰治や坂口安吾、広津和郎らが敗戦直後に描いた『焰の中』以前の空襲表象との比較考察も構想できるだろう。また、色川武大『狂人日記』や村上春樹『海辺のカフカ』、宮部みゆき『東京下町殺人暮色』といった一見すると縁がないような現代小説に差し込まれている空襲表象の意味、あるいは戦時下の『ホトトギス』などの同人誌に掲載された投句やトムヤンティの大衆小説『メナムの残照』など、文学的虚構にこそ読みとれる外地における空襲の記録と記憶にも目を向けたい。

参考文献

早乙女勝元『東京大空襲　昭和20年3月10日の記録』(岩波新書、一九七一年)
『東京大空襲・戦災誌　全五巻』(東京空襲を記録する会、一九七三〜一九七四年)
朝日新聞テーマ談話室編『戦争　体験者の貴重な証言』一〜三巻(朝日文庫、一九九〇年)
沢田猛『空襲に追われた被害者たちの戦後　東京と重慶　消えない記憶』(岩波書店、二〇〇九年)

コラム　「ヒロシマ」の「平和」を問う①——川口隆行

✤ 大牟田稔「平和のとりでを築く」

小中高の国語教科書には戦争、平和教材と呼ばれるものがある。大牟田稔「平和のとりでを築く」という説明文もその一つ（小学六年、光村図書出版）。大牟田は戦後広島を代表するジャーナリスト。ヒロシマの象徴となった原爆ドームが、世界遺産に登録されるまでの軌跡をわかりやすく解説した内容である。だが小学生向けの文章と侮るなかれ。これが丁寧に読むとなかなか奥が深い。

この文章には大きなヤマが二つある。原爆ドームの永久保存が決まる過程と世界遺産化を実現する過程をそれぞれ説明した箇所である。

第一のヤマでは、戦後広島における原爆ドームの存廃論議に触れ、〈保存反対論の中には「原爆ドームをみていると、原爆がもたらしたむごたらしいありさまを思い出すので、一刻も早くとりこわしてほしい。」という意見もあった〉ことが紹介される。だが白血病で亡くなった〈一少女の日記〉に後押しされ、官民挙げて永久保存に立ち上がったという。反対理由、それを乗り越える出来事、対立の解消といった正－反－合の論理だが、見逃せないのは「という意見もあった」という表現。「も」という助詞は、他の反対理由があったことをほのめかすわけで、ならば広島市民や行政を永久保存に向かわせた要因も〈一少女の日記〉だけとは限るまい。実際、原爆ドーム保存は広島市の行政、経済界の観光戦略といったきわめてリアルな思惑なしにはありえなかった。

第二のヤマでは、正－反－合の論理を世界規模へと拡大。〈原爆ドームが世界遺産の候補として、世界の国々の審査を受けることになったとき、わたしは、ちょっぴり不安を覚えた〉。理由は〈戦争の被害を強調する遺跡であること〉と〈規模が小さいうえ、歴史も浅い遺跡であること〉。後者はざっと読めばわかる。だが前者に、なぜ〈不安を覚える〉のか、どこにも説明はなく、読者が推論するほかない。

世界遺産委員会では反対票こそ投じられなかったものの、米国、中国は棄権し、異議を唱えた。両国は「日本の侵略に対する報復によって破壊された遺跡」と考えるだろうと歴史観の溝を問題にした、元長崎市長本島等の評論「ヒロシマよ、おごるなかれ」が、賛否を問わず話題となった。大牟田はこうした戦争の被害と加害をめぐる複雑な声を聴いている。だからこそ〈不安を覚え〉たのだ。

永久保存も世界遺産化も多くの葛藤や矛盾を抱えてのことであり、「平和のとりでを築く」はその痕跡を刻み込んだ記憶の場というにふさわしい。「平和」の象徴となった原爆ドームを前に、私たちはどんな声を聴いているのだろうか。

第8章　敗戦――黒田喜夫「わが内なる戦争と戦後」「ぼくはいう」　野坂昭雄

本章の要点

中上健次との対談「土と「マレビト」」（「現代詩手帖」一九七七年二月）の中で黒田喜夫は、「悲惨醜悪さだとか残酷さだとかと、それとともにある海のような豊かさ」という「日本の民衆のもっている自然基底」の二重性に言及し、「日本の近代のいろんな二重性、歪んだ負性の運動の帰結として敗戦があった」と述べる。〈個人〉の世界を持ちえた戦後の「荒地」派の詩人と違い、「個人の根っこをそもそもから疑ってかかるような発想」こそが自分の「戦後詩の出発だ」と宣言する黒田にとって、戦争、敗戦とは何だったのか。

SCENE 1の「わが内なる戦争と戦後」では、一般的とは言えない敗戦のイメージが提示されている。凶作に見舞われる農村に育ち、悲惨な現実を目にした黒田にとっては、戦争の暗いイメージは常に身近に存在するものであった。彼は「或る八月の午後の薄い光に照らされた畑と、そのうえにてんてんと落ち続いている未熟なまま腐ったトマトの色」を戦争のイメージとして挙げる。彼の文章を通して、通常とはやや異なる角度から戦争、敗戦を見ていこう。

SCENE 2では黒田の詩を取り上げる。非体験者である私たちは戦争を観念として所有するしかないが、言葉と観念、現実の間のずれを黒田は徹底的に思考した。軍隊経験もなく、戦争を主題に書いてきたわけでもないが、彼には戦争も革命も、現実的な体験であると同時に挫折に彩られた観念でもあり、詩とは観念と言葉とにおける空虚さとの闘いであった。代表作ではないが、初期の詩「ぼくはいう」から、この点を考察してみたい。

「わが内なる戦争と戦後」——SCENE 1

井上光晴の小説『双頭の鷲』（注1）の主人公の少年がもつ「三歳＝三・一五事件。六歳＝満洲事変勃発。七歳＝五・一五事件。十歳＝二・二六事件。十二歳＝日支事変勃発。十六歳＝太平洋戦争勃発……」という年譜と、ほとんど重なる時の区切りを生きた者には、戦争は、或る日特別に始まったりそのなかに投げこまれたりするもの以上に、日常に瀰漫《びまん》しているもの、生きている現実の基盤としてさけられなくあるもののように、在ったと思う。私（たち）の意識は戦争のなかに生まれ、そのなかに育ちそれに対した。戦争は非日常として生活の彼方にあるのではなく、恒常に対さなければならないものとしてあったのである。

とはいえ、そういうわが戦争は、私の世代にかかわるより、或る年代を生きた私たちの体験の幾層もの重なりの底のひときれのそれにかかわって在るのかもしれない。そして、いま〈底〉といったのだが、その語句は、私が戦争に近づいてゆくときの固有の意味の通路についてのことであり、その通路を通るのでなければ、自らには戦争のなにものも見えてこないという私の現存性の内質についてのことである。つまり、例えば『双頭の鷲』のなかの少年野木深吉などには、非日常の燃焼の極み、美と死の合一であり〈天皇〉への帰一であるところの戦争のイメージがあった筈だ。しかし私には、どんな美や燃焼にも覚えなくいわば前意識で離反してしまうところの〈底〉の戦争、あるいは戦争の〈底〉があったというほかはないのだ。

わが戦争のイメージは何よりこんな風にある。死んだ夏の日の下で渋に燃えくすぶる桑木の群。流れる病蚕の匂いと無人のように深閑とした聚落と聚落。それは何処でもない私たちの国の、私たちの土地のおくに見えていたもので、さきの年譜のような時の区切りを生きた者が、初めて意識ともない意識を覚えたときに見た、破滅的な農村恐慌と兇作（注2）の底に沈んでいる十五年戦争の入口の日本の村のイメージなのである。

「……兇作が恐慌と時を同じくして起ったことが影響を更に拡大したわけである。……多くの貧農は不況のため僅少の米を出来秋に販売して急場をしのぐ結果、翌年の収穫以前に食糧の欠乏に見舞われる。これがため貧農の多くは財産を手放し負債を累増し自作地を失った……農産物価の暴落により農業収入は激減したにもかかわらず、税負担の軽減之に伴わず……昭和七年に一〇一百万円であった本県農村の負債額は累増して昭和八年には一六五百万円と推計された。この莫大な負債中農家相互間の貸借、すなわち主に地主から小作人に対する貸金と考えられるものが相当額を示していたことは……明らかである。……貧農が富農に雇傭せられて得る賃金は著しく低廉となり昭和三年に一円三四銭であった県平均農作賃金（日当）は、昭和六〜七年にはわずか七二銭となった。大半の農家はほとんどどんど底生活に堪えながら可能な限り自給経済を拡大した。……昭和九年の大凶作はかかる農村をおそった。」「飢は童心をむしばんで遊戯を忘れさせ、飯米買入のため娘は五〇円から精々二〇〇円どまりの身代金で売られていった。……昭和九年十月二十九日県が町村長および警察署長に宛てた通牒に〝人身売買的なる婦女子の離村も相当多数に上る状況に鑑み〟とあることからすれば……農民の困窮ここに至って窮まるというべきである。」

（鎌形勲『山形県稲作史』より）

こういう現実にある時々の、或る八月の午後の薄い光に照らされた畑と、そのうえにてんてんと落ち続いている未熟なまま腐ったトマトの色が私の内なる戦争のイメージだ。死んだ光と死んだ土地。だが死に瀕していたのは自然ではなく別なものであり、だから、そのうえには、変革という〈言葉〉がひびかなければならなかったのだ。だが、そのとき何より死んでいたのは革命であり、（もし幼い目が見ることが可能だったら、その時代の象徴のように何処かの地主邸の土蔵の一部屋に倒れている転向と結核に犯された革命の言葉を知っている者の姿がそのときあっただろう）革命が死んでいたから、そこにはすでに戦争が在ったのだ。戦争が在るほかはなかったのだ。私（たち）には戦争は日常に瀰漫しているものだったというのは、生活風俗的な意味ではなく、それがひとびとの生活を規定している現実の基盤の連続〜転換としてある（あった）ということであり、そこでは生活のたたかいが、そもそも平和の日常と戦争の日常という風に分けられないものとして本質的に強制されている（いた）ということである。私たちが生き始めたそこには、戦争が存在したのだ。恒常なものとしてあった。だから戦争の〈言葉〉もそのうえにひびいていた。

だが私には、戦争の〈言葉〉とは何故か決して相ひびき合おうとしない渋に燃える桑樹や土地のうえに落ち続いている腐ったトマトの色のわが戦争のイメージがあって、常に私を戦争の虚空に吊下げるか、つき放すかしてしまったと思うのだ。

というようなことには、もちろん、それから三十年ほどたったいまの視点から振り返ってみてはっきり見えてきたことも含まれているのだが、しかし、戦争の底の日常にあって、戦争の〈言葉〉とは相容れない戦争への空無感と抵抗のいいようのない感覚は、十五年戦争の間を通じて鋭く動くことなくあったのを忘れるわけにはいかない。

戦争によって動き始めた日本の村では、私たちの世代の者には、志願兵になるか満洲の開拓兵になるか、軍需工業の労働者になるかのみちが開かれたが、私は日米の帝国主義が開戦した年には、京浜工業地帯の十五歳の労働者であり、敗戦の年には十九歳の〈言葉〉も組織ももたない反戦主義者だったようだ。そして、その間の私の戦争のイメージは、夜更けに大井町線の下神明駅で電車をおりて寝に帰るとき、臨港貨物線の踏切でしばしば行き会う灯を消して徐行する列車の連なりだった。灯を消した列車の窓々には、ぼうっと薄白く兵士たちの顔が浮きだして声をださず、ただ手をそうっと振るようにひらひらさせながら遠ざかって行くが、私は踏切にすれすれに佇ち、何かそこから無音の声のようなものが聞こえると思い、その意味を判断しようとしていつもできないという感じに貫かれた。また、すさまじい夜間空襲から生き延びて翌朝に見た民衆の屍骸の炭の山である。いや、その間のすべての時を通じ、意識の初めに見た恐慌の村のイメージがそれらの中心にあって、私を実在としてある戦争と戦争の〈言葉〉のあいだの虚空につき放し続けたのだ。そこにある空無感と飢餓感は深く、幼くアテのない反戦主義者はそれを充足する方法を知らず、その方法を伝えるべき反戦の前衛は、何処か私の意識の及ばない獄中にそのときいた筈だが、空無感の真実の深さは、おそらく、さらに少年労働者の意識の及ばない戦争の成り立ちの集中としてあった筈なのだ。

では私たちの革命、反戦の前衛は獄中になりとも生き残っていたのか。それは具体的には私たちの意識とは絶対に隔てられていても、なお私たちの現実の基盤の転換である戦争を根本的に否定し止揚する革命の生命をもって生き残っていたのか。しかし、そのとき世界では〈赤軍〉さえも〈革命〉のためではなく〈祖国〉のためにたたかっていたのであり、その赤軍が同盟していたデモクラシー国家（先進帝国主義）の軍隊と、おくれて走りだした帝国主義の兵士である日本の村から出ていった私たちの兵士がたたかっていたのだ。そして、そのような世界における革命の変質の端につながってだけ、獄中の反戦の前衛は生き残っていただろうということである。私の戦争の空無感は、誰のでもない私の空無感にすぎなかったが、それはまた、それを自ら意識化することは不可能な戦争下の民衆の内部分裂の現われとして、そのとき自覚はなく、戦争と革命の全構造下の真実の暗点の、少なくとも小さな一部と重なるものだったとは思う。

この在る戦争と戦争の〈言葉〉の間に吊下げられた空無と飢餓の感覚は、いいようのない深さ故に、敗戦後、生き残りの前衛が占領軍の手で獄中から解放され、革命の〈言葉〉を語りだしたときに直ちにそれに参加せずにいられない弾機となったのだが、考えると、実はこの弾機は、あるがままに、今度はわが革命が戦後の現実と革命の〈言葉〉の間の虚空に（戦後の現実となお革命の世界性の変質につながる前衛の言葉の間の虚空に）吊下がって覚えた空無感の予兆であり、またそのみなもとだったといわなければならないと思う。しかし差当りは、戦争の〈底〉にあった者には敗戦は解放の幻であった。敗戦は、私の周囲では飢えた少年労働者たちの階級本能的な昂揚であり、動員学徒たちの涙であり、中年すぎの徴用工のおじさんたちの明日の暮しのあてどなさであり、私はそのときに革命の〈言葉〉を伝える者になろうとして、自分が出てきた日本の村に向かったのだ。本当には、戦後と変質した革命の〈言葉〉の間の虚空に向かってである。

さて、ここで、すべては過程であり、過程であったと呟くこともできるだろう。敗戦は解放ではなく或る過程への出発だった。いや、そうでなく、戦後とは、戦争の〈底〉にあった者にはひとつの過程への出発というより、ひとつの過程がともかく自分で見えてくることへの出発となるものだったといわなければならない。だから、それはまた、江藤淳のいう「喪失の時代である戦後」（注3）などに対しては、決定的に「解放の時代である戦後」という時間として対置されるものである。ただその解放とは、戦争からその根底的な否定である革命へではなく、戦争からその連続転換である〈平和〉の底へとひきずりこまれた私（たち）の全過程を、（私たちにあっては戦後革命の挫折の過程を、世界史的には、帝国主義といわゆる社会主義圏との分割均衡による現状の支配固定への過程を）自ら見る視点への解放を何より意味しているのである。そして、わが戦後ということになれば、敗戦とともに共産党員となり、十五年後の反安保闘争のあと、大きな朱印のついた革命党からの除名通告（注4）をもらうまでが、その小さな過程となる。そこで私の内に忘れられなく灼きついたイメージは何かといったら、その朱印の色ともいえるが、実は変質した革命党の朱印の色は、戦争の初めの時の、戦争の底の、畑のうえの腐ったトマトの色よりは強烈ではなかったのだ。

※「わが内なる戦争と戦後」（「週刊読書人」一九六七年八月一四日、のち『詩と反詩』勁草書房、一九六八年所収）

注1　『双頭の鷲』……井上光晴（一九二六〜九二）の短編。右

翼思想を持ちながら、革命思想を信奉する灰地順に惹かれる野木深吉と、革命思想を持ちながら転向経験を持つ一世代上の灰地との二人を軸に、一九四五年三月一五日を時間ごとに綴っている。「三歳＝三・一五事件。…」という野木の設定は、戦中に皇国少年だった井上自身と重なる。ちなみに、井上と黒田は共に一九二六年生まれで、戦後に共産党に入党する点も同じだが、両者における戦争のイメージの違いが「わが内なる戦争と戦後」から読み取れる。

注2　破滅的な農村恐慌と凶作……東北では、一九二九年の世界恐慌により農産物の価格が下落、翌年には農家の所得が半減したと言われる。さらに三四年には冷害が原因の大凶作で、山形では産米の減収率が四六％に上った。また、山形県『雪害冷害風水害被害状況』（一九三四年）を見ると、黒田が少年期を過ごした西村山郡には養蚕農家が多く、桑の葉の被害が甚大だったことがわかる。農家は大幅な減収となり、零細農家では婦女子を身売りするケースが続出した。一戸富士雄・榎森進『これならわかる東北の歴史Q＆A』（大月書店、二〇〇八年）によると、三五年の東京の娼妓（公娼）の半数以上が東北出身で、山形出身者数は全国一であった。また同書は、この農村の状況から北方性教育運動が起こり、生活綴方を通して東北の現実に目を向けさせる教育が展開していったことも説明している。なお、当時の東北農村の状況を知るには、無明舎出版編『新聞資料　東北大凶作』（無明舎出版、一九九一年）が当時の新聞記事をまとめていて非常に役立つ。

注3　「喪失の時代である戦後」……江藤淳は、「戦後と私」（『群像』一九六六年一〇月）の中で、自分が、「戦時中ファナティシズムを嫌悪しながら一国民としての義務を果し、戦後物質的満足によっても道徳的称賛によっても報われず、すべてを失いつづけながら被害者だといってわめき立てもせず、一種形而上的な加害者の責任をとりながら悲しみによって人間的な義務を放棄しようとは決してせず、黙って他人の迷惑にならぬように生きている人間」であるとし、「この喪失感とこの悲しみにまさる強烈な思想を私は誰からも、なにによってももらわなかった」と述べている。

注4　大きな朱印のついた革命党からの除名通告……黒田は一九六一年、日本共産党第八回大会に向けて現指導者を批判する花田清輝、野間宏らの声明に参加、また反体制陣営の統一を呼びかけた谷川雁らの「さしあたってこれだけは」声明に署名し、共産党から除名された。これについては詩「除名」（『地中の武器』思潮社、一九六一年所収）がある。

「ぼくはいう」[注1]——SCENE 2

ぼくはいう
ぼくが粘土のかたまりを小鳥だと思ったとき
小鳥が飛んでいった
目をあげると拡がっている空気に泳ぎとけていった
けれど前を見ると　そこにあった
空気の底に粘土のかたまりが

ぼくは好きだあの小鳥を
それよりもぼくは好きだ空気の底の粘土のかたまりを
けれど本当は小鳥と粘土のかたまりを
ひき裂かれながら見ているひとつの目だけをぼくは好きだ

＊

ぼくはいう
ひと息ごとに死んだ小鳥が吐きだされる
死んだ小鳥の目につめたい沼がある
沼に凍った魚が死んでいる
魚の腹にいっぽんのさびた針が刺さっていると
けれどぼくはもうそのあとはいわない
ひと息ごとに死んだ小鳥が吐きだされる
さびた針が刺さっているのはぼくの舌だったと

あとは黙っていて
そのあとにひと言だけぼくはいう
本当は死んだ小鳥などはいなかった
沼に凍った魚など見えなかった
けれどさびた針のありかは
いつかぼくの本当の死苦を見る目がいうだろう　と

※「ぼくはいう」(『黒田喜夫詩集』思潮社、一九六六年所収)

注　1　「ぼくはいう」……一九五〇年頃に書かれた初期の詩で、初出は未詳。『黒田喜夫詩集』(思潮社、一九六六年)と『詩と反詩』(勁草書房、一九六八年)に収録されている。引用は『黒田喜夫詩集』に拠った。『黒田喜夫全詩』(思潮社、一九八五年)には、「ぼくは言う」という初出形が収録されており、詩集収録の段階で黒田が改稿したと考えられる。なお、「研究の手びき」で触れた『展望　現代の詩歌2　詩Ⅱ』で橋浦洋志がこの詩を分析しているので、参照されたい。

作者紹介　黒田喜夫（くろだ・きお）

一九二六（大正15）年二月二八日、山形県米沢市住之江町生まれ。父の死後、一家は生家のある山形県西村山郡寒河江《さがえ》町に移り、残された借財のため貧窮した生活を送った。一九四〇年四月、寒河江小学校高等科を卒業し上京、品川の工場での三年間の厳しい徒弟生活後、サボタージュによって契約を破棄させ、自由な労働者となる。飢えと空襲の中でロシア文学などに親しみ、共産主義や社会主義の思想に触れた。一九四五年七月、徴兵検査に合格して寒河江に帰ったところで敗戦。翌年、農民組合青年部を組織、共産党に入党して政治的活動を開始。山形県農村青年協議会の書記を務めるなど、党の活動に奔走するが、一九四八年に結核に罹り、国立療養所に五年ほど入院した。その間に詩を書き、療友との回覧誌「かがり火」や詩誌「詩炉」に作品を発表。「詩炉」を通じて関根弘らの「列島」を知る。退院後、それまでの農民運動に行き詰まり、新しい方向性を求めて「列島」や「新日本文学」に参加。一九五五年に再び上京して現代芸術研究所や新日本文学会詩委員会の機関誌「現代詩」の編集部に籍を置きながら、詩と詩論を発表する。一九五六年のスターリン批判とハンガリー事件、また谷川雁らの仕事を通して、自分の農民的な内面性を深く見つめるようになる。一九五九年一二月、第一詩集『不安と遊撃』（飯塚書店）を刊行し、翌年に第一〇回H氏賞を受賞。革命的思想に内在する観念的な苦悩を鋭く抉りだした。一九六一年、共産党から除名通告。同年一二月に『現代日本詩集8　地中の武器』（思潮社）を刊行。また一九六五年六月刊の評論集『死にいたる飢餓』（国文社）では、革命思想によっては掬い取れない農村の深部の支配・被支配の構造を鋭く提示した。しかし、肺結核治療の不備により、入退院を繰り返して病と闘う日々が続く。その後、『黒田喜夫詩集』（思潮社、一九六六年）、『現代詩文庫7　黒田喜夫詩集』（思潮社、一九六八年）、『黒田喜夫全詩・全評論集　詩と反詩』（勁草書房、一九六八年）、評論集『負性と奪回』（三一書房、一九七二年）、

『彼岸と主体』（河出書房新社、一九七二年）、『自然と行為』（思潮社、一九七七年）、『一人の彼方へ』（国文社、一九七九年）を刊行。生前最後の詩集『不帰郷』（思潮社、一九七九年）では、譚詩と呼ばれる物語的な詩の方法が試みられた。一九八三年に詩論集『人はなぜ詩に囚われるか』（日本エディタースクール出版部）を刊行。一九八四年七月一〇日に心不全のため死去。没後に『黒田喜夫全詩』（思潮社、一九八五年）が刊行されている。

問題編成

SCENE 1　農村から見た〈敗戦〉

多くの文学者が戦後社会に対する違和を表明してきたが、本文中に登場する江藤淳も、戦後の喪失感を訴えている。〈敗戦〉とは、その前後における社会の変化を告げる出来事で、日本という国家について言えば、その体制の劇的な変容として一般的に理解される。だが、そう捉えることにはやや問題がある。戦後を軍国主義からの解放と捉え、戦争責任を一部の指導者になすり付ける形で清算することで、民主主義国家の国民という主体が立ち上がり、個別具体的な戦争と主体との関わりは覆い隠されてしまう。もちろん、戦後社会の主体が戦争との関わりでいかに構成されたかに関する研究は、現在さまざまに行われている。

黒田は、「死にいたる飢餓——あんにや考」（『死にいたる飢餓』国文社、一九六五年所収）において、出羽村山地方で「あんにや」と呼ばれる人々について述べている。「あんにや」とは「他家に隷属・奉公している男、いま自分の耕地をもたず他人の土地を耕している男」だが、その卑称を通して「まるでパノラマのように、その男の生涯的な運命が一瞬の間に見える」という。そして、農村に存在するこの差別の構造は、「破滅的な農村恐慌と凶作の底に沈んでいる十五年戦争の入口の日本の村のイメージ」と重なり合っている。私たちは、この構造に目を向けることにより、戦争や敗戦についての通俗的なイメージを排して、戦争と敗戦が何をもたらしたのかをあらためて問い直し、そのグロテスクな実相に触れていかなければならないだろう。

『双頭の鷲』の野木のごとき知的なエリート少年には、「非日常の燃焼の極み、美と死の合一」という戦争の甘美なイメージを抱くことは一般的だったが、黒田にはそうした戦争観は無縁だった。彼の文章を読むと、結局のところ戦争は農民にとって貧しさを乗り越える方策だったのではないか、と思わずにはいられない。日本の近代化により農村は疲弊し、農民は都市部へ出て行かざるを得なかった。帝国主義的な膨張政策が引き起こした戦争は、さらに人々を大陸へ進出させる。鎌田慧が言うように、戦争とは「自分たちが食べていくために、他人の生活を破綻させ」(『いま、逆攻のとき――使い捨て社会を越える』大月書店、二〇〇九年)ることなのだ。

戦争以前に既に「死んだ土地」であった農村は、戦後の農地改革によって大きな変容を被る。そうした政策に翻弄され、また抱いてきた革命の夢にも挫折した黒田は、〈個人〉を形作る日本の暗部へとより深く思想の碇を

〈敗戦〉関連年表

1929年 10月24日／ニューヨーク株式市場大暴落。世界恐慌はじまる。**1931年** 9月18日／満州事変勃発。この年、東北一帯で冷害飢饉。**1933年** 3月3日／三陸大津波で多数の被害。**1934年**／この年、冷害により東北で大凶作。**1935年**／この年、全国の小作争議件数がピークに。**1937年** 7月7日／盧溝橋事件勃発し、日中戦争始まる。**1941年** 12月8日／ハワイ真珠湾攻撃。米英に宣戦の詔書。**1942年** 6月5～7日／ミッドウェー海戦で敗北、戦局が劣勢に。**1945年** 3月9～10日／東京大空襲で死傷者約12万人。4月1日／米軍、沖縄上陸。7月17日／米英ソ首脳が集まりポツダム会談開始。8月6日／広島に原爆投下。8日／ソ連が対日宣戦布告。9日／長崎に原爆投下。14日／御前会議でポツダム宣言受諾を決定。15日／「終戦の詔書」録音放送。9月2日／米艦ミズーリ号上で、重光葵・梅津美治郎全権、降伏文書に調印。10月11日／GHQ五大改革指令(秘密警察の廃止、労働組合の結成奨励、婦人の解放、教育の自由化、経済の民主化)。11月6日／財閥解体指令。**1946年** 1月4日／GHQ、公職追放指令。2月1日／第一次農地改革。11月3日／日本国憲法公布。**1948年** 11月12日／極東国際軍事裁判判決。**1952年** 4月28日／サンフランシスコ講和条約と日米安保条約発効。GHQによる占領終了。

図1　「あゝこの歴史の一瞬・玉音を謹聴しつゝ悲涙に咽ぶ女子挺身隊員」（「朝日新聞」大阪本社版 1945 年 8 月 16 日第 2 面）

降ろし、次々と評論を発表していくことになる。

SCENE 2　共同体への違和と詩の言葉

SCENE 1の「わが内なる戦争と戦後」では、戦争の〈言葉〉が問題となっていた。黒田は、「戦争の底の日常にあって、戦争の〈言葉〉とは相容れない戦争への空無感と抵抗」を覚え、また「実在としてある戦争と戦争の〈言葉〉のあいだの虚空」を見る。一般的に戦争を語る〈言葉〉では、戦争に対する黒田の実感をどうしても掬い取ることができない。戦後になって参加した革命運動（の空虚さ）についても、同じことが言える。現実を掬い取れない空転する言葉と、そんな言葉にも対応できない空虚な現実。黒田は、戦争や敗戦を饒舌に語ること自体に空虚さを見出すのだ。その根底には存在論的とも言える「飢餓」の記憶がある。

初期の詩「ぼくはいう」で、黒田は空転する言葉の所在を確かめようとする。「ぼくが粘土のかたまりを小鳥だと思ったとき／小鳥が飛んでいった」とは、想念や夢の現実化を表している。一方、「けれど前を見ると　そこにあった／空気の底に粘土のかたまりが」における「粘土のかたまり」は、想念の残り滓としての現実だろう。想念と現実との間で発せられる空虚な言葉。その位相を示すのが、第二連にある「小鳥」と「粘土のかたまり」の間で「ひき裂かれ」た「ひとつの目」である。それは冒頭で触れた、「日本の民衆のもっている自然基底」の二重性に連なるものであろう。第三連「死んだ小鳥」「つめたい沼」「凍った魚が死んでいる」「いっぽんのさびた針」といった表現による荒涼としたイメージは、「わが内なる戦争と戦後」において「虚空」を見据える冷徹な視線に見事に重なり合う。

　戦後の詩人は、戦後という空間の中で詩を書くにあたり、ある種の空無感を抱え込まざるを得なかった。酒井直樹は「戦後日本における死と詩的言語」(『日本思想という問題』岩波書店、一九九七年所収)で、戦後詩人(特に「荒地」派)の営みを、戦争を歴史的でナショナルな語りの枠組み内に位置づける「共同的表象体系」への抵抗を示すものと理解し、そのために「「私は死んだ」という命題」「を言表する「私」(発話行為の主体)とこの命題の存在によって定立される「私」(被発話態の主語)との分裂」を利用したと論じる。黒田は「荒地」派とは距離を取っていたが、「ぼくはいう〜と」が反復されつつ、「さびた針が刺さっている」「ぼくの舌」のイメージにより発話の機能不全が示唆される「ぼくはいう」は、やはり同じような分裂を示していると言える。

　黒田は岡庭昇との対談「短歌的抒情と共同体」(『自然と行為』所収)で、短歌が主体の心情と周囲の自然との対応(擬自然化)を志向する、いわば共同体に親和的なジャンルであると述べた。例えば、詩人の伊東静雄は、敗戦時に「十五日陛下の御放送を拝した直後。/太陽の光は少しもかはらず、透明に強く田の畑の面と木々とを照し、白い雲は静かに浮び、家々からは炊煙がのぼつてゐる。それなのに、戦は敗れたのだ。何の異変も自然におこらないのが信ぜられない」(『定本伊東静雄全集』人文書院、一九七一年所収)と日記に記している。これは、共同体(国家)と自然との対応が、敗戦時に瓦解したという感覚を通して、逆説的に戦中の共同的な表象の質を見事に示している。黒田は、戦後においてもなお根強く残るこうした「短歌的抒情」を批判するために、さらに深く近代日本の基底を分析し、土着の民

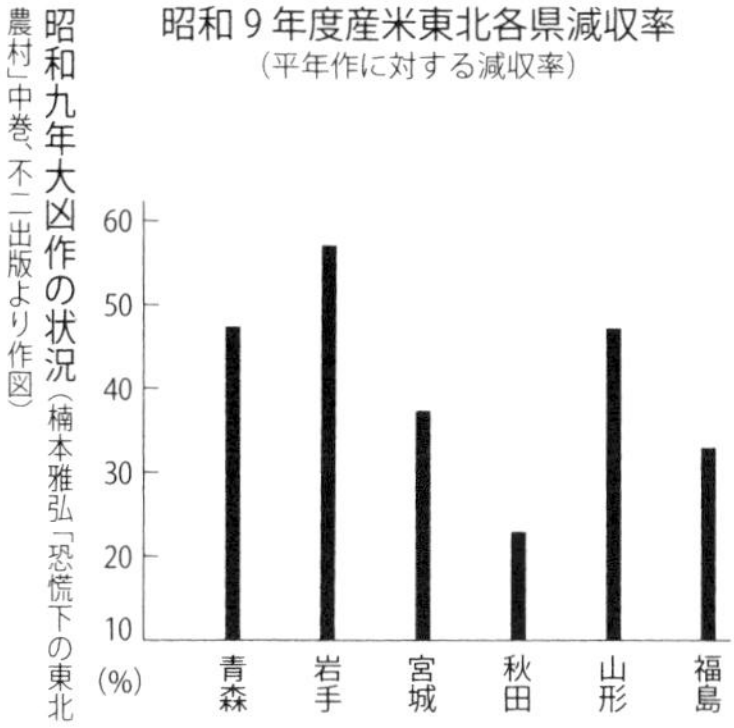

図２　昭和九年大凶作の状況
(『これならわかる東北の歴史Ｑ＆Ａ』一戸富士雄、榎森進、大月書店)

俗や歌謡に関心を移していく。

黒田の多様な営みを〈敗戦〉というテーマに収斂させて考えることは適切ではないかもしれない。ただ、本章で最も考えたかったのは、あの「列車の窓々」に見た「声をださ」ない「兵士たちの顔」にこそ、〈言葉〉をもたず分節化もままならない、暗い戦争の感覚や実相がありありと見えるということ、そのことの意味にほかならない。

研究の手びき

『詩と反詩』所収の北川透の解説「黒田喜夫への手紙――詩と反詩の基底において」は、黒田に「ひとつの飢えた存在こそを思想的根拠と化した、すぐれた革命者の〈詩〉と〈文学〉こそをのぞみみることができ」るとしつつ、「加害の拠点を構築」すべきことを指摘している。『現代詩文庫7　黒田喜夫詩集』には木島始「断種アンビヴァランス」と長谷川龍生「黒田喜夫の未来にふれて」が収められている。木島は「他との比較を絶した粘着性のある衝撃力をもつ」黒田の詩の肉感に触れる。長谷川は、黒田が「政治と文学の葛藤の原点から、詩の発想をスタートする」という、「不自由で、苦渋に満ちた分野で仕事をし続けてい」る「革命的な思想の詩人である」と評価する。

一九七七年二月の「現代詩手帖」は黒田を特集し、詩人や批評家が多様な角度から彼を論じた。月村敏行「〈断念〉不可能な境涯」は、吉本隆明『共同幻想論』への違和を表明した『彼岸と主体』について、それが吉本的な「思惟の抽象度」に対する「「生々しさ」への執着」であると述べた。岡庭昇「官能のうちなる国家」は、「疎外の究極とは、ついには官能が国家であるような倒錯として、じっさいにはどこも倒錯的にはみえない日常性過程をつらぬく」として、黒田の「飢え」が「官能の内なる国家に抗」うものであると分析する。芹沢俊介「〈武器〉の放棄と夢」（のち『戦後詩人論』たざわ書房、一九八〇年所収）は、「燃えるキリン」などを分析し、黒田が革命という〈武器〉を放棄して「自らのうちなる古典党派性の対象化という契機を媒介にして資質の方法化」をなしたことで、戦後の「大衆」の問題に接近可能になったと述べた。佐々木幹郎「なぜ「ハンガリヤの笑い」なのか」は、黒田の詩「ハンガリヤの笑い」について、「この作品を進行させ形成している「時間」が、「歴史」という〝持続するもの〟としてのそれではなく、そのような〝持続〟の統覚を失わされる体験としての「時間」である」と述べ、その作品世界の特異性を指摘した。

『現代の詩と詩人』（中村稔他編、有斐閣選書、一九七四年）所収の岡庭昇「黒田喜夫」は、代表作「空想のゲリラ」と「餓鬼図上演」を詳しく分析している。笠原伸夫「蕃殖せよ、幻の尺取虫」（「公評」一九七一年八月、のち『虚構と情念』国文社、一九七二年所収）は、「かれの詩の主題は飢えであり死であり、そして飢えと死を総括する感情の形象化であるわけだが、それをもの化して提示するところに、彼の詩の大きな特色がある」と述べ、黒田の詩におけるオブジェ、イメージのあり方を考察している。

八〇年代以降は、まず長谷川宏『黒田喜夫――村と革命のゆくえ』（未来社、一九八四年）が、黒田の革命思想などを哲学的に詳細に分析している。絓秀実は「「おとづれ人」の書法――黒田喜夫論」（「現代詩手帖」一九八九年五月、のち『詩的モダニティの舞台』思潮社、一九九〇年所収）で、「「死にいたる飢餓」として概念化された黒田の疎外論」を批判しつつ、「内面を規定する外部」としての「貧困」がアクチュアリティを失っていく中で、その希薄化に抵抗した詩人として黒田を捉える。戦争詩を論じた坪井秀人『声の祝祭』（名古屋大学出版会、一九九七年）には、サークル詩運動との関わりから黒田に迫る考察が含まれている。また飛高隆夫・野山嘉正編『展望 現代の詩歌2 詩Ⅱ』（明治書院、二〇〇七年）には、橋浦洋志による黒田の詳しい解説および作品の鑑賞が収められていて、理解に役立つ。大場義宏『「食《くわ》んにゃぐなれば、ホイドすれば宜いんだから！」考――わが黒田喜夫論ノート』（書肆山田、二〇〇九年）は、同人誌「山形詩人」連載の論考をまとめた大著で、北川透や芹沢俊介らの黒田論に批判的検討を加えながら、黒田の共同体論を詳細に考察している。

なお、『燃えるキリン　黒田喜夫詩文撰』（共和国、二〇一六年）に続き、『不安と遊撃：黒田喜夫全集』全四巻（共和国）の刊行が予定されている。黒田喜夫研究の今後の進展が期待される。

参考文献

吉本隆明・武井昭夫『文学者の戦争責任』（淡路書房、一九五六年）
加藤典洋『敗戦後論』（講談社、一九九七年）
佐藤卓己『八月十五日の神話――終戦記念日のメディア学』（筑摩書房、二〇〇五年）
坪井秀人『戦争の記憶をさかのぼる』（筑摩書房、二〇〇五年）
和田博文編『戦後詩のポエティクス 1935 ～ 1959』（世界思想社、二〇〇九年）

コラム 「ヒロシマ」の「平和」を問う②——川口隆行

✤ 中沢啓治「黒い雨にうたれて」「はだしのゲン」

原爆マンガ「はだしのゲン」を読んだことがあるだろうか。2012年12月19日、作者中沢啓治が亡くなった。唐突に聞こえるかもしれないが、中沢の訃報に記録文学作家、故上野英信を思い出した。エネルギー政策の転換によって衰退の一途をたどった筑豊炭鉱、そこで働く人々を追い続けた彼もまた広島原爆の体験者だった。上野は「私の原爆症」(1968年)という短いエッセーで「私はアメリカ人をひとり残らず殺してしまいたい、という暗い情念にとらわれつづけてきた」と告白し、「この救いがたい、われながら浅ましい妄念そのものを原点として、私は平和を考えるほかない」と断言する。殺し殺される光景を見すえることでしか、内実ある平和を語れないと覚悟したのだろう。

中沢もまた、経済繁栄を謳歌する風潮の中で、がれきと屍が堆積する歴史に向き合った。「戦後」という神話、「復興」という幻想に身を委ねることを潔しとしなかった。中沢の最初の原爆マンガである「黒い雨にうたれて」は、くしくも上野のエッセーと同じ年に発表されている。復讐のためにアメリカ人ばかりをターゲットにする殺し屋になった被爆者が主人公。殺し屋はアメリカ人の拳銃密売人と相打ちの末、自分の角膜を盲目の少女に与え、最後を迎える。被爆2世の少女の名は「平和」であった。

初の訪米後の記者会見において、原爆投下について「やむを得ないこと」と昭和天皇が発言したのは、「はだしのゲン」連載中の1975年。中沢はその発言に対抗するかのように、「はだしのゲン」でアメリカの原爆投下責任とともに軍国日本の指導者層を糾弾し、植民地支配を問いただした。しかしそれは、安全な場所から加害者を告発するスタイルではない。ゲンをはじめとする登場人物の多くは、家族や仲間を助けられなかった無念とも後悔ともいえる深い罪障感を抱えながら、広島の荒野を生き延びるために精いっぱい格闘する。

パンク・ロックのリズムのような、アナーキーなまでに躍動感あふれる彼らの姿それ自体が、被害と加害、善と悪、そして戦争とは平和とはいったいどういうものなのかという問いを、個々の読者に自分自身の問題として突き付けるのである。

「はだしのゲン」とは、美辞麗句に塗り固められた支配的物語にあらがうことで、歴史の闇に消え去る無数の経験と存在の記憶を取り戻そうとした試みにほかならない。中沢は、空洞化した「ヒロシマ」の「平和」に対する根本的批判者でもあった。「はだしのゲン」の続編はついに書かれることはなかった。その未完の劇の続きは、残された私たちがそれぞれの仕方で書き、語り継いでいくしかない。

第9章　占領——小島信夫「アメリカン・スクール」

佐藤泉

本章の要点

日本と米国はかつて激烈な戦争を戦った。現在、両国は他の国際関係のなかに類を見ないまでの強固な同盟関係を構築するにいたった。この注目すべき転換は、いつ始まり、どのような経路をたどって進行したのだろうか。この章では、「戦争」から「戦後」への橋渡しの時期である「占領」期について取り上げよう。

一般的に「占領」とは、他国を支配下に置くことであり、主として戦争時に軍隊が相手国の領土を占拠することを言う。日本は近代国家建設を進めつつ日清、日露の対外戦争を重ね、その過程で台湾、朝鮮などを植民地として編入した。さらに一九三〇年代には中国大陸へと侵攻、太平洋戦争でインドシナ、インドネシア、グアム、フィリピンなど、当時米・英・仏・蘭の植民地だった地域を次々と占領し、その地でしばしば日本語教育を含む占領支配を進めた。この「占領者」としての歴史経験が一九四五年の降伏をもって終わるとともに、敗戦日本は連合国軍による「被占領」を経験する。日本と同様、敗戦国となったドイツは、米・英・仏による占領地域とソ連による占領地域とに分割占領され、西のドイツ連邦共和国と東のドイツ民主共和国と、二つのべつべつの国家として国際社会に復帰せざるをえなくなったが、日本については米国が占領の主導権を握った。日本の被占領期は、サンフランシスコ講和条約が発効する一九五二年四月二八日の夜までの、およそ七年間にわたる。

戦争から戦後への橋渡しとなるこの占領期に、日本社会は抜本的、かつ複雑な変容を経験した。初期の占領政策は、日本軍国主義の解体と民主化改革を目的とするものだった。この間、日本社会の側ではまず敗戦という過酷な現実を受け入れ、そして占領国の政治文化としての「自由」と「民主主義」を受け入れた。しかしながら、やがて米ソ間の対立を軸とする国際冷戦がスタートし、そのため米国主導の連合国軍最高司令官総司令部（GHQ）の日本占領も中途から米国自身の冷戦戦略の一角に位置付けられ、その方針を大きく転換させていく。GHQは占領当初の目的だった脱軍事化と民主化の仕事を打ち切り、かわって日本の経済復興と反共主義体制化へ、その政策の重心を移動させていった。日本占領は、こうして逆転とさえいえる複雑な歴史過程をたどったのであり、そのため占領期に初期設定された「戦後」という時代をどう理解するか、人々の間でその見方は分かれていった。

日本の戦後史は米国の強い影響下で経済的繁栄と政治的安定の軌道をたどっていった。占領地に「民主主義」をもたらし、長期にわたる親米政権を作り出した点で、日本の事例は占領の「成功例」と位置付けられている。日本側の被占領の記憶もまた、一九六〇年代以降の繁栄の空気のなかで次第に希薄化していった。が、日本の占領／被占領とは本当に成功であったのか、成功だとしてそれは誰にとっての成功なのか、そもそも占領は終わったのかといった疑問は、現在にいたるも政治的争点であり続けている。この作品は「戦争」「占領」「戦後」の連続／非連続、そして言語とナショナリズムの関係について考察する手がかりとなるだろう。小島信夫の「アメリカン・スクール」（「文学界」一九五四年九月）は、占領支配下の人々の心理を生々しく、かつユーモラスに描いている。

「アメリカン・スクール」――SCENE 1

（ここまでのあらすじ：物語の舞台は、敗戦から三年目のある地方都市。日本人の英語教師、総勢三〇人ほどの一行が、アメリカン・スクール（注1）を見学すべく、片道で六キロにもなる単調な舗装道路をぞろぞろと歩いていく。敗戦という歴史的境界線を挟んで、昨日までの「敵性言語」は、いまや日本社会に広く普及されるべき言語となった。その心理は、さまざまに屈曲したものとならざるをえない。教師たちの語学力、そして英語を話すことをめぐる態度と心情は一様ではない。主要な登場人物は、嬉々として自らの英語力をアピールしようとする教師「山田」、頑として英語を話すまいとする「伊佐」、一行のうち唯一の女性教師「ミチ子」、学務部の役人「柴元」、そしてアメリカンスクール校長の「ウィリアム氏」、教師の「エミリー嬢」、それからもうひとり伊佐をジープに乗せる黒人米兵が登場するが、彼には固有名が与えられていない。)

「誰か私といっしょに学務部へ参りませんか。これでは遅刻だ。私たちの名前はアメリカン・スクールに登録されているのですからね。遅刻したら私たちの面目にかかわりますよ。じっさい敗戦国民の……」

山田は彼からそれこそ一杆も離れたところに背中を向けて何かしている伊佐の姿を見つけた。山田はこともあろうに伊佐のそばに近よってきた。

伊佐はその時、包みを開いて弁当を食べていた。彼は今朝は三時に起きて最寄りの駅まで三里を自転車で乗りつけ、それから電車と汽車でこの市にたどりついた。彼はもう空腹をおぼえていた。というより空腹をおぼえるころだと思っていた。

伊佐が食事をしているのを知ると、山田は呆然と佇んでいたが、

「キミ、飯を食べている時ではないですよ。僕といっしょに学務部へ行って下さい。役人がぐずぐずしているようだったら、軍政部へいっしょに行きましょう」

軍政部という名をきくと伊佐はいつかの通訳の一件を思いだした。彼は集合するジープの中から例のヒゲを生やした黒人の姿を見ていた。その黒人は山田につかまった。彼が飯を食べだした一つの理由はそのためなのだ。このような危険区域にいると、いつ誰に英語で話しかけられぬともかぎらぬが、彼は飯さえ食べていたら、いかなる要求も彼に対しては出来ないというようなふうに直観したのだ。

彼は山田にそう言われて返事をしなかった。彼は今朝村を出発するにあたって、いかなることがあっても、今日は一言もしゃべるまいと思ってきたのだ。彼は先日の会合の席で山田と張り合ったことをひどく後悔した。日本語を話せば、英語も話さねばならない。日本語を最初から最後まで一言もいわず、沈黙戦術をとるならば、人は彼が今日はどうかしていると思うにちがいない。そうすれば学務部の役人もほかの教師も、彼がしかるべき時に英語を一言も言わなくとも、英会話が出来ないとは思わぬであろうと思ったのだ。

伊佐はふりむきもせず箸を持った手を振って断った。

「それはどういう意味です、アイ　カント　シー　ウァット　ユウ　ミーン」

山田は同じことを英語で言いなおすと、返事を待った。しかし伊佐は何も聞えぬ様子を守っていた。山田は腹が立つとよけいに英語が出てくる。

「オー、シェイムフル（恥かしい）」

と言いはなつと、女教員ミチ子を説きふせて、玄関の石段をのぼりはじめた。伊佐はその時になってはじめて山田の方をふりむいた。


しかし山田たちはそこで、学務部の役人柴元が、ソフトをかぶりオーバーを着て、外出の出装であらわれたのに鉢合わせになった。

柴元は、ガッチリした体軀をゆすって玄関の端に出ると、笛を吹いた。すると山田は、

「笛を吹くのはうまくないですね。そういうところを外人に見られると、われわれがまだミリタリズムを信奉していると思われますよ。われわれは集合するだけで並んではいけないはずです。」

「承知。笛はいいんですよ。みなさん！　並ばないで、並ばないで」

彼は手を振って集合を命じた。山田は柴元の参謀のような恰好で、その横に立っていた。ぞろぞろと教員が集合した。伊佐は一番あとからついてきた。

注1　アメリカン・スクール……一般的には、米国外に在中する米国市民の子供のために、米本国と同様の教育を行う教育機関であるが、この作品では特に日本敗戦後、主として対日占領とこれに関連する業務にあたった米国人の子弟子女のために建設された施設のこと。

「アメリカン・スクール」――SCENE 2

山田はいつのまにか柴元と意気投合していた。柴元は戦争中まで柔道では県下でも有数な高段者の一人で、講道館五段だということを話していた。柔道と戦犯的人物とは何のかんけいもない、そのしょうこに自分は今、レッキとした県庁の、それも学務部の指導課にいることでも分る、と言った。柴元はそれから警察と、米軍とに柔道を教えているのだ、とつけ加えた。彼がその地位についたのは、その米軍指導の恩恵の

ためだった。

山田は柴元が米軍に柔道を教えていると聞くと、急に眼をかがやかしはじめた。山田は通訳から、米軍とのあらゆる交渉に興味をもっていた。それだけではなく、彼はチャンスをつかんでアメリカに留学したいものと願っていた。彼はその野心のために、日夜、生き生きと、それから小心翼々と生きていた。

彼は柴元に自分の英語の達者なことを知らせたいと思った。彼の学校では彼が主催して、もういくどもモデル・ティーチングをやったことを話した。柴元がすでにそのことを知っていると答えると、彼はどうして持ってきたのか、

「ザャット・イズ・イット（あれはこれなんです）」

と言って、そのころでは珍しい皮鞄の中からその時の授業次第を書きこんだガリ版のパンフレットを柴元に見せた。

「そりゃもう、みんな出来ませんよ。先生といったって。僕はそのうち学務部の御後援を願って、この市で講習会をやりたいと思っているんです。米人の方にも一つ応援を願いたいですな」

彼は名刺を柴元に差し出した。その裏には横文字が刷りこんであった。

「僕もこう見えても剣道二段です」

「ほう、大分やられましたな」

「そうですとも」山田は剣をふる真似をした。「実はこんなこと言って何ですが、将校の時、だいぶん試し斬りもやりましたよ」

「首をきるのはなかなかむつかしいでしょう?」

「いや、それは腕ですし、何といっても真剣をもって斬って見なけりゃね」

「何人ぐらいやりましたか」

「ざっと」彼はあたりを見廻しながら言った。「二十人ぐらい。その半分は捕虜ですがね」

「アメさんはやりませんでしたか」

「もちろん」

「やったのですか」

「やりましたとも」

「どうです、支那人とアメリカ人では」

「それやあなた、殺される態度がちがいますね。やはり精神は東洋精神というところですな」

「それでよくひっかからなかったですね」（注1）

「軍の命令でやったことです」

山田は会話が機微にふれてきて、自分で自分のいっていることが分らなくなったのか、それっきり口をつぐんで、柴元

がオーバーをぬいでいるのに気がつくと、自分もいそいでぬいで小脇にかかえこみ、その拍子に道路をふりかえった。とたんに山田の浅黒い顔の中でよくしまった口がゆがみ口惜しそうな表情になった。

「どうです、このざまは、これが戦時中の行軍だったら……これが教師なんだからな」

山田は鷹のように最後尾の伊佐をねらっていた。彼の位置からふりかえってみると山田の憤るのもむりはない。その一行は、じっと山田が佇んでいる横を三々五々通って行くが何のために歩いているのか、米兵でなくとも聞いてみたくなるような、ダレた歩きぶりであった。彼は伊佐の近づくまで待っていようと思った。彼は先日来、伊佐が自分に何ごとか反抗心をいだいているのを気にしないわけには行かない。彼は「規律破壊者」という言葉を佇みながら考えだした。そうすると伊佐という男はすべて解釈がつくように思われた。いつしか彼は三年前までの軍隊の中隊長になっていた。それはさっき柴元と回顧談を交したために、すべりがよかったのかも知れない。それでも伊佐の近づくまでは声もかけずに黙っていた。それには彼の優者としての残忍さがまじっていたのだ。伊佐より前にミチ子が山田のそばを通った。

「靴ずれなんですよ、あの人」

「靴ずれ？　そんなバカな」

山田はただの「規律破壊者」ではなくて、靴ずれであると聞いて、ただの「規律破壊者」以上に規律破壊者だと思った。そのような幼稚な理由でおくれていることは許せない。そんなふうだとこの男はそのうち便所に行きたいだの、喉が痛いだのといっておくれるかもしれない。

注1　「それでよくひっかからなかったですね」……捕虜や一般住民に対する虐待、殺害は戦争犯罪に該当する。柴元が「それでよくよくひっかからなかったですね」といっているのは、それでよく「戦犯」（戦争犯罪人）にならなかったものだという意味だろう。

「アメリカン・スクール」——**SCENE 3**

ジープが去ると彼は運動場の柵の方へハダシのまま駈けて行き、そこで一息ついてからそっと靴をはき、うずくまった。そこからアメリカン・スクールの生徒たちが遊んでいるのが見えた。小学校、中学校の男女の生徒が、色とりどりの服装で、セーター一枚か、うすいシャツの上にジャンパーだけで動いている。伊佐はそこを離れて建物のかげから、なおものぞいていた。そこにおれば安全なのだ。彼は心の疲れでくらくらしそうになって眼をつむったのだが、だんだん涙が出てくるのをかんじた。なぜ眼をつぶっていると涙が出てきたのか彼には分らなかったが、それは何か悲しいまでの快さが彼の涙をさそったことは確かであった。彼はなおも眼を閉じたまま坐りこんでしまったが、その快さは、小川の囁きのような清潔な美しい言葉の流れであることがわかってきた。

　それは彼がよくその意味を聞きとることが出来ないためでもあるが、何かこの世のものとも思われなかった。目をあけると、十二、三になる数人の女生徒が、十五、六米はなれたところで、立ち話をしているのだった。彼は自分たちはここへ来る資格のないあわれな民族のように思われた。

　彼はこのような美しい声の流れである話というものを、なぜおそれ、忌みきらってきたのかと思った。しかしこう思うとたんに、彼の中でささやくものがあった。

　(日本人が外人みたいに英語を話すなんて、バカな。外人みたいに話せば外人になってしまう。そんな恥かしいことが……)

　彼は山田が会話をする時の身ぶりを思い出していたのだ。

　(完全な外人の調子で話すのは恥だ。不完全な調子で話すのも恥だ)

　自分が不完全な調子で話しをさせられる立場になったら……

　彼はグッド・モーニング、エブリボディと生徒に向って思いきって二、三回は授業の初めに言ったことはあった。血がすーとのぼってその時ほんとに彼は谷底へおちて行くような気がしたのだ。

　(おれが別のにんげんになってしまう。おれはそれだけはいやだ!)

「アメリカン・スクール」――SCENE 4

ミチ子は伊佐と肩をならべた。

「英語を話すのがお嫌いなら、わたしなんか、おきらいですわね」

そう言ってミチ子は自分の言葉におどろいた。

「女は別です」

「女は真似るのが上手って意味?」

伊佐は、ミチ子のいう通りかも知れないと思った。

するとミチ子は急に伊佐の耳もとに何か囁いた。伊佐はそれが日本語であるのでホッとした。

「えっ？　そりゃあなたさえ……」

そう言うと伊佐は囁いた当のミチ子より真赤になった。

「ねえ、それも恥かしいことなの？」

ミチ子が何となく浮き浮きしたことを言いだしたのは一つには彼らの目の前に展開されている光景のためかもわからない。そこでは、当アメリカン・スクールと近県のアメリカン・スクールとのあいだのバスケットの試合を明日にひかえての応援団による激励が行われていた。応援団は十六、七の三人のユニフォーム姿の女生徒でリーダーシップをとっていた。彼女らが一声高く選手の名を呼び気合を入れるとそれについて気勢をあげる。次第に応援は白熱し、遂に生徒はレビューガールのように気勢をあげるたびにスカートを持ちあげ、そのうち宙がえりをはじめるのだ。

山田が近づいてきた、と思うと伊佐に向って言った。

「午後、あなたと僕がモデル・ティーチングをやって見せることに決りました」

「ぼ、ぼくは何にも知らない。僕にはかんけいはない」

「いや、キミと僕とが適任なのだ。柴元さんを通して話しをつけた。午後一時間参観が終ったらそのあとで打ち合わせをしましょう。にげないで下さい。にげれば柴元氏は感情を害しますよ。この方の指導を受けておきなさい」

と山田はミチ子をあごで指した。それが何か意味ありげだった。

山田は伊佐といっしょにモデル・ティーチングをやる気持は実際にはなかった。伊佐のごときものとやれば、教員ぜんたいの面よごしだと思っていたからだ。ところが、応援の進行中にふと伊佐たちの方をふりむくと、ミチ子が伊佐の耳もとに何か囁き、伊佐がうなずきつつ顔を赤らめているのを見た時、山田の心は決った。すぐ校長に独断で談じこんだ。校長は狂人じみた山田の語気のはげしさに、柴元同様、うなずかざるを得なかったのだろう。柴元は、ウイリアム氏が山田の一方的な果し合い状をつきつけるような申入れに何と答えるか気がかりだったので、ウイリアム氏が許可した時、柴元はおどろいた。当のウイリアム氏は、近々帰国するので、この勇敢な演技を故国への土産の語り草にと思ったのかも知れない。

「食事は門を出た百米先きの広場のベンチの上でして下さい。場所はそこ一ヵ所に限られています」

と言い残すと山田は先きに立って歩き出した。伊佐は唇をふるわして山田の後姿を茫然とながめていたが、

「私が代ってあげますわ、伊佐さん」

「いや、こうなったら、僕は山田をなぐるか、職を止めるか、やらせられても英語を一言も使わないかです」

伊佐は山田のあとを追っかけようとしたが靴ずれの痛みがよみがえってきて、びっこをひきながら進もうとした。ミチ子がその手をおさえた。

「ねえ、ちょっと貸してちょうだい、さっきお願いしたの、洗ってくるわ」

伊佐はそう言われれてその瞬間、何のことなのか分らぬといった表情を見せて、その兎のような目をまたたきさせた。

「ねえ、さっき…」

彼は二度言われてミチ子の要求が何であるのか、ようやく察した。しかしそれは自分がまず用いてからのことなのだが、と伊佐は山田に決戦を挑むというこんな大切な時にもかかわらず、自分のその一事を忘れなかった。ええっと伊佐は思いきって鞄の中から新聞紙にまるめた物を取り出してミチ子に渡した。そうしながらも彼の眼は山田の姿を見送っていた。ミチ子は伊佐の手からその包みを受け取ろうと両手をのばした。このあいだにはものの十秒とたっていなかった。

ミチ子が両手をのばした時に、伊佐はリレーの下手な選手とおなじく、渡しきらぬうちに自分が走り出していた。ミチ子はミチ子で顔を赤くし、つい身体の均衡がくずれた。ミチ子は、ハイ・ヒールをすべらせ、廊下の真中で悲鳴をあげて顚倒した。その時彼女の手から投げ出された紙包みの中からは二本の黒い箸がのぞいていた。

彼女がこのような日本的なわびしい道具を手にして倒れたとは、伊佐以外には誰も気がつかなかった。するとたちまちウイリアム氏の怒号とともに日本人は追いちらされ、それと同時にあちこちのドアから外人がとび出してきた。そしてその中からまた女性だけが残り、彼女たちが衛生室にかつぎこんだ。

ウイリアム氏はこの事故をなげかわしいと思ったのか、伊佐とミチ子とは何をしていたのか、と苛立たしげに眼鏡をなおしながら柴元にきいた。引き返してきた山田が、キゼンとしてそれを通訳した。

「びっこをひいて追いかけた男は、この山田にモデル・ティーチングを代ってやらせてくれるように頼むつもりで駈けようとしたのです。そしてあの婦人もまた、自分でそれをのぞんで、彼を止めようとしたのです。すべて研究心と、英語に対する熱意のためです」

「そう、特攻精神ですか」

ウイリアム氏はそう皮肉に言ったが、山田はそれを讃辞と受けとって柴元に伝えた。山田は目をしばたたいた。

ウイリアム氏は山田たちが取りちがえているのを知ると眼鏡を直しキッとなって言った。

「これからは、二つのことを厳禁します。一つは、日本人教師がここで教壇に立とうとしたり、立ったり、教育方針に干渉したりすること。もう一つは、ハイ・ヒールをはいてくること。以上の二事項を守らないならば、今後は一切参観をお断りする」

ウイリアム氏は早口でそう言い残すと、大股で衛生室へ歩いて行き、中へは入らずドアの外で佇んで様子をうかがっているのだった。いつまでたっても山田がウイリアム氏の宣言を通訳しないので、柴元が山田の胸をつつくと、山田はようやくわれに帰り、物も言わずそのまま入口の方に逃れるように走って行くと、その後を柴元をはじめ日本人教師が思い出したようにくっついて駈けだした。そして伊佐はまたもや一人とり残された。

※「アメリカン・スクール」(「文学界」一九五四年九月、「小島信夫全集4」一九七一年、講談社)

作者紹介　小島信夫（こじま・のぶお）

一九一五（大正4）年二月二八日、岐阜市生まれ。一九四一年に東京帝国大学英文科を卒業。卒業論文は「ユーモリストとしてのサッカレイ」。私立日本中学に勤務するが、四二年に岐阜の部隊から中国北部に入営、四四年には北京の燕京大学内にあった情報部隊へ転属、終戦までアメリカ二世の兵隊らとともに暗号解読と通訳を担当した。復員後は岐阜師範、千葉の佐原女学校、小石川高校、明治大学などで教師として英語に関わる。そのかたわら「燕京大学部隊」「小銃」「吃音学院」「星」などの小説を発表し、吉行淳之介、遠藤周作、安岡章太郎らとともに新進作家として注目され、ともに「第三の新人」と呼ばれた。「アメリカン・スクール」が第三二回芥川賞を授賞。一九五七年から翌年四月まで、ロックフェラー財団の招きで米国に滞在。翌年四月、帰国。

一九六五年、「抱擁家族」を「群像」に発表。その後、虚実相乱れるメタフィクションとして注目された「別れる理由」1~3（一九八二年）、「うるわしき日々」（一九九七年）といった作品が話題になった。二〇〇六年、肺炎のため九一歳で死去。その後、『小島信夫批評集成』（全八巻　水声社）が刊行され、闊達な文学批評家としての小島信夫が改めて評価されつつある。

問題編成

SCENE 1　英語を話したい英語教師／話すまいとする英語教師

この小説は、戦後一〇年の年に芥川賞を受賞している。一九五六年版経済白書の「もはや「戦後」ではない」という言葉が象徴するように、焼け跡からの復興がひとまず達成され、引き続き経済成長へと歩を進めようという時期だった。単行本『アメリカン・スクール』の「あとがき」によると、実際に英語教師だった作者は成増のアメリカン・スクールを見学したことがあり、そのときの体験を「終戦後二年間ぐらいの所に置いてみて、貧しさ、惨めさ」を「象徴」の手法によって描き出したものだという。

この場面では、教師らの一行が集合場所である県庁の広場で出発を待っている。一行のうち唯一の女性であるミチ子は、ハイヒールを穿きスーツを着こんで「盛装」しているのだが、それが「かえって卑しいあわれなかんじをあたえた」と書かれている。日本人教師らの貧しさは、実際の貧しさであるとともに、占領者の優越性を象徴する「アメリカン・スクール」という鏡の前に立ったときに改めて自らの姿として強く自覚される貧しさである。とはいえ、この作品は、惨めさのトーンに終始するものではない。むしろ逆にユーモアの要素に溢れている点に注意しよう。

一見すると山田は親米的に見えるが、「敗戦国民」として侮られないよう身構えている。一方、伊佐はというと、なんとかして英語を話さずにすむよう弁当を広げ、いわば一人でストライキを始めている。勝者の言語たる英語に対して、この二人は両極端の姿勢をとるが、いずれにせよこの二人の構えは極端であり滑稽である。ようやく現れた役人、柴元は教員たちを集合させ、しかし「並ばないで」と声をかけている。整列などするのは軍国主義的な行動だ、だから並んではいけない、というわけだ。支配と被支配の関係も、敵対や抵抗といった風景ではない。どこか間の抜けた風景であり、ユーモラスに描かれているのである。圧倒的な被支配に甘んじるものの立場を描きつつ、作者は同時に、その深刻なはずの心理から一歩距離をおく。この文体を通して、優劣の権力関係そのものに対する作者の批評精神が立ち現れてくる。

〈占領〉関連年表

1945年9月22日、米政府、日本の非軍事化、民主化を軸とした初期対日方針を発表。**1946年**3月、チャーチル前英首相、ソ連を批判する演説、**1947年**3月、トルーマン米大統領、社会主義国に対し「封じ込め」政策をとると表明。米ソの対立を軸とする冷戦が開始。**1948年**10月、ソ連との対決姿勢を強めた米政府が、対日政策の転換を示す文書を採択。**1949年**10月中華人民共和国の成立。**1950年**1月、平和問題談話会が、「単独講話」は日本を「特定国家への依存および隷属」に追いやるとして、対戦国のすべてと講和を結ぶ「全面講和」を要求。**1950年**6月25日、朝鮮戦争勃発。在日米軍機が朝鮮に出動を開始し、朝鮮の内戦は大規模な国際戦争に発展する。在日米地上軍がすべて朝鮮に送られる見通しが強まると、マッカーサーはこれを補充する警察予備隊の創設を指令、後年の自衛隊の基礎となる。また米軍は日本で大量の軍需物資やサービスを調達したため、「特需景気」が引き起こされ、日本経済の立ち直りはいっきょに達成された。11月末に中国義勇軍が参戦。**1951年**1月、ダレス、吉田内閣に安保条約と抱き合わせの講和と再軍備を了承させる。9月、サンフランシスコで平和条約・安保条約調印。**1952年**4月28日、平和条約、安保条約、行政協定発効。

SCENE 2　親米的人物の過去

山田は、自分の英語力をアピールすることに意欲的であり、あわよくば米国人に取り入ろうとしている。とはいえ、彼はすこし前までは日本軍将校として中国人、米国人の試し斬りをしたというそら恐ろしい経験を吹聴し、かつての敵国に対する根強い反感を保持している様子ものぞかせる。反米と親米との相容れようはずのない心理を一人格のうちに同居させ、なおかつそれを矛盾とも思っていない山田は、卑小な男であるにすぎない。が、この卑小さに、ある象徴性を認めることができるだろう。たとえば戦後、A級戦犯容疑で巣鴨拘置所に収攬された岸信介は、東条英機はじめ七人の戦犯が処刑された翌日に釈放され、やがて親米政権の首相となって日米安保条約改定を強行している。こうした通路で戦前戦後をくぐりぬけた歴史的人物は少なくない。山田という人物は、その縮小コピーのように造形されている。

SCENE 3　言語とアイデンティティ

校舎の影にかくれている伊佐の耳に、米国人の女生徒たちの声が聞こえてくる。それは美しい言葉だった。だが、伊佐の頭には「外人みたいに話せば外人になってしまう」「おれが別のにんげんになってしまう」という思いが浮かぶ。

この場面には従来から外国軍の占領支配下におかれた者のナショナル・アイデンティティというテーマが見出されてきた。グローバル化の進展とともに多言語使用がめずらしいことでなくなった現在、言語がただちに「にんげん」を規定するという伊佐の極端な思い込みは、不合理に感じられる。だが、それでも言語がその構造を通じて認識と感性とを規定するのだとすれば、「外人みたいに話せば外人になってしまう」という怯えをとるにたりないものとするわけにもいかない。この場面は、単一言語、多言語主義、言語と主体といった問題について、ひとつの答えを出さないいまま、問いを提示した重要な部分である。

加えてこの場面は、言語が歴史と権力の問題にほかならないことに注意を喚起している。山田の迎合はあまりにも卑屈だ。では逆に支配者の言語を頑強に拒否する伊佐の姿勢はどうだろうか。それはただちに称賛できるものだろうか。「外人みたいに話せば外人になってしまう」という怖れには、その前提として国語と国民性の一致、日本語と日本人性の一致というイデオロギーがある。しかし敗戦の前まで、日本はまさに英語排斥を含む国粋保存のイデオロギーを鼓吹しながら国民を戦時体制に巻きこみ、カタストロフに突き進んだのではなかっただろうか。

二人の男性は、英語をめぐる構えに関して対極をなすが、英語に対する彼らの構えはともに過剰である。しかしながら被占領者は適度な姿勢をとりうるものなのだろうか。支配されるものが、支配者の文化の優位性を認めそれに同一化したいと欲望すること、すなわち山田のごとく迎合する姿勢が望ましいのだろうか。だが、一方で、日本人英語教師も米国人も「おなじ英語を話す国民同士」ではないかという山田の主張は、敗戦国民としての分をわきまえぬ思い上がりとみなされかねない。被占領者は英語をうまく話さなければならない、同時に英語をうまく話してはいけない。山田と伊佐は、二人で対になって、この二律背反を表象しているかのようだ。

SCENE 4　同化と拒否

結末部分。英語を話すことに関して両極にいた伊佐と山田が、ついに正面対決の時を迎える。山田は伊佐が嫌がるのを承知で彼にモデル・ティーチングをさせようと画策し、伊佐はついに山田に「決戦を挑む」つもりで駆けだすのだ。そして、ちょうどこのとき、ミチ子は伊佐に箸を貸してほしいと頼む。

近代文学の古典『浮雲』にも、時流に乗じてうまく立ち回ろうとする要領のいい男と時流から脱落する要領の悪い男が登場する。そしてその二人の間に、揺れ動く女性が配置され、その行方が作品の意味的方向を指し示すことになる。では、この作品の場合はどうか。ミチ子は、伊佐の頑固な様子に亡夫を思い出し、彼に好感を持ちつつある。が、彼女自身は山田をやり込めるほど優れた会話力の持ち主であり、英語を使うことに一種の解放感を感じてもいる。

だが、本作品は、最終的に女性に制裁を下すかのように進行する。彼女は廊下でハイヒールをすべらせ、派手に転ぶが、このとき彼女は「二本の黒い箸」「日本的なわびしい道具」の入った包みを手にもっている。ハイヒールは米国文化、そして箸は日本の文化を、それぞれに象徴する小説技法上の小道具として使われているものと見てよい。この騒動を見て、アメリカン・スクールの校長、ウイリアム氏は、日本人教師がここで教壇に立とうすること、そしてここにハイヒールを穿いてくることを厳禁する。この禁止は、日本人の分をわきまえよという差別的な姿勢か、それとも日本人が外人になる必要はないという寛容主義か。この結末の意味もまた考える必要がある。ただ、いずれにせよこれをもって英語に意欲的であることも、逆に頑強に抵抗することもできなくなったことに注意しよう。

ここでは明快な物語は不可能になっている。伊佐は英語を拒否しているものの、支配と同化にノンを突きつける抵抗者、民族的英雄ではなく、話さなくてもすむようにと唐突に弁当を広げるような人物である。第二次大戦の戦後という歴史的文脈において書かれたこの小説では、すでに民族意識の目覚めから、抵抗、闘争へと続き、独立に至る、という典型的な「独立」の物語が機能しなくなっている。なぜだろう。ひとつには抵抗すべき支配者の方が変わってしまったためだ。かつての占領、植民地支配は、被支配者の強い抵抗を誘発した。が、対日占領政策は、必ずしも剝き出しの暴力と抑圧を前面に押し出すようなものではなかった。この作品の校長も英語の強要などせず、よって被占領者は抵抗のしようがない。「ソフトパワー」をもってなされる「占領」が登場し、従来の抵抗と独立の物語は空回りする。この歴史的転換点で書かれた本作品は、現在にいたる日米関係を考え、さらに「占領」や「植民地主義」の現在について再考するためのよき手がかりとなるにちがいない。

研究の手びき

発表当初、この作品は被占領という一時代の複雑さを捉えた作品として話題を呼んだ（井上靖、芥川賞「選評」、武田泰淳「解説」『新鋭文学叢書3　小島信夫集』筑摩書房、一九六一年）。六〇年代になると、江藤淳はこれを占領期に限定せず、戦後というスパンに置きなおしてテーマを拡大させた（「小島信夫の「土俗」と「近代」」『われらの文学11　小島信夫』講談社、一九六七年）。さらに江藤は「成熟と喪失――〝母の崩壊〟について」（「文芸」一九六六年八月〜六七年三月）のなかで、小島の代表作『抱擁家族』を取り上げ、アメリカ的生活様式の浸透、旧来の社会秩序の崩壊という状況を、「父性」の欠落という視点から捉えた。この読解は、江藤の他の仕事ともあいまって「戦後」の「進歩的」思考を批判し、保守的立場を確立する言説として強い影響力をもったため、「アメリカン・スクール」もその前段階の作品として遡及的に位置付けられるようになっていった。磯田光一の『戦後史の空間』（新潮社、一九八三年）も、アクセントの箇所を替えつつ保守派／進歩派の二項図式を前提としている。とはいえ、小島信夫自身は、こうした枠組みに違和を感じており、後年『抱擁家族』の続編ともいえる『うるわしき日々』（講談社、一九九七年）といった作品を通して自ら「小島信夫像」の脱構築を図った。

日本の経済大国化とともに米国は圧倒的な勝利者から外交上の対等なパートナーとして再表象され、同時に「英語」はグローバル市場において有用な道具となり、そして文化的同一性の問題は多文化状況礼賛へとシフトしていく。広瀬正浩「ネイティヴ・スピーカーのいない英会話　戦時・戦後の連続と「アメリカン・スクール」」（「名古屋大学国語国文学」二〇〇一年七月）、山本幸正「被占領下における言葉の風景　小島信夫「アメリカン・スクール」をめぐって」（「国文学研究」二〇〇六年一〇月）など、敗戦国民の劣等感に力点を置く読み方が戦後の言説空間において逆に国民化の機能を果たしたことに批判的な論文が登場し、この作品が背負わされてきた過剰な政治性が脱色されるようになった。とはいえ、脱政治化とは同時に別の形の政治でもありうる。

マイク・モラスキー（『占領の記憶／記憶の占領』青土社、二〇〇六年）は「占領」の権力関係をジェンダーの軸において分析したが、なにより重要なのは「日本占領」を描いたこの作品を、「沖縄占領」を描いた「カクテル・パーティ」と並べて論じた点だ。講和条約発効後も米軍政下に取り残された沖縄では米兵犯罪が頻発し、軍用地接収に対する全島的抵抗運動がおきていた。日本本土の占領のみを見たのでは、その意味を客観視することに必ず失敗する。一つの作品を読むと同時に、別の場所でおきた出来事でのテキストの生産をつき合わせること、つまりサイードの言う「対位法的読解」が必要になる。沖縄のみではない。この小説を、日本語が「国語」であった植民地期台湾、朝鮮の文学、その「遺産」としての「在日」文学とつき合わせて読んだらどうだろうか。

言語とアイデンティティをめぐるジレンマはやがて乗り越えられるべきだろう。しかし単純なやり方で乗り越えてはならないものでもあるだろう。柄谷行人は、教師たちの英語に対するぎこちなさを読むよりも、言語そのものの疎遠さを問題にした（「解説」『新潮現代文学37集　抱擁家族』新潮社、一九八一年）。英語や日本語が国家の言葉というレベルで権力を行使するまえに、言語そのものがわれわれを捕まえている。かといって、言語と権力について問題化する必要がないわけではない。ジャック・デリダは、自分の思考の条件となった言語、その意味でたった一つの言語的条件が、強制されたもの、植民地的なものであることについて思考をめぐらせる。力をもった言語の支配性が再確立されることに警戒しなければならない、しかし自らに固有の言語に依拠する排外主義を養わないよう警戒しなければならない。ジレンマの形で、デリダは言語と文化を語る。

参考文献

杉本和弘「安岡章太郎の〈アメリカ〉――初期小説を中心に――」（『名古屋近代文学研究』一九九八年一二月）
エドワード・W・サイード著、大橋洋一訳『文化と帝国主義1・2』（みすず書房、一九九八年）
ジャック・デリダ著、守中高明訳『たった一つの、私のものではない言葉　他者の単一言語使用』（岩波書店　二〇〇一年）
ジョン・ダワー著、三浦陽一・高杉忠明訳『増補版　敗北を抱きしめて　第二次大戦後の日本人　上・下』（岩波書店、二〇〇四年）
酒井直樹『希望と憲法』（岩波書店、二〇〇八年）

第10章　沖縄——池沢聰「ガード」

我部聖

本章の要点

一九四五年から一九七二年まで沖縄は米軍の占領下にあった。そのことが一九五二年まで連合国による占領期を過ごした日本本土とは異なる「戦後」を歩む要因となっている。日本本土において日本国憲法第九条に象徴される非軍事化・民主化が進められるなかで、沖縄では対アジア戦略・反共産主義の前線基地として米軍基地の確保が目指された。つまり、第二次世界大戦後の日本の経済復興と沖縄の米軍基地の安定的使用は表裏一体のものであった。また米軍は、軍事基地建設を目的に武装兵を伴って沖縄住民の土地を「銃剣とブルドーザー」によって強制的に収奪した。さらに、性暴力をはじめとする事件・事故など米兵による犯罪の裁判権が奪われ、不当な判決が下されるケースや死刑判決を受けた者がアメリカ本国に返されるといった判決後の不可解な動きなども含めて法的にも沖縄は植民地的状況にあった。

こうしたなかで、アメリカの占領政策で一九五〇年に開学した琉球大学の学生たちが、文学表現によって米軍占領に抵抗する試みがなされていた。それが文芸雑誌「琉大文学」（一九五三年〜一九七八年・全三四号）である。「琉大文学」第七号（一九五四年一一月）に発表された池澤聰（岡本恵徳）の「空疎な回想」は、のちに加筆改題を行って「新日本文学」一九五五年九月号（新日本文学会）に転載された。本章では、「ガード」から本文引用を行い、米軍基地で働くガードの身体に生起する〈戦争〉を読んでみたい。

「ガード」──SCENE 1

「ウーッ寒い！」

カービン銃をゆすりあげた手に息を吹きかけると二、三歩足を踏みならした。

目前の有刺鉄線にときどき光があたり、まわりが明るくなるとまた消え去る。光の束が木枯に吹きさらされて頭をあげられずにいる丈の伸びた雑草に散って移動する。

研三は黙って光る束を目で追った。

彼には、それが盗難予防のためだとはどうしても思えない。自分を監視するものだ、としか思えない。

何時でも誰かに監視されているような不安だった。

その彼を支えている唯一のものは、肩にかけているカービンだけなのだ。

「寒い、こいつはたまらぬ」

つぶやくなり、たんねんに油で磨かれた銃身を握りしめながら、何の意味もなく、足踏をつづけた。

サーチライトが彼の影を浮き上らせ、草の上を這って、通り去る。その度にカヤが音を立てるようになびいているのが見える。

五丁ほど先の、最近舗装したての大きな道路の上を流れる車の尾灯が、そしてヘッドライトが、岩陰から見えかくれしながらつづいている。

何かどこかで見たことのある景色のようだ、と思いながら、それでも思い出せずにいた研三は、腕時計を星明りにすかした。

十二時前。

緊張からときほぐされた気軽さを覚えて、銃をゆすりあげるとブラブラ鉄線に沿って歩き出した。

間もなく交代が来る。

口の中でつぶやくと疲労が急激に襲いかゝるのを覚えた。

幾度も石に叩かれ、晒された真白い植物繊維のように、ズタズタに引き裂かれた神経の疲労であった。

ガードになってから既に二ヵ月、それはもう習性のように毎晩決って襲って来る。そしてその後は不眠に悩まされるのが常なのだ。

研三は急激に襲う疲労で、グラグラゆれる身体を、銃で支えた。冷汗で額がぬれ、顔から血の気が失せてゆく。

寒気がしみ透り、からだが小刻みに震えるのをこらえながら、研三は肩で荒く息をしていた。

しばらくそのまゝでいて、ようやく落着きを取り戻した研三が、握りしめていた銃を離し、ベルトを肩から掛けようとした時だった。

〝ブスッ〟と異様に低いが鈍い音とともに、硝煙の匂いがどこからともなくただよって来た。

静寂を破るベルの音。慌ただしい人の気配。

「誰だろう」

今にも走り出しそうな、前こゞみの姿勢を直して、呟いた。

「誰が射ったのだろう」

人の気配。丁度その時駆けつけたらしいジープの爆音のする方向を、幾度も振りかえりながら、歩きかけた足はそのまゝ再び呟やいた。

その年になってから、あちこちに頻繁になった盗難事件、そして耳を澄せば、聞える銃声、ガードの住民射殺事件。

逼迫した世相の一つの現われとして、研三が以前から覚悟していたことであった。

が、さすがに身近に起ると不安を感じて、規定の場所を苛々と歩き、ときどき発作的に、銃声のした方を振り向く。

「俺だったら、俺だったら、どうする!」

俄かに、脅えたようにあたりを見廻した研三は、カービンを肩から下すと、胸のあたりでしっかりと握りしめた。

それは、彼が大戦中、南支那で転戦していた長い期間のあいだついぞ感じたことのない恐怖だった。


研三は、掌を星の明りで眺め入った。

南支那では、その手で何人もの人間を殺害したのだ。

研三のその時のその行為は正当化され、高く評価されていた。しかし敗戦で、人間によってつけられる価値評価に疑惑を抱き、不安を感ずるようになったいまでは、それは苦痛と恐怖の種でしかなかった。

研三は、急に眼をとじると、ズボンに、両手を代る〴〵激しくこすりつけた。その掌が、いまでもベットリ血ぬられているように思えたのだ。

「良かった、俺でなくて良かった」

深く吐息をもらした研三は、呟やくなり殊更に靴音を大きく立てながら、その辺を歩き出した。

不安は未だ去らないが、安堵感で疲れが軽くなったように見える。

サーチライトは、以前のように移動している。

そこには、瞬時の躊躇も停滞もない。

ざわめきも消え、静寂に戻った中を、交代の人を乗せて来たジープにゆられながら、研三は星を仰いだ。

サーチライトが、銃身を黒光りに光らせては通り過ぎる。

その銃身に軽い憎悪を覚えた研三は、投げ出すように、立ててあった銃を横たえると、大きい吐息とともに呟やいた。

「良かった、俺でなくて良かった」

彼の監視区域であったなら、どうしても射殺しなければならなかったであろうことを、彼自身よく知っている。

彼が監視を怠ったなら、もし彼が盗賊を見逃しでもしたなら、その後彼は生活することは出来ない。

MPに調べられる。そして軍作業員になることは出来なくなるのだ。住民の八割から九割が軍作業で生計をたてている現在、どんな仕事でもあれ軍の作業に就けないことは暮しの道を絶たれることと同じなのだ。

そしてそのことは、この島の住民の誰でも知っていることであり研三もたびたび見聞して来たのだった。

「良かった、ホントに良かった」

研三は再びつぶやくと、微笑をもらした。

このような機構の中にいて、自分自身を失わないということは、結局他人の不幸を歓ぶということにしかならない！

とりとめのない感傷にふけっていた研三は、大きくカーブを描いた車の衝動でわれにかえり、運転手に声をかけた。

「銃声聞いた？」

「ウン、初めてだね、この区域で聞くのは」

「初めて？」

「こゝへ来てから三ヵ月もなるが……」

「僕より一ト月先なんだね」

「先に、中部でガードをしていたのだが、ガードは……」

途絶えた語尾にある種の感慨があった。

「皆ずいぶん苦しいんだよね。ここは周囲が平地で特に危険なんで盗人の方から避けていたんだが……矢張りこう生活が苦しくてはね……。ガードも大変だろう。それにこれからがなおひどくなるんだ。今迄は好かった。然し一人でもここを狙ったとなると、少なくとも十人、十人以上も狙っているものがいると見なけりゃ……」

「そう、そうだね」

「俺はいろんなとこを歩き廻っているから解るが……」

運転手はいいかけて、それっきり口を閉じた。

戦火をくぐりぬけた三十男の、暗いかげのある厳しい横顔だった。

鋭くきしんでジープは止った。

正面入口から二十メートルばかり入った左手の、ガード詰所の前である。

そこには詰所と並んで、テーブルと二、三脚の椅子を据えた一見受付ふうの部屋があり、軍人と島の住民のガード隊長が控えていて、見張りに立つ前と後に、ガードの一人一人から報告を受ける。

研三は、型通り報告を済ませて、詰所の前まで身を運んだ。が、そのまゝしばらく入り口の前でためらった。

部屋の中には何かしら重苦しい異様な緊張がたゞよっていたのだ。彼は黙って入り込むと、人眼を避けるように隅へ行き、野戦ベッドに横になった。

横になるとタオルを取り出し、激しく両手をこすった。あたかも掌に残る銃の感触を消すかのように。

「生活のため」無意味な弁解であった。がその無意味な弁解を幾度となく繰り返しながら、こすり続けていた。

研三は、真赤に脹れあがってさえ見える掌を、眺めるともなく眺め入った。

皆に背を向けて横になっている彼の眼の前の壁に、人影が大きくゆらいで見える。

「何時頃かな」誰か呟いた。

その声音は、時刻を知るために発せられたものゝそれではない。

「おそいなあ、もう来そうなものだ」

「真蒼になっていたんで、あるいは卒倒したかも知れない」

「驚いたろう確かに、俺たちだって一寸驚くものな」

話がはずみ出した。隅の方からも言い出すものがある。

「然し余り好い気持じゃないね、同じ島の人間を殺すのだから。いくら勤めだとは言っても……」

「好い気持なもんか」

気のせいか、皆が何か避けているような気配を研三は感じた。

〝無理もない〟と思う。〝ここは隊内なのだ。俺だって避けているし、またさけて来たのだ〟

研三は焦立って、頭を振った。はっきり〝こうだ〟と明言できないもどかしさがあった。そしてそれが皆の言葉を曖昧なものにしているのだ。

「来たく」

「いよいよやって来たぞ」

ざわめきに乗って、かすかなさゝやきが起きた。

何気なくその声に振り向いた研三は、低い叫声を立てた。行雄が今にもくずおれそうな身体を、入口の柱にもたせかけてしきりに苦痛に耐えているのだ。

乱れた髪の毛が、脂汗で、蒼白な額に、くっついている。

血の気の失せた顔に、無理に浮かべた硬わばった微笑が痛々しい。

沈黙がつづいた。せいぜい一、二分の間だったが、皆にはひどく長いように思われた。

「いよーッ、凱旋将軍」

「殊勲甲!」

沈黙からのがれるように突然叫ばれたヒョウキンな声に、一度に緊張がほぐれて爆笑があたりを取り巻いた。

今まで喰い入るように行雄の顔をみつめていた研三は、急に頬を硬直させると、周囲を見廻した。

緊張をほぐそうとする善意だけではない何ものかが、その語調に含まれていたのだ。

研三は、行雄の顔をうかがった。壁にもたれている行雄の顔が苦痛でゆがみ、その身体は壁にもたれてくずれるのを支えるのに精一杯といった様子である。

一座の人々も、その苦痛にゆがんだ沈黙に非難の針を感じたのであろう、皆たがいに顔を見合せるばかりで、白け切った空気に閉ざされた。これまで行雄にそゝがれた皆の同情こめた暖みのある視線が、冷淡と平静とに変った。しわぶき一つもない、身じろぎもない静寂は、異様な感じを与える。

沈黙を破るトラックの爆音が聞え、やがて詰所のまえに姿をあらわした。

「ガード」——SCENE 2

研三はしばらく様子を見るつもりで、行雄を見守っていた。あの晩から、行雄は何となく研三を避け、研三も何ということなしに避けていた。

日がたつにつれ、行雄の焦立ちは、ますます激しくなっていった。

顔はほとんど血の気を失っていた。のばしほうだいの髪の毛が、手入れをしないために赤茶けている。

ガードに立つ前、銃と弾のこめられた腰帯とが一人〱に手渡され、勤務をおわると弾の数を調べて係官が回収することになっている。

が、その腰帯も行雄の場合は大きすぎた。やせがらの行雄でも、これまではどうにか腰に合わすことも出来たが、この頃ではどうにもならなくなり、靴ひもで結びつけてある。立哨の前の点呼のときなど、弾の重みでズリ落ちるのを片手で押えながら並んでいる行雄の姿は、皆の注意をひくのに充分だった。

そうしてそれは、南支那で支那兵をゴボウ剣でさしたとき、長い間睡ることの出来なかった苦しい経験を持つ研三でさえ、想像の出来ない行雄の苦悩を明らかに物語っていた。

そうしたある日、立哨をおえた研三たちが、疲れを休めながら、思い〳〵の形で坐り込んでいたとき、班長が行雄を呼びにやって来た。元憲兵だったということの男は、足を一寸でも長く見せるために、つき出した腹の上方にバンドをしめ、ズボンを思いきり吊りあげていた。

そしてどこから手に入れるのか、ガムを絶えずグチャ〳〵嚙みながら、軍人のやるようにあたりかまわずツバキを歯の間から飛ばすのだ。研三たち、ガードの前に出ると、得意そうに勢いよく飛ばすのが普通だった。

その時も、チーッと音を立ててツバキを飛ばしながら、いつになく親しげに行雄の肩を叩きながら出て行った。

収容所で覚えたと噂される英語をやたらとつかいたがるこの班長が、部下のガードを親しげに叩くということは、確かに異状の出来事にちがいなかった。

アッケに取られて見送っていた一座のものは、一足おくれて大儀そうに歩き出した行雄の姿が見えなくなると、一時にザワめいた。

二、三日前から、どこからともなく伝わり、評判になった噂が実現したように、皆には思われた。

「いよいよ本当のことになっちまったな」

「ウン、行雄の奴、喜ぶだろうか、それとも悲しむのかな、表彰されて」

「そりゃ喜ぶにきまっているさ。班長に昇進するのはまちがいないし、それに生活が保証されるものな」

「昇進はともかく、生活が保証されるってことは悪くないねェ」

「冗談じゃない、悪くないどころの話かい。俺たちのようにいつクビになるか知れない不安から脱け出せるんだぜ」

「フーン」

「アーア、戦争に負けちまえば、こんなに何もかもいけなくなるのかなァ」

「そりゃあ……。そりゃあそうとして、これは行雄の場合だけだろうか」

「何が?」

「もし、もしものことだぜ……、僕が、イヤ僕だけでなくて君でも好い、誰でも好いんだけど……僕がだね、行雄のように働いた場合、やっぱり軍は僕の生活を保証してくれるだろうか」

「そ、そんな……」

話は意外な方向にすゝんでいた。

研三は、おびえたようにまわりを見廻すと、後ずさりして壁に身をもたせかけた。何か得体の知れない力が、皆を遠くへひきずったような感じだった。

「だけど、人間することというと、大して変らないものだね。俺たちが戦争中させられてきたことを、今また彼奴らもくりかえしてやがる」

誰かが気を変えるようにいった大声に、初めてホッとした笑いがあたりをつつんだ。

それまで、息をつめて話を聞いていた研三も、ホッとため息をついた。

然し、笑いのあとの奇妙な静寂は、皆としっくりしない感じを、いつまでも研三に抱かせた。

皆との間に紙一枚へだてたような感じを抱き出した研三とは逆に、いつのまにか行雄を中心に微妙な空気がつくりだされていった。

行雄の頰に、少しずつ血の気が蘇って来た。赤茶気て乾ききっていた髪の毛にも、ときどき油の匂いがするようになり、くしのあとも見られるようになった。

あれから頻繁になりだした銃声が、徐々に変化を与えたのだった。

行雄を「非国民」とかげで口ぎたなくののしっていた松田という男のカービンが火をはいた。と同時に、行雄と松田は親しげに口を利くようになった。

行雄にしても松田にしても、彼らの苦悩を柔らげるためには、それが必要であったにちがいなかった。

銃声の響く夜が重なるにつれて、一人、また一人と、行雄の廻りを取巻く人々がふえた。そして、それだけ、研三の廻りからは人々が遠ざかっていった。

研三は親しく付合う人が少なくなるのは気にならなかったが、行雄が仲間をえてかれ自身の行為を正当化するのを恐れた。

しかし、乱れはじめた秩序の前では、彼は何事もなしえなかった。彼自身への抵抗だけで、精一杯だった。

すっかり血色を取り戻し、頰に不気味な微笑をうかべるようになった行雄を絶えず気にしながら、研三はカービンを用いまいと絶えず緊張していなければならなかった。

「ケンゾー、あなたの所に不思議に盗人入りませんねェ」

デップリ太った隊長に皮肉られながら、研三は歯を喰いしばって立哨をつづけた。

彼を支えているものは、もはや彼の論理的な潔ぺきさではなかった。感覚的な恐怖感と、南支那での悪夢のような記憶だけが彼を支えていた。

疲れきった研三の神経には、血の気は蘇ったが陰惨な空気を身につけてしまった行雄の様子は、たえられなかった。

何ものにも動かされないように冷たく据えられた行雄の眼の光りは、ことに以前の暖かい眼の色を知っている研三に、大きな圧迫を感じさせた。

〝……行雄は全てのものに憎悪を抱くようになっている。組織と盗賊と、家族にさえも……。彼を追いやった全てのものに――。だが彼に許されるのは人間性への憎悪だけなのだ。全てのものに対するにくしみが彼を駆り立てている。権力者は喜んで良いわけだ。労しないで権力の代行者を一人そだてたんだから。ハハハ、、、、〟

「ガード」――SCENE 3

暮れもおしせまったある日、厚ぼったいオーバーで身をくるみ、砲弾の破片で作られた火鉢で暖を取っていた人々は、隅でなにやらブツブツつぶやいていた研三が、突然笑い出したのにハッとして駈け寄った。

前の日でちょうど三日、四十度近い熱を出して欠勤していた研三が、直りきらぬ身体をおして出勤してきたのを皆な気にしていたのだ。

が、研三の欠勤が皆の負担になるばかりでなく、研三自身にも心の大きな重荷になることを判りすぎるほど判っていた彼らには、彼の出勤をとめることは出来なかった。

研三は少からず興奮していた。

「オイ誰か手をかせ、研三のやつ熱を出してるようだ」

「ウン、戸は閉めた方が良いだろう」

「研三、大丈夫か。二、三日の休養じゃなおりっこないよ。何故無理するんだ。もう三日位やすまないと……」

「ヘッ、一週間休めば十日は飯の喰いあげだあね」

「そいつあ確かだ、アハハ……」

「よせ、マゼッカエス奴があるか――今度の風邪こじらすとひどいぞ」

「大丈夫だよ、心配するな」

「好いから横になれよ……何か面白いことでもあるのかい？　俺たちは皆な面白いことにうえているんだ。なんなら聴かせて欲しいな、なァ」

同意を求める声に、一寸期待の色を浮かべて、皆うなずいた。笑いは皆が求めていたものなのだ。

息苦しい生活の息抜きは、彼らにどうしても必要だった。はじめて行われた即成の村芝居に、住民たちは寸時の解放を求めることが出来た。しかし他の住民と異なって、彼らは勤務に縛られて、それさえ求められなかった。

終戦直後の緊張から脱れかけた住民たち、笑いを求める住民たちに、笑いを与える芝居がたち始めたこの頃だった。

皆の期待を知った研三は、皆の期待するものとずいぶん離れていた考えに照れ、赤くなった額に浮いた汗をふくと、壁の方にねがえりを打った。

「あと二、三日でも休めたらなァ」

深い溜息ともつかずに呟やいた言葉に、皆は暗くなった眼を見合せると、あとずさりをした。

「休めよ。三日休めば丁度一週間休んだことになる。配給の方は俺たちがどうにかするさ」

強いて明るく言った言葉だが、到底出来ないことを知っている者の、弱々しい声音だった。

彼らの受ける報酬は、生活保証のためのものではなかった。配給物を窮したものに分け与えるということは、考えられないし、まして他人の配給物を分けて貰うということは、とうてい不可能であった。研三にそのような事を言っても、それはどうにもならない気休めにしか過ぎない、ということは皆には解り過ぎるくらい、解っていた。

ゆううつな沈黙があたりを閉ざした。

時にセキあげる研三の力のない咳の音が一層暗うつな空気にしている。

民家にはほとんど見られない電灯のあかりが、明るく華やかであるだけに、息苦しいものにしていた。

「もう時間だな」

「ボツボツ出かけるか」

「研三横になっとれよ、無理するな」

口々に言いながら出て行く後姿を見送りながら、研三は身をおこした。

無理するな、といってもどうにもならない事であったが、研三はそのさりげない言葉に、皆の好意を痛く感じたのだった。それは、これまで孤立していた研三には、何ものにもかえられない喜びにちがいなかった。

暮もおし迫ると、暦から超越したように同じ日課をくり返すガードも、さすがに気忙しさを覚える。

彼らには、木枯に吹きさらされる草の葉ずれも、気忙しさの種となり、時とすると甘い郷愁の種となった。

いつもの所で、部厚なオーバーで身をくるんだ肩にカービンを吊るし歩き廻っている研三も例外ではない。彼は、感傷にひたりながらいつもの所をいったり来たりしていた。

歩行の幅は定ったように三十歩程度で、その間の草はふみしだかれて赤黒い地の肌を見せている。

別に三十歩と定ったわけではないが、もう半年に近い繰り返しは習慣のようになってしまっていた。

いままでの病気も忘れたように生気があふれている研三の足音である。彼は無言でふみ固められた土を、征服しながら感傷にふけっていた。彼の感傷は、時として夢となり、郷愁となる。しかも彼にはその区別がつかないのだった。どちらもスリ切れたフィルムのようだった。

が、その日になって鮮明になった意識が彼を嬉しがらせた。つい先刻寄せられた皆の好意が新しい自信をもたらせ、彼に夢を持たせたのかも知れなかった。

「あと三年、イヤ一年だ、一年で良い、一年もすれば……」

小禄。首里。……収容所から釈放された住民のささやかな家々が記憶によみがえって来たのだ。テント、ワラ屋根などの粗末な建物ではあった。しかし彼には無限の発展の可能性を持っているように思われた。

石川、知念……以前に歩いた町の記憶が鮮明になった。

「あと一年、一年だけでも……」

周囲を見廻わす眼にも生気が溢れている。

肩から肩へ、カービンを移しかえると、口笛を吹きならした。熱の故？　とでもいうように額に当てた手を、ポケットに移すと、片手は銃身を握りしめたまゝ踵をかえす。

口笛が途絶える。耳を澄ますようにちょっと立ちどまるが、また歩き出す。

折返しの終りに近づいた時、感傷的なメロディーが不意に止み、研三の身体はくず折れた。

習慣で握りつづけられていたカービンが、はずみで轟然ととどろいた。予期しない轟音に驚きころげるように駈け去る人影。すり切れたＨＢＴのシャツにまつわりながら、硝煙が白に変って消え去った。

「だから言わぬことじゃない！」

窓に身をもたせかけ身動きすらしなかった行雄は、急に振り向くと、口惜しそうに怒鳴った。

研三が丸太ン棒で撲殺されたとの報せがあって、暫く沈黙がつづき、皆、思い思いの感慨にふけっていたのだった。

「彼奴ァ馬鹿だッ、大馬鹿野郎だッ」

「行雄！　貴様！」

「アア何度でも言うよ、馬鹿だッ、大馬鹿だッ！」

「何ッ！」

「止せ止せ、いま喧嘩したって始まらないよ……然し行雄、君はなぜ研三のことを馬鹿だっていうんだ。研三は誰一人として射殺なんぞしていやしないんだぞ――君とちがって」

「俺とちがって？　フン、こんな社会で殺人する事なしに生きられるのかい？　射殺か、そうでなけりゃ、研三のように相手にやられるのがオチじゃないのかい、確かに研三は好い奴だ、好い男さ。だけど見ろ、射殺しなかったために、逆にやられたではないか。――何？　運が悪い？　俺が……イヤ俺だけじゃない。射殺した事のある者は皆だ。その皆がやられなくて、研三がやられたのは何故だ！　何故死んだのは俺達じゃなくて研三でなければならなかったんだ！　こゝでは、射殺するか、でなければ、自分で死ぬハメになるのは判りきった事ではないか！」

物の怪につかれたように壁から壁へ、部屋の囲りを歩きながらしゃべりつづける行雄の頬は蒼白く、ピクピク震えていた。

風が冷たくなった。緊張した空気が次第にゆるみ、皆は寒そうに身体をこゞめた。

胸の中を通り抜けたウスラ寒い空気の跡が重いシコリとなっていつまでも残るのだった。

※「ガード」（「新日本文学」、一九五五年九月、『沖縄文学全集　第7巻』国書刊行会、一九九〇年所収）

作者紹介　池沢聰（いけざわ・そう）

本名は岡本恵徳（おかもと・けいとく）。一九三四年九月二四日、沖縄県宮古郡平良市（現宮古島市）生まれ。平良第一国民学校時に沖縄戦を体験。戦後、宮古男子高等学校卒業後、一九五二年に琉球大学に入学。一九五三年創刊の「琉大文学」に参加し、七作の小説を発表。一九五六年に琉球大学を卒業後、首里高校の教員となり、島ぐるみ土地闘争に接する。一九五八年に東京教育大学の三年次に編入学するため上京。一九六〇年四月に同大学大学院に進学し、梶井基次郎の研究に取り組む。一九六三年に修士号を取得後、東京都立城南高校の教員となる。一九六六年四月に琉球大学教養学部の講師となるために沖縄に帰る。その後、琉球大学法文学部に移り、沖縄文学の研究・批評活動を行ないながら、新川明や川満信一らと「反復帰論」を展開し、『叢書わが沖縄　第六

巻 沖縄の思想』(木耳社、一九七〇年)に「水平軸の発想」を発表した。一九八一年に『現代沖縄の文学と思想』(沖縄タイムス社)を刊行し、翌年、第二回沖縄タイムス出版文化賞を受賞。八一年に『沖縄文学の地平』(三一書房)、九〇年に『ヤポネシア論の輪郭――島尾敏雄のまなざし』(沖縄タイムス社)を刊行。九六年に『現代文学にみる沖縄の自画像』(高文研)を刊行し、同年、第二四回伊波普猷賞を受賞。二〇〇〇年に琉球大学を定年退官し、沖縄大学人文学部教授に。同年、『沖縄文学の情景』(ニライ社)を刊行。沖縄の近現代文学研究の基礎を築く一方で、沖縄の市民/住民運動にも参加。一九九三年には新崎盛暉らとともに「けーし風」を刊行、同誌にて「偶感」というエッセイ/評論連載を執筆。また同人雑誌「駱駝」(駱駝の会)に小説「洋平物語」を執筆。二〇〇六年八月五日、肺癌で亡くなる。二〇〇七年に、『「沖縄」に生きる思想――岡本恵徳批評集』(未來社)が刊行され、同年、第二七回沖縄タイムス出版文化賞正賞を受賞。

問題編成

SCENE 1・1 サーチライトが照射するもの

侵入者を監視するガードの後方から光を照らす「サーチライト」について、屋嘉比収は「この小説では、サーチライトが米軍支配の隠喩として描写されており、植民地主義の統治形態を寓意するものとしてとらえられる」(「米軍占領下沖縄における植民地状況――一九五〇年代前半の個と情況について」岩崎稔ほか編『戦後日本スタディーズ①40・50年代』紀伊國屋書店、二〇〇九年)と述べていた。

研三が「何時でも誰かに監視されているような不安」を抱えているように、ガードは常にサーチライトに監視されるという監獄的空間の規律のなかで、暴力を行使することを強制される構図に組み込まれている。行雄は、権力の監視のまなざしにさらされる空間の中で侵入者を射殺したといえる。

SCENE 1の後の場面で、研三は、侵入者を射殺して間もない行雄に向かって「サーチライトは、サーチライトだけは嫌だね」とつぶやいた後に、「サーチライトは俺を強制するんだ。夢の中に迄侵入する」と述べていた。この暴力の記憶を喚起させる装置としての「サーチライト」は、研三が中国戦線で中国人を虐殺した行為を想起させ、研三を中国戦線の現場へ拉致していくのである。

SCENE 1・2　戦争の記憶の身体化

研三は、自らを監視するサーチライトにおびえるなかで銃声を耳にし、戦時中にも感じたことのない「恐怖」を感じる。そして研三は掌を眺めながら、中国戦線で多くの人間を殺害したことを思い出し、「急に眼をとじると、ズボンに、両手を代る〴〵激しくこすりつけた」が、それは「その掌が、いまでもベットリ血ぬられている

〈ガード〉関連年表

1945年6月23日／沖縄戦における日本軍の組織的戦闘が終結。10月31日／収容所から指定地へ住民移動開始。**1947年**3月22日／米軍政府、沖縄全島の昼間通行許可。9月22日／「天皇メッセージ」米国務省へ伝達。**1949年**10月1日／琉球米軍政長官にシーツ少将就任、本格的な基地建設始まる。**1950年**5月22日／琉球大学開学。**1951年**1月10日／灯火管制しかれる。2月1日／民間貿易始まる。**1952年**4月1日／琉球政府発足。28日／対日講和条約、日米安保条約発効（「屈辱の日」）。**1953年**4月3日／「土地収用令」公布。7月23日／「琉大文学」創刊。**1954年**1月7日／アイゼンハワー米大統領、沖縄の無期限保有を宣言。10月6日／人民党事件。11月7日／沖縄刑務所暴動。**1955年**2月／「琉大文学」8号が大学当局によって回収。3月14日／米軍、伊江島真謝区の軍用地接収開始。3月16日／布令第144号「刑法並びに訴訟手続法典」（集成刑法）公布。7月17日／米軍、宜野湾村伊佐浜軍用地強制接収を開始。9月3日／由美子ちゃん事件（6歳女児が米兵に暴行殺害）。**1956年**3月／「琉大文学」11号が停刊処分。半年間の部活動停止。6月8日／プライス勧告発表（島ぐるみ闘争へ）。7月28日／那覇市で四原則貫徹県民大会、10万人以上参加。8月7日／米軍、コザ地区への軍用員立入禁止（オフ・リミッツ）発表。17日／琉球大学が「反米的」学生6名除籍、1名停学（4名が「琉大文学」同人）「第二次琉大事件」。

ように思えた」からであった。

ここで研三は、「眼をとじる」ことで外界からの刺激を遮断し、闇の奥に抑圧された虐殺の記憶と向き合うことで、中国戦線のただなかにいるといえる。また仕事を終えた研三は、タオルで、「掌に残る銃の感触を消すかのように」激しく両手をこすり続けていたが、反復強迫的に掌が真っ赤に脹れあがるまでに銃の感触を消そうとする行為にもあらわれているように、中国戦線の記憶は、研三が銃を用いない最も大きな理由である。「南支那で支那兵をゴボウ剣でさした」ことによって「掌が、いまでもベットリ血ぬられている」ような感触・感覚が残り続けることは、研三が今も中国戦線のただなかにいるということであり、カービン銃を持つ手の感触から自らが加担した中国人虐殺の現場に拉致されることでもある。このように研三が幾度も中国戦線に立ち戻ることは、体験した戦争を生きなおそうとする試みであり、銃を用いないことによって、再びの虐殺への加担を拒否しているともいえるのである。

SCENE 2　生活の保証から戦場へ

ガードという職業は、戦後沖縄社会のなかでどのような位置にあったのか。一九五〇年代において、ガードという職業はまず何よりも収入の面で注目を集めていた。たとえば、「一般労務」は名目賃金「二千七、八百円が普通だろうと言われ、ガードは二百五十時間で四千三百円程度」であったという(「軍労務問題座談会(上)」「琉球新報」一九五二年六月二三日)。しかしこうした収入の良さと引きかえに、その身は危険にさらされることになる。「米兵射たる沖縄人ガードに」(「琉球新報」一九五三年一一月一五日)や「缶詰泥棒射殺さる/軍倉庫に侵入、ガードが発砲」(「琉球新報」一九五六年八月一九日、夕刊)などの記事が新聞紙面にあらわれていた。

小説の中でガードたちは、射殺して「生活の保証」を得るか、銃を用いずに仕事を辞めさせられるかといった他の選択の余地が全くない「二者択一」を常に迫られている。SCENE 1と2の間で行雄は研三に向かって

「僕には幼い弟妹と母とが居ります」「相手を殺さねば僕達一家が死なねばならないんだ」と述べていた。

新城郁夫は「「ガード」されているはずの基地や米兵は一切描かれていない」ことを指摘し、「絶対的な支配力である米軍の見えざる恐怖と暴力」を作品の中に見出していた（「戦後沖縄文学覚え書き――『琉大文学』という試み」川村湊編『文学史を読みかえる5「戦後」という制度』インパクト出版会、二〇〇二年）。監視しつつ暴力を強制してくる「米軍」を視野に収める不可能性のなかで、ガードたちは先に銃を用いた行雄という規範を内面化していくことによって、強制的な「二者択一」の構図に組み込まれていく。そしてガードの規律を内面化することによって「同じ島の人間を殺す」ことに無感覚になり、「生活の保証」と引きかえに「同じ島の人間」たちとの共生を自ら剝奪することになる。ガードたちが「生活の保証」を求めて「同じ島の人間」に銃を向けることにさえ無感覚になる状況は、「戦場」と変わらない。

SCENE 3　戦争暴力の転移と抵抗

銃を持って身構える米軍のガードという存在を、軍事基地化していく沖縄の状況と重ねてみたい。研三が手にする銃を、アメリカ軍がアジアに向ける銃＝軍事力ととらえてみると、この小説は、第二次世界大戦後のアジアに対するアメリカの軍事介入をもその射程におさめていると考えられるからだ。済州島四・三事件（一九四八年）、朝鮮戦争（一九五〇～五三年）、インドシナ紛争からベトナム戦争にいたる道程、台湾問題への介入といった、アメリカ＝米軍による対アジア戦略のなかで、沖縄は軍事基地があることによって、米軍による暴力を被るとともにその米軍がアジアで行使する暴力に加担していたのである。

研三が、カービン銃を持つ手の感触から、中国人を虐殺した中国戦線の記憶を生きなおそうとすることによって、銃を撃つことができなくなる身体の硬直化が起きることには、研三が戦時における身体性を生き続けていることが示されている。また米軍のガードでありながら銃を用いないという行為には、アジアに銃を向け続けている米軍への加担を拒否する研三自身の内なる抵抗があらわれているというふうに読むこともできる。
その一方で、行雄が獲得したガードの身体性は、境界に位置するという意味では、研三と同じように暴力を被る危険性にさらされているのだが、そこで暴力を一方的に行使する立場に立つ限り、行雄が米軍の暴力に加担する一面性からは逃れられない。その行雄が生き残り、戦場の記憶と向き合いながら米軍占領から派生する暴力に抵抗した研三が殺されるという不条理をどう読むべきか。研三の死を責める行雄の語りには、住民を射殺した時の苦悩が回帰したかのような過剰さが見られる。殺さなければ殺される、という戦場の論理では、暴力は絶えず転移をくり返すことになる。行雄の強ばった語りには、継続する戦争暴力の転移にもがく叫びがあらわれている。

研究の手びき

「ガード」の初出「空疎な回想」が掲載された「琉大文学」については、鹿野政直「「否《ノン》」の文学——『琉大文学』の航跡」（『沖縄文化研究一二』法政大学沖縄文化研究所、一九八六年）によって初めて全体像が示され、新城郁夫「戦後沖縄文学覚え書き」（前出）によって作品論が展開された。

小説「ガード」については、前出の鹿野・新城以外に、丸川哲史「燃える沖縄（琉球弧）」（『早稲田文学』二九巻一号、二〇〇四年一月）や宮城公子「暴力の表象と沖縄文学の「戦後」——一九五〇年代をめぐって」（岩崎稔ほか編『継続する植民地主義　ジェンダー／民族／人種／階級』青弓社、二〇〇五年）が論じている。本格的な作品論としては、拙稿「継続する戦争への抵抗——池沢聰「ガード」論」（『日本近代文学』第七八集、二〇〇八年五月）がある。

作者岡本恵徳に関する研究は、『琉球アジア社会文化研究』第六号（琉球アジア社会文化研究会、二〇〇三年一〇月）において「岡本恵徳特集」が組まれたのが嚆矢である。拙稿「岡本恵徳著作目録」、「沖縄を読みかえるまなざし――岡本恵徳著作目録解説Ⅰ」、新城郁夫「岡本恵徳序論――「富村順一　沖縄民衆の怨念」論における法への喚問」、屋嘉比収「「水平軸の発想」／私的覚書――「集団自決」を考える視点として」が発表された。二〇〇六年八月五日に岡本が亡くなった後、「けーし風」第五二号（新沖縄フォーラム刊行会議、二〇〇六年一二月）、『沖縄文芸年鑑二〇〇六』（沖縄タイムス社、二〇〇六年一二月）、「すばる」二〇〇七年二月号、「駱駝」第五〇号（駱駝の会、二〇〇七年二月）、「うらそえ文藝」第一二号（浦添市文化協会、二〇〇七年五月）において追悼特集が組まれた。また『「沖縄」に生きる思想』（未來社、二〇〇七年八月）には、「解説」「著作目録」「年譜」が収録された。拙稿「岡本恵徳試論――戦争・記憶・沈黙をめぐって」（「沖縄文化研究」第三四号、法政大学沖縄文化研究所、二〇〇八年三月）によって岡本の思想の全体像を見渡すことができる。

その後、「水平軸の発想」をはじめ一九七〇年前後の岡本の論考を考察した研究が出てくるなかで、徳田匡「「反復帰・反国家」の思想を読みなおす」（藤澤健一編『沖縄・問いを立てる6反復帰と反国家』社会評論社、二〇〇八年）、新城郁夫「反復帰反国家論の回帰」（岩崎稔ほか編『戦後日本スタディーズ②60・70年代』紀伊國屋書店、二〇〇九年）などが代表的な論文である。

参考文献

中野好夫・新崎盛暉『沖縄戦後史』（岩波新書、一九七六年）
新城郁夫『沖縄文学という企て――葛藤する言語・身体・記憶』（インパクト出版会、二〇〇三年）
仲程昌徳『アメリカのある風景』（ニライ社、二〇〇八年）
屋嘉比収『沖縄戦、米軍占領史を学びなおす』（世織書房、二〇〇九年）
鹿野政直『沖縄の戦後思想を考える』（岩波書店、二〇一一年）

第3部

記憶としての戦争

第11章　強制収容――石原吉郎『望郷と海』

石川巧

本章の要点

石原吉郎がシベリア抑留体験をもとに書いた『望郷と海』には、〈故国〉に裏切られ、自らがこの世界に存在することの根拠を見失った人間の苦悩が多層的に表現されている。雑誌「ノーサイド」（文藝春秋、一九九五年七月）の特集「むかし戦争に行った。」のなかで、八年間もの収容所《ラーゲリ》生活を送った石原吉郎を紹介した丹野達弥が、「密告の横行。食糧分配を巡る猜疑の応酬。其処には〝今日はお前が死ね。俺は明日だ〟のエゴイズムしかない」としたうえで、「ソビエト体制によって〝最もよき私自身〟を失い、しかしその苦痛をも自分なりの〝戦争責任〟の解決と思い定め、石原は帰国《ダモイ》する。／その彼を故国で待っていたのは、〈赤〉に感染していないかを疑う血族の猜疑の眼（ここでも！）だった。／なしくずしに〝戦後〟を迎えた母国への絶望が、帰還兵・石原を詩作へと駆り立ててゆく」と述べているように、そこには、「人間として堕落しなければ生き残れない」残酷な状況と、命からがら帰ってきた石原の目に映った戦後日本のいびつな光景が迫真的な言葉で表現されている。本章では、その『望郷と海』のなかから「ある〈共生〉の経験から」と「望郷と海」という文章を引用し、以下、石原自身の問題意識と石原に対する批評的言説を組み合わせながら考察する。

「ある〈共生〉の経験から」——SCENE 1

私は、昭和二十年敗戦の冬、北満（注1）でソ連軍（注2）に抑留され、翌二十一年初めソ連領中央アジヤの一収容所へ送られた（図1）。この昭和二十一年へかけての一年は、ソ連の強制収容所（注3）というものをまったく知らない私たちにとっては、未曾有の経験であった。入所一年目に私たちが経験しなければならなかったかずかずの苦痛のうち最大のものは徹底した飢えと、しばしば夜間におよぶ苛酷な労働である。当時ウクライナ方面で起った飢饉のため、全般的に食糧事情が悪化しており、まして私たちは一般捕虜とちがい、大部分が反ソ行為の容疑者から成る民間抑留者の集団であったため、食糧にたいする顧慮が十分行なわれなかったとしても不思議ではない。加えて、どこの収容所にも見られる食糧の横流しが、ここでは収容所長の手で組織的に行なわれ、これが給養水準の低下に拍車をかけた。

このため入所後半年ほどで、私たちのあいだには、はやくも栄養失調の徴候があらわれはじめた。

こういった事情のもとで、おそらくはこの収容所に独特の、一種の〈共生〉ともいうべき慣習がうまれ、またたくまに収容所全体に普及した。〈共生〉が余儀なくされた動機には、収容所自体の管理態勢の不備のほかに、一人ではとても生きて行けないという抑留者自身の自覚があったと考えてよい。まず、この収容所は民間抑留者が主体であって、大部分が食器を携行して入ソした一般捕虜の収容所にくらべて、極端に食器がすくない。したがって食事は、いくつかの作業班をひとまとめにして、順ぐりに行なわれることになるが、そのさい食器（旧日本軍の飯盒《はんごう》）を最大限に活用するために、二人分を一つの食器に入れて渡す。これを受けとるために、抑留者は止むをえず、二人ずつ組むことになったが、私たちはこれを〈食罐組〉と呼んだ。これがいわば、この収容所における〈共生〉のはじまりであるが、爾後《じご》この共生は収容所生活のあらゆる面に随伴することになった。

食罐組をつくるばあい、多少とも親しい者と組むのが人情であるが、結局、親しい者と組んでも嫌いなものと組んでも、おなじことだということが、やがてわかった。というのは、食糧の絶対的な不足のもとでは、食罐組の存在は、おそかれはやかれ相互間の不信を拡大させる結果にしかならなかったからである。

一つの食器を二人でつつきあうのは、はたから見ればなんでもない風景だが、当時の私たちの這いまわるような飢えが想像できるなら、この食罐組がどんなにはげしい神経の消耗であるかが理解できるだろう。私たちはほとんど奪いあわんばかりのいきおいで、飯盒の三分の一にも満たぬ粟粥を、あっというまに食い終ってしまうのである。結局、こういう状態がながく続けば、腕ずくの争いにまで到りかねないことを予感した私たちは、できるだけ公平な食事がとれるような方法を考えるようになった。まず、両方が厳密に同じ寸法の匙《さじ》を手に入れ、交互にひと匙ずつ食べる。しかしこの方法も、おなじ大きさの匙を二本手に入れることがほとんど不可能であり、相手の匙のすくい加減を監視するわずらわしさもあって、あまり長つづきしなかった。つぎに考えられたのは、飯盒の中央へ板または金属の〈仕切り〉を立てて、内容を折半する方法である。しかしこの方法も、飯盒の内容が均質の粥類のときはいいが、豆類などのスープの時は、底に沈んだ豆を公平に両分できず、仕切りのすきまから水分が相手の方へ逃げるおそれもあって、間もなくすたった。さいごに考えついたのは、罐詰の空罐を二つ用意して、飯盒からべつべつに盛り分ける方法である。さいわいなことに、ソ連の罐詰の規格は二、三種類しかないので、寸法のそろった空罐を作業現場などからいくらでも拾ってくることができる。分配は食罐組の一人が、多くのばあい一日交代で行なったが、相手に対する警戒心が強い組では、ほとんど一回ごとに交代した。この食事の分配というのが大へんな仕事で、やわらかい粥のばあいはそのまま両方の空罐に流しこんで、その水準を平均すればいいが、粥が固めのばあいは、押しこみ方によって粥の密度にいくらでも差が出来る。したがって、分配のあいだじゅう、相手はまたたきもせずに、一方の手許を凝視していなければならない。さらに、豆類のスープなどの分配に到っては、それこそ大騒動で、まず水分だけを両方に分けて平均したのち、ひと匙ずつ豆をすくっては交互に空罐に入れなければならない。分配が行なわれているあいだ、相手は一言も発せず分配者の手許をにらみつけているので、はた目には、この二人が互いに憎みあっているとしか思えないほどである。こうして長い時間をかけて分配を終ると、つぎにどっちの罐を取るかという問題がのこる。これにもいろいろな方法があるが、もっとも広く行なわれたやり方では、まず分配者が相手にうしろを向かせる。そして、一方の罐に匙を入れておいて、匙のはいった方は誰が取るかとたずねる。相手はこれにたいして「おれ」とか「あんた」とか答えて、罐の所属がきまるのである。このばあい、相手は答えたらすぐうしろをふり向かなくてはならない。でないと、分配者が相手の答に応じて、すばやく匙を置きかえるかも知れないからである。

　食事の分配が終ったあとの大きな安堵感は、実際に経験したものでなければわからない。この瞬間に、私たちのあいだの敵意や警戒心は、まるで嘘のように消え去り、ほとんど無我に近い恍惚状態がやってくる。もはやそこにあるものは、相手にたいする完全な無関心であり、世界のもっともよろこばしい中心に自分がいるような錯覚である。私たちは完全に相手を黙殺したまま、「一人だけの」食事を終るのである。このようなすさまじい食事が日に三度、かならず一定の時刻に行なわれるのだ。

　共生の目的は他にもある。たとえば作業のときである。私たちの労働は土工が主体であったが、土工にあっては工具（スコップ、つるはし）の良否が徹底してものをいう。それは一日の体力の消耗に、直接結びつくからである。毎朝作業現場に到着するやいなや、私たちは争って工具倉庫へとびこむのだが、いちはやく目をつけた工具を完全に確保するためには、最小限二人の人間の結束が必要である。食事のときにあれほど警戒しあった二人が、ここでは無言のまま結束する。

　こうして私たちは、ただ自分ひとりの生命を維持するために、しばしば争い、結局それを維持するためには、相対するもう一つの生命の存在に、「耐え」なければならないという認識に徐々に到達する。これが私たちの〈話合い〉であり、民主主義であり、一旦成立すれば、これを守りとおすためには一歩も後退できない約束に変るのである。これは、いわば一種の掟《おきて》であるが、立法者のいない掟がこれほど強固なものだとは、予想もしないことであった。せんじつめれば、立法者が必要なときには、もはや掟は弱体なのである。

　私たちの間の共生は、こうしてさまざまな混乱や困惑をくり返しながら、徐々に制度化されて行った。それは、人間を憎みながら、なおこれと強引にかかわって行こうとする意志の定着化の過程である。（このような共生はほぼ三年にわたって継続した。三年後に、私は裁判を受けて、さらに悪い環境へ移された。）これらの過程を通じて、私たちは、もっとも近い者に最初の敵を発見するという発想を身につけた。たとえば、例の食事の分配を通じて、私たちをさいごまで支配したのは、人間に対する（自分自身を含めて）つよい不信感であって、ここでは、人間はすべて自分の生命に対する直接の脅威として立ちあらわれる。しかもこの不信感こそが、人間を共存させる強い紐帯であることを、私たちはじつに長い時間を経てまなびとったのである。

　強制収容所での人間的憎悪のほとんどは、抑留者をこのような非人間的な状態へ拘禁しつづける収容所管理者へ直接向けられることなく（それはある期間、完全に潜伏し、潜在化する）、おなじ抑留者、それも身近にいる者に対しあらわに向けられるのが特徴である。それは、いわば一種の近親憎悪であり、無限に進行してとどまることを知らない自己嫌悪の裏がえしであり、さらには当然向けられるべき相手への、潜在化した憎悪の代償行為だといってよいであろう。

こうした認識を前提として成立する結束は、お互いがお互いの生命の直接の侵犯者であることを確認しあったうえでの連帯であり、ゆるすべからざるものを許したという、苦い悔恨の上に成立する連帯である。ここには、人間のあいだの安易な、直接の理解はない。なにもかもお互いにわかってしまっているそのうえで、かたい沈黙のうちに成立する連帯である。この連帯のなかでは、けっして相手に言ってはならぬ言葉がある。言わなくても相手は、こちら側の非難をはっきり知っている。それは同時に、相手の側からの非難であり、しかも互いに相殺《そうさい》されることなく持続する憎悪なのだ。そして、その憎悪すらも承認しあったうえでの連帯なのだ。この連帯は、考えられないほどの強固なかたちで、継続しうるかぎり継続する。

これがいわば、孤独というものの真のすがたである。孤独とは、けっして単独な状態ではない。孤独は、のがれがたく連帯のなかにはらまれている。そして、このような孤独にあえて立ち返る勇気をもたぬかぎり、いかなる連帯も出発しないのである。無傷な、よろこばしい連帯というものはこの世界には存在しない。

この連帯は、べつの条件のもとでは、ふたたび解体するであろう。そして、潮に引きのこされるように、単独な個人がそのあとに残り、連帯へのながい、執拗な模索がおなじようにはじまるであろう。こうして、さいげんもなくくり返される連帯と解体の反復のなかで、つねに変らず存在するものは一人の人間の孤独であり、この孤独が軸となることによって、はじめてこれらのいたましい反復のうえに、一つの秩序が存在することを信ずることができるようになるのである。

一日の労働ののち、食事に次いでもっともよろこばしい睡眠の時間がやってくる。だが、この睡眠の時間にあっても、〈共生〉は継続する。とくに収容所生活の最初の一年、毛布一枚の寝具しか渡されなかった私たちは、食罐組どうしで二枚の毛布を共有にし、一枚を床に敷き、一枚を上に掛けて、かたく背なかを押しつけあってねむるほかなかった。とぼしい体温の消耗を防ぐための、これが唯一つの方法であった。いま私に、骨ばった背を押しつけているこの男は、たぶん明日、私の生命のなにがしかをくいちぎろうとするだろう。だが、すくなくともいまは、暗黙の了解のなかで、お互いの生命をあたためあわなければならないのだ。それが約束なのだから。そしておなじ瞬間に、相手も、まさにおなじことを考えているにちがいないのである。

昭和二十三年夏、私たち抑留者は、それぞれ運命を異にするいくつかの集団に分割されて出発した。私の食罐組のさいごの相手は、その時、別の集団に編入されて私の目の前から姿を消したが、その後、私が彼を憶い出すことはほとんどなかった。

※「ある〈共生〉の経験から」(「思想の科学」一九六九年三月号、のち『望郷と海』筑摩書房、一九七二年所収)

注1　北満……現在の中華人民共和国東北地区および内モンゴル自治区北東部。一九三一年、柳条湖事件を発端とし満洲事変が勃発。日本陸軍における総軍のひとつとして満洲を守備していた関東軍は、清朝滅亡(一九一二年)後、中華民国の支配下に置かれていたこの地域を占領し、一方的に独立を宣言。一九三二年に清朝のラスト・エンペラー愛新覚羅溥儀を皇帝に担いで満洲国を建国した。建前上は満人による民族自決を原則とし、日本人、漢人、朝鮮人、満洲人、蒙古人による五族協和を掲げたが、実質的には日本の傀儡政権という認識が一般的である。

注2　ソ連軍……第二次世界大戦末期の一九四五年二月、ルーズベルト(アメリカ)、チャーチル(イギリス)、スターリン(ソ連)が行なったヤルタ会談で対日参戦を約束したソ連は、四月に日ソ中立条約(一九四一年に締結された五年間の期限条約)の延長を求めないことを日本政府に通告し、ヨーロッパ戦線において ドイツが無条件降伏(五月)したのち、満洲国境に兵力を集結した。八月九日、ソ連軍は対日攻勢作戦を発動。満洲国境はもとより、朝鮮半島、千島列島、南樺太などで戦闘が繰り広げられた。日ソ中立条約に期待していた日本は奇襲を受けるかたちになった。ソ連軍の中枢では軍隊の非人道的な行為を戒めていたが、現地部隊は民間人への発砲、略奪、強姦などを繰り返し、推定五〇万人の避難民が路頭に迷ったとされる。

注3　ソ連の強制収容所……終戦後、混乱を経て武装解除、投降した日本軍兵士、民間人男性(当時、日本国籍だった朝鮮人も含む)を捕虜としたソ連は、満洲の産業施設に残されていた工作機械をソ連に搬出する作業に従事させたのち、日本人捕虜を貨車でソ連領土内に移送した。連行された日本人の数は諸説あるが、ロシア国立軍事公文書館に保存されている資料において、少なくとも七六万人が抑留されたことが判明している。

「望郷と海」——SCENE 2

私たちは故国と、どのようにしても結ばれていなくてはならなかった。しかもそれは、私たちの側からの希求であるとともに、〈向う側〉からの希求でなければならないと、かたく私は考えた。望郷が招く錯誤のみなもとは、そこにあった。そして私が、そのように考えた時期は、海は二つの陸地のあいだで、ただ焦燥をたたえたままの、過渡的な空間として私にあった。その空間をこえて「手繰られ」つつある自分を、なんとしてでも信じなければならなかったのである。

告訴された以上、判決が行なわれるはずであった。だが、いつそれが行なわれるかについては、一切知らされなかった。独房で判決を待つあいだの不安といらだちから、かろうじて私を救ったものは飢餓状態に近い空腹であった。私の空想は、ただ食事によって区切られていた。食事を終った瞬間に、一切の関心はすでにつぎの食事へ移っていた。そしてこの、〈つぎの食事〉への期待があるかぎり、私たちは現実に絶望することもできないのである。私はよく、食事の直前に釈放するといわれたら、なんの未練もなく独房をとび出すだろうかと、大まじめに考えたことがある。

なん日かに一度、あたりがにわかにさわがしくなる。監視兵がいそがしく廊下を走りまわり、つぎつぎに独房のドアが開かれ、だれかの名前が呼ばれる。足おとは私のドアをそのまま通りすぎる。「このつぎだ。」私は寝台にねころがる。連れ去られた足音は、二度と同じ部屋には還ってはこない。そして、ふたたび終りのない倦怠と不安のなかで、きのうと寸分たがわぬ一日が始まる。どこかの独房で手拍子をうつ音が聞こえる。三・三・七拍子。日本人だという合図であり、それ以上の意味はなにもない。

望郷とはついに植物の感情であろう。地におろされたのち、みずからの自由において、一歩を移ることをゆるされぬもの。海をわたることのない想念。私が陸へ近づきえぬとき、陸が、私に近づかなければならないはずであった。それが、棄民されたものへの責任である。このとき以来、私にとって、外部とはすべて移動するものであり、私はただ私へ固定されるだけのものとなった。

四月二十九日午後、私は独房から呼び出された。それぞれドアの前に立ったのは、いずれもおなじトラックで送られ、おなじ日に起訴された顔ぶれであった。員数に達したとき、私たちは手をうしろに組まされ、私語を禁じられた。

私たちが誘導されたのは、窓ぎわに机がひとつ、その前に三列に椅子をならべただけの、およそ法廷のユーモアにふさわしい一室であった。椅子にすわり、それが生涯の姿勢であるごとく、私たちは待った。ドアが開き、裁判長が入廷した。若い朝鮮人の通訳が一人(彼もまた起訴直前にあった)。私たちは起立した。

初老の、実直そうなその保安大佐は、席に着くやすでに判決文を読みはじめていた。私が立った位置は最前列の中央、判決文は私の鼻先にあった。ながながと読みあげられる、すでにおなじみの罪状に、私の関心はなかった。全身を耳にして私が待ったのは、刑期である。早口に読み進む判決文がようやく終りに近づき、「罪状明白」という言葉に、重労働そして二十五年という言葉がつづいたとき、私は耳をうたがった。ロシヤ語を知らぬ背後の同僚が、私の背をつついた。「何年か」という意味である。私は首を振った。聞きちがいと思ったからである。

それから奇妙なことが起った。読み終った判決文を、おしつけるように通訳にわたした大佐は、椅子の上に置いてあった網のようなものをわしづかみにすると、あたふたとドアを押しあけて出て行った。大佐がそのときつかんだものを、私は最初から知っていた。買物袋である。おそらくその時期に、必需品の配給が行なわれていたのであろう。この実直そうな大佐にとって、私たち十数人に言いわたした二十五年という刑期よりも、その日の配給におくれることの方がはるかに痛切であった。ソビエト国家の官僚機構の圧倒的な部分は、自己の言動の意味をほとんど理解する力のない、このような実直で、善良な人びとでささえられているのである。(中略)

郷を怨ずるにちから尽きたとき、いわば〈忘郷〉の時期が始まる。同年秋、かつて見ない大がかりな囚人護送《エタップ》が開始され、ひと月後に私たちは東シベリアの密林《タイガ》にはいった。「ついに忘れ去られた」という、とり返しのつかぬいたみは、当然の順序として私自身の側からの忘却をしいた。多くの囚人にたちまじる日本人を、〈同胞〉として見る目を私は失いつつあった。それは同時に、人間そのものへの関心、その関心の集約的な手段としての言葉を失って行く過程であった。

密林《タイガ》のただなかにあるとき、私はあきらかに人間をまきぞえにした自然のなかにあった。作業現場への朝夕の行きかえり、私たちの行手に声もなく立ちふさがる樹木の群に、私はしばしば羨望の念をおぼえた。彼らは、忘れ去り、忘れ去られる自我なぞには、およそかかわりなく生きていた。私が羨望したのは、まさにそのためであり、彼らが「自由である」ことのためでは毫《ごう》もない。私がそのような心境に達したとき、望郷の想いはおのずと脱落した。
※「望郷と海」(「展望」一九七一年八月、のち『望郷と海』筑摩書房、一九七二年所収)

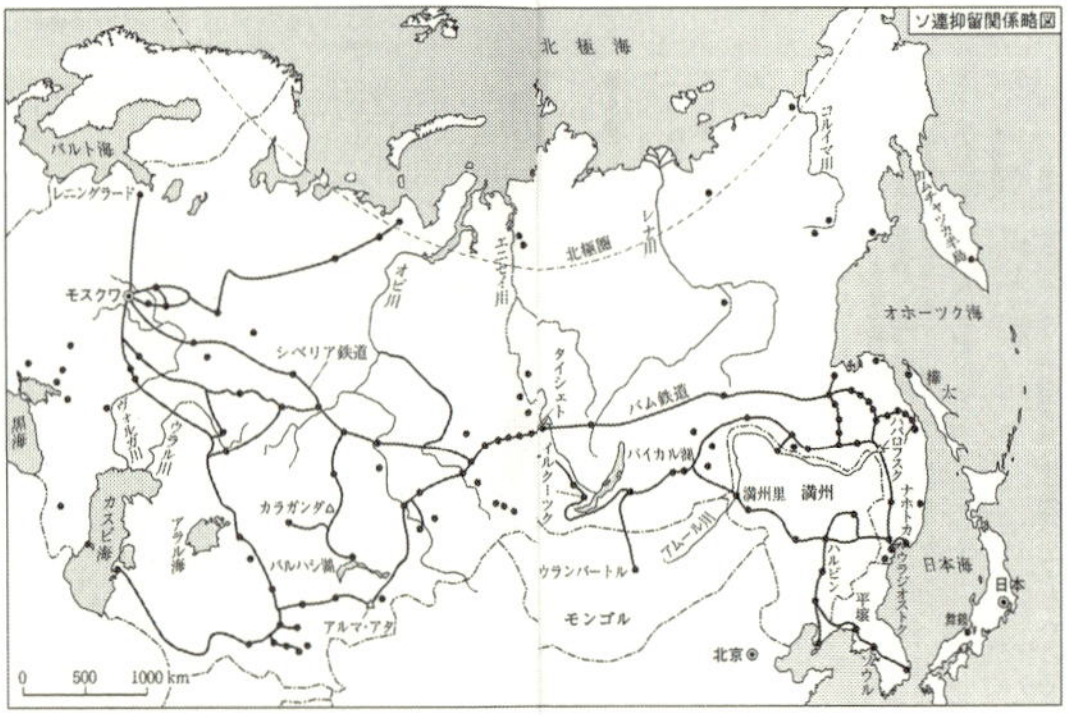

1. 収容所の所在地とその周辺を主に作成.
2. 鉄道路線は，幹線のみ記した.
3. △印は，石原吉郎のいた収容所.
4. 「ソ連における日本人捕虜の生活体験を記録する会」作成の図等をもとに構成.

図１　ソ連抑留関係略図

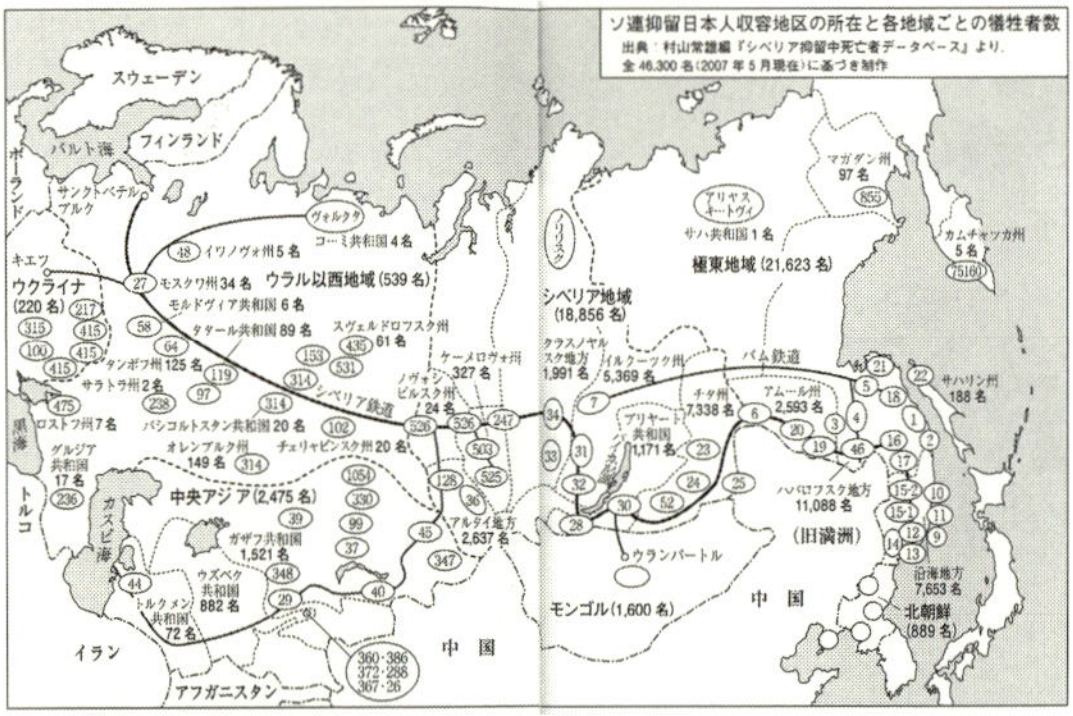

・ソ連抑留中日本人死亡者の発生した80余の「収容地区」の所在を示す略図．楕円は，「収容地区」のおよその所在位置と範囲．楕円の中の数字は，その「収容地区」の正式な固有番号(番号が不明なものは無記入)．
・「収容地区」が置かれていた30余の「州」などを示し，区分ごとに集計した死亡者数を載せた．細かい州などの境界線は省略した．
・本図では，従来「収容所」と訳されていた「ラーゲリ」を，あえて「収容地区」と呼び，それが地理的にかなり広範囲のものであることの意味をこめた．

図２　ソ連抑留日本人収容地区の所在と各地域ごとの犠牲者数
出典：畑谷史代『シベリア抑留とは何だったのか』（岩波書店、2009）

作者紹介　石原吉郎（いしはら・よしろう）

一九一五（大正四）年一一月一一日、静岡県田方郡土肥村生まれ。攻玉社中学校を経て、一九三四年に東京外国語学校入学。校友会雑誌「炬火《かがりび》」の編集にあたっている。一九三八年、同校ドイツ語科卒業後、大阪ガス入社。同年、カール・バルトに師事したエゴン・ヘッセルから洗礼を受ける。一九三九年九月、神学校入学を決意して退職するも、同年一一月、応召。幹部候補生を志願せず、静岡歩兵第三四連隊に入隊。一九四〇年、北方情報要員第一期生に選ばれる。大阪露語教育隊を経て東京露語教育隊高等科に入り、ここで後述する鹿野武一《かのぶいち》と出遭う。一九四一年七月、ハルピンの関東軍情報部（特務機関）に配属される。一九四二年一一月、関東軍特殊通信情報隊（秘匿名称・満洲電々調査局）に徴用され、ソ連の参戦時期を推定するための情報収集にあたる。敗戦後、勤務を解かれたものの、同年一二月中旬、白系ロシア人の密告によってソ連内務省軍に逮捕される。貨車でソ連領中央アジア・南カザフスタン共和国にあるアルマ・アタのラーゲリ（強制収容所）に収監。一九四九年、重労働二五年の判決（罪状はロシア共和国刑法第五八条「反ソ行為」。当時のソ連国内法の最高刑）を受け、ハバロフスクのラーゲリに収監。一九五三年、スターリンの死去（三月）にともない第一回特赦リストに加えられる。同年一一月三〇日早朝、興安丸に乗船しナホトカを出港。同日、舞鶴入港。一九五五年、詩誌「ロシナンテ」創刊。一九五六年四月、田中和江と結婚。翌年、失業し内職と失業保険で生活する。一九五八年、海外電力調査会の臨時職員となる。一九六三年一二月、第一詩集『サンチョ・パンサの帰郷』（思潮社）を刊行。翌年、第一四回H氏賞を受賞。一九七二年一二月、『望郷と海』（筑摩書房）を刊行し、翌年、第一一回歴程賞受賞。一九七三年から現代詩人会会長を務める。一九七七年一一月一五日、埼玉県上福岡市の公団上野台団地八一——二〇二の自宅風呂場において、急性心不全で死んでいるのを発見される（死亡推定日時は一三日の夜八時頃）。抑留体験をもとに思索を展開したその他の評論に、『日常への強制』（構造社、一九七〇年）、『海を流れる河』（花神社、一九七四年）、『断念の海から』（日本基督教団出版局、一九七六年）などがある。

問題編成

SCENE 1・1　猜疑と連帯の結合／〈強制〉としての〈共生〉

石原吉郎は、「強制収容所のこのような日常のなかで、いわば〈平均化〉ともいうべき過程が、一種の法則性をもって容赦なく進行する。私たちはほとんどおなじかたちで周囲に反応し、ほとんどおなじ発想で行動しはじめる。こうして私たちが、いまや単独な存在であることを否応なしに断念させられ、およそプライバシーというべきものが、私たちのあいだから完全に姿を消す瞬間から、私たちにとってコミュニケーションはその意味をうしなう」（「沈黙と言語」、「展望」一九七〇年九月）と述べている。ここには、各人が完全に他者と隔絶されているにもかかわらず、お互いが生存のために何を求めているかが手にとるように分かってしまうことの絶望、内面を所有することさえ赦されず、まるで鏡地獄のように他者の姿に自分のおぞましさが投影される状況を強いられることの悲痛がある。

SCENE 2・1　存在しない故国との〈取り引き〉／錯誤としての〈望郷〉

「私がそのときもっとも恐れたのは、「忘れられる」ことであった。故国とその新しい体制とそして国民が、もはや私たちを見ることを欲しなくなることであり、ついに私たちを忘れ去るであろうということであった」（「望郷と海」前出）と前置きしたうえで、故国の命令によって戦地に赴き、いまその責めを負うている自分たちにとって、「すでに滅び去った体制だけが、かたくなに拠りたのむ一切であった」と記している。そして、故国への〈望郷〉が〈怨郷〉となり、〈怨郷〉が〈忘郷〉へと移行していくことを「言葉を失っていく過程」（＝人間そのものに対する関心が欠如していく過程）とパラレルに捉えている。

こうして、強制収容所に生き延びる人間たちは、自分が故国から希求されているという感覚を維持できなくなり、忘却される恐怖に陥る。そこに待っているのは、現実に絶望することもできず、「断念」することだけが唯一の自己確認となりうるような残酷な生の時間である。内村剛介は、「シベリヤに憑かれシベリヤに立ちつづけ「ひとつごと」を問う石原にとって言葉は何であったろう。それは〝証言〟のたぐいではもちろんない。「生」は今ではそれ自体すでに「裏切り」であり、この「裏切り」を始末しえないかぎり「死」もまた無意味であるということ、その「結末」にかかわるものが石原のことばだ、と私は断言する」、「石原はコンミュニストの国シベリヤで人間の現代の文明の本質を見とおした思いなのだ。その名は「裏切りの体系」。この裏切りの体系はいっさいの言葉を浸蝕する。そこには有意味がほとんど無意味だという互換が見られる」（『失語と断念』思潮社、

〈強制収容〉関連年表

1945年　関東軍、満洲在郷軍人の根こそぎ動員を下命。8月8日／ソ連、ポツダム宣言に参加して対日参戦を通告。翌日、国境を突破して満洲国に進軍。16日／スターリン、米大統領宛の書簡でソ連軍の北海道北半分の占領を申し出る。19日／関東軍降伏。20日／ソ連、瀋陽、ハルビン、長春、樺太に進駐。23日／スターリン指令9898号「日本人捕虜50万人をシベリアに移送せよ」。**1946年**12月8日／シベリアからの引揚げ第一船大久丸、舞鶴入港。12月19日／日本人送還についての米ソ協定で、毎月5万人送還と決定。**1947年**12月／前年度中、57万6552人がソ連各地域から帰国。**1948年**11月23日／ソ連代表、「引揚げに要する一切の費用は日本政府が負担すべきもの」と言明。12月11日／GHQ、ソ連側から引揚げ中止の通告を受けたと発表。1949年1月5日／GHQ、ソ連が引揚げ協定に違反して俘虜を抑留と発表。6月27日、ソ連からの引揚げ再開。「マルクス・レーニンの筋金入り」を自称する帰還者が増加。**1949年**8月10日／引揚げ者の行動が不穏化しているため「引揚者の秩序保持に関するポツダム政令」を公布。**1950年**2月12日／日の丸梯団の代表・久保田善蔵らが「徳田球一が反動は帰すなとソ連に要請した」と発表（徳田要請事件）。**1953年**12月1日／日ソ赤十字協定による引揚げ、3年8ヶ月ぶりに再開。シベリアから興安丸で811人帰国（石原吉郎は同船で帰国）。**1958年**11月15日／舞鶴引揚援護局閉鎖。**1959年**9月25日／ソ連からの第一八次集団帰国により、ソ連地区在留者のうち帰国希望者は約200人を残すだけとなる。

一九七九年）と述べている。

SCENE 2・2　「人間」に対する関心の喪失／〈告発〉を自らに禁じる態度

石原は、「沈黙と失語」（「展望」一九七〇年九月）において、「そのときの私を支配していたものは、ただ確固たる無関心であった。おそらくそれは、ほとんど受身のまま戦争に引きこまれて以来、ついにたどりつくべくしてたどりついた無関心であったかも知れぬ。そしてそのような無関心から、ついに私を起ちあがらせるものはなかった。だがこの無関心、この無関心がいかにささやかでやさしく、あたたかな仕草ですべてをささえていたか。私にとって、それはほとんど予想しないことであった。実際にはそれが、ある危険な兆候、存在の放棄の始まりであることに気づいたのは、ずっとあとになってからである」、「原点。私にかんするかぎり、それはついに地理的な一点である。しかし、その原点があることによって、不意に私は存在しているのである。まったく唐突に。私はこの原点から、どんな未来も結論も引き出すことを私に禁ずる。失語の果てに原点が存在したということ、それがすべてだからだ」と記している。また、「確認されない死のなかで」（「現代詩手帖」一九六九年二月）では、「ジェノサイド（大量殺戮）という言葉は、私にはついに理解できない言葉である。ただ、この言葉のおそろしさだけは実感できる。ジェノサイドのおそろしさは、一時に大量の人間が殺戮されることにあるのではない。そのなかに、ひとりひとりの死がないということが、私にはおそろしいのだ。人間が被害においてついに自立できず、ただ集団であるにすぎないときは、その死においても自立することなく、集団のままであるだろう。死においてただ数であるとき、それは絶望そのものである。人は死において、ひとりひとりその名を呼ばれなければならないものなのだ」と述べ、「集団を信じない」生き方、すなわち、単独者として真剣に自立することの必要性を説く。自分が目撃したものを証言する義務と自分の目撃しないものについては沈黙する意志を同時に持たなければならないと考える石原にとって、詩は、〈告発〉を自らに禁じた者がなおその位置で立ちつづけようとする「深淵のような悲しみ」の表現であるといえる。

研究の手びき

石原吉郎の死後、吉本隆明は鮎川信夫との対談「石原吉郎の死・戦後詩の危機」(「磁場」一九七八年四月、のち『新選現代詩文庫115 新選石原吉郎詩集』思潮社、一九七九年)において、「エッセーを読むと特にそう感じますが、石原さんは国家とか社会とか、共同のものに対する防備が何もないんですね」と批判し、その後、芹沢俊介の「石原吉郎の論理の不安は、単独者の発想の極度の無媒介性に帰することができる。ということは、〈集団〉への考察が片手落ちだということである」(「〈単独者〉の自由とその限界――石原吉郎論」、『現代詩読本 石原吉郎』思潮社、一九七八年所収)といった否定的評価に引き継がれていく。また、内村剛介は『失語と断念 石原吉郎論』(思潮社、一九七九年)で、「石原にとって失語があったとすれば、それはジャパンの日常のなかでの失語であり(それはそれとしておろそかにできぬが)、シベリヤでの失語ではなかった」と述べたうえで、「これは二〇世紀ラーゲリ奴隷をまともに見る視点を石原がついに欠いているということである」と鞭打っている。内村の言説については、〝石原吉郎批判〟と受け止める研究が少なくなかったが、のちに山城むつみは、「内村にとって石原吉郎は、その死が致命傷になるくらい骨がらみの詩人だったのではないか」と問いかけ、「石原の死の直後から執筆されて約一年にわたって連載されたこの石原論は、石原論というより長大な石原追悼文であり、まさしくその意味において最良の批評文になっている」と捉えている。

一九八〇年代に入って、平石貴樹「石原吉郎(上)、(下)」(「武蔵大学人文学会雑誌」一九八二年一二月、一九八三年三月)などが登場して本格的研究がはじまるが、特にシベリア抑留体験とそれにまつわる思索的文章の評価が高まるのは、「昭和」という時代そのものの相対化が盛んになる一九八九年以降である。参考文献目録にあげた評伝、研究書のほか、絓秀実「コミュニケーションとしての「飢え」――石原吉郎論」(「現代詩手帖」一九八九年一一月)、藤中正義「石原吉郎論――鎖の国の風景――」(「岡山大学文学部紀要」一九九一年一二月)、細見和之「石原吉郎における記憶と言葉――「記憶の身体性」をめぐって」(「現代詩手帖」一九九七年二月)、細見和之「「世界文学」の可能性――ツェラン、金時鐘、石原吉郎」(「現代詩手帖」一九九七年九月)などの論考が相次いで発表されている。二〇〇〇年代になると、丸川哲史「冷戦文学論⑦捕虜/引揚の磁場」(「早稲田文学」二〇〇四年三月)、安原伸一朗「失語の詩 石原吉郎とヴァルラーム・シャラーモフのシベリア体験と文学」(「言語態」二〇〇七年七月)、荻原魚雷「魚雷の眼6 石原吉郎のノート」(「ちくま」二〇〇八年九月)、山城むつみ「鹿野武一をめぐって」(「新潮」二〇〇八年一〇月)などが登場し、石原が残した言葉を世界文学的な観点から再考しようとする試みがなされるようになり、現在に至っているといえるだろう。

石原吉郎と同様、シベリア抑留を経験した作家、芸術家には、内村剛介(ロシア文学)、香月泰男(画家)、胡桃沢耕史(作家)、佐藤忠良(彫刻家)、長谷川四郎(作家)、吉田正(作曲家)、五味川純平(作家)、三波春夫(歌手)などがいる。特に、吉田正が作曲した「異国の丘」は敗戦後の日本で広く歌われ、香月泰男のシベリア・シリーズおよび画文集は今日も高い評価を得ている。また、石原は抑留生活をともにした鹿野武一という戦友の生き方を問い続け、「ペシミストの勇気について」(「思想の科学」一九七〇年四月)などを著している。

参考文献

花田俊典「原爆の再問題化のために……アウシュヴィッツ、シベリヤ、そしてヒロシマ/ナガサキ」(「敍説」一九九九年八月)
山城むつみ「転形期の思考(6) ユーモアの位置――ペシミストとコミュニスト――」(「群像」一九九八年一一月)
山本太郎「韜晦の詩法」(『現代詩文庫26 石原吉郎』思潮社、一九六九年所収)

第12章　疎開――津島佑子『葦舟、飛んだ』

中谷いずみ

本章の要点

津島佑子の小説『葦舟、飛んだ』（毎日新聞社、二〇一一年）は、スズメバチに刺されて死んだ道子の通夜をきっかけに六十歳を過ぎた幼なじみ五人が集まるところから始まる。第二次世界大戦終結後の東京で生まれ育った彼らは直接的な戦時を経験していないが、通っていた小学校の創立が「疎開」に由来すると知り、戦争について調べ始める。五人は、調査結果や親の世代の体験談、過去の秘密、子どもたちの現在などをメールで報告し合ううちに、対峙せずにきてしまった出来事や、喪われたことすら見落とされてきてしまった生の存在を知る。

「疎開」とは空襲の被害を避けるために、都市に集中する住民や建物を分散させる措置を指す。防火帯をつくる目的で密集地域の建物を撤去する建物疎開のほか、空襲の標的になりやすい都市の住民を地方へ移す人員疎開として知人を頼る縁故疎開、学校単位の学童集団疎開などが実施された。戦争を題材とする文学作品において疎開先での暮らしや体験を綴った物語は数多く紡がれてきたが、本作品では、後の世代が日常に残る戦争の痕跡に気づく契機として「疎開」が登場する。戦争の内実を知ろうとする五人の試みは、「疎開」を過去の出来事としてではなく、今日も反復されている事態として浮かび上がらせていくこととなる。

SCENE 1は、五人が、自分たちの卒業した小学校と学童集団疎開との関わりに気づく場面、SCENE 2は、五人のうちの一人である理恵が見た夢の場面、SCENE 3は五人のうちの一人である雪彦が学童集団疎開について調査したことを綴ったメールの文章である。「学童集団疎開」をめぐるこれらの場面ないし報告は、「戦争」に翻弄される子どもたちの姿を読者に突きつけるものである。

『葦舟、飛んだ』――SCENE 1

――だけど、なんで、あの小学校は閉校しなきゃいけなかったのかしら。あれはどういうことだったの？

子どものころと同じように、眼をまんまるにして問う昭子に、雪彦が白髪交じりの頭を掻きつつ、憂鬱そうな顔で答えた。

――ぼくの母親によると、あの小学校はもともと、戦争末期に、東京からどこかの山に集団疎開させられてた子どもたちが戦後になっても、戻るところがなくなってしまったんで、その受け入れのために、急遽、用意されたらしい。かなりの人数だったんだって。戻るところがないっていうのは、きっと空襲で校舎がめちゃくちゃにされたってことだよね。ほかには考えられないもの。家も焼かれちゃったんだろう。どこの地区の子どもたちのことなのかもわからない。だからあれは、最初から消えるのが前提で作られた、仮の小学校だったんだ。

――それって、何年の話？

だれも気がつかないうちに、父親の部屋から居間に戻ってきた笑子が立ったまま、雪彦にひどく真剣な顔で聞いた。

――うん、えーと、疎開児童受け入れのこと？

念のため、雪彦は聞き返す。笑子はなにも言わずに、二度、深くうなずき返す。

――ああ、たぶん昭和二十年のことじゃないかな。少なくとも、その翌年の四月から、新しい学年がはじまったんだろう。それまでには東京に戻されていたはずだ。どっちにしても、ぼくたちがまだ生まれていないときだから、大先輩ってことになる。

眉間のしわを深くして、達夫が火のついていない新しいタバコを指にはさんだまま、口を開いた。

――ちぇっ、いやになるな。今の今までそんな事情、ちっとも知らなかった。

――わたしも知らなかった。

笑子が達夫の横にすわり、頭を横に振りながらつぶやく。

――ほんとに、わたしだって……。ちょっと調べるか、親か先生に聞くなりすれば、すぐにわかったことなんでしょうに。でもなんだか、つらい話ね。

昭子の顔は泣きべそのような顔になっている。達夫がその昭子にうなずき返す。

――うん、どうして今までそれを知らなかったのか、自分で信じられないよ。だれかが話してくれても、聞き流していたのかな。まったく、この年になるまで知らなかったなんて……。ひょっとして、その子どもたちが不憫で、おとなたちはものすごく熱心にあの小学校の環境作りにはげんだんだろうか。それで思いがけず、着々としっかりした学校に育って、結果的に、十数年もつづいちゃったたってことか。

達夫に向かって、雪彦が答えた。

――たぶんな、おれたちのあとから、ベビーブームの波が押し寄せてくるってわかってたから、それも計算に入っていたのかもしれない。だけど、中学がよく校舎をあれだけ使わせてくれたね。ほぼ半分だったもの。あのころ、中学のほうは生徒が少なくて、がらがらだったのかな。まあ、なにもかも当時は急場しのぎだったんだろうけど。

漆喰の黒ずんだ壁以外にはなにもない宙の一点をにらみつけて、達夫は自分自身に言い聞かせるように話す。

――そうだ、だから、あの小学校じゃ、親たちも学校のことによく手を貸していたのかもしれない。そういう空気がいつの間にか、生まれてたんだろう。……生徒たちのほうもなんとなくそれがわかっていて、仮じゃない本物の区立小学校の生徒たちと、それから、校舎を貸してもらっている中学の生徒たちと、あんなにいがみ合っていたわけだ。事情なんかなにも知らなくても、劣等感があった。おれたち、本気であいつらと戦ってたもんな。戦闘心のかたまりだったよ。中学生のほうは、どうしたっておれたちより体が大きいし、暴力的だし、校舎の「国境地帯」はベニヤ板一枚で、向こうとこっちが隔てられてるだけだったから、向こうが攻撃態勢になったときは、まるでロシア兵がおそってくるみたいにこわかった。

――ロシア兵？

笑子がびっくりして、達夫の言葉をくり返すと、昭子は小さく笑った。

――でも、……わたしたちの親はみんな、そういうことを承知してたのかしら。

理恵は兄とそっくりに眉根を寄せて、だれにともなく問いかける。兄の達夫がそれに答えた。

――いや、案外、親たちだって、はっきりとは知らなかったのかもしれない。おれたちが入学したときは、仮の小学校がはじまってからもう、七年経っていたんだ。だから、現場の先生たちだって、もしかしたら、このままずっと学校がつづくのかもしれない、つづくに決まってるって、信じはじめていたんじゃないか。閉校になんかならずに済むって。……でも仮の小学校はあくまで仮の小学校だった。閉校はとっくに、決まっていた。

昭子も理恵もそろって溜息を洩らす。理恵の大きな眼は心なしか涙ぐんでいるように、雪彦には見える。

——今度、母親に聞いてみるよ、ヒロシくんのことも。年が年だから、あのひとの頭はあまり当てにならないと思うけど、ほかに聞くひともいないしね。

——ヒロシくん？

笑子が首をかしげた。急いで昭子が、笑子のいないあいだに、ヒロシくんという旧満州から来た、朝鮮族の子どもらしい男の子の話題が出たことを説明した。

——そのヒロシくん？　うん、おぼえてるわ、わたしももちろん。それで、ヒロシくんって、そうなの？　満州から来た子なのかもって？

緊張して、調子のはずれた高い声で笑子は言い、それから、うなだれてしまった。理恵につづいて、笑子まで泣きはじめたか、と雪彦は不安になった。けれどすぐに笑子は顔をあげて、口を開いた。

——わたしはヒロシくんにお礼をちゃんと言えないままでいる。わるい六年生に校庭のウサギ小屋に閉じこめられて、授業がはじまっても出られなくて、わんわん泣いてたら、どうしてヒロシくんにわかったのかふしぎなんだけど、ひとりで校庭に出てきて、わたしをウサギ小屋から出してくれた。それから、涙とウサギの毛やフンで汚れたわたしのほっぺたを手でぬぐってくれた。

笑子は深呼吸をして、それからまた、ひとりごとのように話しつづけた。

——……ヒロシくんに助けられたことにびっくりして、わたしはなにも言わずに、とにかく急いで教室に戻ったの。それで、そのまんま。ヒロシくんが急にいなくなったとき、ショックだった。……ヒロシくん、どこに行っちゃったのかなあ。どこか、遠いところででも生きていたらいいんだけど。生きてたら、わたしたちのこと、少しはおぼえていてくれるかな。ヒロシくんの本当の名前も知らないし、ヒロシくんの事情をわかろうともしなかったわたしたちのことを……。

昭子も、達夫も軽くうなずくだけで、なにも言わない。雪彦も理恵も肩をすぼめ、口をつぐんでしまう。

部屋が静まると、今どき珍しい、壁の振り子時計の音がふと大きくなり、外の風の音も耳にひびく。風が強くなっているらしい。乾ききった枯葉が風におどらされ、ぶつかり合い、地面や家の壁、ガラス戸に触れてはまた、舞いあがる。そのくり返しのうちに、枯葉は細かく砕けていく。ひときわ強い風が吹き抜けると、庭木の枝が大きく揺れ、またしても大量の枯葉を風の流れにまき散らす。老犬のうなり声、いや、笑子の老父の声かもしれないが、その低い声も聞こえる。

風に舞う枯葉のなかを、疲れきって、深くうなだれた姿で、大勢の子どもたちがゆっくりと、静かに通り過ぎていく。そのひそかな足音を、雪彦は聞く。汚れたリュックを背負って、でこぼこの水筒を肩からさげ、着古した服に、すり減ったゲタやボロ靴をはいた子どもたち。そのなかに、小さなヒロシも、道子も混じっている。

闇のなかを寒そうに消えていく子どもたちの群れを、昭子もそっと見送りながら、自分の唇を右手の指先で確認するように撫でて、少しかすれた声を出す。

――あのね、横山先生から、電話がかかってきた。

その場のだれにもよく聞き取れなかった。みんなと同じように、家の外の気配に耳を取られていた達夫が、大きな溜息をひとつついてから聞き返した。

――なに？　なにか言った？

ためらいながら、昭子は答える。

――うん、あのう、……こんなこと言わないつもりだったんだけど、横山先生がね、このあいだ、わたしに電話をかけてきたの。夢のなかで……。

――ああ、夢の話か。ぎょっとさせないでくれよ。

そう言って、笑おうとしたのは、雪彦だった。笑子と理恵はまじめな顔で、昭子を見守る。達夫も笑わずに問い返した。

――それで？

中途はんぱな笑みを顔に残したまま、雪彦も昭子の顔を見つめた。口紅がすっかり落ちた唇から、昭子は指先を離そうとしない。その指がかすかに震えている。

――夢のなかで、わたしももちろん、びっくりしてるんだけど、とてもなつかしいし、電話の声を聞くわたしの体がまぶしくひかっていくような、それがちょっとこわいような感じで、なにも言えなかった。横山先生の声は妙に近くて、大きく聞こえたわ。先生はね、こう言ったの。……もしもし、あこちゃんですか、生き残ったのは、あこちゃんだったんですね、ほかに、だれが生き残っているんですか、これから、だんだんさびしくなるけど、がっかりすることはありません、みんな、ひとりひとり、だいじな子どもたちです、そのことを忘れずに、仲よく過ごすんですよ、遊ぶのも、ケンカをするのも、生きていてこそですからねって。

『葦舟、飛んだ』――SCENE 2

……まわりは薄暗く、町には人影どころか、物音も聞こえない。うしろを振り向くと、闇のかたまりが山の形になって立ちはだかっている。もう、あそこに戻ることはできない。理恵は夢のなかで、おびえの呻き声をもらす。

背中のリュックが重い。足は痛いのを通り越して、感覚が失せている。体が少しでも傾くと、自分で気がつかないうちに、地面に倒れてしまう。倒れたら、そこは泥の海。小さな子どもの体は泥に沈んで、呑みこまれていく。泥のなかは、けれど、気持よさそう。やわらかな泥のなかで眠ってしまいたい。

理恵を含んだ子どもたちの列は長い。その足音も聞こえないし、おしゃべりをする子どももいない。町の静けさのなかを、子どもたちの沈黙がゆっくりと、眠りそのもののようにひそやかに進む。子どもたちはボロ着を身にまとい、髪の毛も伸び放題、顔は汚れでまっくろ、手と足は骨の太さだけになっている。胸に縫いつけられた名札だけが、薄闇のなかに浮かびあがって見える。だれかが洟をすするかすかな音が、理恵の耳に届く。

子どもたちの長い列の右側に、けむりが立ちのぼる。左側にも、同様のけむりが入道雲のように大きくなっていく。でも雲とはちがって、このけむりは黄色みを帯びたいやな色をしている。うなだれて歩く子どもたちは、それでも立ち止まらない。地面の泥が、疲れきった足に重くまとわりつく。

けむりの乾いたにおいのなかに、湿ってよどんだにおいも漂う。子どもたちの眼はそのにおいでかすみはじめる。なにかが腐っていくにおい。子どもたちはそのにおいをすでによく知っている。さかなが腐っているのでも、野菜が腐っているのでもなく、にんげんの死体が腐っていくにおいだということを。

子どもたちは角を曲がる。かつては町だった廃墟が、眼の前に静かにひろがるのを見つめる。けむりがあちこちからのぼり、そこには、だれもいない。子どもたちはなにも言わずに、のろのろと進みつづける。とっくに眼になじんでいる破壊の風景。

死体がどこで子どもたちを待ち伏せしているか、わからないから、気をつけて歩かなければならない。長い列を作って、廃墟の町を黙々と歩きつづける子どもたちは疲れすぎていて、眼もかすんで、足もとに気を配るなんてことはできない。うっかりすると、やわらかな、腐りかけたものを踏んでしまう。

とつぜん、ひとりの小さな子どもが理恵に駆け寄ってくる。赤い眼のかがやく子ども。

見おぼえのない、ひとりぼっちの赤い眼をひからせた子どもが、理恵にしがみついて、まったくわからない言葉で泣きわめく。茶色の、縮れた髪の毛。

　理恵はその子どもに押し倒され、泥のなかで子どもの体とからみ合い、やみくもにもがきながら、声を放って泣きはじめる。ああ、助けて！　助けて。わたしも死んじゃう。もう、どうにもならない。だけど、この子はどこから来た子どもなんだろう。イラクの子ども？　アフガニスタンの子ども？

……

　そう思った瞬間、理恵は夢から逃れ出て、体を起こした。眼もとが濡れているのに気がつき、右手で乱暴に両方の眼をこする。

　破壊しつくされた町を、薄闇に包まれてさまよいつづける子どもたちのひとりではなく、現実のわたしはとっくにおとなになっていて、それどころか、今は六十歳という年齢に近づき、そしてありがたいことに、このあたたかなベッドから、だれかのいじわるな命令で追い出されることだってない。自分の体を手で触って確認し、部屋を見渡し、理恵はようやく安心した。

　ここはいつもの理恵の部屋ではなく、道子の部屋。ああ、そうだわ、眠っているわたしの耳に道子さんがささやいたのかもしれない。死んだ道子の残していったにおいが、鼻先に漂うのを、理恵は感じる。イラクとか、アフガニスタンの子どもだとか、そんなこと、自分で思いつくとは考えられない。いくら夢のなかだとはいえ。

『葦舟、飛んだ』――SCENE 3

　さて那須での集団疎開生活がどうだったのかは不明。よって一般的な学童集団疎開の話をたどるほかない。しかし、これも場所によってまちまちなのだった。

　勉強の習熟度の違いから、疎開児童と地元の子供たちが別々に授業をしたところもあるが、これでは教室も教師も足りなくなるのは目に見えていた。地元との「混交授業」を実施しても、子供同士、互いの言葉すら通じないという状況で、生活習慣も大きく異なり、いがみ合いは避けられなかった。

　なにもかもが不備だった疎開先での授業は、おおむね一日二時間だけ、それも自習になってしまうことが多かった。しかし、これは例外的なことではなく、戦後しばらく経った東京でも同じ。戦争ともなれば、戦後も含め、通常の授業どころじゃないというのが、むしろ常識だったのかもしれない。

授業以外の時間は、農作業やマキ運びなどに費やされた。「本土決戦」下の学童には、勉強より勤労をさせる方がより有益である、と国から指導されていたのだった。

昭和二十年八月の敗戦直前には、この学童集団疎開は恒久化（！）するとまで言われるようになっていた。

親たちは一学期に一度、しかもひとりだけ、子供たちの疎開先まで面会に行くのを許されたが、まず学校長から、面会と列車の切符を買う許可を得る必要があった。（これも、なんだか変な話）やっとの思いで（少なくともまだ新潟の実家にいたぼくの母によれば、当時、切符を買うのも一苦労だったし、当時の列車はいつもぎゅう詰めで、座席にすわるなんて夢の夢だったとのこと）、子供のいる場所にたどり着いても、子供に里心が起きたらいけないという理由で、大きな食卓をはさんで会うことを強要される例もあった。

差し入れの食料（原則として禁止されていたのだが）や着替え等も学童たちの不平等を避けるためとの「配慮」で、直接自分の子供に渡せなかった。また手紙も検閲（!!）されていたので、子供たちは親に対して、自分たちの不安や窮状を自由に訴えることができなかった。

どうにも「流刑囚」みたいな話ばかりで、うんざりしてしまいます。

疎開先の集団生活では、上級生のボスによる「いじめ」が絶えず、教師たちの知らないところで、子供たちの世界は無法状態となっていた。布団に巻かれて窒息したり、川に落とされたりして、遂には「脱走」を試みる子もいた。「いじめ」で子供が死んだ場合、引率の教師には事情がわからず、心臓マヒとか、呼吸発作という言葉で片づけてしまう例が少なくなかったようだ。

せっかく集団疎開をしているのに、疎開先で空襲に遭い、死んでしまった子供もいた。そうなると勝手に自分の子供を連れ帰る親たちが続出し、それを止めることもできなくなっていた。

一方、これはよく知られていることですが、ひどい食糧不足のため、子供たちは慢性的な飢餓状態で栄養失調になり、皮膚病、シラミ、そして伝染病にもたたられた。

言うまでもなく、子供たちのために懸命な努力を続けた引率の教師は数多く存在しただろうし、受け入れ先の対応次第で、それほどひどい目に遭わずに済んだ例もあっただろう。

生活の場として、温泉旅館に引き取られた子供たちと、お寺に置かれた子供たちとでは居心地がかなり違ったはずだし、各農家に分散させられた子供たちも多少は気楽に過ごせたのかもしれない。都会の生活では経験できない、のびのびとした楽しみもあったに違いない。しかし、低学年の小さな子供などは突然、田舎での慣れない生活に放り込まれ、いつになったら東京の家に帰れるのかも分からなかったのだから、さぞかし心細かったことだろう。

子供たちが田舎の各地で疎開生活を続けている間に、東京ではアメリカ軍による空襲（空爆というべきなのか？）が激しくなり、昭和二十年の三月から五月にかけての大空襲で、ぼくたちの地区も壊滅状態になり、数ケ所の小学校の校舎（ここでは小学校についてのみ言及します）が全壊した。

アメリカの戦闘機からは、日本の町の様子がかなりはっきり見えていた。事前に米軍は、詳細な調査もしていたとのこと。それでどうして非情にも、小学校の校舎をわざわざ狙ったのか、ひどいじゃないか、と腹が立つが、集団疎開で生徒が消え失せた校舎を利用して、日本側は部隊を駐屯させ、校庭には高射砲を置いたりしていたから、それでアメリカの攻撃目標になったらしい。

高射砲隊の基地などにしてしまうとは、戦時中、小学校の校舎を聖域として考えていなかったのは、米軍ではなく、まず日本軍だったことになる。おかげで、どれだけの学校の校舎が壊されなければならなかったか。

そして八月十五日になった。戦争が終わっても、東京は学童疎開の子供たちをすぐに迎えるどころではなく、十月に入ってからようやく、子供たちの帰京が開始された。

親の連れ帰りですでにかなりその数が減り、十四万人ぐらいになっていたとはいえ、それだけの数の子供たちを帰京させることは困難をきわめた。しかも空襲で校舎が全壊した小学校の生徒もいたし、家と家族をそっくり失った子もいた。

その頃、戦災で都市機能を失っていた東京では、学童の激減を理由に、学校の整理を計画し始めていた。

学童集団疎開の子供たちについては、人道上、東京に戻さないわけにいかなかったが、ほかの縁故疎開の人たちが東京に戻るのは、当面、禁止することにした。できたら、子供たちも疎開地の学校へそのまま編入してほしい、と東京側は願っていた。しかし地方としてはとんでもない話で、そんな負担はできない、と反撥した。

ここで白状すると、当時の都内小学校の事情を調べはじめたら、実にややこしくて、ぼくの頭はすっかり混乱してしまいました。

たとえば、Kという小学校は校舎が全壊したので、とりあえず東京に戻ってきた生徒たちは近くの高等女学校の教室を借りて、授業を再開、その後、近くにあった二つの小学校に分散して間借り生活、けれど結局生き残れずに廃校、残った生徒たちはさらに別の小学校に移籍したという。

ぼくが混乱させられた理由としてもう一つ、昭和二十二年にアメリカの命令で、日本の学制が変わったこともありました。小、中学校が義務教育になったのです。ぼくたちにとって「不倶戴天の敵」だったあの中学校は、新しい学制で生まれたばかりの学校に過ぎなかったとはじめて知り、愕然とさせられました。愚かなことに、ぼくは、六・三制という新しい義務教育が、どのような混乱と困惑を現場にもたらしたのか、今まで夢にも考えていなかった。

学制が変わるとはどういうことなのか。もちろん、ある日突然、魔法のようににょきにょき新しい校舎が生え出て、生徒が一新し、新しい教師がそろったわけではない。新しい学制のもと、新しい学校が生まれ、今までの学校が廃校になっても、そこに在籍していた生徒たちは死なない限り存在し続けたわけで、その生徒たちがあっちに移され、こっちに移されただけなのだった。制度上の事柄は記録に残るが、人間の実態は見えなくなる。ぼくたちの場合のように、その記録さえ曖昧になる例もあるけれど。

※『葦舟、飛んだ』(毎日新聞社、二〇一一年)

作者紹介　津島佑子(つしま・ゆうこ)

一九四七年三月、太宰治(津島修治)の次女として北多摩郡三鷹町に生まれる。白百合女子大学在学中に「文芸首都」の同人となり、一九六七年より安芸柚子、芦佑子の筆名で作品を発表、一九六九年には津島佑子の名で「レクイエム――犬と大人のために」を「三田文学」に発表する。『葎の母』(河出書房新社、一九七五年)、『光の領分』(講談社、一九七九年)など作品を精力的に発表し続けると同時に、湾岸戦争に反対する文学者の討論集会、文学者と科学者共同の国際会議に参加するなど、社会問題への発言も積極的に行っていく。一九九八年には『火の山——山猿記』（講談社）で谷崎潤一郎賞と野間文芸賞を同時受賞。近年の作品に『ナラ・レポート』（文藝春秋、二〇〇四年）、『あまりに野蛮な』（講談社、二〇〇八年）、『黄金の夢の歌』（講談社、二〇一〇年）などがある。

「葦舟、飛んだ」は「毎日新聞夕刊」（二〇〇九年四月一日〜二〇一〇年五月一五日）に連載されたのち、二〇一一年一月に毎日新聞社から刊行された。作者は本作について「主眼として、女子供にとって戦争がどういうものだったかを書きたいということがありました。そのためにはどうしたらいいか。一人の主人公を立てて、普通に時間をたどる物語（ストーリー）をふくらませるだけだと、何か大事なものがすりぬけていっちゃう気がしたんです。今を生きる生活者たちが手探りで探る、という感じで、戦争というものを立体的に浮かび上がらせることができないか」と考えて書いたと述べている（「なぜ書くか。いかにして書くか。小説の欲望を語る。」「本の時間」二〇一一年四月）。

問題編成

SCENE 1　忘却された過去／死者

仲間の死をきっかけに約五十年ぶりの再会を果たした幼なじみたちは、母校の小学校が閉校になった理由を問ううちに、もとは集団疎開していた児童の帰京を受け入れるために用意された学校だったことを知る。五人は、自分たちが過ごした空間と「疎開」という戦時の制度との関わりに驚くのだが、しかし子ども時代の思い出を語る達夫がふいに「ロシア兵」の比喩を口にすることからも分かるように、戦時の直接体験をもたない彼らにも「戦争」の痕跡は息づいている。そのことに気づいた五人は、それぞれの親や子どもを巻き込みながら、戦争について調べたことや聞いたことなどをメールで報告し始める（SCENE 3）。この「報告ごっこ」は過去を追うばかりでなく、自分たちの今に向き合う行為でもあり、また過去が編成される際に誰の声が聞かれ、誰の声が聞かれなかったのかを問い直す行為でもあった。例えば彼らは、三年生の僅かの間だけ在学していたヒロシくんを思い出す。彼は旧満州から来た朝鮮族の子どもだったらしく、体は小さくやせていてやけどした足をひきずっていた。他の子どもたちと一緒に遊ぶことはなく、自らを語ることもなかったが（言葉もわからなかったみたいだ、と達夫が述べている）、しかし彼が「戦争」と切り離し得ない時間を生きていたであろうことは想像に難くない。五人は、ヒロシくんが何かしらの事情を抱えていたと感じながらも、それを知ろうとしてこなかった自分たちのありように気づく。

そして失われた声を甦らせるかのように、テクストは死者たちの姿を描き出していく。雪彦や昭子は「風に舞

〈疎開〉関連年表

1943年12月22日／「都市疎開実施要綱」閣議決定。人口疎開、建物疎開が推進。**1944年**3月3日／「一般疎開促進要綱」閣議決定。縁故疎開促進の原則出される。6月16日／八幡大空襲。日本本土に対する初の戦略空爆。30日／「学童疎開促進要綱」閣議決定。縁故疎開が困難な東京都区部の国民学校初等科3年以上6年までの児童を対象に、保護者の申請に基づき集団疎開実施へ。7月7日／「帝都学童集団疎開実施要領」決定。10日／防空本部「帝都学童集団疎開実施細目」決定。20日／文部省は全国12都市を学童疎開都市に指定。8月4日／東京都の学童集団疎開の第一陣出発。22日／沖縄県の疎開学童らを乗せた「対馬丸」撃沈。9月末／8都市の約41万1360人の学童集団疎開ほぼ完了。**1945年**1月12日／集団疎開一年延長を閣議決定。3月9日／「学童疎開強化要綱」閣議決定。10日／東京大空襲。14日／大阪大空襲。16日／「大都市に於ける疎開強化要綱」閣議決定。18日「決戦教育措置要綱」閣議決定。国民学校初等科を除いて学校授業1年間原則停止。5月1日／集団疎開学童への食糧配給減少。7月11日／疎開児童への食糧配給更に減少。8月15日／終戦。16日／東京都、学童集団疎開を翌年3月まで継続する方針を明示。21日／戦時教育令廃止。10月10日／東京都の学童疎開第一陣引揚、大分部は11月末までに帰る。**1947年**4月／新学制発足。

う枯葉のなかを、疲れきって、深くうなだれた姿で」「ゆっくりと、静かに通り過ぎていく」大勢の子どもたちの足音を聞き、「小さなヒロシも、道子も混じっ」た「闇のなかを寒そうに消えていく子どもたちの群れ」を目にする。この「疎開」をイメージさせる子どもたちの幻影は、五十代で亡くなった道子がそこにいることからも分かるように、死者たちの象徴でもある。そうした幻影や担任だった横山先生の電話など、テクストは過去と現在、死と生といった区分を曖昧にし、過去や死者を、今の世界に遍在するものとして描き出していく。母校に疎開という過去が織り込まれていたことに気づいた彼らは、過去の出来事や死者の存在が現在に含み込まれていることを知るのである。しかし留意すべきは、遍在する過去が一様にまなざされるわけではないということである。過去のある事柄が歴史として顕彰される一方で、その存在すらも感知されず、無かったことのように埋もれ見えなくなってしまった生や出来事もある。彼らが話題にしたヒロシくんとは、まさに忘却された過去／死者を象徴する存在に外ならず、五人は、痕跡すらも失われかねない生の忘却に自分たちもまた加担していたことに気づくのである。

過去と現在、死と生の混淆に直面し、まなざされてこなかった過去／死者の存在に気づいた五人はそれらと向き合う決意をする。こうしてテクストは、五人が生きる現在に「戦争」の様相や死者の姿を甦らせることで、忘却されてしまった出来事や生を呼び覚ましていくのである。

SCENE 2　廃墟を歩く子どもたち

ＳＣＥＮＥ　2は理恵の見た夢の記述から始まる。「もう、あそこに戻ることはできない」と「おびえの呻き声」をもらす理恵は、泥に足をとられ死体が腐る臭いを嗅ぎながら、黄色みを帯びたけむりの中を歩き続ける。この破壊の風景を歩き続ける子どもたちの姿は、ＳＣＥＮＥ　1の子どもたちの幻影に重なるものである。だが、駆け寄ってきた子どもに押し倒され、死の恐怖を味わう理恵は「どこから来た子どもなんだろう。イラクの子ども？　アフガニスタンの子ども？……」と思う。目が覚めた彼女は、湾岸戦争の頃にニューヨークに住んでいて難民や孤児の問題を扱う事務所の手伝いをしていた道子が見せた夢だと考えるのだが、ここで注目すべきは、廃墟を歩く子どもたちの表象によって日本の戦時とイラク、アフガニスタンの現状が重ねられていることである。

　一九九一年、イラクによるクウェート侵攻をきっかけにアメリカを中心とする多国籍軍とイラクとの間で起きた湾岸戦争は、大規模な空爆によって多数の死者を出した。またイラクが敗戦を受諾した後も国連による経済制裁は続き、イラクの人びとの生活は大きな打撃を受けた。一九九九年のユニセフの報告によると、医療を受けられなかったり伝染病で死亡したりといった、四歳以下の幼児死亡率は湾岸戦争前に比して倍増したという（「読売新聞朝刊」一九九九年八月一四日）。二〇〇三年には大量破壊兵器を隠し持つ「テロ国家」であるとして、アメリカを中心とする多国籍軍がイラクを攻撃、イラク戦争が始まる。二〇一〇年八月にアメリカが戦争終結を宣言し、二〇一一年までに米軍は撤退したが、治安は回復していない。更にこれらの戦争では劣化ウラン弾が使用され、新生児を含む子どもたちに深刻な健康被害を引き起こしている。また、二〇〇一年に起きたアメリカ同時多発テロ事件の首謀者をイスラム過激派指導者オサマ・ビン・ラディンと断定したアメリカは、同年に「対テロ戦争」を宣言、彼が築いたアルカイダも敵と見なし、英軍とともにアフガニスタンの空爆を開始した。その後、アルカイダやタリバンによる武装蜂起と自爆テロ、そしてそれを掃討しようとする国際治安支援部隊（米軍と北大西洋条約機構（ＮＡＴＯ）が指揮権を持つ）の誤爆を伴う空爆や軍事行動によって事態は混迷を極めている。ヒューマンライツウォッチによると、二〇〇六年から二〇〇七年にかけてアフガニスタンの紛争で犠牲になった民間人は二五六二人にのぼり、このうち一六四九人が反政府武装勢力の攻撃により死亡、

疎開ポスター（『学童疎開の記録1』大空社、1994年）

五五一人が米軍とNATO軍の攻撃によるという(「アフガニスタン　空爆による市民の犠牲」二〇〇八年九月八日　http://www.hrw.org/ja/news/2008/09/07-2)。またアフガニスタンの空爆には、広範囲にわたって殺傷が可能で不発弾にもなりやすいクラスター爆弾が使用された。

理恵の夢に現れた廃墟を歩く子どもたちとは、SCENE　1に描かれたヒロシくんや疎開する子どもたちであると同時に、戦闘や空爆にさらされたイラクやアフガニスタンの子どもたちでもある。SCENE　3にはアメリカ軍による東京への「空襲」を「(空爆というべきなのか?)」と問う箇所があるが、空襲/空爆にさらされながら破壊の風景を歩く子どもたちの姿は、決して過去のものでも日本固有のものでもない。理恵の夢を結節点として、テクストは「学童疎開」が行われた過去と近似する事態がいまなお生じていることを浮き彫りにするのである。

SCENE 3　調査報告という形式

SCENE　3は、雪彦が疎開児童について調べたことを報告した文章である。五人は調べたことや知られていなかったことを共有すべくメールでの「報告ごっこ」を始めるのだが、本作ではそれらがメール文のまま字体を変えて挿入される。これらは多くの資料に基づいて書かれており、「戦争」を知るための参考文献のような趣さえある。メールには、何もかもが不備な状態で実施された「疎開」において、面会の制度や手紙の検閲、いじめ、空襲、栄養失調など子どもたちを取り巻く状況に問題があったことが報告体で綴られている。またこの直前には、「足手まといを残すな」という見出しで学童疎開が語られた記事を見つけ驚いたという雪彦の言葉が記されており、人の命がマスとして扱われる戦時の様子が示されている。なお、ここで言及されている学制の変化とは一九四七年より実施されたもので、それまでの国民学校初等科を小学校に戻し、国民学校高等科、中等学校、高等女学校等々それまで複数あった中等教育機関を中学校(新制)に統一、九年間を義務教育としたものである。

通っていた学校が無くなっていたり、学制改革で所属先が変わったりと、疎開先から戻った子どもたちが翻弄されたであろうことは想像できるが、雪彦が記すように、ともすれば制度上の記録はそこに生きる人間の実態を見えなくしてしまう。また当然のことではあるが、過去の出来事や体験は現前せず、それゆえ「戦争」を探るという雪彦らの試みはつねに曖昧なかたちでしか成し得ない。そもそも引用部冒頭にあるように、「一般的な学童疎開の話」であっても「まちまち」なのであり、当事者それぞれに「戦争」をめぐるさまざまな出来事、苦しみ、怒り、笑い、悲しみ等々が存在したはずなのである。

その意味でいえば、本作における「疎開」をめぐる語りは、体験の一元化を回避するものとなっている。学童疎開については、その思い出を綴った文章も多く、また柏原兵三『長い道』（講談社、一九六九年　※藤子不二雄Aによる漫画『少年時代』のベースとなった作品）、向田邦子「字のないはがき」（『眠る盃』講談社、一九七九年）、小林信彦『東京少年』（新潮社、二〇〇五年）など体験をもとにした文学作品も多く見られる。それらは「疎開」という事態の中で人びとが直面した出来事や思いを生々しく伝えるものであり、それによって、当時を知らない読者も追体験的理解や共感が可能になる。だが一方で追体験や感情移入を促す物語は、出来事を一元的に表象してしまうという陥穽を有する。読者に作中人物への心情的一体化を強く促し、感情的盛り上がりをもたらす物語は、その立場からとらえられるものがすべてであるかのような錯覚へと読者を引き込んでしまいがちなのである。作中人物それぞれによる調査報告という形式をとる本作は、その陥穽に陥ることなく、「戦争」を立体的に描き出す。立場や属性、個性、環境等々と絡み合いつつ人びとをさまざまに翻弄した「疎開」や「戦争」という事態を、そしてその中で生き、あるいは喪われていった命のありようを浮上させるのである。

研究の手びき

陣野俊史はこの作品について、世代論にも関わる戦争小説を描く二つの立場、即ち記録を重視する立場と資料の解釈を重視する立場を融合したものとし、今後の「戦争小説の、ひとつのスタンダードを呈示」したものと評している（「記録と解釈の見事な融合」、「群像」二〇一一年四月）。指摘通り、本作品は記録と解釈の往還を組み込んだものであり、それはSCENE 1やSCENE 2の幻影や夢にまつわる記述と、SCENE 3の報告の記述を織り交ぜたスタイルからもうかがえる。近年の津島の作品については、例えば勝又浩が「ナラ・レポート」について指摘したように、「貼り交ぜ」の語りが時空を自在に飛び越えて「繋がり、また往復して」いくような語りの様式が注目されてきた（勝又浩「「ナラ・レポート」津島佑子」、「文学界」二〇〇四年一二月、坂元さおり「「父の記憶」を引き継ぐ娘たち――津島佑子『あまりに野蛮な』を読む――」、「社会文学」二〇〇九年六月など）。各SCENEで見てきたように、本作品においても、そうした語りの様式が「戦争を手探りで探る」という形象を可能にしているといえよう。なお、作家年譜や主要参考文献については『現代女性作家読本③ 津島佑子』（川村湊編、鼎書房、二〇〇五年）に収録された布施薫作成のものが詳しい。

また、単行本の「あとがきに代えて」には、本作を執筆する上で参考にした資料が紹介されている。そのうち「疎開」に関しては、逸見勝亮『学童集団疎開史――子どもたちの戦闘配置』（大月書店、一九九八年）、Web学童疎開を語り継ぐ会『語り継ぐ学童疎開』（http://www.ne.jp/asahi/gakudosokai/s.y/）があげられている。ほかにも学童集団疎開に関する資料は多数存在し、当時の子どもたちの日記を集めた『疎開の子ども 600日の記録』（小川剛監修、学童記録保存グループ編著、径書房、一九九四年）や教師の立場からの記録である浜館菊雄『シリーズ・戦争の証言4 学童集団疎開』（太平出版社、一九七一年）などのほか、『品川の学童集団疎開資料集』（品川区教育委員会、一九八八年）など自治体がまとめたものも数多くある。また全国疎開学童連絡協議会編『学童疎開の記録』全五巻（大空社、一九九四年）には学童疎開に関する研究成果や資料がまとめられており、基本文献として参照できる。

参考文献

星田言『学童集団疎開の研究』（近代文芸社、一九九四年五月）
『21世紀へ語り継ぐ学童疎開』（第四回学童疎開展図録、全国疎開学童連絡協議会、二〇〇〇年）
高遠菜穂子『破壊と希望のイラク』（金曜日、二〇一一年）
西谷文和『戦火の子どもたちに学んだこと　アフガン、イラクから福島までの取材ノート』（かもがわ出版、二〇一二年）
ジュディス・バトラー『生のあやうさ　哀悼と暴力の政治学』（本橋哲也訳、以文社、二〇〇七年）

第13章　原爆――林京子「空罐」

川口隆行

本章の要点

アジア・太平洋戦争とは、極めて個別的体験であると同時に広範な社会的体験でもあった。とりわけ広島、長崎の原爆体験はその中心に位置づけられることで、この国の「戦後」を秩序づけてきた「公共」の話題であったとさえいえよう。七〇年近い時間が経過した今日においてもなお、夏の風物詩のように体験の風化を憂い、継承を唱える言説が繰り返される。

しかし、体験が風化するとはいかなる事態であって、またそれを継承するとはいかなる行為なのか。あらためて考えてみるとさほど自明ではなさそうだ。そもそも他人の体験を「他人事」としてではなく、自分の問題として受けとめることなど人はできるのだろうか。あるいは、受けとめたと思った瞬間、それは勝手な思い込みにすぎず何かの罠にはまるということはないのだろうか。

林京子「空罐」は、長崎原爆の体験をモティーフとした連作短編集『ギヤマン ビードロ』（講談社、一九七八年五月）の冒頭におかれた作品である。被爆から三〇年たった時点での「私」の現在と過去の回想が交錯するこの小説を通して、被爆体験に向き合う際に否応なく直面するジレンマ、体験を継承し次世代に受け渡すことの可能性と困難さについて考察する。

「空罐」——SCENE 1

（ここまでのあらすじ：「私」は同級生だった大木、西田、原、野田と取り壊しが決まった母校のN高女校舎を、三十年ぶりに訪れる。ここは、一九四五年八月九日の長崎原爆で、彼女たちの先生や旧友の多くが命を奪われた場所である。以下はそれに続く小説の全文である。）

卒業以来、私ははじめて講堂を見る。入口に立った時に私を釘づけにした思いは、音楽会でも卒業式でもない。終戦の年の十月に行われた、原爆で死亡した生徒や先生たちの、追悼会である。私が無言の祈りを捧げたのは、その日の、友人たちの霊に対してである。大木たちも、同じ思いだったろう。特に原と大木には、浦上（注1）の兵器工場で被爆した重態の体を、この講堂の床に横たえた想い出がある。原も大木も傷は癒えて、生き残ったが、何十人かの女学生たちは、先生や仲間たちにみとられて、この床の上で死んでいった。生徒数千三、四百人のうち、三百名近い死者が、八月九日から十月の追悼会までに数えられていた。浦上方面の軍需工場に動員されていて即死した者、自宅で白骨化した者、さまざまである。和紙に、毛筆で書かれた生徒たちの氏名は、胡粉の壁の端から端まで、四、五段に分けて貼ってあった。

クラス毎に、担任教師が生徒たちの名前を読みあげた。担任教師が被爆死しているクラスは、同じ学年の教師が、教え子たちの名を代って呼んだ。読みあげられる一人一人の名前に、生き残った生徒たちの間から、どよめきが起こる。そのうち、どよめきは静まって、私たちは気ぬけした者のように肩を落して、長椅子に坐っていた。三方の壁ぎわには、死亡した生徒たちの父母が坐っていた。父母たちは、追悼会がはじまる前から涙ぐんでいた。涙はおえつに変って、生徒が坐っている中央に向かって寄せてくる。悲しゅうなる、とつぶやいた原の言葉は、各人の胸によみがえった、あの日の想いを、率直に言い表わしていた。私は講堂に入った。そして中庭に面した窓辺に歩いて行った。西陽がさす窓を背にして、改めて講堂を眺めた。西田と大木が、寄って来た。

西田は腰の低い窓に寄りかかりながら、「原爆の話になると、弱いのよ」と言った。追悼会、の一言で、私たちが何を考えているのか、勿論西田にもわかっていた。西田は、被爆者ではない。私と同じように転校生である。小学校から入学試験を受けて、選ばれて入学した、はえぬきのN高女の生徒ではない。N高女の生徒たちは、入学試験で選抜された、という評価に対して誇りを持っている。だから、彼女らの転校生に対する評価は、同じN高女生であっても低い。しかし同じ転校生でも西田と私とでは、また微妙な差があった。

私は昭和二十年の三月に、N高女に転入している。そして八月九日、動員中に被爆した。西田が転校して来たのは、終戦の年の十月、追悼会の日からである。被爆したか、しないかの差は、そのまま、はえぬきの大木たちとの結びつきにまで、かかわってきていた。

西田が、弱い、というのは結びつき方で、弱さの原因は被爆したかしないかにある、と西田は言った。大木が、そんげん事のあるもんね、被爆は、せん方がよかに決っとるやかね、と笑って言った。西田は、そうじゃないのよ、いい、わるいじゃなくって、心情的にそうありたい、と思うのよ、と言った。更に、

「例えばね、あなたもわたしも転校生だから長崎弁をうまく使えない、無理に使えばギクシャクとぎこちない、そのぎこちなさよ」わかるでしょう、と私に言った。

いまだってそうよ、と西田が、言葉を続けた。「あなたたち四人は、講堂の入口に立った瞬間、泣き出しそうな顔をした、あの時、あなたたちが考えたことは、追悼会のことでしょう。わたしは、そうじゃないもの」西田の脳裏に浮かんだ情景は、転校早々に行われた全校生徒の弁論大会だ、と言った。

覚えている？　と西田が私に聞いた。その頃、私は原爆症で発熱が続いており、正規の授業がない日には、なるべく休むようにしていた。多分、弁論大会の当日も休んでいたのだろう。記憶になかった。大木が、うわあ恥ずかしかあ、と少女のように、両手で顔をかくした。

原と野田が近寄って来て、なん？　と聞いた。

弁論大会は、生徒全員に各人の主張を書かせ、クラスから一名、優秀な作品を選んだ。その選ばれた者が、クラス代表として講堂の舞台で、意見を発表したらしい。西田も大木もおのおのクラス代表に選出され、優勝を競った仲らしかった。

テーマは西田が「婦人参政権について」、大木が「婦人と職業」。大木が恥ずかしい、と言ったのは、女性を、産む作業から解放しよう、といった調子の、威勢のいい婦人と職業論だったかららしい。言いあてて、いまだに産む作業を知らず、と大木は道化て言った。東京の女子大を卒業した大木は、長崎に帰って来て、中学校の教師を職業として選んだ。それから今日まで、何となく、独身生活を続けている。いつか結婚しよう、と待ちながら、とうとう、四十歳を過ぎてしまった、と大木は言った。

「だけど、女が一人で生きていくには、公務員が最高じゃ

ないの」と西田が言った。
「そう、老後の恩給もつくし、よかでしたい」と野田も言い、うちは、ご亭主が死ねば、その場でアウトさ、と首をくくる真似をした。大木が表情を曇らせて、そうでもなかよ、と言った。

最近、長崎県では離島の教育問題が注目されてきている。離島を多く持つ長崎県では、常に懸案になっている問題点だが、大木にかかわりが出てくるのは、最も個人的な、離島赴任の問題である。そして、その可能性が、大木の場合には大きいという。独身であるのも赴任の条件の一つになるが、二十年を越える教師生活の中で、まだ長崎市内から外部に出たことがない。現在まで、転任は市内の中学校に限られてきた。これは、離島の多い長崎県の教師にとっては珍しいことだ。しかし、来春の異動には、確実に離島赴任が命じられるだろう。大木は、赴任を嫌っているのではない。大木が気がかりなのは、原爆症の再発である。

被爆直後、生徒死亡者名が校門に張り出された時、五十音順の真先に、大木の姓名が書いてあった。私たちは追悼会の日まで、大木は被爆死したものだ、と思っていた。背中や腕にガラス片がささった大木は、出血がひどく、講堂で看護を受けながら、意識がなくなることがあった。引き取りに来た両親に抱かれて、大木は帰宅したが、その姿から、死亡説が出たらしかった。現在は、一応健康にみえるが、不発弾を抱いているようなものである。もうこの年だし、死んでもよかばってん、いざとなれば、やっぱり怖ろしかっさ、と大木が言った。島にも医師はいるが、原爆症が出た場合、大木は、私もだが、長崎市にある原爆病院に入院したい、という希望がある。原爆症にかかわらず、何らかの病気にかかったら、原爆症を考慮しながら治療が受けられる、原爆病院に入院したい、と思っている。できるならば、原爆病院に近い市か、町で生活をしていたい、とも思っている。大木の不安は、原爆病院から海をへだてて離れることにある。しかし、被爆の前歴は、赴任拒否の理由にはならない。仮に受け入れられるならば、長崎県の教師たちは、それぞれが、原爆に関連を持っているだろう。

離島に行く教師は、いなくなるだろう。が、大木が躊躇する気持は、同じ被爆者である私には理解できた。
だけど、と西田は言った。
「むごいことを言うようだけど、予定が組まれたら進まなきゃならない。それが生きるってことじゃない、たとえ病気であってもよ」

同じ場所に踏みとどまっている訳にはいかないのだ、立っている現在が、常に出発点なのだ、と西田が言った。

西田は半年前に夫を亡くしている。二、三日床についただけで、一言の遺言もなく死んだ。さいわい、西田は服飾デザイナーとして、名を成している。夫の死によって、野田のように首をくくる心配はない。仕事ぶりにも定評があって、確実な足場を持っているように思える。それでも進むしかないのよ、いつ足をすくおうかって、虎視たんたんなのよ、と西田は言った。それから西田は、「失礼だけど、あなたご主人は？」と原に尋ねた。原は首を振って、大木さんと同じよ、と答えた。太った大木に比べて、原はいかにも病弱にみえる。

手や足も細く、日本人形のように整った顔は、青く肌が沈んでいる。被爆以後、悪性貧血に悩まされて、結婚生活に耐えられる肉体ではないようにみえる。大木の両親は、数年前に相次いで死亡しているが、原の両親は健在で、両親の庇護を受けて生活をしていた。

「ご主人がいるのは、野田さんだけね」と私が言った。おうちは？　と野田が私に聞いた。

一人よ、とだけ私は答えた。

五人いる、かつての少女たちの中で、平穏な結婚生活を続けているのは、野田一人だった。死別、離婚、そして独身で今日まできている大木と原。陽だまりの窓辺で、私たちは暫く無言でいた。

「生き残って三十年、ただ生きてきただけのごたる気のする」と原が言った。うちたちは原爆にこだわりすぎるとやろうか、と大木がひっそりと言った。

「きぬ子は、今日は来ならんと？」と野田が話題をかえた。ああ、忘れとった、と大木が頓狂な声をあげた。朝、島原に住んでいるきぬ子から、大木に電話があった、という。西田と私が、一週間の予定で東京から帰郷しているのを知っているきぬ子は、今日の母校訪問に参加する予定でいた。それが急に、出席できなくなったのだ。

「申し込んどったベッドの空いてさ、原爆病院にあした、入院しなっとげなさ」大木の言葉に、原爆症ね？　と原が眉を寄せた。大木は、ううん、と首を振って、背中のガラスば抜きなっとさ、と言った。

きぬ子は、島原で小学校の教師をしている。二年生を受け持っているが、ガラス片の痛みを知ったのは、体育の授業中である。活発なきぬ子は、四十歳を過ぎていながら、子供たちに前転をしてみせていた。丸めた背中が、マットの上に落ちた時である。明滅するイルミネーションのような、軽やかな痛みが、背中に起きた。年のせいかな、ときぬ子は思いながら、あと一度、前転を、生徒の前でしてみせた。今度は、尖った痛みがした。放課後、きぬ子は病院に寄って、診てもらった。医師は指先きで、背中の処どころを押して、原爆におうとすれば、その時ささったガラスじゃなかろうかあ、ときぬ子に聞いた。レントゲンを撮って、一週間後に一ヵ所切開してみると、医師の言葉どおり、ガラスが出てきた。その部分の肌は固くこりこりしていて、それが幾つかある。レントゲンには影になって写るらしいが、切開してガラスを取り出すために、あした、きぬ子は入院するのだ、と大木が説明した。

「きぬ子さんって、よく覚えていないけれど弁論大会に、一緒に出た人じゃない」と西田が聞いた。へえ、出なったね、と野田が答えた。そして、あんなんはあん時は、坊主頭やったね、と言った。被爆後、きぬ子は髪の毛が脱けてしまって坊主頭になっていた、という。丸坊主で演壇に立ったきぬ子も、在学中のきぬ子も私は覚えていないし、知らない。「命について、話しなったね」と原が覚えていて、言った。おとうさんも、おかあさんも即死しなったけんねえ、と大木が言った。独りっ子だったの？　と私が聞いた。うちとおんなじ、天涯孤独の教師さ、と大木は、私たちを見て、笑ってみせた。

女学生時代のきぬ子を知らない私が、きぬ子とつき合うようになったのは、同窓会か同年会で同席して、それから、つき合いがはじまったようである。そして昨年、十年ぶりに私はきぬ子に逢った。

私たちの恩師に、T先生という女先生がいた。当時二十四、五歳で、長崎市内の上町にあるK寺のお嬢さんだった。N高女の先輩で、金色の産毛《うぶげ》が頬から耳たぶにかけて光る、色の白い、美しい先生だった。目の玉が、青みがかかった灰色をしており、髪の毛も細く、産毛よりやや濃い、栗色をしていた。長崎には混血児にも見間違えそうな男女が多いが、T先生も混血児にみえた。T先生は、兵器工場に動員された生徒について出向していたが、八月九日、きぬ子と同じ職場の精密機械工場で即死した。

昨年十月、T先生の墓が、生家であるK寺にあるのを知った私は、きぬ子を誘って、三十年ぶりに墓参りをした。

墓参りを終えた私たちは、K寺の、町を見おろせる樫の木の根元に坐って、T先生の想い出話をしていた。きぬ子は、T先生の即死の現場を見ている。遺体を確めたわけではないが、閃光に額をうたれて、光の中に溶けて見えなくなった瞬時を、目撃している。その時T先生は、きぬ子に向かって、大きな口をあけて何事かを叫んだ。言葉は、勿論聞きとれなかった。単なる叫び、だったかもしれないが、きぬ子はT先生の最後の言葉を、何とか理解してあげたい、と思い続けた。開いた唇の形を脳裏に繰り返し描いて考えているうちに、いつの間にか、T先生はきぬ子の頭の中に貼り絵のように、貼りついてしまった。

聞きとれなかった言葉は、きぬ子の心の負担になって、この頃では、あの情景が事実だったのか、T先生は本当に死んだのだろうか、と、それさえも疑うようになっているのだ、と言った。K寺に墓参りに来たのも、曖昧になりつつある過去を確かめる意味と、はっきりT先生の死に決着をつけるためだ、と言い、この樫の木の根元で、T先生を焼きなったって、住職夫人はいいなったね、と私に住職夫人の言葉を確認させた。

本当よ、ここで焼いたって住職夫人は話したわ、と私は答えて、樫の木の、瘤になった根を叩いた。骨も拾うたって、いいなったね、もう、死になった人のことは忘れてしもうてもよかよねえ、きぬ子は私を真似て、樫の木の瘤を叩いて言った。その時きぬ子は、痛い、と小さい叫びをあげて、手のひらを撫でた。手のひらには、傷口も、出血もなかった。とげをさしたの？　不思議に思って私は聞いた。

「ガラスさ」ときぬ子は、それだけ答えた。その時の、抑揚のないきぬ子の言葉を、私は想い出していた。

「人間の体は、よう出来とるね」と大木が言った。四、五年前に大木の背中からも一個、ガラスが出てきた。医師に、切開をして出してもらうと、真綿のような脂肪の固まりが出てきた。四、五粍の、小さいガラス片は脂肪の核になって、まるく、真珠のように包み込まれていた、という。

私たちは講堂を出た。講堂を出ると、階段の踊り場を中心に、右と左に廊下が分かれている。右側が特別教室になっている。私たちが終戦直後に使用していた教室は、その左側である。私たちは「何組だった？」と銘めいの担任と級を確めあいながら、廊下を歩いて行った。私たちが歩いている廊下は、コの字形の校舎の、背の部分になっている。コの字の角に当る教室は、出入り口が一つしかない。

他の教室は、前後に一つずつ、出入り口がついていた。角の教室は非常の場合を考えて、隣の教室との境いの壁に、ドアが一つ、取りつけてあった。私は、その角の部屋のドアに記憶があった。ここが私の教室ね、と私は西田に言った。西田は、どれ？　と言いながら、廊下の窓から教室の内部をのぞき込んだ。女学生の頃によくのぞき込んだ姿勢で、西田は手摺に両ひじをかけて、上半身を教室に折り込む格好で、室内を見まわした。そして、これはわたしのクラスよ、と言った。西田も、壁のドアのノブに記憶がある、という。二人がもっているノブの記憶は、二人ともが正しいのかもしれなかった。ただ、出入り口が一つしかない角の教室なのか、それとも角の教室に壁を接した、共通のドアを持った教室なのか。いずれにしても西田と私の教室は、隣りあっていた事は確かなようだった。

西田と私は、転校生の心細さから親しくなったが、卒業までに同じクラスになったことはない。二人が同じ教室の想い出を持っているのは、おかしなことだった。

大木が、西田の横から教室をのぞいた。

「きぬ子は、この教室やったよ、同じクラスやったと」と大木は、私たち二人に聞いた。私は、違う、と答えた。西田も、きぬ子と一緒のクラスになった覚えはない、と答えた。

「この壁に、大穴のあいとったね」話しながら大木は、教室に入って行く。大木は些細な部分まで、記憶していた。大木に続いて、私たちも教室に入った。陽がかげった教室には、講堂と同じように椅子も机もない。白ぼくの粉が浮いた黒板が、廊下側の壁にかかっている。

教室の横の壁にかかったこの黒板は、生徒用の掲示板である。黒板の右後に、問題のドアがついていた。大木が説明した壁の大穴は、黒板とドアの間の壁にあいていた。穴は、教室のやや後寄りになる。女学生二人が並んで通れる大きさで、そこから、隣りの教室の授業風景が見えた。授業にあきると、私は振り返って、穴から見える範囲の、隣りの教室の友達に目くばせを送った。穴はすぐに補修されたが、記憶をたどっていけば、角の教室は、やはり私のクラスのように思えた。背丈が低かった私は、教室の前に坐っていた。

前の座席から振り返って、隣りの教室が壁の穴から見えるのは、この角の教室しかない。

「覚えとる?」と大木が聞いた。きぬ子の空罐? と重ねて聞く。空罐を、どうかしなったと、と野田が聞いた。

「ほら、空罐におとうさんと、おかあさんの骨ば入れて、毎日持って来とんなったでしたい」と大木が言った。ああ、と私は叫んだ。あの少女が、きぬ子だったのか。それならばきぬ子と私は、クラスメートになる。両親の骨を手さげカバンに入れて、登校して来ていた少女を、私は覚えている。少女は、赤く、炎でただれた蓋のない空罐に、骨を入れていた。骨がこぼれ落ちないように、口に新聞紙をかけて、赤い糸で結えてあった。少女は席に着くと、手さげカバンの中から、教科書を出す。それから両手で抱きあげるように、空罐を取り出す。そして、それを机の右端に置く。授業が終ると、手さげカバンの底に、両手でしまい、帰って行く。初め、私たちは空罐の中身が何であるか、誰も知らなかった。少女も話そうとしない。被爆後、私たちは明からさまに話さない事が多くなっていたので、気にかかりながら、誰も尋ねなかった。少女の、空罐を取り扱う指先が、いかにも愛しそうに見えて、いっそう聞くのをはばかった。

書道の時間だった。復員して帰って来た若い書道の教師が、ある日、机の上の空罐に気がついた。半紙と硯と教科書で、机の上は一杯になっている。

「その罐は何んだ、机の中にしまえ」と教壇から教師が言った。少女はうつむいて、空罐をモンペのひざに抱いた。そして、泣き出した。教師が理由を聞いた。

「とうさんと、かあさんの骨です」と少女が答えた。書道の教師は、少女の手から、空罐を取った。それを教壇の机の中央に置いた。ご両親の冥福をお祈りして、黙禱を捧げよう、と教師は目を閉じた。ながい沈黙の後で、教師は、空罐を少女の机に返して、「明日からは、家においてきなさい、ご両親は、君の帰りを家で待ってて下さるよ、その方がいい」と言った。

あの時の少女が、きぬ子だったのだ。空罐事件は、私の少女時代に錐を刺し込んだような、心の痛みになって残っていた。空罐の持ち主が誰だったか、と言うことよりも、事件そのものの方が、印象に深くあった。焼けた家の跡に立って、白い灰の底から父と母の骨を拾う、幼いきぬ子の、うつむいた姿が、薄暗い教室の中に浮かびあがった。あの空罐は、いま何処にあるのだろう。

きぬ子は、まだ、赤さびた空罐に両親の骨を入れて、独り住いの部屋の机に、置いているのだろうか。

昨年、K寺で逢ったときにも、きぬ子は両親の話には触れなかった。現在の生活も、過去の生活も、いっさいを口にしなかった。あの頃、背中のガラスは、既に痛みはじめていたのかもしれない。

きぬ子は、あした入院するという。きぬ子の背中から、三十年前のガラス片は、何個でてくるだろう。光の中に取り出された白い脂肪のぬめった珠は、どんな光を放つのだろうか。

※「空罐」(「群像」一九七七年三月。のちに『ギヤマン ビードロ』講談社、一九七八年に収録)

注1　浦上……長崎市街から北に約三㎞離れた地域。江戸時代は

潜伏キリシタンの里であり、四度に渡る「浦上崩れ」と呼ばれる大弾圧を受けた。また、「幕藩時代の初期、寺町周辺にあった武具生産職人や中島河畔の諏訪町にあった皮革目利き商人らの部落は、一六四八年、長崎奉行の命で長崎のはずれの荒れ地に強制移住させられ、さらに一七一八年、長崎奉行は、同じように差別されていたキリシタン弾圧の監視役に使うため、現在の部落に集団移住させた」（長崎県部落史研究所編『ふるさとは一瞬に消えた　長崎・浦上町の被爆といま』解放出版社、一九九五年）とあるように、浦上の周辺部には被差別部落も存在した。明治に入って信仰が認められたカソリック信徒は、一九一四年、東洋一のロマネスク聖堂と評された浦上天主堂を建立。一九二〇年に長崎市に編入された頃から、三菱製鋼所や三菱兵器工場などの軍需関連工場、長崎医科大学、長崎高等商業学校などの文教施設が整備され、急速に開発が進んだ。一九四五年八月九日、爆心地となった浦上は壊滅的破壊を蒙るのだが、山に隔てられた長崎市街は軽微な被害で済んだ。平坦な土地ゆえ同心円状に破壊が広がった広島とは様相を異にする物理的被害の落差は、上述の歴史的事情とあいまって、時に長崎市民の原爆に対する意識、態度にも温度差をもたらした。現在、再建された浦上天主堂のほか、平和公園、長崎原爆資料館などが存在する。

作者紹介　林京子（はやし・きょうこ）

一九三〇年八月二八日、長崎県長崎市生まれ。二〇一二年現在神奈川県逗子市在住。一歳のとき父親の仕事の関係で上海に渡る。上海居留団立第一高等女学校二年のとき、戦況の悪化によって長崎に帰郷。県立長崎高等女学校三年に編入。学徒動員先の三菱長崎兵器製作所大橋工場で被爆する。一九五一年に結婚、一九五三年に長男出産、一九七一年に離婚を経験。

一九六二年同人誌「文芸首都」に加わる。のちに林を「原爆ファシスト」と批判した中上健次も同人であった。中上は、林の小説を原爆体験という特権性にあぐらをかき、感傷に堕したものとみなした。一九六九年「文芸首都」解散。「祭りの場」（「群像」一九七五年四月）で第一八回群像新人文学賞、および第七三回芥川賞を受賞する。『ギヤマン ビードロ』（講談社、一九七八年）は、芸術選奨新人賞の内示を受けたが「被爆者であるから、国家の賞を受けられない」という理由で辞退した。その後現在に至るまで原爆、家族、外地経験をテーマとした小説を多数発表している。二〇一一年の震災・原発事故の後、島村輝を聞き手とした『被爆を生きて 作品と生涯を語る』（岩波ブックレット、二〇一一年）を刊行、人類は「核」とは共存できないという認識のもと「ヒバクは被爆者の「特権」ではなく、核に対する「意識」の問題」と述べ、現在の状況と地続きのものとして原爆を把握する必要を訴えている。

問題編成

SCENE 1・1 入れ子の構造

被爆直前にN高女に転校してきた語り手の「私」は、「女学生時代のきぬ子を知らない」と思いこんでいた。ところが、印象深い出来事として記憶の底に留めてきた空罐事件の少女が、実はきぬ子であったという三十年後の発見で小説は結ばれる。しかしこうした結末は、小説が投げかける問いまでも終わらせるものではない。「私」にとって、少女時代の空罐事件は「錐を刺し込んだような、心の痛みになって残」るものであった。「錐を刺し込んだような」という喩は、きぬ子の背中に埋もれたままの「ガラス片」のイメージと重ねられている。そしてこの「ガラス片」は、被爆の瞬間にきぬ子の体内に入り込んだものである。では、その瞬間、きぬ子は何を体験したのか。きぬ子は「私たちの恩師」であるT先生の「即死の現場」を目撃したのだ。そして、T先生の「聞き取れなかった言葉は、きぬ子の心の負担にな」ってしまうのである。

「ガラス片」のイメージを介して、T先生の消滅する光景を目撃して心の負担を抱えたきぬ子、空罐少女を目撃した心の痛みが残り続ける「私」、といった入れ子の構造になっているのだ。さらにそこには、「私」の語る物語を読んでしまった読者、という次元も組み込まれているとさえいえ、現実の読者である私たちを「目撃者」として巻き込む仕掛けとなっている。

SCENE 1・2　死者の死の他者性

T先生の最後の場面はこの小説において唯一原爆投下の瞬間を描いた箇所でもある。「光の中に溶けて見えなくなった」瞬間、T先生はいったい何を伝えようとしたのか。宛先のない「単なる叫び」だったのかもしれないが、きぬ子は、T先生の言葉を自分に向けられたものとして受けとめてしまう。「きぬ子の記憶に貼り付いたT先生の唇は、彼女にとって、決して償還できない負債」（深津謙一郎「記憶を分有すること――林京子と文学の

〈原爆〉関連年表

1942年10月11日　アメリカ合衆国大統領ルーズベルト、核兵器開発プロジェクトを承認。マンハッタン計画が始動。

1945年7月16日／アメリカ・ニューメキシコ州の実験場で人類最初の核実験（トリニティ実験）に成功。8月6日／午前8時15分、B29エノラゲイ機、広島市中心にウラニウム原子爆弾（通称「リトルボーイ」）を投下。9日／午前11時2分、B29ボックスカー機、長崎市中心部から約3km離れた浦上地区にプルトニウム原子爆弾（通称「ファットマン」）を投下。15日／玉音放送、敗戦。9月21日／プレスコード発令による原爆報道・表現の規制。**1949年**1月永井隆『長崎の鐘』発刊。ベストセラーとなる。8月6日／「広島平和記念都市建設法」公布施行。9日／「長崎国際文化都市建設法」公布施行。**1950年**11月30日アメリカ合衆国大統領トルーマン、朝鮮戦争での原爆使用に言及。

1954年3月1日／マグロ漁船第五福竜丸、太平洋マーシャル諸島ビキニ環礁でアメリカの水爆実験に遭遇。**1955年**8月6日、第一回原水爆禁止世界大会が広島で開催。**1956年**8月9日／第二回原水爆禁止世界大会が長崎で開催。

1957年4月1日／「原子爆弾被爆者の医療等に関する法律」（原爆医療法）施行。**1968年**9月1日／「原子爆弾被爆者に対する特別措置に関する法律」施行。

領分」）となったのである。

死んだ人間のことなどわからない、考えても無駄なのだ、という声も聞こえてきそうだ。だが、こうは考えられないか。どうにかして「わかろう」とし、それでも「わからない」まま苦闘するからこそ、T先生の最後の言葉はきぬ子のなかで生き続けているのだと。前述した入れ子の構造という特徴を踏まえていえば、きぬ子から話を伝え聞く「私」、そして「私」が語るこの小説の読者へと、T先生の最後の言葉は、負債というかたちではあるが受け渡されている。

きぬ子が何らかの合理的、常識的な解釈を与えることで、T先生の言葉を「わかって」しまえば、おそらくその時点で、「あの日」「あの時」、一回きり発せられたT先生の言葉の唯一無比な「意味」は消滅してしまうに違いない。とりかえのきかない一人の人間のかけがえのなさも永久に失われよう。そうなれば「私」にも、読者にもT先生の言葉の「意味」が伝えられることはない。

核のカタストロフの語り継ぎとは、死者の記憶を自己の都合で領有しないこと、死者の死の他者性に向き合うことからまずは踏み出されるのではなかろうか。

SCENE 1・3　当事者になる

そもそも体験を継承するとは、いったいどのようなことなのか。大多数の読者にとって、広島・長崎の原爆体験は歴史上の遠い出来事にすぎず、「空罐」の扱う内容は「他人事」の世界かもしれない。それは、体験者と非体験者の間に横たわる距離感の問題ということも可能だろう。この小説には、記憶を共有するかにみえる同窓生のあいだに、被爆体験を有するものと、そうでないものという断線が引かれている。「私」とともに東京から帰郷した西田は「原爆の話になると、弱いのよ。」とつぶやく。西田は「私」と同じ転校生だが、「私」と違って被爆体験をもたない。原爆症の再発を恐れ、離島の学校への転任をためらう大木の気持ちを「同じ被爆者である私には理解できた」と「私」は語る。一方、西田は「むごいことを言うようだけど、予定が組まれたら進まなきゃならない。それが生きるってことじゃない、たとえ病気であってもよ」と大木を叱咤する。こうした対比的な構図は、過去にこだわる体験者と今を生きることをうながす非体験者といった違いさえ強調しているようでもある。

しかし、そうしたわかりやすい違いのみに目を奪われると、この小説が投げかける問いを受けとめ損なうだろう。たとえば、大木や「私」にせよ、T先生の死を目撃しているわけではない。「私」はそれをきぬ子から伝え聞くほかないのであって、厳密に言えばT先生の出来事に関しては直接的な当事者とはいえない。「あの日」「あの時」の経験を共有しているようにみえて、個別の事情は異なっている。三〇年前に目撃した空罐少女のただむ光景の意味を、同じ被爆体験者だから西田以上に「私」には「わかる」とは限らないのだ。むしろ、被爆の話題になると「ぎこちなくしか話せない「西田」は、T先生について明確に話せない「きぬ子」と、証言をめぐって近しいものがある」（高木信「「林京子「空罐」の〈亡霊〉的時空、あるいは記憶の感染の（不）可能性」）と解釈することも十分可能である。

「空罐」は、複雑な差異の線を幾重にも張り巡らすことで、自明と化した体験者／非体験者といった分節に揺さぶりをかける。そこで読者が差し向けられるのは、他者の苦しみや痛みを安易な共感によって領有するのでも、だからといって「他人事」として受け流すのでもない、みずからの問題とすることの可能性と困難、すなわち「当事者になること」をめぐる問いにほかならない。

研究の手びき

「空罐」（ならびに『ギヤマン ビードロ』）については、高等学校国語教科書に教材として採用された歴史も長く、指導書の記述、教材研究も多く存在するが、作品の新たな読みの可能性を提示した論考として深津謙一郎

「記憶を分有すること――林京子と文学の領分」(『千年紀文学』五七号、二〇〇五年七月)を挙げねばならない。さほど長くはない論考だが、「空罐」の精緻な読解を下敷きにして、死者の死の他者性、国民共同体と原爆・戦争の記憶の関係性、といった原爆テクスト全般を理解するうえでも極めて重要な指摘がなされている。深津には『ギヤマン ビードロ』全体を論じた「「八月九日」の〈亡霊〉――林京子『ギヤマン ビードロ』論」(『共立女子大学文芸学部紀要』五七号 二〇一一年一月)がある。深津の議論をうけて、体験の分有、証言の(不)可能性といった問題を深化させた論考に、高木信「「林京子「空罐」の〈亡霊〉的時空、あるいは記憶の感染の(不)可能性」(助川幸逸郎・相沢毅彦編『可能性としてのリテラシー教育21世紀の〈国語〉の授業にむけて』ひつじ書房、二〇一一年)、村上陽子「体験を分有する試み――林京子『ギヤマン ビードロ』論――」(『日本近代文学』八五集、二〇一一年一一月)がある。

林京子とその作品については多くの批評、研究が積み重ねられてきた。まとまった作家作品研究としては、渡辺澄子『林京子――人と文学　見えない恐怖の語り部として』(長崎新聞社、二〇〇五年)、黒古一夫『林京子論「ナガサキ」・上海・アメリカ』(日本図書センター、二〇〇七年)、渡辺澄子、スリアーノ・マヌエラ『林京子人と文学』(勉誠出版、二〇〇九年)、がある。近年ではジェンダー・セクシュアリティ研究、ポストコロニアル研究の進展とも絡んで、「産む性」として規定された女性の妊娠・出産という身体性、作家の戦前の上海経験などにも注目が寄せられるようになる。こうした動向は、原爆というテーマの深化と別にあったというより、むしろその再問題化を強く促すものであった。たとえば、田崎弘章「後日談であることを拒絶する長崎原爆文学――女性視点と日常性」(『人間文化研究』五号、二〇〇七年三月)、菅聡子「林京子の上海・女たちの路地――アジールの幻想」(『立命館言語文化研究』一九巻三号、二〇〇八年二月)、野坂昭雄「林京子「長い時間をかけた人間の経験」論」(『原爆文学研究』七号、二〇〇八年一二月)、松永京子「長い時間をかけた作家の経験――「汚染の言説」として読む「原爆文学」――」(『原爆文学研究』七号、二〇〇八年一二月)などが、アジアとアメリカ、加害と被害、放射能汚染と生殖、さらには環境問題といった多様な切り口を手掛かりにして、林文学（と原爆について）の新たな捉え返しに迫っている。

広島、長崎と並び称されるが、「長崎原爆」（あるいは「浦上原爆」）固有の文脈について理解を深めることも、林文学を解読する有力な補助線となろう。この点からいえば、長野秀樹「原爆は「神の摂理か」……永井隆の前景と後景」（「敍説」一九九九年八月）、同「井上光晴「手の家」の構造」（「原爆文学研究」一号、二〇〇二年八月）、横手一彦「長崎原爆を長崎浦上原爆とよみかえる——林京子『長い時間をかけた人間の経験』を軸に——」（「社会文学」三一号、二〇一〇年二月）が示唆に富む。原爆文学研究全般の動向については、二〇〇二年に創刊された原爆文学研究会編「原爆文学研究」（花書院）が参考になる。

参考文献

花田俊典『清新な光景の軌跡——西日本戦後文学史——』（西日本新聞社、二〇〇二年）
米山リサ『広島 記憶のポリティクス』（岩波書店、二〇〇五年）
川口隆行『原爆文学という問題領域』（創言社、二〇〇八年。増補版、二〇一一年）
ジョン・W・トリート『グラウンド・ゼロを書く 日本文学と原爆』（法政大学出版局、二〇一〇年）
福間良明『焦土の記憶 沖縄・広島・長崎に映る戦後』（新曜社、二〇一一年）

第14章　従軍慰安婦——古山高麗雄「セミの追憶」

光石亜由美

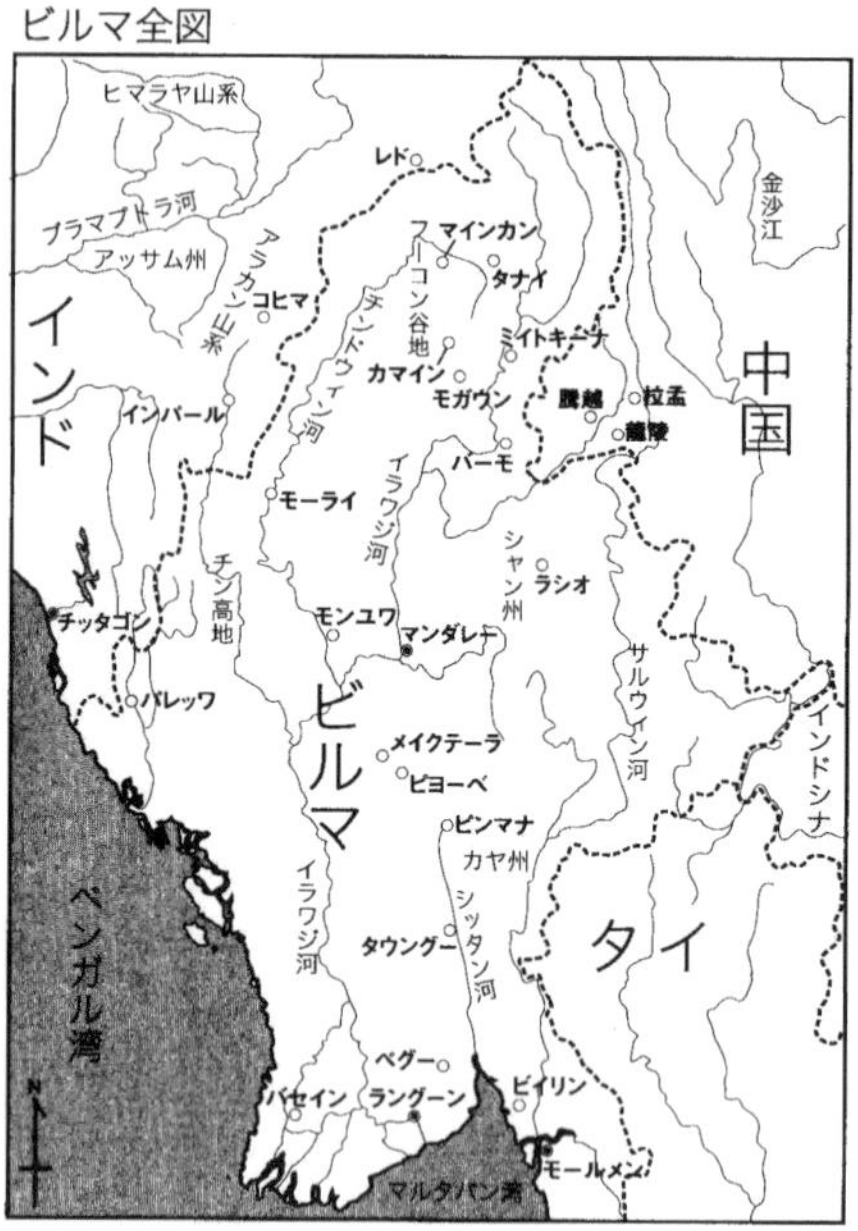

作品の舞台となったビルマ（現ミャンマー）
図表の出典：古山高麗雄『フーコン戦記　戦争文学三部作 3』（文春文庫、二〇〇三年）

本章の要点

小説とも随想ともいえる文体でつづられる「セミの追憶」は、自らの戦争体験を描いた小説を織り込みながら、七三歳になった「私」の戦争の〈記憶〉が描かれている。そこで中心となっているのが「従軍慰安婦」の〈記憶〉である。まず、「従軍慰安婦」が提起する問題を確認した上で、彼女たちとの〈記憶〉がどのように語られているのかを「セミの追憶」についてみてゆく。そして、慰安婦を〈記憶〉するだけではなく、その〈記憶〉を自らの問題として「分有」することの困難さを、テクストを批判的に捉える作業を通じて考えてみたい。

「セミの追憶」――SCENE 1

このところ、やや下火になっているが、先般、戦争中の従軍慰安婦（注1）のことが、大騒ぎに騒がれた。

戦後ほぼ半世紀もたってあのような騒ぎになるとは、なぜだろうか。誰も知らない旧悪が、はじめて露見したわけではない。朝鮮半島が日本の植民地であったころ、わが国は朝鮮民族に対して、いろいろとひどいことをした。従軍慰安婦の大半が朝鮮人であったということも、あのころの日本のやり方や考え方を語っている。そのことも、しかし、在来まったく語られなかったわけではない。戦後生まれの若者には知らない者もいるだろうが、朝鮮人労務者の強制連行や従軍慰安婦のことは、書かれもし、従軍慰安婦については戦後早い時期に、映画にもなっている。

だが、これまでは語られてはいたが、騒ぎにはならなかった。それが半世紀近くもたってこんなふうに燃え上がったのは、ひとつには、集中豪雨式だの、金太郎飴風だのと言われるマスコミが、口を揃えた報じ方をしたからだろうか。

なにやら、燠《おき》から炎が立ちのぼったような感じである。

大分県の正義の婦人団体のリーダーで、日本の旧悪の告発に熱心な人がいて、その人が炎を立ちのぼらせたのだという。

けれども、マスコミの集中豪雨式の報道がなければ、もちろん、これほどの騒ぎにはならない。

正義の婦人団体の運動に呼応するかのように、元朝鮮人従軍慰安婦が名乗り出た。

私をこんなひどい目に遭わせ、一生を台無しにした日本政府よ、謝罪せよ。

と彼女たちは言う。彼女たちには、謝罪をして補償しろと言う人もおり、補償は求めない、ただちゃんとした謝罪を求めているのだ、と言っている人もいるようだ。

そういう人たちが、韓国のほかにも出て来た。北朝鮮にも、中国にも、フィリピンにも。そして、そういう人たちの団体が、それぞれの国にあるようだ。そして、韓国の新大統領も、フィリピンの大統領も、金銭的補償は要求しないが、真相の究明を求める、などと言っている。

元従軍慰安婦の騒ぎが起きた当初、日本の政府は、慰安所を作ったのは民間の業者であって、資料不足でよくわからない、といったような幼稚な弁解をして逃げようとした。それが、正義の炎に油を注ぐことになり、調査をすると態度を変えないわけにはいかなくなった。

今は、調査中であり、報道によれば、調査の担当者が、元関係者や元従軍慰安婦に話を聞いているところだという。しかし、新聞もテレビも、元関係者という人たちがどういう人たちなのか、事情聴取の規模がどのようなものであるのか、それがどれくらい進んでいるのか、そういったところまでは、まだ報道してはいない。

元関係者というのは、戦争中慰安所を管理していた旧軍人だとか、慰安婦たちの検診を担当した軍医だとか、彼女たちを徴集した、あるいは募集した人だとか、そういう人たちのことであろうか。事情を聞いている元従軍慰安婦というのは朝鮮人か日本人か。その両方なのか。いつの日か、聴取の内容は発表されるのだろうか。いつか、発表しなければならない場所に追い込まれたとしても、そのときは、例によって政府答弁式言辞が作られることになるのだろう。

元従軍慰安婦というのは、ほぼ私と同年配である。韓国人や北朝鮮人の元慰安婦たちも、日本人の元慰安婦たちも、現地で募った現地人の元慰安婦たちも、今や、最も年少の者が、もうすぐ古稀に達する年配である。私はすでに古稀を過ぎ、今年七十三歳になるが、軍隊に取られたときは、二十二歳であった。

あのころ、朝鮮人慰安婦は、二十歳前後の者が大半だったのではないだろうか。日本人慰安婦には、年増も多かったような気がする。私には、日本人元従軍慰安婦の友人がいるが、彼女は私より年長である。

元従軍慰安婦たちは、半世紀前のことを、どの程度に覚えているのだろうか。何を思い出しているのだろうか。

兵士たちもそうだが、元従軍慰安婦たちも、人によって、思いも違うだろうし、遭った目も違う。外地に派遣されたといっても、人によっては、砲弾を浴びることもなく、飢えることもなく帰還した者もいる。ひと口に慰安婦というが、慰安婦には、中国雲南省の騰越《とうえつ》(注2)に派遣されて、日夜、砲撃や空爆にさらされ、最後に捕われた者だけが、とにかく死なずに帰って来たという人もいる。騰越の守備隊は、連合軍の反攻で全滅し、二千六百人の将兵のうち二十人か三十人か、捕虜になった人だけが生還した。同じく雲南省で千六百名が全滅した拉孟《ラモウ》の守備隊も、数字は確かではないが、たぶん、二、三十人ぐらいが、捕虜になって、死だけは免れたというのである。拉孟の守備隊にも、従軍慰安婦が派遣されていた。朝鮮人女性と日本人女性とが拉孟の慰安所にいたのだと聞いているが、何人ぐらいいたのかは知らない。彼女たちの中に、生き残った人がいるかどうかも私は知らない。

どこ出身の、なんという名の女性が、拉孟や騰越で死んだのか、生き残ったのか、日本政府の調査は、そこまでは及ぶまい。そこまでやる気もあるまい。わが第二師団司令部に派遣された朝鮮人元従軍慰安婦たちについても、その消息はもうわからない。

注1　従軍慰安婦……一九三二年の第一次上海事変から一九四五年の敗戦まで、日本軍が戦地・占領地に作った「慰安所」で、軍人・軍属に「慰安」を与える目的で、性的労働に従事させられた女性たちのことである。最初の慰安所は上海に作られた。一九三二年の上海事変後、強姦事件が頻発したため、海軍は慰安所を設置する。一九三七年、日本は中国に対する全面的な侵略戦争を開始する。中国大陸に常時百万人以上の兵士が駐屯するようになると、日本軍は一九三七年末から各地に大量に慰安所を設置する。「慰安婦」には、日本から渡った日本人「慰安婦」の他、韓国・朝鮮人、中国人も多かった。戦域が拡大するに従って、フィリピン人、ビルマ人、オランダ人なども「慰安婦」となった。その総数は定かではないが、八万〜二〇万人と推定される。

注2　中国雲南省の騰越《とうえつ》……続けて出てくる拉孟《ラモウ》と同じく中国雲南省とビルマ（現ミャンマー）の国境付近にある地区。いずれもビルマ戦線での激戦地となった。

「セミの追憶」——SCENE 2

昭和十九年の二月に、第二師団司令部は、マライのクアラルンプールから、ビルマのネーパン村に移動したのであった。泰緬《たいめん》鉄道（注1）で、タイからビルマに入って、モールメンから、ラングーン、さらに西に進んでイラワジ河を渡った。ネーパン村は、イラワジデルタにある寒村で、その村の竹林の中に司令部は駐屯したのであった。

竹林の中に、竹の柱に、ニッパ椰子の葉の屋根をのせた小屋を作った。

ネーパン村に来てどれぐらいたったころだっただろうか、従軍慰安婦たちが来た。

彼女たちが着く前に、司令部の兵士たちが、竹とニッパ椰子の葉で、たちまち慰安所を作った。

司令部の前の道を東に行くと、ヘンザダから南下する街道とぶつかる三叉路になる。三叉路からわずかに南に下った、右側の竹林の中に慰安所が作られた。

やって来た慰安婦たちは、全部で十人もいただろうか。

日曜日に外出が許されると、兵士たちは慰安所に行く。下士官は、日曜でなくても行っていたようだ。将校はもちろん、いつだって行けるし、泊まることもできたようだった。

料金は、兵は三円五十銭、下士官は四円五十銭、将校は六円といったふうに、相手は同じでも違っていた。

仙台でもそうであったが、ビルマの寒村でも、兵士は三人で組んで外出するのである。

三人揃って出て行き、三人揃って帰営しなければならない。

外出といっても、ネーパン村では、慰安所のほかに行くところはなかった。私は、それでも、外出するといったん一人になり、三叉路のそばの農家を訪ね、その家の娘にビルマ語を習った。そして、約束の時間に、慰安所から帰って来る二人と三叉路で待ち合わせて帰営するというのが、私の休日外出パターンであった。

三叉路で待ち合わせるのではなく、慰安所の中庭を待ち合わせ場所にしたこともあった。

あのころの私はなぜか、慰安婦を抱く気がなかった。

私はまる五年、軍隊の飯を食ったが、その間、時計なしで過ごした。時間だけでなく、何でも、今の言葉で言えば、ファジイにやり過ごしていればいい。起こされるまで寝ていればよい。交替の時間は人が告げてくれる。みんなと一緒に帰れば、門限に遅れるということもない。

ボケッとしていて、命令されたことを、なんとかやってりゃいい。それがやれることであれば、だ。

あのころの私は、外面は一応みんなと調子を合わせていたが、なんでもそんなふうに考え過ごしながら、自分の殻の中に狷介に閉じこもっていた。将来の見通しは、まったくない。この奴隷のような環境が、いつまでとも知れず続くか、死ぬかだ、それが私の将来だ、と私は思っていた。

まわりの戦友たちは、ほとんどが妻子持ちの補充兵であった。彼らの将来だって、私と変わらないわけだが、妻子持ちは、とにかく死んではならぬと思っているのではないか。私には、それもない。死は怖いが、死んでもいいのである。そう思っていた。

軍隊に取られるまで、私は、玉の井に通った。京都では宮川町に通った。橋本の廓にも行った(注2)。しかし、軍隊では、慰安所に行く気になれなかった。けれども、マニラで一度とネーパン村で一度、慰安婦の部屋に入った。両方とも私は、そのことを小説に書いているが、マニラでは、吉田という戦友に連れて行ってくれと言われて行った。

そのときのことを私は「蟻の自由」という短編に書いた。吉田の名を小峯に変えている。

「俺たち、どうせ死ぬだろ。俺、まだ女、知らないんだよ。女知らないで死ぬの、死にきれないよう。な、だから一緒に行ってくれよ。俺、一人じゃ行けないんだよ」

ルソン島で司令部が駐屯していたのは、カバナツアンという、マニラから北方一〇〇キロほどの位置にある町であった。そこから、将校の護衛としてマニラに出張したとき、同行した吉田がそう言い、私は、

「どうせ死ぬなら、女を知ったって知らなくたって、すぐなにもかもなくなっちゃうじゃないか」

と一度は突き放すが、

「きみは、散々遊んで来たから、そんなことが言えるんだ。俺は、そうはいかん」

と吉田に言われて、それじゃ、と言って行ったのであった。あの慰安所の慰安婦は台湾人であった。そしてあの慰安所では、私は彼女を抱かずに帰ったのだ。

吉田はあれから一年後に、雲南の戦場で、迫撃砲弾の破片が心臓に当たって、死んだ。

ネーパン村の慰安所では、春江だったか、春子だったか、そういう名の体の大きい慰安婦に誘われ、性交した。

ネーパン村の慰安所のことを、私は「白い田圃」という短篇に書いた。あの小説でも、作中の人物とモデルとは、名前を変えている。慰安婦たちの源氏名も変えている。ナンバーワンの慰安婦の名は桃子になっている。他に鈴蘭という名も出て来るが、鈴蘭という名が出て来るからには、あのナンバーワンの名は、白蘭であったように思われる。たぶん私は、白蘭を桃子という名に変えてあの小説を書いたのだ。あの小説では、私は、私より十も年上の梅子という名の慰安婦を抱いたことになっているが、これも事実ではない。私らしい人物の名は徳吉で、徳吉の年齢は二十六歳ということになっているが、あの年私は二十四歳であった。私はそんなふうに、いろいろと作って書いていたのだ。

ほかに、「プレオー8の夜明け」にも、ネーパン村の慰安所の話が出て来る。「プレオー8の夜明け」に出て来る大柄の慰安婦の名は春江である。してみると彼女の源氏名は春子であったのか。なにしろ、あのころの私は、本当の名は使わなかったはずだから。

私がネーパン村の慰安所の中庭のベンチで休んでいると、春江が来て、

「なにぼんやりしているの」

と言うのである。

あのとき、私は、三人組の連れの二人が、どこかの部屋から出て来るのを、あの中庭のベンチに腰をおろして待っていたのだ。

春江に誘われて、私が、

「㊣なら遊ぶよ」（注3）

と言うと、春江は、

「おいて、まけとくよ」

と言って、私を部屋に入れるのである。

わが戦友たちは、みんな㊣を越えた料金を呈して遊んでいた。もてたいので奮発する。みんながそうするので、㊣なら、と言うと、まけとくよ、ということになるのである。

注1　泰緬《たいめん》鉄道……太平洋戦争中、日本軍がインパール作戦の物資輸送のため、タイとビルマ（現ミャンマー）の間に敷設した鉄道。
注2　「私は、玉の井に通った。京都では宮川町に通った。橋本の廓にも行った」……「玉の井」は東京・墨田区東向島にあった私娼窟。「宮川町」は、京都市東山区、鴨川東岸の四条から五条一帯の花街。「橋本の廓」は京都府八幡市にあった遊廓のこと。
注3　㊣……慰安婦に支払う「公式の」値段の隠語。同じく慰安婦を描いた古山高麗雄「白い田圃」には「私は、金がないので、桃子には近寄らなかった。一回の値段は、公式には将校が六円、下士官は四円五十銭で兵隊は三円五十銭と決められているのだけれど、男たちは彼女たちに好かれるために、公式の値段表を空文にしてしまった」とある。

「セミの追憶」——SCENE 3

ネーパン村の朝鮮人慰安婦たちは、白蘭も、春子も松江も、ワンピースを着ていた。松江が、私が「白い田圃」で書いた梅子のモデルである。あの慰安所では、松江だけが年を食っているように見えたが、もちろん、彼女たちの年齢も本名も私は知らない。

それにしても、ナンバーワンの白蘭の名も、私が誘いに応じた春子の名も、その名が正確かどうかあやふやなのに、松江の名前だけは、覚えている。彼女が松江という名であったことは確かである。

あのころにも私たちは、慰安所によっては兵士たちが行列を作って順番を待っているという話を聞かされた。戦後、ある朝鮮人従軍慰安婦は、一日に百人も二百人もの客をとらされたという信じられないような話も聞いた。十二歳で日本軍に連行されて慰安婦にさせられた朝鮮人女性の証言も読んだ。その女性は、彼女と同じように連行された十八歳の朝鮮人女性が、日本軍の言うことを聞かなかったために、みんなの見ている前で股裂きにされて殺されたと、信じられないことを言っている。

しかし、おびただしい数の慰安婦たちが、戦地に送られて死に、あるいは苛酷な目に遭わされたことは確かだ。

　ネーパンの慰安婦たちも、かなりの客をこなさなければならなかっただろう。そして、あれからあと、大変な目に遭ったはずである。しかし、ネーパンでは、あの慰安所は、兵士たちが行列を作って順番を待つほどに混むようなことはなかったのである。ラッシュのはずの日曜日であるにもかかわらず、春子は、春子の方から私に声をかけてきた。白蘭の部屋には切れ目なく男たちが出入りしていたが、松江はいつも、いわゆるお茶をひいていたようだ。彼女は、不細工ですすけた感じの年増で、化粧もせず、くわいのような形をした髷を、頭上にのせていた。彼女は、腰の曲がった老婆のようでもあった。あの日、私は、彼女が、兵士を誘って断わられ、別の兵士を誘ってまたも断られている光景を見た。そして、佐久間長松が、うれしそうな顔をして、松江の部屋に入って行くところも見た。

　佐久間長松は、チョロマツと呼ばれていた。彼は仲間の兵士たちから、あきれられもし、面白がられているところもあった。そして、あきれられていたことでは、私もオンナズだったのだ。私は、役に立たない兵士としてあきれられていて、しかも、好かれてはいなかったはずで、あきれの理由も、仲間たちからの親しまれ方も、彼とは違っていたわけだろうが。

　チョロマツは、松江が気に入っていたのか、それとも女なら誰でもよくて、たんに空いているからということで敵娼《あいかた》に選んだのか、彼の心のうちは私にはわからないが、その後も彼は、外出のたびに、松江のところに行っていたようであった。

　しかし、ある日急に移動するのが軍隊である。私たちは十九年の八月に、ネーパン村から中国雲南省に向かうことになった。

　その後、あの慰安所もどこかに移ったのだろうが、どこに移ったのかというようなことはわからない。

　しかし、翌年の二月ごろプノンペンでだったと思うが、師団の者が、逃げて来た彼女たちと、モールメンで出会ったという話を聞いた。

　あのころから、ビルマの日本軍は、連合軍の反攻に抗しきれず、壊滅したり、退却したりすることになったのである。

「松江が妊娠していて、大きな腹を抱えていたそうだ」

と聞いた。そして、第二師団司令部の将校が、父親は自分だと明言したのだと聞いた。

「どうして、自分が父親だということがわかるのだろうか」

「うん、しかし、なにかわかる理由があるんだろう」

その自分が父親だと明言した将校の名も、その話をした者の名も、もう私は忘れた。

松江はその後、どうなったのか、子供は生まれたのか。もし生まれて健在だとすれば、その子は今は五十歳になっている。松江が今も生きているなら、八十ぐらいになっているわけだ。白蘭は生きていて、今、この国で生きているわけだが、春子はどこかで今も生きているのだろうか。アナ兄弟という下司な感じの言葉があるが、東北の人は、シをスと言い、キをチと発音する。あれは戦争が終わった後、戦犯容疑者として拘置された監獄の中でだった。東北の先生はこう教える、天井のススは、サススセソのこのスが二つで天井のスス、食べるおススは、サススセソのこのスとこのスで食べるおスス、動物園のススは、サススセソのこのスが二つで動物のスス、ってな、と言って周りの者を笑わせた者がいた。あの男の名も忘れた。ネーパン村で私は、戦友の一人に、あのあと、アナチョウダイと言われた。

「セミになったみたいだったべ」

巨軀の春子と性交すると、大木にとまったセミになったような気がする、と私のアナチョウダイは言ったが、あのチョウダイの名も忘れた。

戦後再会した元戦友がいる。元獄友がいる。年賀状を交換している元戦友がいる。そういう元戦友の姓名だけは忘れないし、忘れても住所録で甦らせることができる。しかし、このところ、私の忘れ病は、特に進行が激しいように思われる。

そういう状態の中で、夜尿症の上等兵や、佐久間長松や、春子や松江や白蘭のことなどを、ときどき私は思い出している。

あの上等兵や佐久間長松は、まだどこかで生きているのだろうか。生きていればみんな七十爺さんであるが、私の年配の者は、今累々と死んでいるところで、もしかしたら彼らも、もう死んでいるかも知れないと思うのである。

春子も、もし生きているとすれば、七十婆さんである。女子バレーボールの選手ほどの背丈の老婆である。

目立った美人でナンバーワンであった白蘭も、今は七十婆さんだが、どんな婆さんになっているのだろうか。彼女と一緒になった人は魚屋をやっているのだと聞いているが、彼女は、亭主がさばいた魚の切身を、亭主のチョウダイのオカダに渡して、もうすっかり身についた日本語で、毎度ありがとう、と元気な声を出しているかも知れない。

私はネーパン村の慰安所では、中庭の長腰掛に腰をおろし、ぼんやりと仲間の終わるのを待っているばかりの不景気な客だったから、とても彼女の亭主の兄弟にはなれなかった。なる気もなかったし、彼女と口をきく機会もなかった。

　彼女はもちろん、春子も、一度私がセミになったぐらいでは、私を覚えているなどということはありえない。しかし、私の方では、彼女は、かなりあやふやだけれども、そして源氏名だけだけれども、数少ない、いまだに名前を覚えている人物の一人である。

　彼女は、どこかで生きているのだろうか。生きているとしたら、日帝に対して、はたまた自分の人生や運命について、どんなことを考えているのだろうか。彼女たちの被害を償えと叫ぶ正義の団体に対しては、どのように思っているのだろうか。

　そんな、わかりようもないことを、ときに、ふと想像してみる。そして、そのたびに、とてもとても想像の及ばぬことだと、思うのである。

＊「セミの追憶」（「新潮」一九九三年五月号、のち『セミの追憶』新潮社、一九九四年所収）

作者紹介　古山高麗雄（ふるやま・こまお）

一九二〇年八月六日、朝鮮新義州（現朝鮮民主主義人民共和国）生まれ。父は、開業医をしていた。新義州小学校を経て、新義州中学校を卒業（一九三八年）。朝鮮で一八年間過ごしたのち、旧制第三高等学校に進学するが、一年で退学。一九四二年一〇月に召集令状が来て、二二歳で仙台の歩兵第四聯隊に入隊し、南方戦線に送られる。その後、東南アジアの各地や中国を転戦した。敗戦を陸軍歩兵一等兵で迎えた古山は、俘虜収容所に勤務していたため戦犯容疑者としてチーホア監獄に拘置され、その後サイゴン中央刑務所に移される。一九四七年四月、禁固八ヶ月の判決を受けたが未決通算のため、裁判翌日に釈放される。

　戦後は編集業につく。一九六七年からは「季刊藝術」の編集に従事する。一九六九年、四九歳のとき江藤淳に勧められて「墓地で」を発表する。翌年、戦犯収容所での体験をユーモラスに描いた「プレオー8《ユイット》の夜明け」

（季刊藝術、一九七〇年）で芥川賞を受賞した。『小さな市街図』（河出書房新社、一九七二年）で芸術選奨新人賞を受賞。一九七四年、『蟻の自由』（文藝春秋社）を刊行。一九九四年四月「セミの追憶」（新潮）で川端康成文学賞を受賞する。二〇〇〇年、戦争三部作『断作戦』『龍陵会戦』『フーコン戦記』で菊池寛賞を受賞した。二〇〇二年三月一四日、死去。享年八一歳。

問題編成

SCENE 1 「従軍慰安婦」問題とは

一九九一年一二月、金学順《キムハクスン》をはじめとする韓国人女性三人が元「慰安婦」であった過去を公表し、日本政府に対して謝罪と補償を求める訴訟を東京地裁に提訴した。本文冒頭にある「先般、戦争中の従軍慰安婦のことが、大騒ぎに騒がれた」とあるのは、このことを指す。韓国に続いて、中国、フィリピンなどでも、「慰安婦」であった過去を証言する女性たちが現れはじめた。「戦後ほぼ半世紀もたってあのような騒ぎになるとは、なぜだろうか。誰も知らない旧悪が、はじめて露見したわけではない」と本文にもあるように、「従軍慰安婦」がいたという事実は知られていたが、それが政治や国家の問題、戦争と暴力の問題として〈問題化〉されたのは、一九九〇年代以降である。

上野千鶴子は「従軍慰安婦」に対して現在まで「三重の犯罪」がなされているという。第一に戦時強姦という犯罪、第二にそれを戦後半世紀以上も放置し、忘却した罪。第三に一部保守系の人々たちが、元「慰安婦」の証言を嘘と断定したり、否認したりすることによって、被害者女性の存在や声そのものを否定する罪である（『ナショナリズムとジェンダー』青土社、一九九八年）。この意味において、「従軍慰安婦」とは過去の問題ではなく、現在まで継続する〈私たち〉の問題なのである。

SCENE 2 「慰安婦」を描くということ

「慰安婦」を描いた小説には、田村泰次郎「春婦伝」「蝗」、有馬頼義「兵隊やくざ」、伊藤桂一「水の琴」などがある。しかし、戦争を描いた小説の多くは、そこにいたはずの「慰安婦」を描くことなく、「戦場における透明人間」として扱ってきた（金井景子「戦争・性役割・性意識」、「日本近代文学」一九九四年一〇月）。描かれているとしても、戦争の悲惨さ、残酷さを慰めてくれる存在であったり、時には戦場の侘しさ、やるせなさを共有する戦友であったり、書き手である男性の願望が映り込んだ虚像と言えなくもない。

「セミの追憶」は、マスコミをにぎわせた「従軍慰安婦」問題を発端として、自分が実際に戦地で出会った「慰安婦」たちを思い起こすことから物語が始まる。

〈従軍慰安婦〉関連年表

1932年1月28日／第一次上海事変勃発。上海に派遣された日本陸海軍が慰安所を設置。**1937年**7月7日／盧溝橋事件をきっかけに日中戦争が勃発。この年末から各地に慰安所が設置される。以後、戦線の拡大にともない、東南アジア・太平洋地域にも設置。**1945年**8月15日／敗戦。

1991年8月／金学順さんが元日本軍「慰安婦」であったことを名乗り出る。12月6日／金学順さんら韓国人元従軍慰安婦が日本政府に謝罪と賠償を求めて東京地裁に提訴。**1992年**10月30日／元「慰安婦」のハルモニたちが共同生活をする「ナヌムの家」が開設。**1993年**4月2日／フィリピンの元慰安婦、東京地裁に提訴。8月4日／河野官房長官(当時)「慰安婦関係調査結果発表に関する内閣官房長官談話」で「お詫びと反省の気持ち」を表明。**1995年**7月19日／元慰安婦に賠償事業を行う財団法人「女性のためのアジア平和国民基金」発足。**1996年**12月2日／中学校教科書からの「慰安婦」記述削除などを要求する「新しい教科書をつくる会」結成。**2000年**12月8〜12日／民間の模擬法廷「女性国際戦犯法廷」が開催。**2007年**7月30日／米下院本会議で従軍慰安婦問題に対して、日本政府に公的な謝罪と責任の表明を求める議決が可決。**2011年**12月／韓国の民間団体「韓国挺身隊問題対策協議会」が、日本大使館前でのデモ1000回を記念して慰安婦の少女像を設置。

古山高麗雄は「慰安婦」という存在に対して、どのような距離感を持っていたのか。死んだ妹に戦地から手紙を送るという形式で書かれた「蟻の自由」では、「慰安所」へ行くことを次のように語っている。「でもね、佑子、兵隊が慰安所に行くのは、「穢さ」もないぐらい、虫的なんだよ」――兵士とは戦場では虫けらのように扱われているからだ。そして、小さい頃、捕まえた蟻のことを思い出し、「今の僕は、あの蟻に似ているような気がするのです。／兵隊と慰安婦の出合いなど、蟻と蟻との出合いほどにしか感じられない」という。古山高麗雄はインタビューでも「僕は従軍慰安婦も古山一等兵も同じだという見方で書いてきた」（「僕の戦争短編について」「本の話」二〇〇一年六月）と語っている。

戦争、軍隊という大きな運命に、「蟻」や「セミ」といった小動物を対置させる古山高麗雄の方法は、〈小さなもの〉の視点から、戦争の悲惨さ、滑稽さを相対化する方法である。しかし、兵士と「慰安婦」の存在を等価に語るということは、一見、戦争という極限状態における〈小さなもの〉〈無力なもの〉たちの連帯に見えるが、その背後にある、支配するもの＝兵隊＝日本と、支配されるもの慰安婦＝占領地の絶対的な力関係を無化することにつながるあやうさも抱えている。

SCENE 3　記憶すること／記憶を分有すること

「セミの追憶」は、一兵士だった「私」が、戦場で出会った慰安婦たちを「追憶」する物語である。では、「私」によって、彼女たちの〈記憶〉はどのように語られているのだろうか。

まず、「セミの追憶」では、〈記憶〉の復元を、固有名詞を思い出そうとすることから始める。それまで描いた作品の中では「白蘭」「鈴蘭」「春江」という仮名にしていたものを、その本名を思いだそうとする。しかし、思い出してもそれは「源氏名」であるので、彼女たちの固有名には決して到達できない。

そして、「セミの追憶」での〈記憶〉の復元作業は、「彼女たちの中に、生き残った人がいるかどうかも私は知らない」「わが第二師団司令部に派遣された朝鮮人元従軍慰安婦たちについても、その消息はもうわからない」「その後、あの慰安所もどこかに移ったのだろうが、どこに移ったのかというようなことはわからない」（傍点、筆者）というように、結局「慰安婦」について、「わからない」「知らない」ということだけが、確実な〈記憶〉として明らかになるという皮肉な構図をもっている。

そして、「彼女は、どこかで生きているのだろうか。生きているとしたら、日帝に対して、はたまた自分の人生や運命について、どんなことを考えているのだろうか」、「そんな、わかりようもないことを、ときに、ふと想像してみる。そして、そのたびに、とてもとても想像の及ばぬことだと、思うのである」と物語は閉じられる。結局、「私」は「慰安婦」であった「彼女」たちの〈記憶〉に寄り添おうとしながらも、その不可能性に立ち迷う。これは年月の流れとともに否応なく訪れる「私」の〈記憶〉の限界だろうか。

「私」は年月の流れとともに、彼女たちを〈記憶〉の彼方に封じ込める。しかし、こうした〈記憶〉の忘却作用よりも、さらに大きな問題がここには二つある。ひとつは、元慰安婦たちが「どんなことを考えているのだろうか」と元慰安婦たちに問いかけている点である。彼女たちによりそって、その声に耳を傾けようという表現とも読めるが、慰安婦問題とは、元慰安婦である彼女たちだけの問題ではなく、元兵士だった「私」の問題でもあるはずだ。さらに、彼女たちの思うことに対しても、それは「とてもとても想像の及ばぬことだ」と、彼女たちへの〈想像力〉の想起さえ放棄してしまっている。「私」は彼女たちの〈記憶〉だけでなく、現実に生きて、元慰安婦として名乗り出た彼女たちの声すらも、〈記憶〉とともに封じ込めようとしてはいないだろうか。

岡真理は〈出来事〉の記憶と、証言の意義について、次のように述べる。「〈出来事〉の記憶は、他者によって、すなわち〈出来事〉の外部にある者たちによって分有されなければならない。何としても、集団的記憶、歴史の言説を構成するのは、〈出来事〉を体験することなく生き残った者たち、他者たちであるのだから、これらの者たちにその記憶が分有されなければ、〈出来事〉はなかったことにされてしまう」（『記憶／物語』岩波書店、二〇〇〇年）――元「慰安婦」が自らの〈記憶〉を語りだしたとき、それを聞く者は、彼女たちの〈記憶〉を分有する立場に立つ。〈記憶〉を分有することとは、他者の痛みを知ることであり、同時に、同じ間違いを犯さないための未来への投資でもある。

語る言葉と手段をもたなかった元慰安婦たちが語り始めたとき、彼女たちの〈記憶〉を分有するものが現れることによって、初めて彼女たちはその存在を歴史に刻むことができる。「セミの追憶」の「私」は、彼女たちを〈記憶〉はするが、彼女たちの〈記憶〉を分有することはない。「セミの追憶」とは、戦争を〈記憶〉すること、〈記憶〉を分有することの困難さを教えてくれるテクストである。

研究の手びき

自らの戦争体験、俘虜収容所体験を描いた古山高麗雄の作品は、他の戦争小説に見られる重苦しさがなく、出来事を自分の目線の高さで見つめる姿勢、ユーモアを交えた自由闊達な文体が評価されている。「セミの追憶」も、「余計な思い入れが油抜きされた老年の直叙、我儘とも闊達とも形容することのできる自由感に満ちた文章世界が流露している」（千石英世「今月の文芸書」、「文学界」一九九四年一二月）と発表当初から高く評価され、優れた短編小説に与えられる川端康成文学賞を受賞した。

しかし、古山高麗雄作品をポストコロニアル文学の文脈で見た場合、その外地の表象について批判される要素がいくつかある。まず、古山高麗雄が幼年期をすごした朝鮮での植民地体験を描いた『小さな市街図』（河出書房新社、一九七二年）で、古山が植民地朝鮮にいながら朝鮮人を描かないことについて、磯貝治良は「他者である朝鮮人のがわから見ようとする想像力」がなく、「かれの関心やこだわりは、対象の重みをそのまま受けとめるのではなく、そこから身をそらそうとする姿勢が感じられる」（『戦後日本文学のなかの朝鮮韓国』大和書房、一九九二年）と、植民地に対する想像力の欠如が批判されている。

「セミの追憶」についても、「従軍慰安婦」という問題を取り扱う書き手としての姿勢が問われている。金允植（訳・朴和子）「私小説の美学批判——「セミの追憶」によせて」（「思想の科学」一九九五年一〇月）では、「自己の、生理的な記憶の表現だけは確かなものであろうが、それが自己、および自己が所属した共同体（民族国家）と、いかなる意味関連の下にあるかということについては、彼らは盲目的であった」と作家の閉じられた記憶のあり方を問題視している。

この金允植の論を受けて金井景子も、元「慰安婦」であったハルモニたちの証言をそばにおいて「セミの追憶」を読む時、「ここには、その「彼女」がことばをもってあのとき感じていたこと・いま考えていることを「私」のみならず世界に向かって表出するという事態が全く想像されていない」と指摘する（研究展望「「慰安婦」の書きことばが照らし返すこと」、「昭和文学研究」一九九六年二月）。

参考文献

吉見義明『従軍慰安婦』（岩波新書、一九九五年）
鈴木裕子『戦争責任とジェンダー』（未来社、一九九七年）
上野千鶴子『ナショナリズムとジェンダー』（青土社、一九九八年）
秦郁彦『慰安婦と戦場の性』（新潮社、一九九九年）
朴裕河『和解のために——教科書・慰安婦・靖国・独島』（平凡社、二〇〇六年）

第15章　難民——シリン・ネザマフィ「サラム」

日比嘉高

本章の要点

「戦争が始まると、世界中に難民の川が流れ出す」と、「サラム」の田中弁護士は言った。難民——すなわち、戦争や災害、迫害などを避けて、元いた場所から（多くの場合外国に）逃れた人々。自身や家族の身の安全を図るために、心ならずも居所を捨てなければならない人々の数が、戦争という国家規模の災厄の時に増えるのは説明を要さない。

しかし、二一世紀の日本に住む多くの人々は、難民の存在、難民の境遇について多くを知らず、また深く想像することもない。それはこの時代の日本が戦争から遠いという理由にもよるが、日本が世界中の難民たちにとってもっとも固く門を閉ざした国の一つであり続けているためでもある。

シリン・ネザマフィの「サラム」は、戦争と難民をめぐる物語である。ストーリーは、アフガニスタンの内戦を逃れて日本にやってきた少女レイラと、彼女を支援する田中弁護士、そしてその間に通訳として立つ学生アルバイトの「私」を中心に織りなされる。立ち現れるのは、国境という国の主権の範囲が明確になる場において、人間としての最低限の安全保障を奪われて剥き出しにされる、難民の姿である。

なお「サラム」は挨拶の言葉だが、作中で次のように説明されている。「もとはというと、降伏、救い、平和という意味〔…〕昔は戦争で、負けた側が降伏の象徴として、大声で『サラム』と叫んでいたらしい。『サラム』と言われた側が『アッサラムアライコム』、つまり『あなたにも平和を』と返事して、始めて降伏が成立したそうです。それから『サラム』がそのまま挨拶になっ」た。

「サラム」——SCENE 1

（ここまでのあらすじ：「私」は、難民申請が認められず収容されているアフガニスタン人の少女レイラの通訳をするアルバイトを大学で見つけ、引き受けた。「私」はテヘラン出身。母語のペルシャ語が、レイラの話すダリ語と近いためにこのアルバイトが可能になった。「私」は弁護士の田中先生とレイラの間に立ち、裁判で難民申請を勝ち取るための手伝いをはじめる。最初は無反応だったレイラだが、次第に「私」たちに心を開いていく。田中弁護士は、レイラの裁判で用いる証拠を集めるためにアフガニスタンへ出かけ、帰国後、支援者たちの前で撮影したビデオの上映会を開いた。）

映像の中のカブール市内は土っぽく、高速道路はもちろんのこと、ちゃんとしたアスファルトの道路も見当たらない感じだった。日本では見かけない古い車が土を飛ばしながらお世辞にも道路とは言えない状態の道を走り、去った後は土けむりが空に舞い上がる。

あちらこちら、黒いターバンを巻いて、昔は白かった長い服を着て、銃をぶら下げて歩く人を見かける。顔も体も何も見えない布の塊のように歩く女性の姿は街全体では非常に少なく、空爆や戦争で被害を受けていない建物はないほどに、道の両側に壊れかけの建物が立ち並んでいる。どこを見ても土ぼこりが立っている。街角には所々、使い古したサイズの合わないダボダボの服と自分の足よりもはるかに大きいプラスチックのサンダルを履いて、面白そうにカメラの集団を覗き込む子ども達が座っている。その大半は裸足で、サンダルを履いていた子も左右のサイズや色が違っていて、たいていは悲しいほどに破れていた。道端を歩く人達を見ると、ここの人種は生まれつき手足がひとつずつしかついていないのかと思わせるほど手足のない人が多かった。

何件かインタビューもあった。インタビューされた人達の九割は家族の少なくとも一人が殺され、何人かが行方不明という状態。お金も仕事もなく、ただ彷徨うだけという。「将来をどう思うか」と聞かれると、苦笑いしながら『将来』があるのか」と逆に聞き返す人や、答える代わりに「将来」という言葉だけを吐き捨て、その響きを確かめる人も。そして、レイラのように無表情な目でカメラを見つめるだけの人もいる。もっと危ない市内の地域も映しに行ったという先生は「ここからはかなりひどいんですよ」と説明した。何もない砂漠のようなところに、黒い布に巻かれた物体が何個も地面に放置されており、近づくとハエが飛んでいた。この地域の治安は最も悪いため、不運にも殺された人達だと通訳が説明する。そこは死体置き場ではないのに。夕方からお昼までここを通らないほうがいいとアフガン人の通訳は得意げに話しながら、黒ずんだ唯一の前歯を見せて笑った。

上映が終わると、シーンとした雰囲気で部屋中が曇っていた。誰もが最初に喋りだしたくない様子。テレビから視線を逸らし、綺麗に整理されている教会の事務室を見て、現実はどっちなのだろうと少し迷った。

テレビを消し、スライド機とカメラなどを片付けるため、最初に立ち上がった田中先生が沈黙を破った。

「ですからレイラはいない方がいいと思っていました」

団体の方が何人か首を振りながら、「ひどい状況ですね」と頷いた。

「これはアフガニスタンの様子のほんの一部で、レイラと直接関係するニュースは残念ながらまだあるんです！」

先生は新聞紙をカバンから取り出し、続けた。

「これはペシャワールで発行されているアフガン人向けの新聞です。ここに、サレフ・モハメド・ゴラムアリ、通常サレフ・モハメドというハザラの司令官がタリバンによって殺されたと書かれている」

息を止め、大きく開いた目で先生の口に釘付けになっている私たちを横目で見ながら、田中先生は続けた。

「残念なことにレイラの父親の居場所はタリバンにより把握され、二ヵ月ほど前に父親が住んでいたところが取り押さえられ、昼間多くの人が行き交う道端で殺された。目撃者の証言も得ているので……」

田中先生はため息を漏らした。

「彼女の父親がパキスタンで亡くなっているということは裁判の行方に影響をもたらすでしょう。こんなに近い身内ですから、偶然ではなく、探されて殺されたということは彼女の身にも危険があるということを表します。身の危険があるため、自分の国やパキスタンに戻ることが出来なくなる。だから、裁判の結果には良い影響を与えると思う」

田中先生はペットボトルの水を少し飲んだ。

「でも、父親が殺されているという残酷な現実をどうやって彼女に突きつけるか。彼女はどう受け止めてくれるのか」

田中先生はおでこの汗をタオルで拭いた。下を向いて無言で考え込んだ。先生の姿を見つめる誰もが息を飲んだ。瞬きの音すら聞こえてきそうな無言の時間が経過した。しばらく経った後、田中先生が深いため息とともに顔を上げた。一気に疲れたような表情をしていた。

ミーティングが終了し、教会の敷地内にある難民の人たちが住む部屋が設置されているところに移動した。レイラはドアまで迎えに来てくれた。最近上手になってきた日本語で挨拶し、嬉しそうに、今日作ったアフガン風のクッキーを見せてくれた。小さく丸い形をしていたクッキーからは懐かしいアーモンドの匂いが漂う。日本のお菓子に馴らされている私の舌には少し甘すぎたけれど、美味しかった。

田中先生はそんな大変な話をいきなり切り出す勇気は持っておらず、とりとめのない話をあちこちから喋った。タイムアウトになるまで時間を無駄にするゲームのように、田中先生は喋り続けた。結局用件を切り出せずに、この日のセッションが終わった。

帰り道で田中先生は、「父親が殺害されたとき、何人かの目撃者がいたらしい。その人達の発言が記録されている映像がありますので、裁判のための証拠として使えると思う」と言いながら頭を抱えた。「レイラにとってはいいニュースではないが、彼女の裁判のためにはいいニュースになると思う」田中先生は罪を犯そうとしている人のような申し訳ない表情をしていた。駅の入り口に着いたとき、田中先生が振り向いて、「レイラに言わないことにします。本当は父親は二ヵ月前に亡くなっているけど、彼女はまだ知らない。ですからしばらく経って裁判に勝ったというい いニュースと一緒に伝えれば……」と言った。田中先生はため息を漏らしながら、「実は、父親が殺されて以来、お兄さんも行方不明なんだ」と付け加えた。

電車の切符を改札口に通すとき、一瞬思った。一人ぼっちになったレイラは、こんなに辛い現実が一気に押しかけてくることに耐えきれるのだろうか。考えるだけで背筋が凍る。

この三週間は映画を見ていたかのようにアッという間に過ぎてしまった。何がどうなったのかを理解できる時間すらないまま物事が猛スピードで進み、次々と新しいことが起きた。世界中の人々が呆然となったあの事件、全世界の新聞第一面に大きく書かれたあの事件は三週間前に起こった。今もなお旅客機がビルに突っ込む映像が頻繁に放送され、世間の関心がアメリカに集中している一方、地球の反対側にも変化が起こりつつあった。タリバンによって支配されているアフガニスタンでは混乱や集団殺害が勢いを増している。そして、今日アメリカはアフガニスタンに宣戦布告した。「戦争が始まると、世界中に難民の川が流れ出す」という田中先生の言葉は、この戦争がレイラの裁判に影響をもたらすことを意味していた。

そして、世界中がテロや戦争のニュースで揺れる一方、身近なところでも事件が起きた。戦争のことで今後の方針を決めるミーティングの連絡が田中先生から来る前に、事務の金子さんから「レイラの精神状態が良くない」という連絡が入った。実は一昨日、入管からレイラに、父親がパキスタンで殺されていたという知らせが入っていたのだ。

初めてレイラが使っている部屋に足を踏み入れる。敷地内の奥にある小さな部屋でレイラが床に座り込んで、周りにはアフガニスタンで撮られた写真が散らかっている。電気がついていなくて思った以上に小さく、暗い部屋だ。が、この暗い中でも馬に乗った父親のあの写真がレイラの手に握り締められているのが見える。しゃがみこんだまま、頭に巻く薄緑色の布を顔に押しつけ、肩が激しく揺れている。泣きながら、途切れ途切れの言葉で何かを訴える。話しかけられる状況ではない。父親のことや戦争のニュースを聞きかじった教会のほかの国々の難民申請者と日本人のスタッフが駆けつけ、部屋の外に集まっている。部屋の中の暗闇に入ってドアの横に立った。どうすることもできないまま、ずっとレイラを見つめるだけ。

しばらくいると人の気配を感じたのかレイラが振り向いて、ドアの横に立っている私に気づいた。軽く会釈をした。あの上品な顔が赤く腫れ上がっている。無表情な透明の目はもう二本の線にしか見えない。私を見て泣くのをやめようとするが、また激しく涙が溢れる。部屋の中央に置かれているゴミ箱には大量のティッシュが捨てられている。布団の上には使い終わった複数のトイレットペーパーのロールが忘れ去られている。涙の激しさは増し、もはや人間の泣き声ではないような異常な声に変わっている。夜中、山の奥でさまよっている狼の鳴き声のような声だ。

定期的にスカーフで目を荒く拭き、また涙が溢れる。精神的にコントロールを失っているかのように無意識に泣き続けるだけ。泣きながら、切れた息で何かを呟く。とても聞き取れない発音だ。通訳中は私が言葉を理解するためにわざとペルシャ語に近い発音で話していたのかもしれない。立ったまま、どうすることもできずただ彼女を見つめるだけ。ドアの周辺に集まっている人たちも無言で彼女を見つめているだけだ。涙は薄緑色の布の先端に染み込んで布がクシャクシャになっていく。

田中先生は予定時間より少し遅れて、ハンドタオルで顔の汗を拭きながらドアから入ってきた。もう夏の暑さは消え去っているけど、丸い体で走り回るのにはまだ少し暑い。部屋の前に集まっていた人達が、田中先生が現れることで自動的にドア周辺から離れ始めた。田中先生は心配そうな表情でレイラに近づいた。

「大変ですね」

先生は何を告げるべきか分からない様子でレイラに声をかけた。先生の言葉が聞き取れたのかどうか、無反応なレイラは人の言葉をちゃんと理解できる状況ではなさそうだった。

「私が来たときからこんな様子です」

「そうですか」

田中先生はため息を漏らした。しばらく無言でレイラを見守った。我に返れば、セッションを始められる。けど、レイラは父親のことを聞いてから神経ショックを受けたかのようにまったく泣き止むことができずにいた。

落ち着くまでレイラに話をすることは難しいと思った田中先生は、また今度改めて話をすると言い、部屋を出た。先生を玄関まで送るためレイラを残し、一緒に部屋を出た。

「先生、今アフガニスタンは攻撃されているじゃないですか、戦争がしばらく続くだろうし、難民を申請している人達は戦争のため帰れなくなる。そうすると、裁判所もやむを得ず難民として認定するという結果に繋がるのでは……」

「実は今日、同じことについて重大な話をしたかったが……」

田中先生はポケットからまたタオルを取り出した。

「どうしましたか?」

「今回の同時多発テロ事件はアフガニスタンの人々に関係している。あんなにも計画的に、ひどく残酷な手口で罪のない人達が殺されてしまった今、世界はとても厳しい目でアフガニスタンの人々を見ている。アメリカは戦争に入っているけど、だからって難民認定されることはないよ。残念ながら逆に、アフガン人は今、危ない殺人犯というレッテルを貼られているから実は裁判が難しくなったり、必要とされれば、送り返されることさえも考えられる」

「強制送還? こんな時期に」

「まあ、たぶんないと思うけど……」

「でも、テロに関係していたのは、タリバンでしょう? ハザラの人は一人も関係していなかったじゃないですか?」

「これはハザラだとかパシュトンだとかの問題ではない。アフガニスタンにそんなにたくさんの民族が住んでいるなんて世界の人々は知るはずもないよ! もはやアフガン人であることが問題なんだ!」

「でも……」

田中先生の説明に納得いかないまま、先生は話を続けた。

「実は、先日日本にいる何人かのアフガン人が入管に呼び出され、タリバンと関係あるのかどうかなどが調べられ、住んでいるところまでも捜索された！」

開いた口がふさがらないまま、首を振る田中先生を見つめるだけ。

「そんな……」

「まあ、それはしょうがない。今は、裁判所にどのようにアピールすべきかを考え直さないといけない……。どうなるかは……、変な話だけど、レイラの父親がタリバンによって殺されていることはこの状況では予想以上に役に立つかもしれない。言わばグッドタイミングでした。まあ、まだ今は何ともいえませんけどね。とりあえずいい方向に行くことだけを願いましょう」

先生は頭をかき、玄関のドアを開けながら、「まあ、また連絡しますので、通訳を頼みます」

と言い残して帰った。

先生が帰り、部屋に戻る途中、この話はレイラに言わない方がいいだろうと思った。こんな無意味な話、誰に通じるだろう。長年にわたりタリバンから迫害と拷問を受け続け、殺害され、挙句の果てに逃げ回っているハザラ人をタリバンと関係を持っていると考えること自体が不思議で仕方ない。

「サラム」――SCENE 2

（ここまでのあらすじ：米国の同時多発テロ事件以降、アフガニスタンへの国際的な警戒感が強くなった。レイラは再び入国管理局へと戻される。田中先生たちはなんとか強制送還を免れたいと努力を続けるが、ある早朝田中先生から「私」のもとへ、レイラが強制送還されそうだという急報が入る。空港へ駆けつけると、レイラはセキュリティー用の部屋にいた。入管の説明では、帰国は強制送還ではなく彼女の意志だという。「私」は通訳をしようとするが、涙で言葉が出ない。）

私が通訳しないと何も繋がらないこの大切な時間。責任の重さを感じ、ようやく瞼を襲ってくる涙の波を振り払った。顔を上げ、レイラの下向きのままの横顔を見た。

私が口を開く前にレイラが突然、小さな声で何かを呟いた。

「私は……」

数分の無言が続いた。

「今、なんて？」

横にいた田中先生は待つことができなくなっていた。

「レイラ、どうしたの？」

力を振り絞って、レイラに問いかけた。

「私は見た、隣の部屋のドアの隙間からずっと見ていた」

レイラの乾いたハスキーな声が遠くに聞こえる。

田中先生は待ちきれない状態で、横から「なんて？　なんて？」と聞いてくる。レイラは聞こえづらい声で続けた。

「最初は顔を黒い布で隠したタリバンの人間五人がドアを叩き潰して入ってきた。居間にいた母の髪を摑んで、地面をひきずりながら部屋の真ん中に引っ張り出した。地面に投げつけ、足で何回か彼女を蹴ってから、もう一人のボスみたいな男が、『夫はどこだ』と聞いてきた。母が『たとえ知っていてもあなたたちになんか言うもんか』と言った瞬間、銃底で母の顔が叩かれた。細い血の線がおでこから流れるのを見た。涙が出てきて、目の前が曇った。『言わないと殺す』って聞こえた。怖すぎて瞬きも出来なかった。母親は答えようとしなかった。でも小さく『サラム』と呟く声が聞こえた。ボスが『やれ』って言ってから何人かで、彼女を殴り、そして蹴り始めた。銃底で頭を何回も叩いた。私はずっと横の部屋にいた。壁の穴からずっと見てた」

レイラの目には涙も何もなかった。神経がすべて殺されている、最初に会ったあの無表情な少女だった。

「男達は母の髪を引っ張って部屋の外に連れ出した。最後に『サラム』と言った後、母は殴られすぎて、たぶん意識はなく、もう何も呟かなかった。庭で長いナイフで服を破った後、壊れたドアを開け、家の前に駐車していた車に乗り込ませた」

耳に入る言葉を信じられぬまま、レイラの口元を見つめるだけ。横の田中先生も彼女の表情に圧倒されたのか、もう「なんて、なんて」と聞いてこない。入管と空港の警察でさえ無言で立っている。

「私はすべてを見た。何もしないまま。『もし彼らが来たら隠れていなさい、私は自分の娘を守る』と母親に言われていた。でも私は彼女が殺されるのを知りながら、ずっと黙って見ていただけ」

レイラは顔を上げ、口を開いたまま彼女を見つめている私をチラッと見た。

「昔、母に、人生でどんなことがあっても『サラム』と言うべきだ。運命だからちゃんと受け入れないと……って言われた」

レイラは視線を逸らし、遠くを見つめた。

「母が私を呼んでいる。分かるの。母のところに行きたい。アフガニスタンに帰ってもかまわない」

レイラは私たちと目を合わせずに、振り向いて、空港の警察が立っていたドアの方に向かった。「待って！」と叫びたかったが喉から声が出ない。警官らが彼女の前のドアを開き、動き始めた。レイラがドアから廊下に消える前、一瞬立ち止まり、あのハスキーな声が「ありがとう……」と呟いた。涙が詰まった喉の奥からやっと出てきたような声だった。再び込みあげてくる気持ちを抑えるため、目を強く閉じた。開けたとき、警官の後ろで、閉まりかけていたドアの間から消える茶色の民族衣装の一部を最後に見た、そこにいたのは確かだった。

レイラはどこに行ってしまうのか。家族もいない若い女性が、何に向かうのか。彼女の言葉を思い出す、「人生でどんなことがあっても『サラム』と言うべきだ」。古着のようになっていたあの民族衣装を身にまとい、カーキ色の目で微笑みながらこのセリフを口にしたレイラの言葉を、私はもう少し長く通訳するはずだったのに。

後のことは一瞬で終わった。映画の別れのシーンのように、田中先生の後ろで空港内を走り回り、レイラを呼び続けた。

「もう何もできないんですか？　何とか止められませんか？　先生？」

レイラを取り戻せない、運命を決める手強い相手には勝てない、そんな無力な田中先生のまるっこい姿が小さくなって見える。横に立って空っぽな表情で宙を見上げている先生を問い詰めたい。

「相手は政府ですよ」

田中先生の声は悲しみに溢れる。

「先生、どうして？　こんな形でまともなさよならさえ……」

「形の問題ではない……」

独り言のような声が聞こえてくる。確かに形の問題ではない。が、それでもかまわない。私はすっきりとした別れが欲しかった。この重い罪悪感を振り払うために、みんなと抱き合って、泣いて、泣いて、泣き疲れて。何かよく分からないものが喉に詰まったこの異常な気持ちよりも、泣いて泣いてすっきりしたかった。

「先生、なんとかできませんか？」

振り向いて先生を見た。横に立っている一人ぼっちの男性はとっても弱そうに見える。かかとでつぶせるほどの虫のように小さく、弱い。この人が弁護士だなんて……。悪いけどそんなふうにはもう見えない。

「先生は弁護士なんでしょ！」

無防備なまま黙り込んでいる先生に対して、口調が荒くなる一方だ。

田中先生は大きなため息をついた。

「弁護士のパワーは小さいよ」

答えにならない答えはひどい寂しさに染まりながら独り言として返ってくる。

「どうして強制送還されるんですか？　どうして難民認定されないんですか？」

頭に焼き付いたあの無表情な瞳の最後の訴えはなんだったのか。悲しい顔でレイラが去った通路を見つめ続ける田中先生を追い詰めても、何も解決されない。十分、分かっている。ただ、最後に見たあの瞳が残したこの空しい気持ちを誰かにぶつけて楽になりたい。

「先生どうして？」

無言で立ち続ける先生を見つめる。一瞬で気が抜かれたこの人は自分を弁護する気はない。同情さえ覚える、脱け殻のようだ。彼の目を追って、私も通路を見つめた。もう問い詰める気力はない。すべてが終わったんだ。

横からからっとした低音の声が聞こえた。

「日本は冷たい国かもしれない」

振り向いた。通路を見つめる先生の目が少し潤んでいる。先生が突然、見つめ飽きたかのように視線を通路から逸らした。私の方を向かず、いつもよりクシャクシャになったタオルでおでこを拭き、独り言を言うような声で、「ご苦労さんでした」と呟いた。

＊「サラム」（「世界」二〇〇七年一〇〜一一月、のち『白い紙／サラム』文藝春秋、二〇〇九年所収）

作者紹介　シリン・ネザマフィ（Shirin Nezammafi）

シリン・ネザマフィは一九七九年、イランのテヘランに生まれた。一九九九年に来日し、神戸大学工学部を卒業。同大大学院自然科学研究科修士課程を修了した後、パナソニックに就職し、現在もシステムエンジニアとして働いている。二〇〇七年一月に「サラム」で第四回留学生文学賞を受賞。本書にも収めたこの「サラム」は受賞後、「世界」二〇〇七年一〇、一一月号に掲載された。二〇〇九年には「白い紙」（「文学界」二〇〇九年六月）

〈難民〉関連年表

1978年4月27日親ソ連派軍部のクーデターによりアフガニスタンで共産主義政権誕生。**1979年**12月ソ連軍、アフガンに進駐。政府とソ連軍に対するゲリラ戦が拡大し国土が荒廃。**1989年**12月ソ連軍、アフガン撤退。**1992年**反政府ゲリラ、政権を掌握。しかしゲリラ同士の闘争が絶えず、イスラム原理主義組織のタリバンが台頭。**1996年**9月タリバン、首都カブールを制圧。**1998年**8月タリバン、マザーシャリフを制圧。その際、住民の虐殺があったとされる。以降、ハザラ族を中心にアフガン難民が日本へも渡航。8月7日ケニアとタンザニアで米国大使館爆破事件が起こる。国際テロ組織アルカイダとの関連が疑われた。20日米国、アフガン国内の「テロリスト訓練施設」とされる場所を報復爆撃。**1999年**シリン・ネザマフィ来日。**2001年**9月11日米国同時多発テロ事件。10月2日米英軍、アルカイダおよびタリバン政権への攻撃開始。11月13日タリバン政権はカブールを撤退、事実上崩壊する。12月22日アフガニスタン暫定行政機構が発足。**2004年**5月27日出入国管理及び難民認定法の改正案成立。「60日ルール」の撤廃他。2007年1月シリン・ネザマフィ、「サラム」で第4回留学生文学賞受賞。

で文学界新人賞受賞し、この二作を収めて『白い紙／サラム』（文藝春秋、二〇〇九年）を刊行する。二〇〇九年七月には「白い紙」で芥川賞候補となり、二〇一〇年七月にも続けて「拍動」（「文学界」二〇一〇年六月）でやはり芥川賞候補となった。寡作ではあるが、非常に注目度の高い作家だといえよう。最近作として、「耳の上の蝶々」（「文学界」二〇一一年一二月）がある。

問題編成

SCENE 1　戦争の遠近法

「サラム」は短篇小説だが、背景とする社会的な構図は大きい（年表参照）。

「二十年もの間、戦争や内戦が続いていて、今や路地裏だけではなく、大通りでも殺し合いが行われるほど殺意と崩壊に対する罪の意識が鈍くなっている国」、アフガニスタン。パシュトン、タジク、ウズベク、ハザラの四民族が住み、ハザラ人だけが他の中東系と違いモンゴル系の顔である。すべての民族はイスラム教であるが、スンニー派とシーア派に分かれており、ハザラ人は少数派――アフガニスタンでは一五%に満たない――のシーア派である。クーデターやソ連の進駐、ゲリラ戦を経て国土が荒廃する中、一九九二年ごろからイスラム過激派のタリバンが台頭した。民族間の迫害がエスカレートし、ハザラ人の大規模な殺害も起こった。レイラは、タリバンによって身の危険にさらされ、ハザラ人の街マザーシャリフから逃げて来たハザラの少女である。

日本の難民の受け入れ政策は厳しい。作中で田中先生が「日本は冷たい国かもしれない」と述懐し、主人公も「六十日ルール」という「日本で難民申請をする場合、入国してから六十日以内に申請を行わないと認められない」という法律の存在を知る。

「サラム」関連地域略図

彼女が難民申請を行い、その裁判闘争が行われるさなか、米国で同時多発テロ事件が起こる。これ以前にも米国大使館爆破事件などを契機に、米国は国際テロ組織アルカイダへの攻撃を行っており、それを支援するアフガニスタンのタリバン政権とも敵対関係にあった。二〇〇一年の九月一一日。その同時多発テロの首謀者としてアルカイダを率いるオサマ・ビン・ラディンが名指しされ、アルカイダとタリバン政権を標的に、米英軍が攻撃を開始し、アフガニスタン戦争が起こった。

表1　先進主要7カ国の難民申請数と認定数（2010年）

	申請数	認定数
カナダ	22,543	12,305
フランス	80,207	12,552
ドイツ	48,589	7,704
イタリア	10,052	1,617
日本	2,117	47
イギリス	40,536	9,330
アメリカ合衆国	42,971	19,043

出典：UNHCR Yearbook 2010より日比が作成

作品は、こうしてレイラと「私」を取り囲む日本と世界の現実を語っていく。「サラム」は、難民状態に追い込まれた少女の悲劇の物語であると同時に、主人公の「私」がアルバイト通訳として、背景となっている社会条件を学び、経験していく物語である。小説としての読みどころの一つは、こうした諸条件が、どのような遠近法のもとに配置されているかを考えることである。SCENE　1を、二四七ページの空白行以降の「世界中」「地球の反対側」「身近なところ」などという言葉の距離感に注目しながら読んでみよう。

作品に言及された背景情報を、読者自身の手で調べて深めることも重要だ。たとえば難民認定に関わる日本の法律、すなわち「出入国管理及び難民認定法」は二〇〇五年五月に改正法が施行され、現在は作中に言う「六十日ルール」は廃止されている。その効果もあり、日本の難民認定数は微増しているが、表1に掲げた通り、なお日本はG7諸国の中でも群を抜く難民認定数の少なさである。

SCENE 2・1　無力な通訳という装置

小説「サラム」の重要な仕掛けは、主人公が通訳者になっているという点である。作中で「私」は、アフガニスタンの少女と日本の弁護士という、まったく文化的に異なった二人の間をつなぐ役割を担う。通訳者は当事者であって当事者ではない。彼女は言葉を媒介する人間であり、自分自身は本来どちら側の人間でもない。この通訳者の境界的な性格が、物語世界をまなざす角度を規定している。

しかも、その通訳者がアルバイト通訳者というアマチュアであるという設定が効いている。知識は不足し、感情の制御もままならない、媒介者としては非常に頼りない不安定さが、事態の悲劇性を際立たせると同時に、読者の物語世界への参与の敷居を下げている。

さらにいえば、この通訳者の出身地はイランである。アフガニスタンでも日本でも米国でもないこの設定は、何を意味するだろうか。今回本文の掲載ができなかったペルシャ文化圏の著名詩人ハーフェズをめぐるレイラと彼女の接触は、こうした語られざるテクストの可能性をわずかにひらいてみせている（この点については日比嘉高「現代日本のトランスナショナル文学論のために――シリン・ネザマフィ「サラム」と翻訳の表象――」『JunCture 超域的日本文化研究』第三号、二〇一二年三月を参照）。

SCENE 2・2　表象の不可能性、代弁の不可能性の先に

「サラム」の末尾で、レイラが自分の母親が目の前でタリバンに暴行され拉致される場面を回想して語るシーンがある。凄惨で残酷な出来事の語りを、小説はどのように語っているか考えてみよう。

レイラが語るダリ語の語りの内容を理解しているのは、「私」ただ一人である。にもかかわらず、彼女の語る様相は、周囲の日本人を圧倒し、沈黙させる何かをもっていた。一方、語り手／読み手の伝達のレベルで考えれば、レイラの話は語り手が媒介することによって、読み手へとその内容と語る様相が伝えられ、理解されている。

小説は、通訳および語り手という装置を通じ、伝わる／伝わらないを多重に制御しているのである。

そしてこの場面に二つの対立軸を導入してみよう。一つは〈表象の不可能性と伝達の必要性〉という対立軸。もう一つは〈代弁の不可能性と現われの必要性〉の対立軸。極端に暴力的であったり、トラウマ的な経験は言葉による描出を困難にし、コミュニケーションを不可能にする。では、表象が不可能であるならば、沈黙がふさわしいのだろうか。レイラの経験は言葉によって媒介されることによって「私」や読み手たちに何事かを伝えた。仮に困難であったとしても、語るべき、聞くべきだという考え方もある。しかしもう一度反転すれば、語られた言葉など、実際の経験の何ほどを伝えているというのか――。答えは容易には出ない。

二つ目の対立軸も、これと似た問題である。アフガニスタン難民の過酷な経験を、誰か別の人間が代行して語ることはできるのだろうか。小説において、レイラはアフガニスタン出身であり、難民としての保護を求める当事者である。だが、シリン・ネザマフィはアフガニスタン出身でもなければ難民でもない。果たして彼女にアフガニスタン難民の経験を代行して表象する権利があるのだろうか。本当に抑圧されている人々は語ることができないという問題もある（G・C・スピヴァク著、上村忠男訳『サバルタンは語ることができるか』みすず書房、一九九八年）。その一方で、抑圧された声は、代弁されなければ私たちの住む公共的世界に現れることはできないのもたしかである。現れなければ、存在しないのと同然である。たとえ偏りや歪曲が生じても、被抑圧者の声は代弁されるべきなのだろうか。

研究の手びき

シリン・ネザマフィの作品は、目下活躍を始めている新しい作家の創作ということもあり、「サラム」も含めて先行研究はほとんど存在しない。単独の論考としては先に言及した日比の「現代日本のトランスナショナル文学論のために」があるのみである。また『コレクション 戦争と文学4 9・11変容する戦争』（集英社、二〇一一年）の解説において高橋敏夫は「サラム」を「新しい戦争下の日本の戦争状態が、ひりつくような切実さで告発される得がたい作品」と評価している。

ネザマフィ自身はいまのところ評論や自作解説の類いを書いていないが、対談などでの発言に次のものがある。「特別対談 楊逸×シリン・ネザマフィ 私たちはなぜ日本語で書くのか」（「文藝春秋」二〇〇九年一一月）、「日文研シンポジウム「日本語で書く——文学創作の喜びと苦しみ」作家座談会」（『世界の日本研究 2010』国際日本文化研究センター、二〇一一年、出席者・田原、シリン・ネザマフィ、ボヤンヒシグ、楊天曦）。

小説作品としての「サラム」を考えるための補助線を考えてみよう。たとえば「日本語文学」の研究のなかにおいて考察する道筋がある。フェイ・ユエン・クリーマン著、末岡麻衣子訳「戦後の日本文学——在外日本人作家・在日外国人作家を中心に——」（『岩波講座「帝国」日本の学知 第5巻 東アジアの文学・言語空間』岩波書店、二〇〇六年）は「日本語文学」の歴史と論点を整理している。現代の日本語文学についての基礎的な文献としては、参考文献に挙げた多和田葉子の『エクソフォニー』が重要であり、リービ英雄の『我的日本語 The World in Japanese』（筑摩選書、二〇一〇年）なども参照されるべきである。また笹沼俊暁『リービ英雄——〈鄙〉の言葉としての日本語——』（論創社、二〇一一年）、前掲した『世界の日本研究 2010』、土屋勝彦編『越境する文学』（水声社、二〇〇九年）、青柳悦子「複数性と文学——移植型〈境界児〉リービ英雄と水村美苗にみる文学の渇望——」（「言語文化論集」第五六号、二〇〇一年三月）、中村三春「〈旅行中〉の言葉 Words on Travels——リービ英雄と多和田葉子」（「層」vol. 3、二〇一〇年一月）などがある。

難民についての理解を深める方向から、作品にアプローチする道もあるだろう。難民問題やその歴史については、『難民問題とは何か』（参考文献参照）、本間浩「移民・亡命者・強制移動・難民」（『20世紀の定義4 越境と難民の世紀』岩波書店、二〇〇一年）などがまとまっている。また日本の難民施策について問題を提起した本としては『難民鎖国日本を変えよう！』（参考文献参照）があり、最新の入国管理制度を概観したものとして『日本社会の外国人』（参考文献参照）がある。とくに前者はアフガニスタン難民支援の弁護士たちの論説や難民自身の手紙も掲載されており、「サラム」を読み解く格好の同時代的参考資料となっている。難民を理論的に考えたい場合には、難民を単なる避難民として考えるのではなく、国家や人権概念のあり方を批評的に照らし出す起点として捉えようとするジョルジョ・アガンベン著、高桑和巳訳『ホモ・サケル――主権権力と剝き出しの生――』（以文社、二〇〇三年）の発想も示唆に富む。

参考文献

本間浩『難民問題とは何か』（岩波新書、一九九〇年）
難民受入のあり方を考えるネットワーク準備会編『難民鎖国日本を変えよう！　日本の難民政策ＦＡＱ』（現代人文社、二〇〇二年）
多和田葉子『エクソフォニー――母語の外へ出る旅――』（岩波書店、二〇〇三年）
市野川容孝、小森陽一『思考のフロンティア　難民』（岩波書店、二〇〇七年）
大串博行『日本社会の外国人――人類の「旅」と入国管理制度――』（パレード、二〇一一年）
日比嘉高「現代日本のトランスナショナル文学論のために――シリン・ネザマフィ「サラム」と翻訳の表象――」（『Juncture　超域的日本文化研究』二〇一二年三月）

執筆者紹介

石川巧（いしかわ・たくみ）――立教大学。一九六三年生。『高度経済成長期の文学』（ひつじ書房）、『「いい文章」ってなんだ？―入試作文・小論文の歴史』（ちくま新書）、『「国語」入試の近現代史』（講談社メチエ）

大橋毅彦（おおはし・たけひこ）――関西学院大学名誉教授。一九五五年生。『室生犀星への／からの地平』（若草書房）、『上海１９４４－１９４５ 武田泰淳『上海の螢』注釈』（共編著、双文社出版）、『新聞で見る戦時上海の文化総覧―「大陸新報」文芸文化記事細目』上・下巻（共編著、ゆまに書房）

押野武志（おしの・たけし）――北海道大学。一九六五年生。『宮沢賢治の美学』（翰林書房）、『童貞としての宮沢賢治』（ちくま新書）、『文学の権能』（翰林書房）

我部聖（がべ・さとし）――沖縄大学。一九七六年生。「他者とのつながりを紡ぎなおす言葉―新川明と金時鐘をめぐって」（『音の力 沖縄アジア臨界編』インパクト出版会）、「語りえない記憶を求めて―大城立裕『二世』論」（『沖縄・問いを立てる６ 反復帰と反国家』社会評論社）、「山之口貘『会話』を読む―近代沖縄文学の葛藤」（『沖縄学入門』昭和堂）

川口隆行（かわぐち・たかゆき）――広島大学。一九七一年生。『原爆文学という問題領域《プロブレマティーク》』（創言社）、『台湾・韓国・沖縄で日本語は何をしたのか―言語支配のもたらすもの』（共編著、三元社）、「街を記録する大田洋子―『夕凪の街と人と―一九五三年の実態』論」（「原爆文学研究」一〇号）

佐藤泉（さとう・いずみ）――青山学院大学。一九六三年生。『漱石 片付かない〈近代〉』（ＮＨＫ出版）、『戦後批評のメタヒストリー 近代を記憶する場』（岩波書店）、『国語教科書の戦後史』（勁草書房）

竹内栄美子（たけうち・えみこ）――明治大学。一九六〇年生。『女性作家が書く』（日本古書通信社）、『中野重治書簡集』（共編著、平凡社）、『中野重治と戦後文化運動―デモクラシーのために』（論創社）

土屋忍（つちや・しのぶ）――武蔵野大学。一九六七年生。「吉行淳之介の旅世界―『星と月は天の穴』の小公園をめぐって」（「昭和文学研究」第37集）、『長期滞在者の異

文化理解　松尾邦之助』（柏書房）、「漂流民の台湾―西川満《ちょぷらん島漂流記》の夢想と追憶」（《我的華麗島　西川満學術論文發表　座談會論文集》真理大學台灣文學資料館・國立台灣文學）

鳥羽耕史（とば・こうじ）――早稲田大学。一九六八年生。『一九五〇年代―「記録」の時代』（河出ブックス）、『「綜合文化」解説・総目次・索引』（不二出版）、『運動体・安部公房』（一葉社）

中谷いずみ（なかや・いずみ）――二松学舎大学。一九七二年生。「一九三八年、拡張する〈文学〉―火野葦平「麦と兵隊」にみる仮構された〈周縁〉の固有性」（「昭和文学研究」第六四集）、「一九一〇年代における「人格」と「芸術」―片上伸『文芸教育論』前史」（「国語科教育」七〇集）、「〈平和〉を語る〈女〉たち―日教組婦人部と「二十四の瞳」にみる〈愛〉と〈抑圧〉」（「語文」第一三六輯）

野坂昭雄（のさか・あきお）――山口大学。一九七一年生。『近代の夢と知性』（共著、翰林書房）、『展望　現代の詩歌　第5巻』（共著、明治書院）、「保田與重郎と『女性』」（「文芸研究」第一五二集）

日比嘉高（ひび・よしたか）――名古屋大学。一九七二年生。『ジャパニーズ・アメリカ―移民文学、出版文化、収容所』（新曜社）、『文学の歴史をどう書き直すのか―二〇世紀日本の小説・空間・メディア』（笠間書院）、『プライヴァシーの誕生―モデル小説のトラブル史』（新曜社）

光石亜由美（みついし・あゆみ）――奈良大学。一九七〇年生。「女装と犯罪とモダニズム―谷崎潤一郎「秘密」からピス健事件へ」（「日本文学」第58巻11号）、「どこで暮らすか？誰と暮らすか？―高齢者の性愛と〈介護小説〉の可能性」（『〈介護小説〉の風景』森話社）、『自然主義文学とセクシュアリティ―田山花袋と〈性欲〉に感傷する時代』（世織書房）

山口直孝（やまぐち・ただよし）――二松学舎大学。一九六二年生。『「私」を語る小説の誕生―近松秋江・志賀直哉の出発期』（翰林書房）、『横溝正史研究』一～四（共編著、戎光祥出版）、「大西巨人・連環体長篇小説考―『地獄変相奏鳴曲』・『神聖喜劇』における回帰の弁証法」（「日本文学」第59巻11号）

戦争を〈読む〉

Reading War

発行　二〇一三年三月二九日　初版一刷
二〇二五年四月八日　四刷
定価　二四〇〇円＋税

編者　石川巧・川口隆行
発行者　松本功
装丁者　大崎善治
印刷・製本所　三美印刷株式会社
発行所　株式会社 ひつじ書房
〒一一二-〇〇一一　東京都文京区千石二-一-二 大和ビル二階
Tel.03-5319-4916　Fax.03-5319-4917
郵便振替00120-8-142852
toiawase@hituzi.co.jp　http://www.hituzi.co.jp/
ISBN978-4-8234-1317-9　C1093